일러두기

1. 번역에 쓰인 원전은 2013년 중국 장강문예출판사에서 출간한 '얼웨허 문집' 제1판을 사용했다.
2. 맞춤법과 띄어쓰기는 한글 맞춤법과 외래어 표기법에 따랐다.
3. 한자는 우리말로 표기하고, 꼭 필요한 경우에만 괄호 속에 원음을 병기해 이해하기 쉽도록 했다.
   예 : 다이곤多爾滾(도르곤)
4. 인명과 지명은 우리말로 표기했다. 단, 이미 굳어진 표현은 원지음을 존중했다.
   예 : 나찰국羅刹國(러시아). 이후에는 '러시아'로 표기
5. 본문 중의 괄호 안에 뜻을 풀이한 것은 모두 옮긴이의 설명이다.

【전면개정판】

인류 역사상 최대의 제국을 지배한 위대한 황제

건륭황제

14

얼웨허 역사소설

홍순도 옮김

더봄

건륭황제 14권

개정판 1판 1쇄 인쇄   2016년 8월 8일
개정판 1판 1쇄 발행   2016년 8월 10일

지은이   얼웨허(二月河)
옮긴이   홍순도
펴낸이   김덕문

펴낸곳   더봄
등록번호   제399-2016-000012호(2015.04.20)
주소   경기도 남양주시 별내면 청학로중앙길 71, 502호(상록수오피스텔)
대표전화   031-848-8007   **팩스** 031-848-8006
전자우편   thebom21@naver.com
블로그   blog.naver.com/thebom21

ISBN 979-11-86589-66-3 04820
ISBN 979-11-86589-52-6 04820(전18권)

책값은 뒤표지에 있습니다.

위가씨魏佳氏와 어린 옹염顒琰

옹염은 1760년(건륭 25년)에 건륭제와 위가씨 사이에서 태어났다.
옹염이 태어날 때 건륭제의 나이는 이미 50세였다. 옹염은 황태후인 효성헌황후에게
문안을 게을리 하지 않고, 건륭에게도 효심을 다하여 남달리 총애를 받았다.
건륭은 결국 옹염의 자질을 눈여겨보다가 비밀리에 황태자로 책봉하였다.

황자들과 새해 첫날을 즐기는 건륭제

건륭제는 3명의 황후와 5명의 황귀비, 5명의 귀비 등을 두었고, 슬하에 17남 10녀를 얻었다. 연호인
'건륭'乾隆에서 '건'乾은 하늘, '융'隆은 높음과 영광이라는 뜻이니, '건륭'이란 곧 하늘의 영광이라는 뜻이다.
하지만 절반의 황자들이 요절하였기에 자식 복은 없는 편이었다. 본래 건륭제는 정후인 효현순황후孝賢純皇后
부찰씨富察氏와의 사이에 태어난 적장자인 둘째황자 영련永璉을 황태자에 봉하였으나 여덟 살을 넘기지 못했고,
적차자인 일곱째황자 영종永琮마저 세 살 때 요절하고 말았다. 이후 건륭제는 30년 가까이 황태자를 세우지 않았다.
그림은 이탈리아 선교사로 건륭제 시절 궁정화가로 활동했던 카스틸리오네(중국식 이름은 낭세영郞世寧)가
그린 그림으로, 건륭제가 어린 황자들과 함께 새해 첫날을 즐기는 모습이다.

5부 운암풍궐雲暗風闕

11장
풍진 속의 세상사

　기윤과 이시요, 우민중, 곽지강 등은 다함께 형부刑部의 대원大院을 나섰다. 이어 마당을 희미하게 비추는 등불 아래에서 서로 읍을 하고서 헤어지려고 했다. 이시요는 순간 잠시 망설였다. 생각 같아서는 그들을 집으로 불러 박주산채薄酒山菜라도 간단히 나누고 싶었던 것이다. 그러나 우민중의 시큰둥한 표정이 마음에 걸려 이내 그런 생각을 포기하고는 기윤에게 말했다.

　"내일 폐하를 알현하면서 정표旌表(패방牌坊을 세우거나 편액을 걸어 선행이나 미덕이 뛰어난 사람을 표창하는 것) 명단에 오른 절부節婦와 열부烈婦들에 대해 아뢰어야겠습니다. 기윤 공께서 올리신 명단을 보니 그 수가 좀 많다는 생각이 들었습니다. 패방 하나를 세우는데 이백오십 냥이라고 할 때 홍화紅花니 의장儀仗이니 하는 것까지 모두 합치면 적어도 십오만 냥이 필요할 것입니다. 정원을 좀 줄이는 게 어떻겠습니까?"

이시요가 기윤에게 그렇게 정중히 주문하고 나서 고개를 돌려 곽지강에게 말했다.

"군수軍需 관련 건으로 궁금한 사항이 있으니 내일 군기처에서 한 번 더 만나는 것이 좋겠소."

기윤은 즉답을 피한 채 고민해보겠다고 대답했다. 그러다 뭔가 할 말이 더 있는 듯 입술을 실룩거리더니 끝내 입을 꾹 다물었다. 그리고는 바로 부항의 집으로 간다면서 발길을 돌렸다.

이시요의 집은 승장繩匠 골목의 동쪽 끝에 있었다. 가마에 오르고 얼마 안 되어 집에 도착하니 대문 앞에서 이제나저제나 기다리고 있던 소오자가 다가와서 주렴을 걷어 올리고 가마에서 내리는 이시요를 부축했다.

"늦으셨군요. 그런 자리에서는 식사도 제대로 못하셨을 것 같아 소인이 간단하게 음식을 만들어 놓으라고 지시했습니다. 녹경원祿慶院에서 새로 연습한 〈악호촌〉惡虎村이라는 연극이 볼만하다고 하던데 식후에 가보시는 게 어떻겠습니까?"

"팔십오와 영수는 집에 있나? 아직 안 왔나?"

이시요가 소오자의 말에는 대답하지 않고 대문 안으로 들어서면서 물었다. 그의 말이 채 끝나기도 전이었다. 서쪽 별채에서 이팔십오와 장영수가 발을 걷어 올리면서 나왔다. 그러나 둘 다 아무 말 없이 문 앞에 드리운 사등紗燈 아래에서 두 손을 모은 채 공손히 맞을 뿐이었다.

'사람의 얼굴이 곧 마음'이라고 했다. 미세한 눈빛의 변화나 작은 동작 등이 모두 그 사람의 생각과 감정을 충분히 보여준다는 뜻이다. 이시요는 그 말처럼 두 사람의 표정을 힐끗 일별함으로써 둘이 만족스러운 성과를 가져오지 못했다는 사실을 알 수 있었다. 불길한 예감이 들었다. 소름이 차례로 돋으며 온몸을 훑고 지나가는 것 같았다. 그는 잠시 숨을 돌리고 큰 소리로 분부했다.

"보이차普洱茶를 짙게 타서 내오너라!"

"동옹 대인, 저희들도 지금 막 돌아왔습니다."

자리에 앉자마자 장영수가 서둘러 입을 열었다. 그리고는 업무에 대해 보고하기 시작했다.

"오늘 저희 둘은 무려 열 집도 넘게 다녔습니다. 고영귀高永貴, 방은효方恩孝, 낙본기駱本紀, 마효원馬效援 등등 안면이 있는 집은 다 찾아봤습니다. 동옹 대인의 분부대로 집집마다 찻잎 두 근씩 가져다 드렸습니다. 차라도 한 잔 주는 집에서는 자리에 앉아 은근슬쩍 떠보기도 했지만 속 시원한 답변은 안 나오더군요. 공왕부恭王府, 장왕부莊王府, 이왕부怡王府, 화왕부和王府 등 여러 왕부도 물론 다녀왔습니다. 각 왕부에는 아부용고阿芙蓉膏(아편)와 서양 유리잔을 선물했습니다. 다행히 다 받아주셨고 거절하는 집은 없었습니다. 몇몇 친한 태감들에게는 은자 스무 냥씩을 찔러줬고요……."

"일일이 보고할 거 없어. 요점만 말해보게."

이시요가 장영수의 말을 잘라버렸다. 장영수가 바로 옆에 서 있는 이팔십오를 힐끔 쳐다보면서 입을 열었다.

"누가 동옹 대인께 '눈먼 돌'을 던지네 어쩌네 하는 소문은 태감 고운종高雲從에게서 나온 것 같습니다. 군기처 장경 소덕장小德張과 소오자의 도움으로 겨우 고운종을 만나봤습니다. 저희가 건넨 은자를 덥석 받아 챙기고도 기대한 만큼의 도움은 못 줄지도 모른다고 하면서 누군가 폐하께 동옹 대인을 탄핵하는 밀주문을 올린 것 같다고 하더군요. 동옹 대인께서 귀주와 광동에 계시는 동안 부당하게 관직을 팔아 사사로운 이익을 챙겼을 뿐 아니라 민사소송에 편의를 봐주는 대가로 검은 돈을 받아 챙겼다는 내용이라고 했습니다. 고운종도 이 정도밖에 아는 것이 없었습니다."

이시요의 얼굴이 귀밑까지 빨갛게 달아올랐다. 원칙상 총독은 민사소송에 관여할 권한이 없었다. 그래서 가끔 형명刑名 소송이 생겨 청탁을 받을 때면 암암리에 순무를 찾아 '공정한 수사'를 부탁하고는 했다. 승소의 대가로 수혜자가 사례를 할 때는 못이기는 척 금품 같은 걸 적당히 받기도 했다. 그러나 문제가 될 만큼 거액의 은자를 받은 적은 없었다.

빈자리가 생겼을 때 관직을 매매한 것도 사실이었다. 조정의 육부구경六部九卿에 몸담고 있는 벗들이 사람을 천거하면 번사藩司아문에 '적당히' 압력을 넣어 적절한 자리에 꽂아주고는 했다. 사후에 '적당한' 사례비를 받는 것도 당연하게 받아들였다. 그럼에도 그는 여타 총독과 순무들에 비하면 자신은 청렴한 편이라고 생각했다. 그래서 죄의식은커녕 오히려 '지지리 궁상'을 떤다는 생각까지 했다.

그런데 이 두 가지 때문에 누군가 '눈먼 돌'을 던지려 한다고? 달걀로 바위를 치려는 어리석은 짓거리지! 이시요는 코가 떨어져 나갈 정도로 냉소를 터트렸다.

"던지려면 실컷 던져보라고 그래! 어느 쪽이 박살나는지 두고 보게. 분명 번대아문에 돈을 찔러 넣고도 아직 이렇다 할 자리를 꿰차지 못한 놈들이 썩은 방귀를 뀌고 다니는 걸 거야. 고운종? 태감들 중에 복인, 복의, 복례, 복지, 복신, 왕효, 왕팔치는 다 알아도 고운종이라는 이름은 처음 듣는데?"

"저도 따라가 봤습니다."

옆에 서 있던 이팔십오가 끼어들었다.

"부상댁에 자주 드나드는 걸로 알고 있습니다. 수숫대처럼 비쩍 마르고 얼굴에 파리똥처럼 곰보자국이 다닥다닥한 자 있지 않습니까? 보면 기억나실 겁니다. 지지리 못 생기고 생전 큰 방귀 한 번도 못 뀔 것처럼 비리비리해 보이는 자입니다. 신하들이 폐하께 상정하는 상주문을 챙기고 황사성皇史宬에 문서를 보내는 일을 맡고 있다고 합니다. 태감들 중에서 위신도 있고 인맥도 최고라고 합니다. 이변이 없는 한 '제이의 왕팔치'가 되는 건 시간문제라고 하더군요."

이시요가 히죽 웃으면서 입을 열었다.

"듣고 보니 꼭 전명前明 때 사례감司禮監의 병필秉筆 태감 같군. 허나 아무리 날고 기어도 한낱 개새끼보다 못한 족속일 뿐이야. 그 주제에 감히 조정의 대신들과 내통했다는 사실이 발각되면 당장 죽음이야. 폐하께서 태감들에게 얼마나 엄격하신지 몰라서 하는 소리지. 앞으로 자네들도 그런 자와는 얽히지 않는 게 좋아. 아무리 궁금해서 죽을 지경이더라도 말이야."

이시요가 장영수를 힐끗 쳐다보면서 덧붙였다.

"무슨 말인지 알겠어?"

이팔십오와 장영수는 황급히 대답했다.

"예, 명심하겠습니다!"

이시요는 자리에서 일어서면서 나직이 한숨을 내쉬었다. 이들이 말한 두 가지 정도로는 결코 '눈먼 돌'의 이유가 못 된다는 생각이 들었던 것이다. 이시요가 두 심복에게도 털어놓지 못한 깊은 심사는 따로 있었다. 광주廣州에는 '십삼행'十三行이라고 하는 서양인들이 중국에서 고용한 매판買辦 기관이 있었다. 그와 관련해 건륭은 10년 전 이시요가 광주 총독으로 부임해 갈 때 여러 번 강조한 바 있었다.

"화이華夷를 엄격히 구분해 양교洋敎의 범람을 막아야 하네. 이는 국체대정國體大政에 관련된 사안이기에 추호도 차질을 빚어서는 안 되네.”

당연히 이시요는 부임 즉시 명령을 내려 이 양행洋行들을 폐업시켰다. 또 “양인들의 앞잡이가 되어 천주교天主敎(가톨릭교)를 망령되이 전파했다”는 이유를 들어 통역관들도 엄하게 단속했었다. 그러나 얼마 지나지 않아 그는 이미 뿌리를 깊이 내린 관행을 하루아침에 바로잡는다는 게 무리라는 사실을 깨달았다. 영국, 포토아葡萄牙(포르투갈), 불란서, 이탈리아 등에서는 대부분 선교보다 무역을 위해 드나들고 있었으니 그들과 광주 현지 상인들과의 ‘연결’을 없애버린다는 것은 하늘의 별 따기보다 힘든 일이었던 것이다! 게다가 십삼행十三行의 매판 사업은 명문화시켜 외적으로 금지하자 물밑으로 숨어들어가 보이지 않는 곳에서 더 활발하게 진행되었다. 한마디로 ‘십삼행’은 사실상 단속을 피해 꽁꽁 숨어 있었을 뿐 전혀 ‘철폐’되지 못했던 것이다.

‘엄금’에서 ‘금지’, 그러다 대충 한쪽 눈을 감아주는 ‘암묵적 동의’로 이어지면서 모든 것은 결국 원점으로 돌아가 버리고 말았다. 그러나 그는 재임 기간에는 문제의 심각성을 깨닫지 못하고 있었다. 최근에 이임을 앞두고서야 급기야 불안함을 느꼈다. 건륭은 분명히 십삼행의 철폐를 명했는데 그는 그 임무를 수행하지 못했으니 말이다. 더 심각한 것은 지금까지 그럴싸하게 기군欺君을 일삼았다는 것이었다.

‘내가 떠난 자리에 곧 신임 총독이 올 것이다. 설사 지인이나 좋은 친구라 해도 그에 대한 관대한 처리를 장담할 수 없어. 더구나 만약의 경우 한 하늘을 이고 살 수 없는 ‘원수’가 뒤를 잇게 되는 날에는 끝장이야. 기군죄는 말할 것도 없고 10년 동안 쌓아온 ‘탁이’卓異(청나라 때 3년에 한 번 하는 지방관 근무평가에서 가장 뛰어난 사람)의 명성도 하루아침에 도루묵이 돼버릴 것이야. 지금이라도 어떻게든 십삼행의

'회복'을 주청 올려야 한다!'

이시요는 그렇게 생각하고는 발등에 떨어진 불부터 끄기 위해 부지런히 계략을 짜고 방책을 강구했다. 온갖 수단을 동원해 마침내 건륭의 윤허를 이끌어냈다. 이 소식이 퍼지자 양행洋行에서는 '백성들을 위해 전전반측하는 진정한 부모관'이라면서 이시요에게 '노자' 명목으로 10만 냥짜리 은표를 보내왔다. 물론 이시요는 그 돈을 넙죽 받아 챙겼다.

그는 처음에 '눈먼 돌' 얘기를 들었을 때 마치 바람난 계집이 '샛서방' 소리에 놀라듯 크게 당황했다. 그가 받아 챙긴 10만 냥짜리 은표가 문제될 소지가 컸던 것이다. 그래서 심복들을 파견해 염탐하게 한 터였다. 그러나 두 사람의 말을 듣고 나니 모든 것이 한낱 자신의 기우에 불과한 것 같았다. 그가 자조 어린 미소를 지으면서 입을 열었다.

"미꾸라지가 버둥거려 봤자 어디로 뛰겠어?"

그러나 이시요는 이내 말문을 닫아버렸다. 고운종의 말에 얼마나 신빙성이 있을지 장담할 수 없다는 생각이 든 것이다. 잠시 생각에 잠겨 있던 그가 곧 미간을 좁히면서 입을 열었다.

"우리의 뿌리는 광주에 있어. 이제 북경에 온 지 얼마 안 되는 우리는 뿌리 없는 부평초나 마찬가지야. 그러니 매사에 방심은 금물이야. 앞으로도 염탐을 계속해. 그렇지만 내가 '눈먼 돌'에 신경 쓴다는 눈치를 내비쳐서는 안 돼. 은자가 필요하면 아끼지 말고 써."

장영수가 즉각 대답했다.

"그렇습니다, 동옹 대인. 우리는 아계 중당이나 기윤 중당과는 위상이나 세력이 견줄 바가 못 됩니다. 두 분 중당 주위에는 무슨 냄새를 맡았다 하면 곧바로 소식통을 자처하면서 아부를 떨어대는 무리들이 사방에 널려 있지만 우리는 그렇지 못합니다. 동옹 대인께서는 북경에 뿌리가 없는 데다 폐하의 성총이 깊으시니 질투의 표적이 될 수 있습니다. 적들은 음지에 있고 우리는 양지에 있습니다. 조심하지 않으면 자칫 적들이 파놓은 함정에 빠질 수도 있습니다."

이팔십오도 한마디를 아끼지 않았다.

"제가 감히 동옹 대인께 뭐라 하는 건 아닙니다만 화신이라는 사람과 척을 지는 게 아니었던 것 같습니다. 어떻게 보면 이 일의 배후에 그자가 있을 것 같다는 생각이 자꾸 듭니다. 설령 그게 아닐지라도 지금 같은 때에 팔방미인인 그자에게 물어보면 사건의 전말이 거울 보듯 훤해질 텐데 하는 아쉬운 생각이 듭니다. 동옹 대인께서는 너무 고지식하고 강직한 것이 때로는 이렇게 흠이 될 때가 있는 것 같습니다."

"됐네, 그만하게."

이시요가 듣기 싫다는 듯 손사래를 쳤다. 그리고는 조끼를 껴입고 단추를 잠그면서 덧붙였다.

"나는 나가서 바람이나 좀 쐬고 올 테니 자네 둘은 대응책을 강구해보게. 누가 찾아오더라도 급한 일이 아니면 내일 군기처에서 보자고 해."

이시요는 말을 마치자마자 뒷짐을 지고 밖으로 나섰다. 시간은 유시가 막 지난 술시 초 무렵이었다. 바람이 세차게 불었다. 날은 이미 어두워지고 있었다. 희끄무레한 구름은 마치 이제 막 그림을 배우기 시작한 꼬마가 담묵淡墨을 아무렇게나 칠해놓은 것 같았다. 또 희미한 달은 구름을 스쳐지나가며 마치 황달 걸린 사람의 얼굴처럼 생기 없는 누런빛을 간간이 던져주고 있었다. 잔설殘雪에 비친 희끗희끗한 나무와 가옥의 그림자들이 뒤엉켜 섬뜩한 느낌을 연출하고 있었다.

찬바람이 불면서 눈보라가 일었다. 이시요는 문 앞에 잠시 서 있었다. 얼굴과 목에 한기가 오싹하니 느껴졌다. 그는 자라처럼 목을 움츠리면서 동쪽을 바라봤다. 어둠속에서 저 멀리 휘반徽班이라 불리는 안휘성 연극단의 전용 극장이 휘황찬란한 불빛을 번쩍이고 있었다.

잠시 눈여겨보고 있노라니 은은한 여인의 노랫소리가 바람을 타고 끊어졌다 이어졌다 하며 간간이 들려왔다. 기왕 나선 걸음에 어디라도 가고 싶었던 이시요는 노랫소리가 들려오는 극장을 향해 천천히 걸음을 뗐다. 순간 갑자기 어딘가에서 땅이 꺼질 듯한 한숨소리가 들려왔다. 이시요는 깜짝 놀라 그 자리에 멈춰서고 말았다.

마치 오장五臟을 훑어내는 듯한 한숨소리가 다시 한 번 들려왔다. 오싹한 느낌에 모골이 송연해지지 않을 수 없었다. 이시요는 사정없이 떨리는 가슴을 겨우 진정시키고 주위를 둘러봤다. 소리는 강절회관江浙會館 쪽에서 들려온 것 같았다.

이시요는 희미한 달빛을 빌어 소리가 난 쪽을 자세히 살펴봤다. 대문 옆 구석진 곳에 털 뭉치처럼 생긴 무언가가 꿈틀거리는 모습이 보였다. 그는 기척을 내지 않고 살금살금 다가갔다가 자기도 모르게 가슴을 쓸어내렸다. 그곳에는 행색이 초라한 모녀가 서로 껴안고 부들부들 떨고 있었던 것이다. 이시요는 그들이 놀라지 않도록 흠흠, 헛기침을 한 후 조용한 목소리로 물었다.

"뉘신데 이 추운 날에 여기 이러고 있는 거요?"

"엄마야!"

어미로 보이는 여인은 대답이 없고 여자아이가 깜짝 놀라며 비명을 질렀다. 그리고는 어미의 품속에 머리를 묻어버렸다. 아이는 한참 후에야 빼꼼히 고개를 들더니 경계하는 말투로 물었다.

"누, 누구세요?"

이시요가 소리 없이 웃음을 머금었다.

"나는 나쁜 사람이 아니야. 그러니 두려워하지 말거라. 가까운 마왕묘馬王廟에 가면 바람이라도 피할 수 있을 텐데 어찌 여기서 이러고 있느냐? 이러다 얼어 죽을 수도 있는데……. 너의 어미냐? 병이 들었나보구나."

"가봤자 소용없어요. 비집고 들어갈 자리가 없어서……."

아이가 추워서인지 놀라서인지 턱을 덜덜 떨면서 말을 이었다.

"남자들이 꽉 찼어요! 우리 엄마가 전염병에라도 걸린 것처럼 취급하면서 우리를 근처에도 못 오게 해요."

참으로 안타까운 사연이었다. 이시요는 가슴이 무거웠다. 그는 혼수상태에 빠져 벽에 기댄 채 끙끙 신음하는 여인을 힐끔 쳐다보면서 탄식을 내뱉었다.

"너 나 없이 빌어먹는 주제에 어찌 그렇게 야박한지, 원!"

이시요가 혼잣말처럼 중얼거리면서 허리춤을 더듬었다. 안타깝게도 전대 안에는 은표뿐이었다. 그는 다시 소매 속을 뒤져봤다. 다행히 서너 냥쯤 되는 은자가 나왔다. 그는 그것을 꺼내 아이에게 건네주었다.

"이걸로 어디 가서 따뜻한 국물이라도 한 그릇 사 먹도록 해라. 내가 보기에 너의 어미는 춥고 배가 고파서 기운을 못 차리는 것 같구나."

아이가 누더기 솜옷 속에 꽁꽁 집어넣고 있던 작은 손을 꺼내 은자를 받았다. 이어 흐느끼기 시작했다.

"감사합니다, 어르신! 감사합니다……."

아이가 그대로 무릎을 꺾은 채 다시 덧붙였다.

"고마우신 생명의 은인께·제가 엄마를 대신해 머리를 조아립니다.

저희는 동냥하다 이리 된 건 아니옵고 친척을 찾아 북경에 왔다가 노자가 다 떨어지는 바람에 오갈 데가 없어진 거예요…….”

이시요는 두 모녀의 모습을 보자 그 옛날 자신의 모습을 보는 듯해 가슴이 찡해졌다. 그는 건륭 11년에 북경으로 과거시험을 보러 왔었다. 그 역시 노자가 다 떨어지는 바람에 낡은 절에서 몇 개월 동안 기거하지 않으면 안 됐다. 그때 당시 그는 명색이 거인擧人이었음에도 불구하고 북경에 있는 동문들과 동향의 친구들에게 철저하게 외면을 당했었다. 기껏 찾아가도 겉으로는 반기는 척하면서 돈 얘기만 나오면 저마다 오만상을 찌푸리면서 난색을 표하기 일쑤였다. 그래서 자세한 사정은 알 수 없었으나 처음 만난 두 모녀에게서 동병상련의 아픔을 느꼈던 것이다.

이시요가 윗니로 아랫입술을 지그시 누른 채 한참 생각하더니 천천히 입을 열었다.

“어떻게 되는 친척이냐? 잠깐 외출했다는 거냐, 아니면 여기를 떴다는 거냐?”

아이는 자세한 상황을 모르는지 대답을 못하고 있다가 고개를 돌려 어미를 흔들어 깨웠다.

“엄마, 이 어르신께서 뭘 물으시는데?”

“으응…….”

여인이 신음소리를 내면서 힘겹게 실눈을 떴다. 그리고는 맥없이 마른 입술을 움찔거리면서 대답했다.

“도와주셔서…… 감사합니다. 애가 뭘 몰라서 하는 소리입니다. 친척도 아닙니다. 지금은 저만치 높은 곳에 계시는 분이라…… 우리를 기억 못하실지도 모릅니다. 그나마 임무를 띠고 지방으로 나가셔서 언제 돌아오실지도 모른다는군요…….”

이시요가 알겠다는 듯 고개를 끄덕이고 빙그레 웃으면서 물었다.

"나도 관리요. 말해보오, 누구인지! 그리 높은 분이라면 웬만해서는 다 알겠구먼."

"존함이 화신이라고 하는 화 대인입니다."

여인이 이어 설명을 덧붙였다.

"양주揚州에서도 저희 모녀를 한 번 살려주신 적이 있었죠. 정말로 좋으신 분입니다. 그분이 아니었더라면 이 아이는…… 살지 못했을 겁니다. 낳자마자 진작 오통사五通祠에서 얼어 죽었겠죠. 은혜를 입어 놓고도 갚지는 못할망정 또 이리 염치없이 찾아와서…… 하도 갈 데가 없어서 찾아오긴 했는데…… 받아 주실지는 모르겠습니다……."

이시요는 잠시 할 말을 잊었다. 화신이라면 북경에 입성할 때부터 부딪친 일로 그와는 무척이나 껄끄러운 사이가 되었다. 그런 화신이 이처럼 여기저기에서 선행을 베풀고 다녔다니 믿어지지가 않았다. 이시요는 굳어진 표정을 풀지 않은 채 저만치 서 있는 이팔십오에게 손짓을 했다.

"이리 오게."

이팔십오가 가까이 다가오자 이시요가 여인에게 다시 말했다.

"들었겠지만 화 대인은 크게 되시어 흠차의 신분으로 지방으로 나가셨소. 화 대인 댁에서도 자세한 상황을 모를 테니 받아줄 것 같지 않소. 화 대인과 나는 호형호제하는 사이요. 괜찮다면 내가 먼저 머무를 곳을 찾아줄 테니 약이나 지어먹으면서 기다리시오. 병이 다 나은 후에 다시 화 대인을 찾아 떠나든가 어쩌든가 방책을 마련해보는 게 어떻겠소?"

여인은 그러나 대답을 하지 않았다. 머리를 맥없이 벽에 기댄 채 미동조차 하지 않았다. 곧이어 호흡이 가빠지는가 싶더니 연이어 신음소리가 터져 나왔다.

이시요는 손을 내밀어 여인의 이마를 만져봤다. 몸이 불덩이처럼 뜨거웠다. 그는 놀라서 손을 움츠리면서 이팔십오에게 분부했다.

"이봐! 애들을 불러다가 방금 내가 말한 대로 해. 온몸이 불덩이야, 불덩이!"

"엄마! 엄마……! 눈 좀 떠봐! 왜 그래, 엄마! 죽으면 안 돼. 초삼라肖三癩가 나를 팔아버리면 어떡해? 엄마가 죽으면 초삼라는 나를 개처럼 여기저기 팔아버릴 거란 말이야……."

아이는 살을 에는 찬바람에 오들오들 떨면서 흑흑 숨이 넘어갈 듯 흐느꼈다. 옆에서 듣고 있던 이시요는 등골이 다 오싹해졌다. 곧이어 그의 가인家人들이 달려와 들것에 여인을 실었다. 이시요는 화급하게 움직이는 모습들을 보자 마음이 더욱 무거워지지 않을 수 없었다.

이시요는 쭈그리고 앉았던 무릎을 세우고 일어났다. 그가 막 걸음을 옮기려는 그때 왼쪽 길에서 누군가 하얀 등불을 치켜들고 휘청거리면서 다가오는 모습이 보였다. 무어라 알아듣지도 못할 소리를 중얼거리는 것을 보니 술에 만취한 사람 같았다. 작은 돌멩이에도 발이 걸려 넘어질 것처럼 비틀거리고 있었다. 가까이 다가온 사내의 입에서는 술 냄새가 진동했다. 그는 다짜고짜 들것을 들고 떠나려는 사람들을 막아 나섰다.

"가…… 가기는…… 어디를 가! 꺼억! 늙은 계집은…… 그새…… 뒈졌군! 어미는 죽었으면…… 갖다버리고…… 요 새끼는 내꺼야, 내꺼! 음…… 그렇고말고……."

"뭐 하는 사람이오?"

이시요는 차가운 표정으로 쏘아봤다.

"초…… 초…… 초……."

"초삼라라는 자인가?"

"껙! 나를 아는 사람이오?"

"자네 사람이라고 했나? 잘 됐네, 임자를 만나서!"

이시요가 덧붙였다.

"아직 죽지 않았으니 의원이나 불러오게."

그러나 술에 떡이 된 사내는 이시요의 말을 알아듣지 못했다. 그저 비틀거리면서 삿대질만 했다.

"허튼소리 말고 썩 꺼져! 내가 의원을 불러오든…… 말든…… 네놈하고 무슨 상관이야……? 저년이 욕심나는 거야? 그럼 데리고 가, 송장이라도 품고 싶으면……. 이 계집애는 안 돼, 가지고 싶으면 돈을 내놔……. 그럼 내가 두 손으로…… 받쳐 올릴 테니……."

초삼라가 행패를 부리려 하자 이팔십오가 바로 주먹을 들고 달려들려고 했다. 순간 이시요가 재빨리 제지했다.

"모녀가 빚을 얼마나 졌는가? 알았네, 내가 대신 갚아줄 테니 사람은 내놓게!"

"세……."

술김에도 검은 속셈은 여전한 초삼라는 "세 냥!"이라고 말하려고 했다. 그러다 얼른 말을 도로 삼키고는 열 냥을 더 추가해 대답했다.

"열세 냥이오!"

"이 새끼가! 감히 누구를 등쳐먹으려고 들어!"

이팔십오가 으르렁댔다. 여자아이 역시 악을 쓰면서 대들었다.

"미친 소리 하지 마! 열세 냥? 우리가 호가胡家객잔에 빚진 방값은 두 냥 사 전밖에 안 돼! 약값 스무 문文은 다 갚았어. 그리고 우리가 빚진 건 호가네인데 왜 네놈이 나서서 지랄이야? 천자의 발밑에서 감히 이런 식으로 외지인을 괴롭혀도 돼? 날벼락을 맞을 놈……."

초삼라가 아이의 발악에 징그럽게 웃으면서 냉소를 터뜨렸다.

"야, 이년아! 너는 하나만 알고 둘은 모르냐? 호가가 나에게 빚지고 네년이 호가에게 빚졌으니 결국은 네년이 나에게 빚진 꼴이 아니야? 감히 누구를 속이려고 들어? 문두구門頭溝 광부들에게 팔려가 가랑이가 다 찢어질 정도로 사내들에게 깔려봐야 정신을 차리겠나?"

이시요의 옆에 있던 이팔십오는 더 이상 참지 못하고 초삼라에게 와락 달려들었다. 이어 멱살을 움켜잡고는 초삼라의 눈에 불이 번쩍 날 정도로 그의 뺨을 갈겼다. 엉겁결에 한 대 얻어맞고 비틀거리던 초삼라가 급기야 삿대질을 하면서 악을 썼다.

"야, 이 거지새끼야! 감히 나 초아무개를 쳤다 이거지? 두고 봐, 호랑이 코털을 건드린 대가를 톡톡히 치르게 될 테니!"

초삼라는 그러나 감히 덤벼들 엄두는 못 내고 있었다. 그저 목청껏 소리나 지르면서 발만 힘껏 굴렀다.

"됐어, 그만해."

이시요는 아예 팔을 걷어붙이는 이팔십오를 향해 손사래를 쳤다. 이런 자를 건드려봤자 득 될 게 없다는 생각이 들었다. 게다가 괜히 잘못 엮였다가 골치 아픈 일이 생길 수도 있었다. 이시요가 이팔십오에게 지시했다.

"은자 열세 냥을 줘서 보내버려. 환자를 앞에 두고 말도 안 되는 실랑이를 벌이고 있을 시간이 어디 있나?"

이시요의 말에 이팔십오가 주머니에서 은자를 꺼내 세어보고는 땅바닥에 그대로 내동댕이쳤다. 초삼라는 화가 나서 흰자위를 번들거리면서 씩씩거렸다. 그러나 이시요는 이미 저만치 멀어지고 있었다.

울적한 마음을 달래고자 산책을 나왔던 이시요는 뜻하지 않은 소동을 한 차례 겪고 나자 기분이 다소 가벼워졌다. 돼지비계가 들러붙은 듯 끈적끈적하던 느낌마저 사라져 버린 것 같았다. 그는 발길 닿는 대로 무작정 앞으로 걸었다. 낮은 처마들을 지나가자 곧 환하게 불을 밝힌 공원가貢院街에 들어섰다.

그러나 공원이 위치한 북쪽은 어두컴컴하고 우중충했다. 높은 건물들이 어둠 속에서 시커멓게 버티고 있어 분위기가 으스스했다. 건물들 주위에 빙 둘러쳐져 있는 담장은 주위 민가들의 담벼락보다 훨씬 더 높았다. 담 위에는 산조酸棗나무가 빼곡하게 심어져 있었다. 멀리서 보면 마치 담장 위에 자줏빛 밤안개가 띠처럼 깔려 있는 것 같았다.

가운데 위치한 지공당至公堂과 명륜당明倫堂의 비첨飛檐에는 잔설이 하얗게 쌓여 하얀 날개를 퍼덕이며 날아가는 새 같았다. 그 옆의 용문龍門 앞에는 놋쇠로 만든 기린麒麟이 웅장한 모습으로 지키고 서 있었다. 멀리서 휘황찬란하게 명멸하던 불빛은 알고 보니 바로 그 앞 백륜루伯倫樓 극장가의 불빛이었다.

극장가 골목에는 각양각색의 등롱을 밝힌 노점들이 가득했다. 상인들은 갖가지 먹을거리를 파느라 호객에 열을 올리고 있었다. 희루戲樓 안에서는 연극이 시작된 듯 생황笙簧, 사죽絲竹, 비파琵琶 등의 소리가 울려 퍼지기 시작했다. 공원 동쪽 담벼락 어딘가에서는 여인의 애잔한 노랫소리도 들려왔다.

버드나무 무성한 언덕에
한 줄기 저녁연기가 신록을 희롱하네.
높이 올라 고국故國을 바라보니 경화京華의 번화함은 여전한데
지친 나그네의 벗은 없네.
한가로이 옛 흔적 찾아 떠나니
옛 술자리에 처연한 곡소리만 높구나.

석양은 갈 길 바쁘고 봄은 한없이 좋은데,

손잡고 거닐던 월대月臺는 어디 가고

함께 버들피리 불던 노교露橋는 또 어디 숨었나.

과거를 떠올리니 모든 것이 꿈만 같아

눈물이 베갯잇을 적시네…….

이시요는 한참 동안 넋을 놓고 노래를 듣고 있다가 소리 나는 쪽을 향해 걸어갔다. 그곳은 객잔이었다. 대문 앞에는 두 개의 누런 등불이 내걸려 있었다. 간판에는 호가객잔이라고 적혀 있었다. 방금 전 초삼라가 소동을 피우면서 언급했던 바로 그 객잔이었다.

살짝 밀어보니 대문은 열려 있었다. 이시요는 조용히 안으로 들어가서는 마당에 잠시 서 있었다. 불빛이 밝은 방안에서는 시문詩文을 논하거나 평곡評曲에 열을 올리는 사람들의 고담준론이 한창이었다.

이시요는 내친김에 문을 밀고 들어서다가 그만 흠칫 놀라고 말았다. 안에 있는 십여 명 가운데 대부분이 눈에 익은 얼굴이었던 것이다. 그중 대여섯은 북경에 입성하기 전 묵었던 객잔에서 일면식을 가졌던 수재秀才들이었다. 그러나 오성흠과 조석보라는 이름만 기억나고 다른 사람들은 잘 기억나지 않았다. 이 밖에 군기처로 가끔 드나드는 탓에 이시요와 안면이 있는 예부 사무관 두 명도 있었다. 두 사람은 이시요를 알아보고 당황하는 모습이 역력했다.

이시요가 빙그레 웃으면서 먼저 입을 열었다.

"정백희丁伯熙 선생 아니오? 이쪽은 경조각敬朝閣 선생이고? 예부에 탐나는 자리가 생겨 춘위春闈 시험에 응시하려나 보구먼? 오, 나는 호부의 목자요木子堯라는 사람이오. 군기처에서 두 분을 본 기억이 나오."

"목자……요 나리요?"

정백희이라고 불리는 이가 눈을 끔벅거리면서 어리둥절한 표정을 지었다. 그러나 경조각으로 불린 남자는 이미 이시요를 알아봤다. 물론 이시요의 차림새는 평범했다. 미역국을 여러 번 먹은 효렴孝廉의 꼴이 그럴까 싶었다. 게다가 종복들도 데리고 있지 않았다. 경조각으로서는 이시요가 미복微服을 하고 시찰을 나왔다는 생각을 할 수밖에 없었다. 그는 몰래 정백희의 허리를 꼬집었다. 그리고는 아무렇지 않은 듯 일어나서 이시요에게 읍을 하면서 예를 갖췄다. 이어 이시요가 자리에 앉기를 기다렸다가 입을 열었다.

"이런 곳에서 만나 뵙게 되니 반갑습니다, 목 나리! 우리 둘은 춘위에 응시하고자 관직을 내놓은 상태입니다. 벗들이 회문會文하는 자리에 가흥루嘉興樓의 명물인 산산姍姍 처녀를 불렀습니다. 자리를 같이한 여기 방령성方令誠 형과는 아주 잘 아는 절친한 사이이기도 하죠. 마침 잘 오셨습니다. 들어보시고 품평이나 해주십시오."

경조각이 말을 마치고는 자리에 있는 사람들을 하나씩 소개했다. 마상조를 소개하는 차례에 이르러서는 함박웃음을 지어보였다.

"이 형은 고금을 아우르는 재학에 의협심까지 겸비한 인재입니다. 앞으로 틀림없이 조조와 비견되는 인물로 죽백竹帛에 큰 이름을 남기게 될 겁니다!"

이시요는 경조각의 소개에 시종일관 진지하게 고개를 끄덕이면서 귀를 기울였다. 그런데 하필이면 그가 마상조를 '조조에 비견'되는 인물이라고 소개를 하자 터져 나오는 웃음을 참을 수가 없었다. 이시요는 웃음이 터진 김에 일부러 큰 소리를 내면서 호탕하게 웃었다. 그러자 비파를 타면서 노래를 부르던 산산 처녀가 일어나서 술을 권했다. 이시요는 여자가 술잔을 받쳐 올리자 그녀의 손이라도 건드릴세라 조심스레 받고는 농담을 입에 올렸다.

"비파 타는 재주가 이만 저만 아니더군! 목소리도 꾀꼬리 저리 가라였소. 근 이십 년 동안 이런 묘음妙音을 들어본 적이 없어서……. 한 곡 더 부탁해도 되겠소?"

그러자 산산이 수줍게 웃으면서 대답했다.

"별것도 아닌데 그리 칭찬을 하시니 몸 둘 바를 모르겠습니다. 저는 일자무식이온지라 비파琵琶도 비파枇杷나무의 그 비파인 줄로 알고 있었습니다! 못 부르는 노래지만 일전에 방 선생께서 가르쳐주신 소자첨蘇子瞻의 〈하신랑〉賀新郎을 불러드리도록 하겠습니다."

"그것 좋지!"

혜동제가 손뼉을 치면서 덧붙였다.

"방령성 형이 북경에서 정말 너무나도 우연히 이 처자를 만났다고 하오. 조석보 형은 방령성 형의 가형에게 결혼 승낙을 요청하는 편지를 대신 써주었고……. 그런데 벌써 신랑에게 축하를 하는가?"

방령성이 그러자 웃으면서 말했다.

"그래서 오늘 내가 술을 산다고 했잖소. 내가 뭐 돈이 남아돌아 이러는 줄 아오?"

그 사이 산산은 비파를 껴안고 다소곳이 좌중을 향해 예를 갖췄다. 이어 사뿐히 걸음을 떼어놓으면서 섬섬옥수로 오현五絃을 쓸어내리기 시작했다. 곧이어 청아한 노랫소리가 흘러나왔다.

어린 제비가 화옥華屋에 날아오르니,
오동나무 그늘진 마당은 조용하기만 하네.
목욕하고 누워서 흰 비단 부채를 만지작거리니
부채와 손이 하나같이 백옥 같네.

외롭게 잠자리에 누웠더니 졸음이 몰려오네.

홀로 잠이 드니 꿈이 익기도 전에

발을 걷고 문을 여는 소리가 들려오는구나.

그것은 다름 아닌 바람에 대나무 흔들리는 소리였네.

반쯤 벌어진 석류 사이로 홍건紅巾의 수심이 보이는구나.

바람에 꽃잎 떨어지고 꽃술 망가져도

내 정녕 그대만을 지켜 주리라.

심금을 울리는 노랫소리에 술상을 마주하고 앉은 사내들은 모두 넋이 나가 버렸다. 처연하고 쓸쓸한 비파의 여음에 노랫말을 음미하면서 무릎을 두드리며 박자를 맞추던 조석보의 눈에는 심지어 눈물이 그렁그렁 맺혀 있었다. 그러나 옆에 앉은 오성흠은 노래에는 별 감흥이 없는 듯 입을 헤벌린 채 산산의 연주하는 모습만 홀린 듯 바라볼 뿐이었다. 이제는 자신의 여인이 된 산산을 바라보는 방령성의 눈매에는 애정이 넘쳐흘렀다.

그러나 두 손을 무릎에 얹고 앉아 있는 이시요는 하소연하듯, 울부짖듯 하는 처연한 노랫소리에 마음이 심란할 뿐이었다. 사실 그가 총독의 신분으로 천하에 명성을 떨치고 건륭의 두터운 성총을 입어 드디어 조정의 중추 부처에 발을 들여놓은 것까지는 좋았다. 그런데 큰 뜻을 펴기도 전에 자꾸만 일이 어긋나고 문제가 생겼다. 가슴속 깊은 곳에 불길한 예감이 자꾸만 파고들었다. 그런 상황에서 산산의 노래를 들었으니 마음이 더욱 서글프고 쓸쓸해질 수밖에 없었다.

이시요가 그렇게 두서없는 생각에 빠져 있을 때 혜동제가 조석보에게 물었다.

"누가 작사한 곡이오? 어디서 많이 들어본 것 같은데."

조석보가 고개를 끄덕이며 대답했다.

"송宋나라 때의 명사 주방언周邦彦이 지은 것이라오. 그는 당시 최고의 기생이었던 이사사李師師와 서로 사랑하는 사이였는데, 송나라의 휘종徽宗이 최고의 명기를 가만히 놔둘 리 없지 않은가. 송 휘종에게 이사사를 빼앗기고 울분에 차서 붓을 날렸는데 휘종의 심기를 불편하게 했다고 해서 송나라에서 축출을 당했다네."

이시요는 두 사람의 얘기를 들으면서 당시의 상황을 머릿속에 떠올려봤다. 그러다 문 밖에서 기웃거리고 있던 이팔십오와 눈이 마주쳤다. 그는 몰래 밖으로 나가 이팔십오에게 물었다.

"무슨 일이야? 애들을 왜 이렇게 많이 데리고 왔어?"

이팔십오가 히죽 웃으면서 대답했다.

"별일이 있는 건 아닙니다. 아까 그 문둥이 새끼가 나리를 찾아와 술주정을 부릴까봐 걱정돼서 왔습니다. 들것에 실려 간 여인은 이름이 유상수劉湘秀이고, 계집아이는 가하歌霞랍니다. 잘 보살펴주고 있으니 염려하지 마십시오. 그런데 나리, 밤이 늦었습니다."

이시요는 이팔십오가 말을 채 끝내기도 전에 이미 안으로 들어가고 있었다. 조석보의 말은 그때까지 이어지고 있었다.

"……방금 산산이 부른 노래는 주방언이 쫓겨나면서 이사사에게 써준 거라네. 이사사가 그걸 송 휘종에게 보여주었다고 하오. 송 휘종은 크게 감동받고 나중에 주방언을 악정樂正 자리에 앉혔다네."

이시요가 조석보의 말을 듣고 나더니 옆자리에 앉은 경조각에게 나직이 말했다.

"저 형은 대단히 박학다식한 분인 것 같소!"

"그럼요. 지난번 강절회관에서 회문했을 때 방榜의 첫머리에 올랐는걸요."

경조각이 자랑스러운 어조로 말했다. 이어 갑자기 고개를 돌려 방령성에게 말했다.

"이 목 나리께서 조형이 방형을 대신해 쓴 편지를 배독拜讀하고 싶다고 하시오. 술도 좋고 산산 처녀의 재주와 용모도 두말할 것 없지만 우리 문림文林의 아름다운 얘기로 회자될 그 편지도 읽어봐야지. 목 나리, 그러니까 그게 뭐냐 하면요, 제가 소상하게 설명드리리다. 우리 대청大淸 건륭 삼십구 년에 강서성의 효렴인 방령성이 과거시험을 보고자 북경으로 왔습니다. 그런데 아뿔싸 병이 들어 대불사大佛寺에 드러누웠다지 뭡니까. 그때 절을 찾은 미모의 여인과 우연히 만나게 됐습니다. 뿐만 아닙니다. 방령성은 그 여인의 도움으로 곤경에서 헤어 나왔어요. 이어 두 사람은 사랑이라는 걸 하게 됐다는군요. 몰래몰래 좋아하다 급기야는 백년해로까지 언약했는데……."

좌중의 사람들은 그가 찻집 이야기꾼의 어투를 흉내 내자 박수를 치면서 좋아했다. 경조각은 오른손으로 당목을 치는 시늉까지 하면서 다시 말을 이었다.

"옛말에 '홍안紅顏이 박명薄命하다'라는 것이 있죠. 청루靑樓에 몸담고 있는 여인을 방씨 같은 명문망족名門望族이 두 팔 벌려 반겨 맞을 리 있었겠어요? 방씨의 대형께서는 연신 서찰을 보내 방 공자를 엄히 꾸짖으셨답니다. 또 오로지 공명만 좇고 주색을 멀리하라고 명하셨죠. 그렇게 됐으니 댕기 풀어 백년해로를 언약한 산산은 옥용玉容이 초췌해졌죠. 눈물로 지새우는 나날도 이어졌고요. 얼마나 안타까운 이야기입니까……."

경조각이 쯧쯧 혀를 차면서 얘기를 이어가고 있을 때였다. 정백희가 이시요에게 종이 한 장을 내밀었다.

"조 선생이 '방 공자'를 대신해 그 형님에게 써 보낸 서찰입니다. 읽어보십시오. 경조각 저 친구의 헛소리를 듣는 것보다 나을 겁니다."

이시요는 무덤덤하게 그것을 받아들고 펴봤다. 글씨가 깨알같이 박힌 장문의 서찰이었다. 경조각이 또 무슨 농담을 했는지 좌중에서와! 하는 폭소가 터졌다. 이시요는 그에 아랑곳하지 않은 채 천천히편지를 읽어 내려갔다.

서찰은 잘 받아봤습니다. 어버이와 같은 형님의 엄한 가르침에 번번이 감격과 부끄러움을 금할 길 없습니다. 선친께서 돌아가신 후 형님의 헌신적인 이끌어주심이 있었기에 비로소 오늘의 제가 있게 됐음은 두 말이 필요없는 사실입니다. 불민한 아우에게 형의 훈육은 영롱한 우로雨露였습니다. 또 벽력과 같은 일갈이었습니다. 한마디 말씀드리고 싶은 것은 비록 이 아우가 아직 치기가 남아 있으나 결코 야수野水의 원앙을 쫓고 순간적인 어수지락魚水之樂의 사랑에 빠져 한가로이 꽃노래나 흥얼거리고 다니는 사람은 아니라는 것입니다. 부디 이생에 다시없을 운명적인 사랑에 빠진 이 아우의 진심을 알아주십시오.

아우와 우연히 만난 산산이라는 처녀는 삼 년 전 가흥嘉興 주루를 나온 얌전하고 착한 여인입니다. 호방교虎坊橋에서 함께 지내던 어느 날이었습니다. 그녀는 어느 날 밤 버드나무가 방안으로 날아 들어오고 선도仙桃가 탐스럽게 열리는 태몽을 꾸었습니다. 슬하가 허전하신 형님에게도 희소식이 아닐 수 없을 거라 믿어마지 않습니다. 형님도 아시다시피 세상사는 눈앞에 보이는 것만이 전부는 아니지 않습니까? 진흙에서도 연꽃이 피고 분토糞土에서도 귀한 버섯이 납니다.

이시요는 중간까지 읽고 나서는 산산을 힐끗 훔쳐봤다. 과연 아랫배가 조금 불러 있는 것 같았다. 그는 편지를 계속 읽었다. 형을 설득

하기 위한 고언^{苦言}이 행간에 역력했다. 또 말미에는 "아우의 혜안을 믿고 아우의 선택을 존중하니 제수씨를 데리고 고향으로 속히 돌아오기 바란다"는 방령성 가형의 짤막한 답장이 적혀 있었다.

이시요가 빙그레 웃으면서 서찰을 정백희에게 건네준 다음 축하의 말을 건넸다.

"방형, 축하하오! 끝에서부터 읽었더라면 손에 땀을 안 쥐었을 걸!"

옆자리의 오성흠과 웃고 떠드느라 정신이 없던 방령성은 이시요가 자신에게 뭐라고 말을 하자 바로 돌아앉았다. 이어 물었다.

"예?"

이시요가 다시 입을 열었다.

"일단 축하는 해야겠는데 약간 꺼림칙한 게 있구려. 조 선생이 서찰에서 군령장^{軍令狀}을 세웠으니 말이죠. 이를 어쩌나? 방형이 이번에도 미역국을 마시면 신부를 쫓아내도 좋다고 했으니 말이오."

"목 선생도 참! 어찌 그리 교주고슬^{膠柱鼓瑟}(고지식해서 융통성이 없음) 하시오?"

조석보가 술잔을 들어 조금씩 홀짝이면서 덧붙였다.

"그때가 되면 꼬물꼬물한 조카가 태어났을 텐데 설령 미역국을 마신들 아이를 봐서라도 어찌 어미를 쫓아낼 수 있겠소?"

방령성이 기다렸다는 듯 입을 열었다.

"우리 형님은 천성이 너무 착해서 법 없어도 살 사람이오. 그런 걱정은 붙들어 매시게. 평생 과거시험에만 매달려 추풍낙엽의 신세가 된 사람이 이 아우에게서나마 일말의 위로를 얻고자 할 뿐이오."

오성흠 역시 위로의 말을 건넸다.

"꽃같이 아리따운 아내가 떡두꺼비 같은 장군감을 잉태하고 있으니 이보다 더한 길조가 어디 있겠소? 이번에 방형은 필히 청운의 꿈을 이룰 것이오."

방령성은 그러나 고개를 저으며 자조하듯 쓴웃음을 지었다.

"알다가도 모를 게 세상사이거늘 어찌 그리 호언장담을 할 수 있겠소! 그저 끝까지 해보는 거지. 우리 조부님이신 방영고方靈皐(강희제 때의 명사 방포方苞) 옹은 천하의 문단 수령으로 이십 년도 넘게 명성을 날렸소. 강희황제 때는 상서방에 입직해 백의白衣 재상으로 인정을 받았어도 끝까지 용문龍門과는 인연이 없으셨잖소. 우리 큰형님도 열세 번씩이나 미역국을 마시고 고사장에서 머리가 희어지고 등이 휘었소. 이제는 시험의 '시'자만 들어도 넌더리가 난다고 하오! 두광내나 왕문소王文韶, 우명당尤明堂과 같이 일로춘풍一路春風의 행운아들은 누가 뭐래도 손에 꼽을 수 있을 정도요."

이시요는 방령성의 말에 아무 생각 없이 고개를 끄덕이면서 공감을 표했다. 그러다 갑자기 뭔가 떠오르는 바가 있어 가슴이 철렁했다. 건륭이 자신을 이번 춘위 시험의 주시험관으로 지정했는데, 지금 한 무리의 수재들 틈에 끼어 뭘 하는 짓인가 하는 생각이 들었던 것이다. 동시에 '과전이하'瓜田李下(오이 밭에서 신발 끈을 매지 말고, 오얏나무 아래에서 갓을 고쳐 쓰지 말라는 의미)라는 고사성어가 생각나면서 등골에 식은땀이 쫙 흘렀다. 그는 당황한 표정을 애써 감추고 억지웃음을 지으면서 입을 열었다.

"여기 모인 사람들은 이미 여러 번 낙방의 쓴 잔을 마셨을 거요. 하지만 과거시험에 한번 목을 맨 사람은 죽어도 고사장에서 죽게 돼 있소. 낙방한 사람들의 공통점이 뭔지 아오? 시험관이 눈깔이 삐었다느니, 차별한다느니 온갖 욕지거리를 퍼붓고 내가 다시 여기 오면 사람 새끼가 아니라면서 철석같이 맹세를 하다가도 때가 되면 언제 그랬냐는 듯 제일 먼저 짐 싸들고 길을 나서는 거요. 그게 수재秀才의 숙

명이오. 아, 참! 내 정신 좀 봐, 급한 일을 깜빡했네! 오늘 만나서 즐거웠소. 그럼 인연이 닿으면 나중에 또 봅시다!"

이시요는 대충 얼버무리면서 말을 끝내고는 서둘러 자리에서 일어섰다.

12장

황자들을 훈육하는 건륭

이시요는 건륭이 조만간 춘위 시험과 관련해 자신과 우민중을 부를 거라는 생각을 했다. 그래서 연 며칠 동안 군기처에서 자리를 지키고 있었다. 그러나 아무리 기다려도 단독 접견을 하겠다는 연락은 오지 않았다. 건륭은 그저 육부 관리들까지 함께 한 자리에서 그와 우민중에게 번갈아가면서 의견을 묻는 것이 고작이었다. 그는 건륭을 알현할 때도 누군가 자신의 뒤통수를 겨냥하고 있다는 사실 때문에 항상 전전긍긍했다. 건륭이 혹시 자신의 비리를 알고 있지 않을까 하는 초조함에 속이 다 타들어가는 것 같았다.

그러나 병부 관리들과 함께 들었을 때도 이시요가 우려했던 일은 일어나지 않았다. 조혜, 해란찰과 아계의 전략전술에 대해 주로 의논한 것이 고작이었다. 다리를 어디에 설치해야 하는지의 문제와 담수 공급과 화약의 습기를 방지하는 대책을 어떻게 세워야 하는지에 대한 의견 역시 오고갔다. 하지만 다른 화제는 없었다. 호부 관리들과 함께 들어갔을 때는 으레 재해 복구와 춘경春耕이 화두였다. 건륭은 접견이 끝난 뒤에는 번번이 피곤한 표정으로 손사래를 치면서 도무지 곁을 주지 않았다.

이날은 기윤이 공부 관리들을 대동해 건륭을 알현하기로 한 날이었다. 그런데 웬일로 태감 왕팔치가 군기처로 "이시요도 함께 들라!"는 어지를 전해왔다.

아침을 먹고 있던 이시요는 숟가락을 내동댕이치듯 던지며 벌떡 일어났다. 문 밖에서 기다리고 있던 기윤이 놀랐는지 아래위로 이시요를 쓸어봤다.

"입경한 지 며칠 되지도 않은 사람이 어찌 그리 생기가 없어 보이오? 어디 아픈 게요, 아니면 밤잠을 설친 거요? 어서 이 대인의 조주朝珠를 걸어 드리거라!"

이시요는 그제야 목을 만져보고는 당황함을 감추지 못했다. 조주가 없었던 것이다. 그는 태감의 손에서 낚아채듯 조주를 받아들고 스스로 목에 걸었다. 기윤을 따라 나서면서는 웃음 띤 어조로 말했다.

"밖에 나오면 챙겨주는 아랫것들도 없고 이리 사소한 것마저 알아서 챙겨야 하니 정신이 없네요. 지난번에 뵙기를 청할 때는 패찰을 잊어버리고 안 가져갔지 뭐예요. 고운종을 못 만났더라면 폐하를 알현하지도 못할 뻔했다는 거 아닙니까."

"그게 바로 경관京官과 외관外官의 다른 점이 아니겠소."

기윤이 고개를 끄덕였다. 이어 덧붙였다.

"여기 군기처의 웬만한 장경들도 모두 사품관이라오. 군기처에 있을 때는 차를 마시고 싶으면 손수 끓이고 빨래도 자기 손으로 해야 되는 말단이지만 지방으로 내려가면 그들도 어마어마한 대접을 받는다고! 그래서 '입경入京한 화상和尙, 출경出京한 관리官吏'라는 말이 있잖소. 조주 얘기가 나왔으니 생각나는 일화가 있소. 전에 백운관白雲觀의 도장道長 장 진인張眞人이 폐하의 부름을 받고 왔는데 조주를 걸지 않고 왔더군. 그가 폐하께 실례를 저지르게 될까봐 당황해하는 걸 보고 내가 그랬소. '당신은 바람과 구름을 부르는 재주가 있는 기인奇人이 아니오? 영패令牌를 획 저어 육정육갑六丁六甲(도교에서 둔갑술을 할 때 부르는 신의 이름) 신장神將들에게 조주를 가지고 날아오라고 시키면 되지 않소?' 그랬더니 얼굴이 빨개지더군!"

손짓발짓까지 해가며 신나게 떠드는 기윤의 말에 이시요와 두 태감은 모두 웃음을 터트렸다. 그 사이 공부 시랑侍郎 진색문陳索文과 보원국寶源局을 비롯해 하도국河道局, 화약국火藥局, 가도아문街道衙門의 몇몇 당관들은 이미 양심전 수화문 밖에 당도해 기다리고 있었다. 기윤이 몇 걸음 빠르게 다가가 물었다.

"어이 진색문, 자네 대장은 안 왔나?"

"저희 대장은 상중喪中이십니다."

그곳은 내원內苑의 금지禁地였으므로 정참례庭參禮를 행할 수 없었다. 그래서 진색문은 당관들과 함께 허리를 숙여 공손하게 예를 갖췄다. 그리고는 다시 입을 열었다.

"지금은 황극기黃克己 대인이 공부아문의 업무를 서리하고 있습니다. 그런데 그분마저 시공 중인 태묘太廟를 시찰하러 봉천奉天으로 내려간 상태입니다. 그래서 제가 대신 폐하를 알현하러 오게 됐습니다."

기윤이 웃음기를 거두고 근엄하게 말했다.

"따라오게."

기윤은 주위 사람들을 데리고 안으로 들어갔다. 왕팔치는 즉각 그들을 동난각으로 안내했다.

그러나 건륭은 궁전 안에 없었다. 왕팔치는 잠깐 기다리라는 말과 함께 주렴을 걷고 물러갔다.

사람들은 팔보八寶 유리 병풍 앞에 무릎을 꿇은 채 숨을 죽이고 있었다. 이런 자리가 처음인 네 명의 당관들은 죽은 듯 엎드려 숨도 제대로 쉬지 못하고 있었다. 진색문 역시 긴장한 표정으로 눈도 깜빡 않고 있었다. 이시요라고 크게 다르지는 않았다. 무슨 질문이 떨어질지 몰라 잔뜩 긴장한 표정이었다. 반면 기윤만은 주렴 사이로 쏟아져 들어오는 화사한 햇살에 얼굴을 맡긴 채 유유자적 창밖을 내다보고 있었다. 창밖에는 태감과 궁녀들이 시립해 있었다. 다행히 밝은 햇빛과 재잘거리는 새소리가 주변 분위기를 평온하게 해주었다.

기윤 등이 그렇게 한참을 기다리고 있자 밖에서 왕렴의 째지는 듯한 목소리가 들려왔다.

"폐하께서 납신다! 찻물과 물수건을 대령하라!"

잠시 후 발걸음소리가 길게 이어졌다. 그러자 궁녀들이 찻물과 물수건, 인삼탕을 내오느라 바삐 움직이기 시작했다. 기윤을 비롯한 신하들은 전부 몸을 낮추고 고개를 숙였다.

태감이 주렴을 걷어 올렸다. 이어 건륭의 발걸음소리가 금전金甎을 깔아 놓은 바닥을 딱딱 울리면서 들려왔다. 기윤이 머리를 가볍게 조아리면서 아뢰었다.

"신들이 폐하께 문후 여쭈옵니다!"

"기윤, 자네 들었는가?"

건륭이 덧붙였다.

"공부에서도 여럿이 들었구먼. 면례免禮하고 난각으로 들게."

가까이에서 들리는 건륭의 말소리는 우렛소리 같았다. 기윤과 진색문은 고개를 조아리면서 대답하고 일어섰다. 건륭은 물수건으로 얼굴을 문지르고 있었다. 궁녀가 인삼탕을 들고 오자 건륭은 됐다면서 난각으로 들어갔다. 그리고는 먼저 자리를 잡고 나서 뒤따라 들어오는 신하들에게 자리에 앉으라면서 손짓을 했다.

진색문은 엉덩이를 나무걸상에 살짝 붙이고 몰래 건륭을 훔쳐봤다. 온돌에 올라 다리를 괴고 앉은 건륭 역시 마침 그쪽으로 눈길을 돌리던 차였다. 두 사람의 시선이 정면으로 부딪혔다. 당황한 진색문이 황급히 시선을 떨어뜨렸다. 그러자 건륭이 가볍게 웃음을 터트렸다.

"밖은 오늘 봄기운이 완연하네. 여러 날 밤잠을 설쳤더니 몸이 찌뿌드드한 차에 어화원御花園으로 갔었네. 포고布庫 연습을 하는 황자들 틈에 끼어 몸을 좀 풀었지. 기분이 날아갈 것 같군. 옹염顒琰, 옹기顒琪, 옹선顒璇, 옹성顒瑆, 옹린顒璘은 안으로 들라."

옹염의 낮은 대답소리와 함께 황자들이 줄줄이 들어섰다. 이어 온돌에 앉아 있는 건륭을 향해 예를 갖추고는 다함께 뒤로 물러나 무릎을 꿇었다. 그렇게 사람들이 갑자기 늘어나자 난각 안은 비좁은 느낌마저 들었다.

모두들 건륭이 입을 떼기만 기다렸으나 그는 잠시 아무 말도 없었다. 안색이 어딘가 불쾌해 보였다. 견디기 힘든 침묵이 한참 흐른 뒤 건륭이 천천히 입을 열었다.

"발소리가 어찌 그리 가볍느냐? 황제의 면전이라고는 하지만 신하들 앞이기도 한데 황자의 기품이라고는 터럭만큼도 없어서야 되겠느냐! 그리고, 기윤 역시 육경궁 서재의 사부이거늘 어찌 한마디 인사도 없다는 말이냐!"

건륭이 신하들 앞에서 그런 식으로 황자들을 꾸짖는 건 처음이었다. 듣는 기윤은 부담스러워 몸 둘 바를 몰랐다. 이시요와 공부의 관리들 역시 떨리는 가슴을 부여안은 채 손에 땀을 쥐었다. 황자들은 더했다. 얼굴이 하얗게 질린 채 어찌할 바를 몰라 했다.

건륭은 치가治家에 있어서만큼은 강희와 일맥상통한다고 해도 좋았다. 외신外臣보다 내신內臣에 대해 더 엄격한 잣대를 들이대는 사람이었다. 또 가까운 사이일수록 더 가혹하게 대했다. 기윤 역시 잘 알고 있는 사실이었다. 따라서 황자들에게 고매한 기품을 강요하고 사부에게 예를 갖추지 않은 행위를 책망한 것은 당연한 일이었다. 그러나 이 많은 사람들 앞에서 공공연히 황자들의 허물을 책망하고 꼬집는 것은 너무 심하다고 할 수 있었다. 예를 행하는 쪽과 받는 쪽이 모두 불편할 수밖에 없었다.

순간 황자들이 우르르 일어나 뒤늦게나마 사죄의 예를 갖추려고 했다. 그러자 기윤이 황급히 자리에서 일어나 무릎을 꿇었다. 그리고는 조심스레 입을 열었다.

"황자마마들께서 어쩌다 실수를 하신 것 같사옵니다. 군부君父의 면전이라 경외심에 긴장이 앞서 그리 된 것 같사오니 용서해 주시옵소서. 정무를 논하는 자리에서 신이 어찌 버젓이 황자마마들의 예를 받겠사옵니까? 통촉하여 주시옵소서, 폐하!"

"너희들은 세 살 때부터 글을 익히고 여섯 살에 머리를 묶고 본격적으로 공부를 시작한 몸이 아니더냐? 천지군친사天地君親師(인간이 살아가는데 큰 은혜를 입는 다섯 가지로, 유교에서 제례의 대상임)라고 해서 '사'師는 분명 오상五常(오륜五倫. 사람이 지켜야 할 다섯 가지의 도리란 뜻으로, 인仁, 의義, 예禮, 지智, 신信을 말함)에 속하는 줄 몰랐다는 말이더냐? 어찌 그리 경솔하고 태만할 수 있다는 말이냐? 글공부한 자들은 양기수덕養氣修德에 힘쓰지 않으면 경거망동輕擧妄動하기 십상이다. 이는 몰라서 행한 경거망동보다 더 가증스럽다는 걸 명심하거라. 기윤의 청이 간절하니 이번만은 용서한다. 돌아가서 글을 지어 바치거라."

건륭이 말을 마치고 잠시 생각하고 난 다음 다시 덧붙였다.

"제목은 '극기복례위인克己復禮爲仁(자기를 이기고 예로 돌아가면 인仁이라는 의미), 사선막대언斯善莫大焉(선보다 큰 것은 없다는 의미)'이니라. 다 썼으면 어람을 청하도록 하거라!"

"예!"

황자들은 건륭의 말이 끝나자마자 마치 대사면을 받은 죄인처럼 크게 안도한 표정으로 일제히 머리를 조아린 채 사은을 표했다. 건륭은 그제야 표정을 부드럽게 바꾸면서 진색문을 향해 말했다.

"자네가 진색문인가?"

진색문은 건륭의 황자들을 향한 추상같은 호령에 잔뜩 겁을 집어먹고 있던 터라 화들짝 놀라면서 튕기듯 자리에서 일어났다. 그러자 건륭이 웃으면서 눌러 앉히는 손짓을 했다.

"앉게, 앉아서 대답하게. 어찌 그리 벌떡벌떡 일어나고 그러나? 그런 허례는 갖추지 않아도 되네. 자네는 올 여름에 이부吏部의 인준을 받고 공부工部로 입직한 걸로 알고 있네."

진색문이 어느새 더없이 온화해진 건륭의 말투에 어리둥절했다가 천천히 가슴을 진정시키면서 그렇다고 대답했다. 건륭이 생각을 더듬는 듯하더니 뜻밖의 질문을 던졌다.

"복건에 진색검陳索劍이라는 포정사가 있는데, 혹시 일가인가?"

"예, 폐하. 폐하의 총기는 실로 놀랍사옵니다. 진색검은 신의 아우이옵니다."

"대견하군! 자네 아비가 자식들을 잘 가르쳤네. 두 형제 중 하나는 방면대원方面大員, 하나는 조정의 경이지신卿貳之臣(이품, 삼품의 경관을 의미함)으로 키워냈으니 말일세."

건륭이 고개를 끄덕이면서 흡족해했다.

"실로 흔치 않은 경우이지."

진색문이 건륭이 자신의 부친을 높이 치하하자 황급히 자리에서 나와 무릎을 꿇었다.

"신이 요순堯舜 임금 옆에서 시중을 들 수 있고, 아우가 일방의 부모 관父母官으로 자리 잡은 것은 모두 폐하의 홍복과 조상들의 음덕 덕분에 가능했다고 생각하옵니다. 신의 아버지 진모조陳模祖는 신의 아우가 태어나고 육 개월 만에 세상을 뜨셨사옵니다. 이후 신의 어머니께서 찬물에 삯빨래를 하고 등잔불 밑에서 밤새워 삯바느질을 하시면서 뒷바라지를 해주셨습니다. 그로 인해 신과 아우는 비로소 장성할 수 있었사옵니다. 신의 형제는 출세해 타의 모범이 되고자 매진하고 있사오나 신의 어머니는 아직 고명부인誥命夫人의 반열에 들지 못하셨사옵니다. 여러 차례 정표건방旌表建坊(여성을 표창하는 방식)을 신청했으나 여태 감감무소식이옵니다……."

진색문이 하소연하듯 말하다 그예 눈가에 눈물을 살짝 비쳤다. 건륭이 순간 슬쩍 기윤을 쳐다봤다. 기윤은 모르는 일이라는 듯 고개를 저었다. 그러자 건륭이 말했다.

"이런 일은 예부禮部에 정해진 규정이 있으니 돌아가서 다시 기윤 공에게 상주문을 올리도록 하게. 관련 규정에 따라 은지가 내려질 것이네."

건륭이 좌중을 쓸어보고 나서 말을 이었다.

"이제 차사差使(중요한 임무를 위해 파견한 임시직이라는 뜻이나 여기에서는 중요한 사안을 말함)에 대해 말해보세."

공부는 육부 중에서 가장 힘없는 부서라고 할 수 있었다. 그래서 명색이 부部라고 하나 직권이나 책임은 이부, 예부, 병부, 호부, 형부에 한참 못 미쳤다. 이른바 '냉아문'冷衙門이었다. 그로 인해 심지어 당나라 때는 아예 동궁冬宮으로 불리기도 했다. 자연스럽게 공부 상서는 '동궁 상서', 시랑은 '동궁 시랑'으로 불렸다. 다행히 명나라를 거쳐 청나라로 이어오면서 공부의 권력은 당나라 때보다 많이 커졌다. 하공河工, 수리水利, 해당海塘, 하방河防, 선박船舶, 광물鑛物, 둔전屯田, 영작營作, 수선修繕, 시탄柴炭, 교량橋樑, 어획漁獲, 조운漕運, 군기軍器, 조전造錢 등 크게는 민생국맥民生國脈에서부터 작게는 자질구레한 일까지 책임지고 관리해왔다. 때문에 육부의 나머지 다섯 개 아문에서 요직을 맡고 있는 관리들 중에는 먼저 공부에서 몇 년 동안 담금질을 거쳐 출세한 이들이 적지 않았다. 한마디로 공부는 실권이나 실익은 별로 없으나 없어서는 안 되는 부처였다. 따라서 진색문은 건륭이 관심을 가질 법한 하공이나 조운, 둔전, 수리에 대해서만 아뢰었다. 진색문과 동행한 가도街道아문의 관리는 원명원 확장에 앞서 민가를 이주시키는 데 필요한 예산에 대해 보고를 올렸다.

이시요는 열심히 귀를 기울이면서 속으로 계산해봤다. 대충 계산해봐도 어마어마한 비용이 들 것 같았다. 민가를 이주시키는 데만 적어도 은자 400만 냥이 필요하지 않을까? 지방이라면 엄두도 내지 못할 일이었다. 역시 천가天家는 천가라는 생각이 들었다.

그러나 기윤은 어디에 얼마의 예산이 필요한지 이미 다 생각해둔 것 같았다. 자신의 예상을 크게 빗나간다고 생각되는 부분에서는 고개를 갸웃거리며 마땅치 않다는 표정을 지었을 뿐 아니라 가끔은 고개를 끄덕이면서 열심히 귀를 기울이는 모습이 그랬다. 몇몇 당관들의 보고가 끝나자 다시 진색문이 아뢰었다.

"홍과원紅果園에서 서쪽으로 백 리쯤 떨어진 곳에 현녀묘玄女廟라고 있사옵니다. 성조 때 가짜 주삼태자朱三太子 사건이 터지고 나서 피폐해진 곳이옵니다. 그런데 근래에 들어 갑자기 향화香火가 다시 왕성해지기 시작했사옵니다. 요즘은 현녀묘를 찾는 선남신녀善男信女들이 하루에 수천 명도 더 된다고 하옵니다. 이곳은 원명원 서문西門과 마주하고 있어 이주 대상에 포함되옵니다. 그러나 수만 명이 넘는 향객들의 반발 때문에 공부에서는 감히 이주시킬 엄두를 내지 못하고 있사옵니다. 순천부 아역들의 가족들 중에도 그곳 신도들이 많다고 하옵니다. 전임 공부 상서 왕화우王化愚는 강제철거를 했을 시 예상되는 사달이 두려워 철거를 잠시 보류하라고 했사옵니다. 왕화우는 정우丁憂(부모상을 당함)로 자리를 비우고 황사랑黃仕郎도 봉천으로 외차外差를 나갔사오니 폐하께서 어지를 내려주시옵소서."

"음……, 현녀묘라고?"

당관들의 보고를 들으면서 종이에 뭔가 기록하고 있던 건륭이 붓을 멈추고는 기윤에게 물었다.

"현녀묘라면 정사正祀인가, 음사淫祀인가?"

기윤이 황급히 대답했다.

"현녀玄女는 상고上古 시대의 신녀神女로서, 속칭 '구천낭낭'九天娘娘이라고 하옵니다. 《황제내경》皇帝內經에도 적혀 있는 정사正祀이옵니다. 하오나 갑작스레 향화가 성하기 시작한 데는 뭔가 다른 이유가 있는 것 같사옵니다. 요즘 북경과 직예直隷 일대에서 일명 천리교天理教라는 사교가 창궐하고 있다고 하옵니다. 제신祭神의 미명하에 선남신녀들을 유혹하고 있다고 하오니 이 점을 유념해야 할 것 같사옵니다."

건륭이 붓을 내려놓았다. 이어 한참 동안 깊은 생각에 잠겨 있더니 천천히 입을 열었다.

"짐이 유년 시절에 성조에게서 들은 바가 있네. 가짜 주삼태자 양기륭楊起隆의 소굴이 홍과원에 있었다고 말일세. 오사도鄔思道 선생에게서 주배공周培公이 오삼계吳三桂의 아들 오응웅吳應熊의 난을 평정한 곳 역시 그곳이라는 얘기도 들었고……. 이시요!"

"예, 폐하!"

"이는 순천부의 업무가 아니네. 경은 이미 보군통령아문을 서리하 기로 했으니 자네 구문제독九門提督이 처리해야 할 일이네."

"예! 신은 즉시 수사에 착수하겠사옵니다!"

건륭이 준엄한 어조로 다시 명령을 내렸다.

"수사가 끝나는 대로 아뢰도록 하게."

이어 덧붙였다.

"조사 결과 과연 정신正神을 모시는 곳이라면 사람들을 놀라게 해 서는 아니 되겠네. 예부에서 관리를 파견해 제사를 지내고 불가피한 철거 이유를 정중하게 설명하도록 하게. 원명원 밖에 절이 있으면 문 을 보호하는 역할도 할 수 있으니 나쁘지 않을 걸세. 만약 사교가 절 을 빌려 어리석은 백성들을 유혹하거나 악을 도모하는 것이라면 절 을 없애기에 앞서 먼저 사악한 무리들을 처단해야 할 것이네."

"예! 신이 철저한 수사를 거쳐 아뢰도록 하겠사옵니다!"

건륭이 차 한 모금을 마시고는 하다 만 얘기를 계속했다.

"일단 병부의 감독 아래 채광용採鑛用과 군사용軍事用 화약을 제조 해야겠네. 제조만 한다고 능사는 아니네. 두텁게 납봉蠟封을 해서 습 기를 철저히 차단해야 하네. 안휘와 운남 동정사銅政司에서 올려 보 낸 주장을 나중에 읽어보게. 그곳에서는 장마철에 화약을 제대로 보 관하지 못했다고 하네. 그로 인해 창고에 보관했던 화약 전체에 습기 가 차서 사용할 수 없게 됐다고 했네. 햇볕에 말려봤지만 폭발력이 훨씬 약해졌다는군. 그리고 호부는 보원국寶源局의 동전 제조 상황을 잘 감독하고 제때에 수거하도록 하게. 광주에서 동전의 본을 올려왔는데, 그곳의 시중에서 유통되는 동전 대부분은 개인이 주조한 것이라더군. 너무 가볍고 얇아 규격에 못 미친다고 하던데. 이는 어찌된 일인가? 호부와 공부에서 합동수사에 돌입하도록 하게. 이시요, 자네는 손사의孫士毅에게 서찰을 보내게. 제전製錢 유통 상황을 소상히 상주하라고 하게."

이시요가 황급히 대답했다. 그러자 진색문이 다시 끼어들었다.

"요즘 동전은 구리 함유량이 너무 높은 것이 탈이옵니다. 구리와 납의 비율이 육대사이오니 민간에서 대량 수거해 놋그릇을 만들어 내다 팔고 있사옵니다. 당분간 이 문제를 근절한다는 것은 쉽지 않을 것이옵니다. 옹정전雍正錢의 비율은 동사연육銅四鉛六이었사옵니다. 색상과 문양은 건륭전보다 조금 못했지만 앞서 얘기한 폐단은 없었다고 생각하옵니다. 일본에는 동광銅鑛이 없는데도 건륭전이 대량 유통되고 있다고 하옵니다. 대부분이 우리나라에서 흘러간 것이라고 해도 과언이 아니옵니다. 선박 한 척당 운송량을 이백사십 근 미만으로 통제하고 있사오나 은밀한 불법거래가 여전히 성행하는 실정이옵니다. 게다가 원명원 재건축에 구리가 대량으로 필요할 것이오니 구리의 생산량이 배로 늘어도 넉넉한 형편은 못되옵니다. 신의 어리석은 생각으로는 동전을 다시 선제 때의 비율로 제조하는 것이 바람직할 것 같사옵니다."

진색문의 제안은 민생 현안과 직결되는 중요한 사안이었다. 옆에서 무릎을 꿇고 있는 다섯 황자 중 의신군왕儀愼郡王에 봉해진 옹선은 그 사실을 잘 알고 있었다. 《사고전서》 편수작업을 도와주면서부터 기윤과 현행 동전 제조의 폐단에 대해 논해온 바도 있었다. 그러나 번번이 수박 겉핥기였을 뿐 해결책은 생각해내지 못했다. 그는 몰래 건륭의 안색을 살피면서 몇몇 신하들을 쓸어봤다. 마침 기윤과 눈길이 마주쳤으나 이내 피했다.

기윤도 뭐라고 말하고 싶었으나 꾹 참고 말았다. 누군가 건륭에게 자신의 험담을 하고 있다는 소문을 들었는지라 발언에 신중할 수밖에 없었다. 기윤은 내심 옹선이 몇 마디 동조해줬으면 하고 바랐으나 그 역시 입을 열지 않았다. 황자들은 함부로 정무에 왈가왈부해서는 안 된다는 건륭의 엄명이 있었는지라 일언반구도 내뱉지 못한 채 고개만 숙이고 있었던 것이다.

"제전법은 쉬이 개정할 수 있는 게 아니네."

한참 침묵하고 있던 건륭이 눈꺼풀을 내리 깐 채 한마디 했다. 평소 정무를 논할 때면 항상 용안이 형형하고 풍채가 당당하던 건륭이었다. 그런데 이 순간만큼은 노태老態가 완연했다. 그가 지친 목소리로 무거운 탄식을 앞세운 채 말을 이었다.

"선제先帝도 선제 나름대로의 어려움이 있었을 테지. 그러나 짐은 성조 때의 제전법을 모방한 현행 제전법이 바람직하다고 생각하네. 달다 쓰다 말이 많았지만 건륭제전은 어언 사십여 년 동안 제조, 유통돼 왔네. 그런데 이제 다시 구리와 납의 비율을 사대 육으로 바꾼다면 색상도 어둡고 문양도 시원찮아 민간에 유통됐을 시 백성들의 의혹을 불러일으킬 소지가 크네. 확대 해석을 좋아하는 자들은 뭔가 큰 변혁을 의미하지 않을까 의심할 수도 있네. 외국에서도 건륭전이 유통되고 있다는데 굳이 '대국大國의 얼굴'을 누추하게 바꿀 필요가 있겠는가? 그리고 외국에서는 건륭전 하나로 그 나랏돈 삼십 매를 바꿀 수 있다는데 누가 그걸 녹여서 놋그릇을 만들겠나? 이제 원명원 공사만 끝나면 구리가 대량으로 필요한 경우는 없을 것이니 구리 부족도 일시적인 현상으로 그칠 거네. 동광을 잘 관리해 악의 무리들의 작란作亂을 차단하고 광부들을 더 모집해 채광량을 늘리도록 하게."

건륭이 길게 숨을 몰아쉬었다. 그리고는 또박또박 힘을 주어 덧붙였다.

"기윤에게 역대의 제전들이 다 있으니 가보게. 고금을 막론하고 국운이 창성할수록 제전의 색상과 모양이 더 미려했다는 걸 알 수 있을 것이네. 구리의 성분이 얼마나 함유되느냐가 문제가 아니라 치란홍쇠治亂興衰가 달린 중대한 과제이네."

황자와 대신들은 처음에는 진색문의 건의에 공감했었다. 그러다 건륭의 반론을 들어보니 또 그게 아니었다. 역시 군주로서의 고옥건령高屋建瓴(유리한 정세를 차지함)이 심모원려하다는 생각이 들었다. 진색문이 황급히 땅에 엎드려 머리를 조아렸다.

"신이 불학무술不學無術해서 나무만 보고 숲을 보지 못했사옵니다. 폐하의 훈육을 듣고 보니 먹구름이 걷히고 일월을 보는 느낌이옵니다!"

이어 이시요와 기윤을 비롯한 다른 신하들도 뒤질세라 건륭의 고금을 통찰하는 눈과 성명의 고원함을 칭송했다. 건륭은 어깨가 으쓱했다. 득의양양한 표정을 굳이 감추려 하지도 않았다.

"알았네! 그만 가서 일들 보게. 공부의 업무는 비록 자질구레한 것 같지만 하나하나 민생 현안과 직결돼 있네. 조정에서도 예의 주시하고 있으니 절대 소홀히 하거나 게을리 하는 일이 있어서는 아니 되겠네. 진색문, 자네는 돌아가서 하공河工에 존재하는 갖가지 이폐利弊를 세세히 적어 어람을 청하도록 하게."

건륭은 신하들의 칭송에 기분이 좋아졌는지 말을 마치자마자 크게 손사래를 치면서 명령을 내렸다.

"기윤, 이시요와 옹염만 남고 모두 물러가게."

궁전은 사람들이 물러가는 소리로 잠시 시끄럽다가 이내 정적을 되찾았다. 순간 세 사람의 여섯 개 눈동자가 건륭을 바라봤다. 건륭이 웃으면서 온돌에서 내려섰다.

"바깥 날씨가 참 좋네. 숨 막히게 궁전 안에만 박혀 있지 말고 짐을 따라 어화원으로 산책을 나가보지 않겠나?"

바깥바람을 쐬고 싶은 마음은 너나없이 두말하면 잔소리였다. 특히 기윤은 기쁜 기색을 감추지 않고 제일 먼저 싱글벙글했다. 이어 장화 속을 더듬어 곰방대를 꺼내면서 말했다.

"뭐니 뭐니 해도 이걸 마음대로 피울 수 있어 더할 나위 없이 좋사옵니다. 어전회의 때 연초를 피워도 괜찮다고 윤허를 받았사오나 그래도 독한 연기가 폐하께 해가 될세라 여간 조심스러운 게 아니었사옵니다."

이시요는 겉으로 전혀 내색하지 않았으나 속으로는 다른 생각을 하고 있었다. 이번 기회에 밖에서 떠돌고 있는 유언비어와 관련한 성심을 은근슬쩍 들춰보고 싶은 마음이 들었던 것이다. 그는 고민을 거듭한 끝에 기윤의 말이 끝나자마자 입을 열었다.

"신은 진사에 입격한 그해에 어화원御花苑에 들어가 보고 이번이 두 번째이옵니다. 실로 감개가 무량하옵니다."

옹염도 내심 기분이 좋았으나 역시 겉으로 내색하지는 않고 공손하게 입을 열었다.

"그래도 아직 잔설이 덜 녹고 바람 끝이 차오니 의복을 따뜻하게 입으시옵소서, 아바마마."

옹염이 말을 마치기 무섭게 다시 왕팔치에게 명령을 내렸다.

"아바마마의 외투를 꺼내들고 따라나서게."

어화원은 양심전養心殿에서 그리 멀지 않았다. 영항永巷에서 북으로 조금 나가 저수궁儲秀宮에서 동으로 꺾어들면 나오는 곤녕궁坤寧門 북쪽이 바로 어화원이었다. 아직 정오 전인 데다 높은 담이 햇볕을 가리고 있어 영항은 한기가 그대로였다. 그러나 어화원의 문 안으로 들어서자 눈앞이 확 트였다. 구름 한 점 없이 맑게 갠 하늘에는 불붙기 시작한 태양이 걸려 있었다. 금와홍장金瓦紅墻은 그 찬란한 햇살 아래 눈부신 빛을 뽐고 있었다. 정원 안에는 취백翠柏, 창송蒼松, 무죽茂竹, 만년청萬年靑, 금은화金銀花 등 잎새가 푸르른 상록수뿐만 아니라 낙엽교목落葉喬木들도 잘 어우러지게 꾸며져 있었다.

그런데 건륭은 걸음을 옮기면서 내내 침묵을 지켰다. 시어를 다듬는 것 같기도 하고 뭔가 생각에 잠긴 것 같기도 했다. 신하들은 그런 건륭의 그림자를 밟지 않도록 조심스럽게 뒤따랐다. 겉으로는 경관을 감상하는 듯했으나 머릿속으로는 건륭의 느닷없는 질문에 대비하느라 긴장을 늦추지 못했다.

건륭은 어정御亭을 한 바퀴 다 돌 때까지 별 말이 없었다. 그러다가 갑자기 고개를 돌려 기윤에게 물었다.

"조금 전 회의 때 경이 몇 번씩 웃음을 참느라 애쓰는 걸 봤네. 어인 이유인가?"

"아……, 예……."

갑작스럽게 첫 화살을 맞은 기윤이 잠시 어리둥절한 표정을 지었다. 이어 조심스럽게 아뢰었다.

"폐하께서는 대통을 이어받으신 지 사십 년 동안 춘추가 정성鼎盛하시어 천하의 대치大治를 이룩하셨사옵니다. 불민한 신도 성조의 융화隆化에 힘입어 조정의 기추에 몸담고 있으니 일신의 광영이 아닐 수 없사옵니다. 그 생각을 하니 절로 기분이 좋아 웃음을 참을 수 없었사옵니다."

건륭이 그러자 너털웃음을 터뜨렸다.

"경이 지금 그런 생각을 했다면 짐이 믿겠네. 허나 회의 때 웃었던 건 다른 이유가 있는 게 아닌가 싶네."

건륭은 기분이 매우 좋아 보였다. 기윤이 그런 건륭의 눈치를 살피면서 대답했다.

"신의 천박한 심사는 결코 폐하의 용안을 비켜갈 수 없는가 보옵니다. 사실 신은 공부 상서의 이름을 갖고 아계와 우스갯소리를 했던 일이 떠올라 웃었사옵니다."

건륭이 웃으면서 말을 받았다.

"요 근래에는 정사가 워낙 번잡해 기효람의 우스갯소리를 들은 지도 오래된 것 같네. 천성이 활달하고 농담을 잘하던 자네도 닳고 닳아 이제는 부항 못지않게 진지해졌네그려. 뭐가 그리 웃기는지 한번 얘기나 해 보게."

기윤이 입을 열었다.

"폐하께서는 기억하실 줄로 믿사옵니다. 공부의 황 상서가 사 년 전 북경으로 부임한 후 대리시大理寺로 전임시켜 주십사 하고 주청을 올리지 않았사옵니까? 그의 본명이 사랑仕郎인 데다 성까지 황씨여서 한어로 족제비를 뜻하는 '황서랑'黃鼠狼과 음이 비슷하옵니다. 그가 상서로 발령 난 후 사람들이 '족제비가 나무에 기어올랐다'(상서尚書와 나무에 오른다는 의미인 상수上樹는 음이 같음)면서 신나게 놀려줬었사옵니다. 그게 문득 생각이 나서 웃었사옵니다!"

순간 좌중의 사람들은 황사랑의 족제비 같은 얼굴을 떠올리면서 모두들 웃음을 터트렸다. 건륭 역시 언젠가 황사랑이 주청을 올리는 자리에서 모두 자신의 이름을 가지고 조롱한다면서 벌레 씹은 얼굴로 하소연하던 모습을 떠올렸다. 순간 그의 얼굴에도 웃음이 퍼졌다.

"역시 기윤답네! 그런 엄숙한 자리에서 엉뚱한 생각을 하고 웃다니! 선제 때의 유묵림劉墨林이 그랬지. 술과 고기를 좋아하고 농담도 잘했는데…….”

건륭은 말을 하다 말고 갑자기 감개에 젖어드는 표정을 지었다. 그리고는 다시 말을 이었다.

“눈 깜짝할 사이에 벌써 반백년이 지났네……. 그는 연갱요年羹堯의 독수를 피하지 못하고 아깝게 죽었지. 이제는 무덤의 잡초도 키를 넘었을 걸세…….”

이시요도 한 시대를 풍미한 풍류재자 유묵림에 대해서는 어느 정도 알고 있었다. 건륭의 착잡한 심기를 살펴보고는 황급히 아뢰었다.

“신이 서안에 있는 윤계선에게 군량미를 보내주는 길에 유묵림 선현先賢의 무덤을 둘러본 적이 있사옵니다. 의외로 벌초도 잘 돼 있고 깨끗했사옵니다. 그때 당시 유 선현과 깊은 사랑을 나눴던 명기名妓 소순경蘇舜卿도 합장돼 있는 걸로 알고 있사옵니다. 신은 배례하고 두 그루의 합환수合歡樹를 심어놓았사옵니다. 유 선현도 폐하께서 잊지 않고 계신다는 걸 구천九泉에서 알고 있다면 대단히 감격할 것이옵니다.”

소순경이라면 기윤도 귀에 익도록 들어본 이름이었다. 그러나 옹정 연간에 뭇 사내들의 애간장을 녹였다는 그 명기가 유묵림과 그토록 처연하고 애절한 정분을 나눴을 줄은 정녕 몰랐다. 기윤이 어느새 비감에 잠긴 건륭의 표정을 살피면서 황급히 대답했다.

“고도(이시요)의 말이 지당하다고 사료되옵니다. 유묵림은 애석하게 짧은 생을 마쳤으나 재자才子를 기리는 폐하의 성의聖意는 삼계三界에서 모두 주지하고 있을 것이옵니다. 유아무개는 물론 소씨 역시 성총을 입은 광영에 크게 위안을 느낄 줄로 아옵니다.”

그제야 건륭의 표정이 조금씩 밝아졌다.

"소순경은 비록 행동거지가 떳떳하지 못한 여자였지만 마음에 둔 사내를 위해 절개를 지키고자 죽음을 택했으니 열녀烈女가 아닐 수 없네! 옥에서 티를 찾지 못해 혈안인 도학자들은 그들을 비난하느라 코가 비뚤어지겠지만 세상에 완전무결한 사람이 어디 있겠나. 완전 무결하면 신선이지, 그게 인간인가!"

건륭이 말을 마치고는 방금 전 진색문의 하소연을 떠올린 듯 곧바로 정색을 했다. 진색문은 자신의 모친이 아직 고명부인의 반열에 들지 못했다면서 울먹이지 않았던가.

"기윤, 자네는 진색문이 모친을 고명부인 반열에 올려달라는 주청에 대해 어찌 생각하는가?"

기윤이 상체를 깊이 숙이면서 대답했다.

"아뢰옵니다, 폐하. 진색문의 모친 진안陳安씨를 고명부인에 들이느냐 마느냐는 이십 년 전부터 예부에서 고민해 온 사안이옵니다. 그때 당시 우명당이 사람을 내려 보내 조사했사옵니다. 진안씨는 진색문의 아비와 혼인하기 전에 비적들에게 나흘 동안 납치당했다 돌아온 적이 있다고 했사옵니다. 상식적으로 나흘 동안 비적들에게 잡혀 있었으면 순결을 잃어도 열두 번이라는 주장이 설득력을 얻어 한동안 고명부인의 인선에 들지 못했사옵니다. 그러자 나중에 진색문의 아비 진씨는 첫날밤의 '증거'를 가져와 확인시키기까지 했사옵니다."

사람들은 모두 실소를 금치 못했다. 건륭도 정색을 하면서 물었다.

"그렇다면 혼전 순결을 지킨 것이 사실로 드러났는데 어찌해서 여태 정표旌表를 올리지 못했다는 말인가?"

기윤이 가볍게 한숨을 내쉬면서 대답했다.

"진안씨는 언행이 너무 거칠었사옵니다. 정숙하고 단정함을 중요시하는 고명부인의 조건과는 거리가 있었사옵니다. 조사해보니 기원妓

院에서 삯바느질과 빨래를 한 적도 있었사옵니다. 그래서 모두 불결하다면서 도리질을 했사옵니다……. 우민중은 그런 명분을 내릴 때는 지나치게 엄격하다고 원성을 살지언정 추호라도 사람들이 수군대게 만들어서는 아니 된다고 했사옵니다."

건륭이 고개를 끄덕였다. 그리고는 잠시 침묵한 끝에 옹염을 향해 말했다.

"옹염, 너는 올해 벌써 열다섯 살이야. 지학志學에 힘쓸 나이지. 네가 공부가 끝난 후에도 문을 닫아걸고 들어앉아 글공부만 한다고 들었다. 가상하기는 하나 세상 물정을 글로만 익히려고 한다면 편파적일 수 있느니라. 모름지기 형제들과도 왕래하고 바깥세상도 체험해야 하느니라. 이번 춘위 시험은 이시요가 고관考官을 맡았다. 나중에 시험문제를 따로 내주라고 할 테니 너도 춘위 시험을 보거라."

건륭이 이어 태감들을 향해 으름장을 놓았다.

"사는 게 귀찮아진 자가 있으면 짐이 방금 한 말도 밖으로 발설하라. 짐이 당장 없애줄 테니!"

황자가 공거거인公車擧人의 신분으로 춘위 시험에 응시한다니? 자리에 있던 사람들은 모두 어안이 벙벙해지고 말았다. 기윤도 눈이 휘둥그레져 입을 헤벌렸다. 이시요 역시 자기도 모르게 바보처럼 멍청한 표정을 짓고 있었다. 옹염도 건륭의 뜻을 알 수 없어 어리둥절한 표정이었다.

"짐이 쓸데없는 호기심 때문에 돌출행동을 한다고 생각하지는 말거라."

건륭이 말을 이었다.

"성조부터 세종, 그리고 짐까지 모두 질고疾苦로 충만한 인간세상의 큰 풍랑을 몸소 겪었다. 그 속에서 진정한 치세술治世術도 터득해 왔느니라. 너희들은 짐이 육경궁에서 사부님의 강학講學이나 듣고 성인의 서적이나 몇 줄 읽어 오늘의 극성시대를 이끌어 냈는 줄 아느냐?"

건륭이 잠시 말을 멈췄다. 그의 눈은 자줏빛 등나무가 가득 덮인 궁궐의 담장을 응시하고 있었다.

"옹린은 아직 너무 어려서 안 되고 옹선과 옹성은 내일부터 군기처로 들어와 대신들을 보좌하면서 정무를 익히도록 하거라. 옹기는 짐이 어제 강남江南 청강淸江으로 하무河務 시찰을 보냈어. 짐이 너희만한 나이 때는 누가 시키지 않아도 외차外差를 나가고 싶어 안달이었어. 선제의 윤허를 받아 장대비가 빗발치고 홍수가 도천滔天하는 폭풍취우의 현장에서 직접 수만 명의 하공들을 지휘해 방죽을 쌓았지. 너희들 같으면 벌써 기절했을 테지! 그 뒤로 역참驛站에서는 또 왕부 호위들에게 명해 폭도 우두머리 셋의 목을 치기도 했어. 너희들은 아마 닭 모가지 하나 비트는 데도 진땀을 뺄 것이야. 죽여 놓고도 왕생主往生呪이니 뭐니 염불을 하느라 여념이 없겠지. 짐이 그런 폐물단지 아들들을 둬서 어느 짝에 쓰겠느냐!"

건륭이 갑자기 언성을 높여 일갈했다.

"반드시 절차탁마切磋琢磨를 거쳐야 해! 알겠어?"

옹염은 순간 흠칫 놀랐는지 몸을 부르르 떨었다. 낯빛은 어느새 하얗게 질려 있었다. 무릎을 꿇으려고 해도 부친의 안색이 어쩐지 심상치 않아 꿇어앉을 엄두도 못 내고 엉거주춤 서 있었다. 그러나 황제의 하문에 침묵으로 일관하는 건 예의가 아니라는 것을 모르지 않았으므로 얼마 후 떨리는 목소리로 겨우 아뢰었다.

"무슨 말씀인지 잘 알겠사옵니다. 아바마마의 훈육을 가슴에 새기도록 하겠사옵니다. 소자, 아바마마의 분부대로 춘위 시험을 치르겠사옵니다. 거사들의 희로애락을 조금이나마 몸소 체험하고 오호

사해五湖四海에서 온 그들로부터 세상물정을 귀동냥하는 것도 일종의 연마라고 생각하옵니다. 아바마마, 소자 절대 아바마마의 후망厚望을 저버리지 않고 훌륭한 현왕賢王이 되고자 백배의 노력을 기울이겠사옵니다…….”

건륭이 그제야 이시요에게 눈길을 돌렸다.

“옹염이 춘위에 응시하는 목적은 일반 거인들과는 다르다는 걸 염두에 두게. 원칙상 거인 신분이 아닌 사람은 응시할 수 없으니 예부에는 비밀로 하게. 경이 알아서 무사히 이번 시험을 치를 수 있도록 하고 결과에 따라 공생貢生 자격이라도 주든지 하게. 남의 이목을 피하려면 그렇게라도 해야 할 것이네. 물론 성적이 따라줘야 공생을 주든지 말든지 하겠지만 말일세. 회시會試가 끝나면 산동성 재해복구 현장으로 보낼 것이니 전시殿試까지는 가지 못할 것이네.”

이시요는 건륭의 말을 듣고서야 비로소 그의 깊은 뜻을 알 수 있었다. 순식간에 가슴속에 가득했던 의혹을 거둬들이면서 아뢰었다.

“지금은 북경 곳곳에 회시를 보기 위해 올라온 거인들이 부지기수이옵니다. 기왕에 열다섯째마마께서 응시를 통해 연마를 하실 것 같으면 문장도 중요하나 사면팔방에서 모여든 거인들과 만남의 장을 가지는 것도 중요하다고 생각하옵니다. 하오니 저녁에는 누추하오나 신의 집에 머물러 계시다가 낮에 거인들과 만나 격의 없이 담소를 주고받는 것이 바람직할 것 같사옵니다. 다만 신의 거처가 워낙 누추해 황자마마께서 안거하실 수 있을는지 모르겠사옵니다.”

이시요가 말을 마치고는 옹염을 바라봤다. 사실 종일 깊숙한 궁전에 갇혀 정해진 규칙에 따라 살아야 했던 옹염에게는 이시요의 제안이 가뭄의 단비처럼 고맙기 이를 데 없을 터였다. 창살 없는 감옥에서 나갈 수 있다면 그보다 더 기쁜 일이 없을 터였다. 급기야 옹염은 희색을 감추지 못했다. 건륭 역시 손뼉을 치면서 좋아했다.

"연마를 위한 고육지책이거늘 마구간에서 잔들 안거하지 못할 이유가 있겠는가! 구체적인 것은 둘이서 상의하도록 하고 오늘은 그만 물러들 가게!"

옹염은 건륭의 명령이 끝나자마자 곧 이시요를 따라 물러갔다. 그러자 건륭이 태감 왕팔치에게 명했다.

"너희들도 멀리 물러가 있거라."

말을 마친 건륭은 어정御亭을 향해 천천히 걸어갔다. 혼자 남은 기윤은 순간적으로 긴장감이 엄습해왔다. 건륭이 자신에게 뭔가 중요한 애기를 할 것이라는 예감이 들었던 것이다. 그러나 무슨 애기인지 예측할 수 없는지라 마음을 다잡고 빠른 걸음으로 따라갔다. 옆에서 비스듬히 따라 걸으면서 수시로 건륭의 낯빛을 살폈다.

그러나 건륭의 표정은 담담하기만 했다. 계속 그런 표정으로 만년청萬年靑 화분을 만卍자형으로 배열해 만든 좁은 길을 느릿느릿 걸었다. 그러다 어정 돌계단 앞에 갑자기 멈춰 섰다. 그리고는 입을 굳게 다문 채 잠시 말이 없었다.

북쪽 일대는 꽃을 전문적으로 가꾸는 화방花房이었다. 날이 따뜻해졌는지라 덮어놓았던 거적은 모두 벗겨 놓은 상태였다. 수많은 분재와 화훼가 햇볕 아래에서 싱그러움을 뽐내고 있었다. 기윤은 무성한 잎새 속에서 빨강, 분홍, 노랑, 백색 등 갖가지 화려한 꽃봉오리를 머금은 화분들을 보면서 눈이 즐거웠다. 건륭이 그런 기윤을 보면서 빙그레 웃는 얼굴로 물었다.

"이보게 기윤, 군기처에 입직한 지 올해로 몇 해째 되는가?"

기윤이 황급히 대답했다.

"아, 아뢰옵니다, 폐하. 군기처에서 업무를 익힌 행주行走 시절까지 합치면 이십오 년째이옵니다."

"이십오 년이라……. 오래 됐군! 그래도 돌이켜보면 순간의 세월이지."

건륭이 풀잎 하나를 뜯어 손가락으로 비비면서 다시 물었다.

"나이는 몇이나 됐나?"

"신은 올해 쉰하고도 둘이옵니다."

"벌써 그렇게 됐나? 나이에 비해 건강은 좋아 보이는군. 그래 여전히 곡기보다는 고기 쪽인가?"

기윤이 얼굴 가득 웃음을 머금으며 애써 진정을 취했다.

"무릇 인간은 곡기를 먹어야 살 수 있거늘 신이 어찌 곡식을 먹지 않을 수 있겠사옵니까? 《좌전》左傳에는 '고기를 먹는 자는 비천해 원대한 계책을 논할 수 없다'라고 했사옵니다. 신은 예전에 효현孝賢 황후마마의 크나큰 배려로 시위들과 똑같이 고기를 자주 먹었사옵니다. 하오나 지금은 아니옵니다. 요즘은 황후마마에 대한 성경誠敬과 근본을 잊지 않는다는 뜻에서 매월 초하루와 보름에만 고기를 먹을 뿐 평소에는 곡기만 먹고 있사옵니다."

건륭이 미소를 머금고 고개를 끄덕였다.

"그래, 근본을 잊지 않는다는 건 바람직한 일이지. 아계와 자네는 동갑이지?"

기윤이 즉각 대답했다.

"아계는 신보다 한 살 연하이옵니다."

건륭은 천천히 걸음을 옮겼다. 그리고는 이 꽃봉오리를 쓰다듬어 보고 저 잎사귀를 만지작거리면서 무성한 화초 사이를 거닐었다. 곧 꽃향기가 그윽한 산책길이 끝났다. 이제부터는 하얀 공터가 나타났다. 건륭은 눈앞에 바윗돌 하나가 보이자 손으로 만져보는 것도 잊지 않았다. 그리 차갑지는 않았다. 건륭이 공터를 앞에 두고 바윗돌 위에 걸터앉았다. 그리고는 다시 물었다.

"여기는 어디인가?"

기윤은 건륭이 뻔한 질문을 하는 의도를 알 수 없었으나 공손하게 대답했다.

"어화원이옵니다."

건륭이 어이가 없다는 듯 웃음을 터트렸다.

"짐이 그걸 몰라서 묻는 줄 아나? 지금 이 공터, 이 월대가 뭘 하는 곳인지 물었네."

기윤이 더욱 조심스럽게 아뢰었다.

"폐하, 이 월대는 '배월대'拜月臺가 아니옵니까? 해마다 팔월 추석이면 항상 보름달을 바라보면서 즐거운 한 때를 보냈던 곳으로 기억하고 있사옵니다……."

기윤의 말이 끝나자마자 건륭이 바로 돌로 쌓아올린 반원형의 월대를 오래도록 응시했다. 오랜 세월이 흘러서 그런지 월대 위의 석탁石卓, 석상石床, 석안石案 아래에는 온통 거뭇거뭇한 이끼가 끼어 있었다. 이름 모를 넝쿨들 역시 여기저기에서 길게 뻗어 올라오고 있었다. 한참 후에야 그가 탄식을 내뱉었다.

"예전에 세간에서는 잘 모르는 큰일이 여기서 일어났었지. 강희 사십육 년, 성조께서는 이곳에서 가연家宴을 베푸시고 배월拜月 행사를 주최하셨지. 여덟째숙부, 아홉째숙부, 열째숙부, 열넷째숙부가 한 편이 되고, 둘째백부와 셋째백부, 열셋째숙부가 한 패가 돼 치고받고 난동을 부렸었다네……."

건륭은 결코 잊으려야 잊을 수 없는 그때의 추억을 떠올렸다. 그래서일까, 얼굴에 형언할 수 없는 착잡한 표정이 서렸다. 그는 억지로 천천히 말을 이어나갔다.

"서로 자신의 비위와 자존심을 건드렸다 해서 욕설을 하고 엉겨 붙어 치고받고 하는데……, 새삼 금지옥엽金枝玉葉이 뭐고 천황귀주天潢貴胄가 다 무엇인지 회의감이 들더군. 어린 나이에도 말이네. 열째 숙부는 온통 피투성이가 되어 고래고래 고함을 지르고 열셋째숙부는 자살을 하겠다고 소동을 피웠었지. 육십 년도 더 됐는데 어제 일처럼 생생하네. 여기 올 때마다 그때의 기억이 떠올라 마음이 아프다네……."

기윤의 마음은 건륭의 말에 한없이 무거워졌다. 성조 때 아홉 명의 황자가 처절한 보위 다툼을 벌였을 뿐 아니라 십 수 년 동안에 걸친 황태자 옹립 문제를 다시는 태자를 세우지 않겠다는 명을 통해 겨우 사태가 진정됐다는 역사는 옹정의 《대의각미록》大義覺迷錄에 자세히 기록되어 있었다. 기윤 역시 그 책을 통해 내용을 잘 알고 있었다. 그러나 바로 이곳에서 그런 무시무시한 싸움이 벌어진 줄을 알지는 못했다!

기윤은 가슴이 두근거리는 와중에도 건륭이 그때의 악몽이 되살아나는 이 자리로 자신을 데리고 온 이유가 궁금해졌다. 그렇다고 건륭의 말에 침묵을 지킬 수는 없었다. 이는 분명 나라의 불행이자 천가의 '흉'이 아닌가. 도대체 어찌 답해야 한다는 말인가? 그는 머릿속이 하얘지며 막막하기만 했다.

13장
군기軍紀 잡는 이시요

　기윤은 누가 뭐래도 명민하고 눈치 빠른 사람이었다. 당연히 건륭의 진의를 파악하는 데 그리 긴 시간이 걸리지 않았다. 얼마 후 그가 두루마기 자락을 움켜잡고 무릎을 꿇었다.

　"폐하께서는 즉위 초에 어지를 내리시어 《대의각미록》을 수거할 것을 명하셨사옵니다. 아울러 이관위정以寬爲政, 즉 관대한 정치를 선언하셨사옵니다. 신은 이 서적에 진실과 위배되는 부분이 있다고는 생각하지 않사옵니다. 오히려 반대로 지나치게 진실해 폐하께서 펼치시는 관대한 정치라는 큰 뜻과 부합되지 않는 것이 문제였다고 생각했사옵니다. 공자께서 말씀하시기를 '백성들을 따르게 할 수는 있어도, 그 이유를 알게 하기는 어렵다'民可使由之, 不可使知之라고 했사옵니다. 대도大道일지라도 어리석은 사람들에게는 일러주는 것을 삼가야 하옵니다. 하물며 천가天家의 눈에 보이지 않는 암투를 비롯한 싸움이야 여부가 있겠사옵니까? 신은 폐하께서 이제는 더 이상 이에 대해 언급하지 않으셨으면 하옵니다. 신 역시 영원토록 함구할 것을 약조 드리옵니다. 폐하께서는 성효誠孝가 하늘에 이르시고 인의仁義가 우주에 차고 넘치시옵니다. 아울러 내외 법도가 숙연肅然하시고 천하태평을 이룩하시었사옵니다. 지금은 종실宗室의 번리藩籬도 돈목敦睦하시옵니다. 천하 억만 중생의 어버이이신 폐하께서 지난 일에 노심초사하시지 않고 계속 강건하시는 것만이 천하의 복이옵고 신하된 복이라고 사료되옵니다!"

"그만 일어나게. 대면해 아뢰는 자리가 아니지 않은가."

건륭이 빙그레 웃으면서 말을 이었다.

"짐의 고굉股肱이라는 사람이 짐이 그냥 해본 소리를 갖고 그리 민감하게 반응하는가?"

기윤은 그러나 여전히 무릎을 꿇은 채 머리를 조아렸다.

"폐하, 군자에게는 농담이나 헛소리가 없다고 했사옵니다."

건륭이 짧게 대답했다.

"어서 일어나라고 했네!"

기윤이 비로소 조심스레 몸을 일으켰다. 그리고는 말머리를 돌리고자 할 때였다. 건륭이 먼저 입을 열었다.

"바람은 부평초 끝에서 인다고 했네. 짐이 할일이 없어서 무병신음無病呻吟하는 게 아니네. 하늘이 인정한 영명함을 지니신 성조께서도 오로지 《홍범》洪範에서 논하는 오복五福 중의 '종고명'終考命(장수를 의미함)밖에 실천하지 못하셨네! 보위다툼으로 피비린내를 풍긴 여덟째숙부, 아홉째숙부, 열째숙부도 따지고 보면 근본이 나쁜 악인들은 아니었네. 이익 앞에서 요지부동할 수 있는 사람은 아무도 없다고 봐야지. 짐이 황자들에게 일찌감치 조정 대사를 맡기지 않은 것은 짐에게 아직 그들이 필요하지 않기 때문이라고 해야 하네. 또 '차사'差使는 곧 '권력'이네. 권력을 너무 일찍 가지면 그것을 바르게 사용할 줄 몰라 파벌간의 다툼이 벌어지기 십상이지. 그렇다고 평생 심궁深宮에만 가둬놓고 무용지물로 만들어버릴 수도 없는 일이니 양자택일이라는 것이 참으로 쉽지 않네!"

기윤은 그제야 건륭이 자신을 남게 한 이유를 알 것 같았다. 건륭은 어쩌면 가장 중요하다고 할 수 있는 정무를 그와 단독으로 상의하고자 하는 것이다. 사실 신하로서 이보다 더한 믿음과 성총이 어디 있으랴. 그러나 워낙 천가의 골육骨肉에 관련되는 사안인 만큼 일언반구의 실수만으로 영원히 회복하지 못할 재화災禍를 초래할 수도 있었다. 신중하지 않을 수 없었다!

진이세秦二世(진시황의 아들) 호해胡亥의 '호해지변'胡亥之變 때 몽염蒙恬이 그러지를 못해 수난을 당하지 않았는가. 또 한漢나라 칠국지란七國之亂 때는 조착晁錯이 주살을 당했다…… 자고로 후계자 문제를 둘러싼 천가의 골육 싸움에 끼어들어 좋은 결과를 얻어낸 사람은 거의 없었다. 고래 싸움에 새우등 터진 이들 중에는 재주와 지모가 탁월한 인재들이 부지기수가 아니었던가!

기윤은 심각한 표정으로 오래도록 생각에 잠겨 있다가 한참 후에야 입을 열었다.

"폐하, 이런 대사는 성궁聖躬께서 단독으로 결정을 하셔야 마땅하거늘 한낱 외신外臣이 어찌 감히 허튼소리를 혀끝에 올릴 수 있겠사옵니까? 여러모로 변변치 못하오나 폐하께서 성총을 아낌없이 내리시오니 신의 우둔한 생각이나마 직주直奏하고자 하옵니다. 폐하께서는 성려가 지나치게 깊으시옵니다. 강희황제 때와 지금은 크게 다르오니 똑같이 취급해서는 안 될 것이옵니다."

"과연 그러한가? 짐이 매사에 성조의 법을 따르고 성조를 경앙敬仰하거늘 크게 다르다니 그게 무슨 말인가?"

건륭의 물음에 기윤이 허리를 깊숙이 숙이면서 대답했다.

"역사를 보면 왕조를 세우고 칭조稱祖한 황제는 한 명뿐이었사옵니다. 하오나 우리 대청에는 세 분이 계시옵니다. 태조太祖(누르하치)는 기틀을 잡아주신 분이시고, 세조世祖(순치제)는 왕조를 연 분이시라고 할 수 있사옵니다. 또 성조聖祖는 왕조를 훌륭하게 지키신 분이옵니다. 폐하께서는 그러나 만 년 후에 '조'祖가 아닌 '종'宗으로 불릴 것이오니 이것이 성조와의 다른 점이옵니다."

기윤은 이쯤 해서 고개를 들어야 한다고 생각하고 시선을 위로 향했다. 건륭의 얼굴이 굳어지고 있었다. 기윤이 말을 이었다.

"폐하께서는 '종'으로 불릴 것이라는 것 때문에 상심하실 필요가 없으시옵니다. 사실 역사상 가장 걸출한 군주는 당태종이라는 데 이의를 달 사람은 아무도 없을 것이옵니다. 무릇 '조'祖자가 붙은 황제들은 봉화의 연기가 사방에 일고 천하가 어지러운 시대에 살았기에 각지의 제후들을 박멸하고 천하영웅들을 받아들여 태평시대를 여는 일이 상대적으로 쉬웠사옵니다. 백성들이 도탄에 빠져 허덕일 때는 조금만 성과를 거둬도 공로가 크게 부각되기 마련이옵니다. 하오나 폐하께서는 성조와 세종으로부터 꽃 같고 비단 같은 평화롭고 풍요로운 강산을 이어받으셨사옵니다. 사람들은 창업이 어려운 줄만 알지 수성守成, 발양發陽이 배로 힘든 줄을 모르옵니다. 폐하의 문치文治는 한당漢唐 이래로 비견할 만한 이가 없사옵니다. 무공武功 역시 세조와 성조에 버금가옵니다. 하늘이 내린 영명함을 지니신 천고千古의 일제一帝는 이미 정론이 돼 있사옵니다. 이것이 성조와 크게 다른 점이옵니다. 이게 첫째이옵니다."

"오호, 그럼 둘째도 있다는 얘기인가?"

건륭의 얼굴에 다시 웃음꽃이 활짝 폈다.

"둘째뿐만 아니라 셋째도 있사옵니다."

기윤이 침착하게 말을 이었다.

"성조께서는 일찌감치 태자를 세우시고 황자들에게 각자 대권을 부여해 할 일을 맡기셨사옵니다. 그때 당시에는 삼번三藩의 난에 이어 준갈이準噶爾의 난이 있었사옵니다. 대만臺灣과도 전쟁을 치러야 했사옵니다. 대외적으로 다사다난한 시기였사옵니다. 그랬으니 안방정국安邦定國의 차원에서도 그리 할 수밖에 없었을 것이옵니다. 하오나 앞뒤로 두 차례나 태자를 옹립했다 폐위시키는 이변을 겪으면서 보위다툼이 극에 이르렀사옵니다. 결국 골육상잔의 참변을 초래하기에 이르렀던 것이옵니다. 성조께서는 인덕지주仁德之主셨사옵니다. 폐하의 황숙들 역시 모두 불초한 자식들만은 아니었사옵니다. 결국 그때 당시의 현실이 복잡했기에 이런저런 유감을 초래했다고 생각하옵니다. 폐하께서는 어언 즉위 사십 년을 맞으셨사옵니다. 미리 금책金冊에 대권 승계자를 분명히 적으시어 궁전 안에 감춰두셨기에 황자마마들께서는 일과 공부에 매진하실 수 있게 됐사옵니다. 보위 승계자가 누구인지 모르오니 부자간에 돈독하시고 내궁內宮이 평화로울 수 있는 것이옵니다. 신이 감히 이 한 목숨을 걸고 장담하건대 대권을 둘러싼 불행은 더 이상 생겨나지 않을 것이옵니다. 이것이 지금의 형세가 성조 때와 크게 다른 두 번째 이유이옵니다."

기윤이 숨을 고르고 나서 세 번째 이유를 아뢰었다.

"전명前明이 멸망한 원인은 여러 가지가 있사오나 그중의 하나는 황자들의 무능함과 그들로 인한 내분이었사옵니다. 이에 반해 성조께서는 황자마마들에게 개부건아開府建牙의 기회를 주시고 큰 권력을 부여

함으로써 태자를 견제하게 했사옵니다. 그러다가 말년의 성조께서는 정치에 싫증을 느끼셨사옵니다. 또 태자가 덕을 잃고 엉뚱한 행동을 함으로써 내분이 일었사옵니다. 그 결과 알게 모르게 조정에 암투가 벌어졌사옵니다. 무수한 용들이 서로 싸우는 국면이 초래될 수밖에 없었던 것이옵니다. 한마디로 성조께서는 황자들의 옹거로 인한 해를 크게 입으셨던 것이옵니다. 하오나 지금 폐하께서는 그 어떤 형태의 분권도 용납하지 않고 오롯이 전권을 독재하고 계시오니 이 역시 성조와 크게 다른 점이 아니겠사옵니까? 신은 폐하께서 재위 기간이 길수록 스스로 위기의식을 느끼시어 황자마마들의 충정을 의심하시는 일만 없었으면 하옵니다. 폐하께서 강건하신 것만이 이 나라 종묘사직의 복이 아니겠사옵니까?"

십년 묵은 체증도 쑥 내려갈 만큼 청산유수 같은 쾌변快辯이었다. 건륭은 열심히 귀를 기울였다. 어떤 부분은 건륭 자신도 생각했던 바였다. 그러나 기윤이 다시 한 번 강조하고 나서니 마음의 눈이 번쩍 뜨이는 것 같았다. 그가 무릎을 치면서 찬사를 토했다.

"실로 예리한 안광眼光(사물을 관찰하는 힘)이네! 마음에 추호의 사념私念이라도 담겨있다면 이런 얘기는 못했을 거네!"

기윤이 다시 아뢰었다.

"신이 처음 군기처에 입직했을 때 폐하께서는 훈육을 내리셨사옵니다. 나라를 위하는 일에 있어서는 '사私'자가 용납될 수 없다, 큰일을 하려면 사소한 것은 제쳐둘 줄도 알아야 한다고 강조하셨사옵니다. 신이 어찌 감히 그때의 훈육을 잊을 수 있겠사옵니까!"

건륭은 가볍게 고개를 끄덕일 뿐 말이 없었다. 오래도록 생각에 잠겼던 건륭은 한참 후에야 무겁게 입을 열었다.

"짐이 까닭 없이 누구를 의심하는 게 아니네. 내궁에서는 지금 아무 근거도 없는 유언비어가 나돌고 있네. 어느 황자가 유난히 성총이 두텁고 어느 황자는 이미 황태자감으로 금책金冊에 이름이 올라 있다느니 하는 말들이 마치 두 눈으로 직접 본 것처럼 그럴싸하다네. 짐이 언제 봉선전奉先殿에 들어 배례하고 태묘太廟를 찾아 보고했다느니, 화친왕과 파특아의 수행하에 '정대광명'正大光明 편액 뒤에 금책을 묻어뒀다느니 이런 말도 안 되는 유언비어가 살포돼 있다는 얘기네. 이런 말이 외신外臣들에게 흘러가면 필히 의견이 분분해지고 결국에는 여러 가지 문제가 야기될 것이 아닌가. 짐은 이런 걱정 때문에 미리 화근을 없애버릴 생각을 했던 것이네. 그러나 경의 말을 듣고 보니 짐이 지나치게 민감했던 점도 있었던 것 같네……."

"성려가 짐작이 되옵니다. 궁전이 아니라 초야草野의 평범한 대호大戶들 사이에서도 자손들 간의 재산분쟁을 의식하지 않을 수 없거늘 하물며 천가야 오죽하겠사옵니까?"

기윤이 말을 이었다.

"요언을 날조하고 배포하는 건 소인배들의 특기가 아니옵니까? 태감들이 양념하고 요리한 작품일 테니 폐하께서는 이 때문에 황자와 궁빈들을 의심하시어 긁어 부스럼을 만드는 일이 있어서는 아니 된다고 생각하옵니다. 태감들에 대한 단속을 강화하고 궁금宮禁의 법에 따라 엄히 처벌한다면 유언비어는 힘을 잃기 마련이옵니다. 사실 여부도 확인하지 않고 책임을 추궁한다면 사태를 더욱 악화시킬 수가 있사옵니다."

건륭은 기윤의 말이 끝나자 홀가분한 표정으로 자리에서 일어났다. 이어 두 팔을 쭉 뻗어 기지개를 켜면서 웃음 띤 어조로 말했다.

"짐이 고민해오던 문제가 시원하게 해결된 것 같네. 짐 역시 그렇게 생각해서 요 며칠 몇몇 황자들을 불러 안심을 시켰다네. 오늘 좋은 얘기를 듣고 결론이 났으니 자네도 안심하게. 우민중은 사람이 정직하고 제대로 된 도학파이네. 아직 처세에 미숙한 것이 흠이라면 흠이지. 너무 고지식하고 융통성이 없는 게 문제네. 윤계선의 빈자리가 워낙 크고 부항이 저리 골골대는 데다 설상가상 아계까지 천리만리 떨어져 있으니 경이 우민중과 합심해서 손잡고 안팎으로 진력해 줬으면 하네."

건륭은 말을 마치자마자 오던 길로 돌아섰다. 옮기는 발걸음이 힘차고 가벼웠다.

기윤은 오늘 뜻하지 않게 군신 간에 흉금을 털어놓는 대화를 나눔으로써 자신에 대한 성총의 불변함을 확인할 수 있었다. 크게 '안심'이 되고도 남았다. 물론 약간 석연치 않은 점이 없지는 않았다. 건륭이 마지막에 갑자기 우민중에 대해 언급한 것이 그랬다.

'혹시 우민중이 배후에서 나에 대해 무슨 안 좋은 이야기라도 한 것은 아닐까? 아니면 폐하가 그냥 노파심에서 신하들 간의 융합을 강조하고자 그런 얘기를 한 것일까?'

기윤은 머리를 쥐어짜 보았으나 도무지 어느 쪽인지 알 수가 없었다. 그러자 마음이 약간 불안해지기도 했다. 대놓고 물어볼 수도 없으니 답답하기만 했다. 기윤은 찜찜한 마음을 갖고 건륭을 따라 원명원을 나섰다. 그리고는 인사를 올리고 물러갔다.

기윤은 영항을 나와 천가天街 입구에 다다라 해를 올려다봤다. 오시午時가 가까워오는 것 같았다. 부항의 문병을 가기에는 어중간한 시간이었다.

그가 잠시 망설이고 서 있을 때였다. 군기처에서 갑자기 "예!" 하는 우렁찬 대답소리가 들려왔다. 이어 회의가 막 끝난 듯 관리들이 삼삼

오오 줄지어 나왔다.

그들 중에는 장시간 앉아 있었던 탓에 몸이 뻣뻣해진 듯 팔다리를 놀리는 이들도 있었다. 또 몇몇은 머리를 맞대고 모여 귀엣말로 담소를 나누기도 했다.

기윤이 다가가자 모두들 알은체를 하면서 인사를 했다. 대부분 생면부지의 얼굴들이었다. 기윤은 그저 웃으면서 고개를 끄덕이는 것으로 응대할 수밖에 없었다. 그나마 다행인 것은 그들 중에 자신의 문생인 유보기劉保琪가 끼어 있다는 사실이었다. 기윤은 유보기를 불러 물었다.

"자네는 이번에 구문제독아문으로 발령 났지? 오늘은 무슨 회의를 했나?"

"별다른 의제가 있었던 건 아닙니다. 해마다 한 번씩 있는 연례회의였습니다."

유보기가 장난기가 다분해 보이는 얼굴에 웃음꽃을 활짝 피운 채 대답했다. 원체 작은 눈이 웃느라 보이지도 않았다.

"연말이 되고 원소절도 가까워오니 우 중당께서 순천부와 저희 구문제독아문의 사관司官 이상 관리들을 소집해 회의를 하신 겁니다. 방화防火, 방적防賊, 그리고 백련교 무리들에 대한 경계를 강화할 것을 강조하셨습니다. 헤헤……, 그런데 제가 예부를 떠나니 사부님께서는 저를 잊으셨나 봅니다. 오늘 사모님의 생신이라고 들었는데 제게는 초청장이 안 왔더군요……."

"자네가 외임外任을 나갔다는 얘기가 있어서 보내지 않았네."

기윤이 히죽 웃으면서 말하고는 다시 물었다.

"이고도(이시요)는 안에 있나?"

유보기가 대답했다.

"이 통수는 회의에 참석하지 않았습니다. 통주通州에 중요한 일이 있다면서 친병 두 명과 가인들을 데리고 갔다고 합니다. 제가 보기에는 심기가 대단히 불편하신 것 같았습니다."

기윤이 그게 무슨 소리냐는 듯 유보기를 뚫어지게 바라봤다. 유보기가 즉각 덧붙였다.

"생각해보세요! 이 통수는 비록 군기대신은 아니나 엄연히 군기처에서 일하시는 분입니다. 게다가 폐하를 알현할 수 있는 자격까지 있는 분입니다. 그런데 우 중당이 북경의 연말 안전을 대비하기 위한 중요한 회의를 소집하면서 아무런 상의도 없이 통보하는 식으로 나오니 이 통수의 입장에서는 화가 날 수밖에요! 그래서 핑계를 대고 가버린 거죠."

기윤이 잠시 생각해보니 그럴 법도 했다. 이시요는 원래 성격이 까칠하고 즉각 반응을 하는 사람이었다. 우민중 역시 고집이 세기로 둘째가라면 서럽다고 해도 좋았다. 두 사람 다 양보라는 것은 모르는 사람이었다. 그러니 둘 사이에서 의견을 조율하고 서로 이해를 시키기란 쉽지 않은 일이었다. 기윤은 앞으로 피곤한 일이 많이 생길 것 같았다. 그는 스스로 그런 생각을 떨쳐버리려는 듯 짐짓 근엄한 목소리로 유보기를 타일렀다.

"이시요는 그리 사내답지 못하게 옹졸한 사람이 아니네. 어지를 받고 중요한 일을 처리하러 간 것으로 알고 있네. 하관이 상사의 일에 대해 그렇듯 함부로 왈가왈부해서는 아니 될 것이야."

기윤은 유보기에게 따끔하게 일침을 놓은 다음 군기처로 들어가려던 발길을 돌렸다. 그리고는 곧장 융종문隆宗門으로 향했다. 유보기가 따라나서면서 말했다.

"저는 몇 년 동안 도찰원都察院에서 한림원翰林院으로, 예부에서 보군통령아문으로 여러 곳을 전전했습니다. 관운은 그다지 나쁘지 않았던 것 같습니다. 과거 합격 동문들 중에서 종사품은 제가 처음이니 말입니다. 그런데 사부님, 저는 이렇게 이 집 저 집 돌아다니면서 백가반百家飯을 먹은 사람으로서 정말 깨달은 점이 많습니다."

성큼성큼 걸어가던 기윤이 잠시 걸음을 멈추고 빙그레 웃으면서 그에게 물었다.

"많은 것을 깨우쳤다고? 뭔지 말해보게!"

"우선 상사나 동료를 막론하고 모두에게 무조건 웃는 얼굴로 대해야 한다는 것입니다. 웃는 얼굴에 침 못 뱉는다고 하지 않습니까. 다음으로는 상사가 마음에 안 들더라도 시키는 심부름은 무조건 흔쾌히 해야 합니다. 마지막으로 점호나 회의에는 절대 지각하지 말아야 한다는 것입니다. 그리고 다 끝난 뒤에는 소리 소문 없이 빠르게 새버려야 합니다! 호붕구우狐朋狗友들을 만나 시간을 때우든지, 어디로 훨훨 놀러가든지, 정 갈 데가 없으면 집구석에 기어들어가 마누라 발을 닦아주는 한이 있더라도 그 자리에 남아 있으면 안 됩니다."

유보기가 마치 가보家寶를 세듯 손가락까지 꼽으면서 말을 이었다.

"아문의 업무는 고무줄이나 마찬가지입니다. 많다면 많고 적다면 적고 없다면 없는 거니까요. 열심히 할라치면 밤을 새워도 다 못하는 게 아문의 일입니다. 아침에 일찍 나와 상사에게 돈 안 드는 미소를 짓고 도장을 찍으면 그걸로 만사대길입니다. 회의나 점호가 끝날 무렵에 기어들어와 괜히 이 사람 저 사람의 눈치를 보는 것보다 훨씬 낫습니다. 육부 아문의 아역들이나 주현의 외관들이라면 실적 업무 때문에 어쩔 수 없이 매인 몸이 될 수밖에 없다지만 우리는 상사에게만 잘 보이면 끝입니다. 동료들로부터 매타작을 당해도 상사만 엄지를 내두르게 만들면 팔자 고치는 건 시간문제죠."

기윤은 그러지 않아도 일이 너무 바빠 몸이 열 개라도 부족할 지경이었다. 그런데 철딱서니 없는 '팔푼이' 유보기가 '고론'高論을 늘어놓으니 화가 치밀었다. 그런데 듣고 있자니 한편 우습기도 했다.

그는 유보기가 겉으로는 '쭉정이'처럼 행동해도 속은 제법 옹골찬 사람임을 잘 알았다. 그래서 굳이 핀잔을 주거나 꾸짖지는 않았다. 유보기의 말에 현실에 대한 통렬한 비판과 처세의 지혜도 들어 있다고 생각했다. 그가 웃으면서 말했다.

"자네는 유통훈이나 유용과 같은 상사를 만났어야 했는데 미꾸라지처럼 잘도 빠져나갔군! 화가 나면 내가《사고전서》편수 부서에 데려와 꼼짝달싹 못하게 책 속에 묻어버릴 테니 조심해!"

"그럼요, 그럼요!"

유보기가 여전히 속 빈 강정처럼 헤헤거렸다.

"제가 이 아문 저 아문의 동문이나 지인들을 두루 만나고 다녀도 유통훈 대인이나 유용 공과 같은 관리는 여태껏 만나보지를 못했습니다. 두 분은 태고 시절의 유물과 같은 존재입니다. 역사에나 존재했을 법한 인물이지요. 지금은 그런 사람이 없습니다. 사부님처럼 국사에 노심초사하시고 진심으로 민생을 챙기시는 분은 더더욱 눈을 씻고 봐도 찾아볼 수 없었습니다……."

그렇게 말을 주고받는 사이에 기윤과 유보기 두 사람은 어느새 서화문에 당도했다. 문밖에는 수레와 가마들이 즐비했다. 또 문 앞에는 접견을 기다리는 관리들로 장사진을 이루고 있었다. 기윤에게 적당히 아부를 떨고 난 유보기는 보는 눈이 많아지자 웃음기를 거두고 공손히 그의 뒤를 따라갔다. 이제 막 서당에 입학한 동몽童蒙(남자아이)이 공자를 참배하고자 훈장의 뒤를 따라 문묘文廟로 가는 꼴이 따로 없었다.

서화문을 나선 뒤 기윤이 히죽 웃으면서 말했다.

"자네 사모의 생일은 사실 내일이네. 누군가 자네에게 헛걸음하라고 거짓말을 한 것 같네. 초청장은 문제없으니 그냥 오게. 자네에게는 대문을 활짝 열어놓을 테니. 축수祝壽의 글월을 갖고 오는 것은 환영이나 선물은 절대 사절이네. 괜히 선물을 가지고 왔다가 대문에 발도 들여놓지 못하고 쫓겨난 다음에 내 원망은 하지 말게!"

"예예! 명심하겠습니다……."

유보기가 연신 굽실거리면서 대답했다. 그리고는 한쪽으로 물러나 시립했다. 기윤은 곧바로 가마를 타고 서화문을 떠났다.

통주로 갔다는 이시요는 사실 통주가 아닌 홍과원紅果園에 와 있었다. 서직문 밖에 위치한 홍과원은 전명 때 서창西廠의 소재지였다. 듣기 좋게 '사례감'司禮監 문서처라고 했으나 사실은 내정內廷에 소속된 특무기관으로 황제의 이목耳目 역할을 하는 곳이었다.

이름만 번듯하게 문서처였지 들어가 보면 사실 문서와는 아무런 관련이 없었다. 오히려 '양세삼라전'陽世森羅殿, 다시 말해 현세의 지옥이라고 하는 편이 더 적절했다. 박피정剝皮亭(껍질을 벗기는 곳)이니, 팽인유과烹人油鍋(삶고 튀겨내는 곳)니 도산화해刀山火海…… 등등 십팔지옥十八地獄에나 등장할 법한 으스스한 이름들이 가득했다.

민간인이든 관리든 막론하고 일단 이곳 공공公公(태감)들로부터 불응不應의 죄를 덮어쓰는 날에는 쥐도 새도 모르게 끌려와 고문을 당해야 했다는 얘기였다. 다소 과장을 보태자면 이곳에 들어온 사람은 껍질 세 겹이 벗겨지기 전에는 나가지 못한다고 했다. 지나가던 행인들은 안에서 들려오는 참혹한 울음소리와 숨넘어가는 비명소리에 모골이 송연해져서 오줌을 지리는 일이 다반사라고도 했다.

구천현녀낭낭묘九天玄女娘娘廟는 바로 이곳에 있었다. 끊임없이 사람을 죽여야 했던 태감들이 인과응보가 두려워 사악한 기운을 누른다는 명목으로 세운 절이라고 했다. 그러나 명나라가 망한 후 이곳은 잡초가 무성하고 와석瓦石이 널린 황량한 숲으로 변해버렸다. 이후 야생동물들이 밤낮없이 출몰하고 밤이면 귀신을 만났다는 소문이 파다하게 퍼져나갔다. 당연히 밤이고 낮이고 이곳을 혼자 지나다니는 사람은 없게 됐다.

6년 전 이시요가 처음 북경에 들어올 때만 해도 이곳에는 온통 키를 넘는 잡초뿐이었다. 간간이 바람이 불어 풀이 쓰러지면 그 뒤로 몇 칸의 다 쓰러져 가는 단벽잔옥斷壁殘屋이 드러나는 볼썽사나운 곳이었다. 그런데 몇 년이 지난 지금 다시 와 보니 완전히 달라진 모습에 알아보기도 힘들 정도였다.

여기가 바로 거친 풀이 하늘에 닿고 황량한 무덤들이 끝 간 데 없던 그 옛날의 홍과원이라는 말인가? 이시요는 풀 덮인 둔덕을 따라가봤다. 놀랍게도 어지러이 널브러져 있던 서창의 잔원殘垣(무너진 담장)은 전부 헐려 평지가 돼 있었다. 또 발 닿는 곳마다 풀 썩는 냄새로 진동하던 바닥은 석탄재와 자갈돌로 평탄하게 메워져 있었다. 그 길로 한 무리의 선남신녀들이 두 손에 향을 받쳐 든 채 삼보일궤三步一跪, 오보일고五步一叩의 절을 올리면서 가고 있었다. 혼자 조용히 염불을 하면서 가족의 길운을 기도하고 세상의 무사태평을 염원하는 사람들도 가끔 보였다.

통로 북쪽에는 현녀낭낭신을 모신 정전正殿이 있었다. 규모는 그리 크지 않았다. 삼영三楹 대전에 옥색 기와를 얹었고 담장도 새로 단장을 한 것 같았다. 산문山門과 절 서쪽 일대의 담벼락은 아직 세우는 중인지 높이가 낮았다. 아마 향객들이 시주한 불전으로 크게 보수하거나 확장할 모양이었다. 불전 중문 앞에는 웬만한 장정의 키를 넘는 무쇠 솥이 놓여 있었다. 그 안에서는 향이 모락모락 피어오르고 있었다.

이시요는 멀찍이 떨어져 불전 안을 기웃거렸다. 안쪽이 잘 보이지 않을 정도로 어두컴컴했지만 향연香煙이 자욱한 것만은 확실했다. 조금 가까이 가서 들여다보니 뻘겋고 누런 천으로 공봉供奉한 여신상이 어렴풋이 보였다. 양옆 기둥에는 새로 고쳐 쓴 영련楹聯이 적혀 있었다. 금빛 글자는 바깥에서 들어온 한줄기 햇빛에 반사돼 눈이 부셨다.

신령스런 빛이 만년을 비추어 억만창생을 가호呵護하니 복된 나날에 유감이 어디 있으랴.
신묘한 바람이 사방을 어루만지니 아프고 굶주린 백성들은 팔방에서 모두 모인다.

글씨체는 힘이 있고 멋스러웠다. 그러나 제목이나 낙관은 없었다. 고개를 돌려보니 동쪽에 묘축용廟祝用(묘축廟祝은 묘를 지키는 사람) 작은 방이 있었다. 너무 작아 언뜻 보기에는 토지묘土地廟로 착각할 정도였다. 벽에는 누런 종이에 쓴 고시문告示文이 붙어 있고 탁자 위에는 지필紙筆이 놓여 있었다. 탁자 앞에는 일명 공덕상公德箱이라고 부르는 불전함佛錢函이 있었다. 향객들이 쉴 새 없이 드나들었다.

이시요는 인파 속에 섞여 목을 빼들고 점쟁이의 말을 듣고 있는 이팔십오를 한눈에 알아봤다. 이어 작은방 앞에 다가가 보니 고시문에 적혀 있는 글귀가 보였다.

고해苦海에서 허덕이던 중생들아! 삼독三毒의 죄가 깊고 십악十惡의 한이 무거우니 사후에도 십팔층 무간지옥에 떨어져 갖은 수난을 겪으매 영원토록 편한 날이 없을 것이다. 현세에서 지은 죄는 내세에 갚게 돼 있거늘 인과응보에 사로잡힌 불쌍한 중생들아, 너희들을 너그럽게 품어 주고 너희들의 갖은 죄를 사해줄 현녀낭낭의 품에 안기거라. 그리 하면 모든 고통이 사라지고 환희로운 양신가절良辰佳節의 나날들만 찾아오게 될 터이니 부디 현녀낭낭전에 지성을 다 하거라. 나무아미타세존南無阿彌陀世尊! 나무관세음자항진인南無觀世音慈航眞人! 나무여순양진인南無呂純陽眞人! 나무제전대나한진인南無濟顚大羅漢眞人! 태상노군급급여율령太上老君急急如律令! 도량 위에서 억만 신이 신민信民들을 위해 기도하니 부디 믿고 따르면 해가 되는 일이 없으리라.

고시문을 대충 읽고 난 이시요는 하마터면 웃음을 터트릴 뻔했다. 이게 도대체 무슨 수작이라는 말인가? 말 그대로 억만 신을 다 불러 돈을 긁어모으려는 짓이 아니고 뭔가! 그러나 참배하러 온 사람들은 하나같이 경건하고 엄숙하기만 했다. 온몸에 비단을 걸치고 보석으로 휘감은 부자들은 은자 10냥, 100냥을 아무렇지도 않게 던져 넣는가 하면 행색이 남루한 사람들은 한두 푼씩 조심스럽게 밀어 넣기도 했다.

두 묘축廟祝 역시 열댓 살 가량 된 소년들이었다. 스님 차림을 한 소년은 합장한 자세로 서 있었고, 도인 차림을 한 소년은 지팡이를 들고 탁자 옆에 서 있었다.

이시요는 참배객들을 자세히 눈여겨봤다. 예배를 하러온 사람 대부분은 부녀자들이었다. 간혹 가족끼리 총출동한 경우도 있었다. 아무 부녀자들이나 붙잡고 물어볼 수가 없어 잠시 기다리고 있노라니 잠시 후 중년의 사내 한 명이 두 손에 누런 종이봉투를 받쳐 들고 다가왔다. 사내는 무릎을 꿇고 배례를 하고는 돈을 불전함에 밀어 넣고 나서 다시 경건하게 예를 갖추고 일어섰다.

이시요가 사내에게 다가가 말을 건넸다.

"형씨, 불전에 치성을 드리러 오셨나 보오?"

사내가 어리둥절한 표정으로 이시요를 훑어봤다. 이시요는 반쯤 낡은 회색 면포棉袍를 입고 굽이 높은 포화布靴를 신고 있었다. 위에는 자주색 비단 겉옷을 걸쳐 입었으니 언뜻 봐서는 귀천貴賤을 가늠할 수 없는 행색이었다. 과거에 응시하러 온 거인인가 하면 나이가 많아 보였고, 그렇다고 저잣거리의 삼류 건달은 아닌 듯했다. 사내는 구태여 이시요의 신분을 캐묻지 않고 무덤덤하게 대꾸했다.

"나는 환원還願(감사 참배)을 드리러 왔소. 그쪽은 공명을 구하고자 찾아온 것 같은데 별거 없소, 힘닿는 데까지 현녀낭낭을 섬기는 것밖에! 정성을 다하면 필히 효험을 보게 돼 있소!"

사내가 정색한 표정으로 불전에 시주하는 것에 인색하지 말 것을 강조했다. 이시요가 빙그레 웃으며 신전神殿을 가리키고는 다시 물었다.

"그래, 영험합디까?"

"그럼, 영험하다마다! 그쪽도 절대 신기神祇(천신지기, 하늘과 땅의 신)를 우습게 보지 마시오. 모든 것은 내가 공을 들인 만큼 받게 돼 있는 법이거든!"

사내는 바쁘지도 않은지 손짓발짓까지 해가며 영험함에 대해 신이 나서 떠들어댔다.

"나는 서직문 밖에서 소토燒土를 파는 사람이오. 우리 어머니가 실명 위기에 처한 데다 설상가상으로 마누라까지 애를 낳다가 하혈이

멎지를 않는 거요. 덕생당德生堂의 호胡 의생은 이제는 틀렸다면서 고개를 절레절레 저었소. 그 소리에 나는 눈앞이 캄캄해지더라고. 그래서 밑져야 본전이라는 생각으로 이곳을 찾았지. 열흘 동안 여기 와서 무릎이 닳고 이마가 터지도록 기도했소. 우리 어머니가 목숨처럼 아끼시던 패물까지 다 가져다 낭낭께 정성을 다했더니 세상에 이럴 수가! 오늘내일 하던 마누라가 기적처럼 자리를 털고 일어나 아기에게 젖을 물리고 우리 어머니도 눈이 머루처럼 맑아졌다는 거 아니오! 다른 건 없고 성약聖藥을 한 줌 가져다 먹인 것뿐인데……. 이 얼마나 신기하고 기가 막힌 일이오! 그래서 현녀낭낭께 어찌나 고마운지 감사 참배를 올리러 온 거요! 마누라는 친정으로 달려갔소. 거기에도 중풍을 맞아 입이 비뚤어진 노인네가 있거든. 어서 낭낭전에 데려다 치성을 올리려고 말이오. 내가 말한 것은 전부 사실이오! 내가 토끼 눈곱만큼이라도 거짓말을 했다면 우리 일문은 천벌을 받아 죽을 거요!"

사내가 경건한 눈빛으로 신전을 바라보면서 중얼거리듯 말을 이었다.

"현녀낭낭님, 이제 마누라의 병이 다 나았으니 세 아이는 어미를 잃지 않게 됐고 저도 늘그막에 등 긁어줄 사람이 있어 실로 얼마나 큰 복을 받았는지 모르겠습니다. 평생 등이 휘게 고생만 해 오신 저의 어머니도 낭낭님 덕분에 고비를 무사히 넘기셨습니다. 가족의 목숨을 살려주시고 큰 은혜를 주신 낭낭님의 대덕大德을 어찌 다 갚을지 모르겠습니다. 죽어 가루가 되는 한이 있더라도 현녀낭낭님의 은혜는 잊지 못할 것입니다."

사내가 눈물콧물 범벅이 되어 떠들어대자 여기저기서 구경꾼들이 몰려들었다. 사내의 말을 듣고 난 그들은 질세라 앞다투어 기이한 경험을 털어놓기 시작했다. 누구 아버지는 고질병인 천식이 거짓말처럼 나았다느니, 누구 형님은 간질병이 하루아침에 나아 어제 새장가를 들었다느니, 사돈의 팔촌까지 끄집어내면서 한바탕 소란을 떨었다. 이시요는 들으면 들을수록 정신이 사나웠다.

이시요는 고개를 돌려 주위에 겹겹이 몰려든 사람들 틈에서 종복들을 찾았다. 하지만 이팔십오는 보이지 않았다. 사람들 무리를 겨우 비집고 나오니 이팔십오와 소오자가 저만치에서 화친왕부의 집사 왕보와 잡담을 나누는 모습이 보였다. 이시요를 발견한 왕보가 웃으면서 다가와 예를 갖추려고 했다. 그러자 이시요가 손사래를 치면서 물었다.

"자네는 여기 어쩐 일인가?"

왕보가 대답했다.

"저희 주인께서 신열身熱이 높으십니다. 마님께서 초조하고 불안한 마음에 안절부절못하시던 중 스물넷째황숙의 복진으로부터 여기에 한번 가보라는 얘기를 들으셨답니다. 그래서 길흉을 점치는 대쪽을 뽑아보고 성약聖藥을 좀 얻어오라면서 소인을 보내서 온 것입니다. 요즘은 여기를 찾아오는 사람이 꽤 많은 것 같습니다. 방금 마덕옥馬德玉도 다녀갔습니다. 대쪽을 하나 뽑아보더니 부랴부랴 가는데 뭐라고 적혀 있었는지 모르겠네요."

그러자 이팔십오가 나섰다.

"영험하다고 소문난 곳이니 나리께서도 하나 뽑아보세요!"

이시요가 왕보가 손에 들고 있는 대쪽을 가리키면서 말했다.

"화친왕마마를 위해 뽑은 대쪽인가? 뭐라고 적혀 있나? 나도 좀 보세!"

이시요가 보니 대쪽에는 그리 길지 않은 시구가 적혀 있었다.

오십 년 동안 일몽一夢은 청정했으나

황량黃粱이 익기도 전에 몇 번의 놀라움을 겪었노라.

의상면류衣裳冕旒는 날 때부터 그러했거늘

더 이상 무슨 앞날이 궁금해서 점괘를 물으시오?

왕보가 다시 입을 열었다.

"제가 안에 들어가 늙은 묘축에게 물었더니 잘 나온 괘라고 했습니다. 헌데 마마께서는 병이 깊어 사람조차 알아보지 못하시니 대체 어찌된 영문인지 모르겠습니다."

얼핏 보기에는 무난한 내용처럼 보였다. 그러나 이시요는 어쩐지 불안한 예감이 들었다. 그렇다고 건륭의 유일무이한 아우의 생사에 대해 감히 무어라 토를 다는 것도 적이 부담스러웠다. 그는 잠시 침묵한 끝에 입을 열었다.

"화친왕마마께서는 몇 번이나 본인을 위해 장례를 지내신 분이니 '몇 번의 놀라움'이라고 했겠지. 대충 뜻을 보면 길인천상吉人天相을 타고나신 분이 더 이상의 앞날을 물어서 무엇 하겠냐는 것 같은데……."

왕보 역시 말없이 고개를 끄덕일 뿐이었다. 이팔십오는 계속해서 이시요에게 하나 뽑아 보라면서 성화를 부렸다. 소오자가 재빠르게 공덕함에 불전을 넣고 와서 이시요를 재촉했다.

이시요는 못 이기는 척 탁자께로 다가가 대쪽이 담긴 통을 집어 들었다. 여러 번 힘껏 흔드니 그중 하나가 톡 튀어나왔다. 펴보니 역시 짧은 글귀가 적혀 있었다.

소년 시절부터 주의자귀朱衣紫貴했으니

늠름한 발걸음 용루龍樓로 향하네.

난간에 기대 멀리 안개 낀 강물을 바라보니

벽수한풍碧水寒楓에 취우驟雨(소나기)가 한창이구나.

그 아래에도 몇 글자가 더 적혀 있었다.

송사녕訟事寧, 관운평官運平, 혼의지婚宜遲, 신원행愼遠行

주변의 성화에 못 이겨 재미로 뽑은 것이었으나 막상 읽어보고 나니 마음이 그리 홀가분하지는 않았다. 물론 내용이 나쁜 것은 아니었다. 송사에서 지지 않고 관운이 평탄할 것이라는 것이 무엇보다 그랬다. 늦게 결혼한다거나 멀리 나가는 것을 조심하라는 것은 썩 좋다고 하기 어려웠으나 그렇다고 액운이 낄 것이라는 얘기도 아니었다.

종복들은 각자 제멋대로 해석하면서 수선을 떨었다. 그는 그저 멍하니 바라보기만 하다가 한참 후에야 비로소 웃으면서 입을 열었다.

"내가 고루高樓에 올라 강색江色을 바라보는 걸 좋아하는 건 사실이네. 그런데 강가의 늦은 단풍이 세찬 빗줄기에 시달리는 모습이라니 썩 유쾌하지는 않군."

이시요는 말을 마치고 밖으로 나왔다. 왕보가 인사를 하고 물러가려고 했다. 순간 이시요가 그를 도로 불러 세웠다.

"돌아가면 마마께 대신 안부를 여쭤주시게. 광주에서 마마께 드리고자 빙편氷片과 은이銀耳를 좋은 걸로 구해왔는데, 나중에 우리 집에 와서 가져가도록 하게. 이팔십오와 소오자가 자네와 상의할 일이 있어 왕부로 갈 것이니 그리 알게!"

왕보가 연신 고개를 숙이며 대답하고는 물러갔다. 그러자 이팔십오가 이시요의 귓전에 엎드려 나직이 속삭였다.

"나리, 저쪽에 초삼라 그 자식도 와 있습니다. 절 뒤편에서 장인들을 인솔해 목재를 나르고 도료통塗料桶을 옮기느라 정신이 없습니다. 공사 책임자인 것 같기도 하고 절의 단월거사檀越居士인 것 같기도 하네요."

이시요가 바로 말했다.

"오늘은 말 타고 꽃구경 하는 식으로 대충 살펴보러 나온 것이니 나중에 다시 보세. 밖에 대문짝만 하게 붙어 있는 고시문 봤지? 어디 다른 데 또 하나 없나 잘 봐두게. 몰래 뜯어 아문으로 갖고 가면 좋은데……."

이시요는 천천히 발걸음을 돌려 아문으로 향했다.

그가 아문으로 돌아왔을 때는 사시巳時가 거의 지나갈 때였다. 아문은 사람이 아무도 없이 휑뎅그렁했다. 인기척은커녕 그렇게 시끄럽던 새소리마저 들리지 않았다. 문지기 친병에게 물으니 아문의 사관과 사무관들은 모두 회의를 하러 갔다고 했다.

회의라니? 어디서, 누가, 무슨 회의를 소집했다는 말인가? 영문을 알 수 없었던 이시요는 옆방으로 가서 막료에게 물었다. 그러나 막료도 잘 모르겠다고 해서 당직 사무관을 찾아가 물었다. 그제야 그는 우민중의 주최로 연말 북경의 치안 관련 회의가 열렸다는 사실을 알 수 있었다.

낭낭묘에서 돌아올 때부터 은근히 기분이 찜찜하던 이시요는 갑자기 화가 버럭 치밀었다. "쾅!" 하고 탁자를 힘껏 내리쳤다. 순간 필통을 비롯해 벼루, 찻잔, 손난로 등이 널뛰기를 했다.

"자네는 이름이 뭔가?"

"하, 하관은 지본청遲本淸이라고 합니다……."

사무관이 이시요의 느닷없는 광기에 놀란 나머지 황급히 책상 밑으로 몸을 숨겼다. 이어 떨리는 목소리로 말을 이었다.

"군, 군문……. 하관은 아무것도 모릅니다……."

시뻘건 얼굴에 혈관이 시퍼렇게 부풀어 오른 이시요의 모습은 저승사자 같았다. 그가 그런 얼굴로 사무관을 매섭게 노려보며 말했다.

"좋아! 지본청, 자네는 지금부터 내가 시키는 세 가지 일을 하게!"

"예에……."

"예에…… 라고?"

"예! 알겠습니다!"

"주방에 연락해 머리 숫자만큼 밥을 지으라고 해."

이시요가 조금 쉰 목소리로 덧붙였다.

"호위처, 문안처文案處와 아문의 잡역들을 전부 집합시켜. 군기처에서 회의 중인 사람들은 서화문에서 기다리게 해. 집에 돌아간 자들은 지금이 도대체 몇 시라고 생각하고 벌써 간 거야……."

이시요가 시계를 꺼내 보면서 다시 말을 이었다.

"오시午時까지 일각이 채 안 남았네. 오시 말까지 전부 아문에 모이라고 전해. 이게 두 번째야. 세 번째는 사람을 순천부로 보내 나의 명을 부윤에게 전하게! 내가 어지를 받고 업무를 수행하는 중이니 형명 막료 세 명을 빌려달란다고 하게."

지본청은 아닌 밤중에 홍두깨처럼 갑자기 나타나 버럭버럭 소리를 지르는 이시요를 보고 왜 그러는지 이해할 수가 없었다. 어쨌든 연이어 떨어지는 이시요의 훈령에 도무지 정신을 차릴 수가 없고 다리도 후들거렸다.

그는 긴장한 나머지 연신 마른침을 삼키며 조심스럽게 눈치를 살폈다. 이어 기죽은 목소리로 아뢰었다.

"소인은 사람들을 집합시키고 주방에 명을 전하는 것까지는 할 수 있습니다. 그런데 그중에는 당관들도 있사온데……, 말단인 제가 어찌 감히 훈화를 하겠습니까? 제독께서 친히……."

"걱정 붙들어 매!"

이시요가 왼쪽 뺨의 칼자국을 씰룩거리면서 소름 끼치는 웃음을 터트렸다. 이어 신경질적으로 종이 한 장을 뽑아들었다. 곧 붓을 들고 휘갈겨 내려갔다.

> 지본청을 보군통령아문 이사협판理事協辦에 임명한다. 관품을 종육품으로 승진시켜 아문의 사무를 협조케 한다. 이를 특별히 명한다.
>
> —이시요

붓을 내려놓은 이시요가 종이를 지본청에게 건네주면서 덧붙였다.

"훈화 전에 사람을 시켜 이걸 먼저 선독宣讀하도록 하게! 가보게!"

이시요는 말을 마치자마자 바로 공문결재처로 들어가 버렸다. 얼굴에는 여전히 노기가 사라지지 않고 있었다.

조용하던 마당은 삽시간에 시끌시끌해졌다. 먼저 식당 근처에서 호각소리가 들려오더니 사람들이 서로 부르고 대답하는 소리와 급박한 발소리가 남쪽으로 이어졌다. 멀리 의문에서 열을 짓고 진영을 만드는 구령소리도 바람에 실려 왔다. 아문 동쪽의 주방 굴뚝에서는 시커먼 연기가 뿜어져 나오기 시작했다.

이시요는 한바탕 소리를 지르고 나자 기분이 한결 풀린 것 같았다. 공문결재처 창밖을 내다보는 시선이 차분하게 가라앉아 있었다. 소오자를 비롯해 호학용胡學庸, 마옥당馬玉堂 등 여러 친병들이 처마 밑에서 서성거리고 있는 모습이 보였다. 그가 손짓으로 그들을 불렀다.

"들어와 봐. 이팔십오는 여태 안 왔어?"

소오자가 재빨리 대답했다.

"방금 전까지 장 막료하고 얘기중인 것 같았는데 잠깐 측간에 갔나봅니다. 곧 올 겁니다."

그의 말이 끝나기 바쁘게 장영수와 이팔십오가 빠른 걸음으로 들어섰다. 장영수는 베껴온 낭낭묘의 고시문을 책상 위에 펼쳐놓고는 한 걸음 뒤로 물러섰다.

"장영수, 자리에 앉게."

이시요가 호두 두 알을 움켜쥐고 소리 나게 돌리면서 오른손으로 자리를 가리켰다. 이어 입을 열었다.

"다들 피부로 느꼈겠지만 이곳 북경의 분위기는 광주와는 완전히 다르네. '호랑이를 잡으려면 친형제 아니면 부자가 합심해야 한다'는 옛말이 있네. 자네들은 나를 따른 세월이 적어도 육칠 년은 되지 않는가? 아무리 생각해봐도 여기 온 후로 부엌의 개만도 못한 대접을 받는 느낌이 드네! 계속해서 이렇게 지낼 수야 없지. 이팔십오는 오늘부터 보군통령아문의 중군총감中軍總監으로 발령 내겠네. 소오자 등 자네들 셋은 천총千總, 장영수 자네는 참의도參議道로 발령 내겠네. 곧 폐하께 주청을 올릴 테니 폐하의 윤허가 떨어지기 전까지는 '서리'를 하고 있게."

"감사합니다, 군문!"

이시요가 손가락으로 낭낭묘에서 베껴온 고시문을 가리키면서 다시 말을 이었다.

"폐하께서 나를 구문제독으로 임명하신 이상 구문제독아문은 내 손아귀에서 놀 수밖에 없어. 아문 소속 이만 육천 관병을 나의 열 손가락처럼 자유자재로 움직일 수 있도록 만들어야 해! 연말연시에는 백련교, 천리회를 비롯한 사교들이 더욱 창궐할 테지. 여기는 천자의 수레 밑이네. 추호의 방심도 용납해서는 안 된다는 걸 명심하게. 낭낭묘는 수상쩍은 구석이 한두 군데가 아니었네. 대체 어느 신을 섬기는 종파인지 그것부터 밝혀내야겠네. 향객들 중에 이상한 행각을 벌이고 다니는 자들은 없는지 두 눈에 쌍심지를 켜고 똑바로 살피도록 하게. 건전한 종묘라면 내가 금칠이라도 해줄 것이네. 그러나 우리가 우려했던 것이 현실로 밝혀지는 날에는 사교의 소굴을 통째로 들어내 버려야 하네!"

이시요가 고시문이 적힌 종잇장을 손가락으로 쭉 밀어내고는 목소리를 높였다.

"이걸 보는 순간부터 느낌이 안 좋았네. 순천부에서 사람이 오는 즉시 장영수, 자네가 친히 인솔해 수사에 착수하도록! 사람이 부족하면 형부로 가서 지원을 요청하게. 황천패의 제자들이 나서서 도와줄 수 있는지 여부도 알아보게. 아무튼 올해 설은 꼭 무사히 지내야 하네!"

"예! 군문의 명령에 따르겠습니다!"

"북경은 지방과 다르네. 군령이 없이 절대 경거망동해서는 아니 되네! 자네들이 어떤 일을 하든 상부에 지시를 청한 일에 대해서만 무슨 불찰이 생기더라도 내가 감싸줄 수 있다는 얘기네. 무슨 말인지 알겠나?"

"예! 알겠습니다!"

"먼저 가서 점심이나 먹게."

이시요의 표정은 그제야 조금 부드러워졌다. 그가 다시 덧붙였다.

"밥을 먹고 나서 대당大堂에 집합하게. 예포를 울리고 점호가 끝날 때까지 도착하지 않은 자는 의문 밖에서 처벌을 기다리라고 하게!"

"예!"

이시요는 부하들이 모두 물러가자 혼자 책상 앞에 앉았다. 이어 광주에 있는 가족들에게 문안편지를 썼다. 그리고는 북경에 온 이후 보고 들은 바에 대해 손사의에게 소상히 알려줬다. 말미에는 "본연의 업무에 매진하고 매사에 근신하면서 소인배를 경계하라"는 주문도 썼다. 할 말은 많았으나 정작 붓을 드니 어떤 말은 아니 하느니만 못한 것 같았다. 그는 생각을 조금 더 하더니 몇 마디를 덧붙였다.

십삼행十三行 제도는 폐하의 윤허가 계셨기에 비로소 복구가 가능했소. 유동양劉東洋이 황은皇恩에 감격해 아문을 수선하라면서 은자 십만 냥을 쾌척했소. 그 돈은 아문의 금고에 넣어봤자 호시탐탐 노리는 무리들만 양산하게 만들 거요. 또 쥐가 소금 녹이듯 흔적도 없이 사라져버릴 것 같았소. 그래서 내가 잠시 우리 집에 보관해 놓고 있소. 과리지혐瓜李之嫌(오이 밭에서 신발 끈을 고쳐 매는 것)을 감내하면서 그리 한 것이니 이해해주기 바라오. 이제 손공이 부임했으니 우리 집에서 그 돈을 가져다 문묘文廟를 수선하는 데 보탰으면 하오.

이시요는 글을 다 쓴 다음 다시 곰곰이 생각해봤다. 순간 갑자기 불안해졌다. 사실 그가 말한 돈은 다른 것이 아니었다. 외성의 총독과 순무들 대부분이 어마어마한 부를 축재하고 있는데 설마 고작 10만 냥에 거꾸로 처박히랴 싶어서 엉덩이 밑에 깔고 있던 것이었다.

당연히 그가 그렇게 둘러댄다고 해도 눈치가 100단인 손사의가 진실을 모를 리 없었다. 그러나 '이시요가 재물을 멀리하는 호관好官'이라는 명성은 온 천하에 알려진 터였다. 그로서는 별로 두려울 것도 없었다. 더구나 설사 손사의가 나쁜 심보로 뒤통수를 친다 하더라도 여론은 자신의 편을 들 가능성이 높았다. 그는 그렇게 믿어마지 않았다.

그렇게 생각하니 마음이 홀가분해졌다. 그는 쓰다 만 종이를 구겨 휴지통에 버렸다. 문득 벽에 자신이 써서 붙여놓은 '일언일자一言一字를 조심하자'라는 문구가 눈에 띄었다. 그는 한숨을 지으면서 구겨진 종이를 다시 주워서 불을 붙였다. 이어 한줌의 재로 까맣게 타버리는 모습을 확인하고 나서야 비로소 안도의 숨을 길게 내쉬었다.

잠시 후 지본청이 숨이 턱에 닿을 듯이 헐떡거리면서 달려 들어와 아뢰었다.

"군문! 오시가 거의 지나가고 있습니다. 승아昇衙하실 겁니까?"

"당연히!"

이시요는 시계를 들여다봤다. 과연 짧은 바늘이 '1'자를 가리키고 긴 바늘도 거의 '12'에 근접하고 있었다. 그는 벌떡 일어나 벽에 걸려 있는 장검을 내리면서 명령했다.

"예포를 쏴라! 모든 호위와 아역들은 빠짐없이 집결해 명령을 대기하라!"

이시요는 의관을 정제하고 허리춤의 보검에 달린 금술을 손으로 정갈하게 폈다. 이어 성큼성큼 걸어서 밖으로 나갔다.

대당大堂의 분위기는 삼엄했다. 호위와 아역들은 새까맣게 집결해 있었다. 높다란 공안公案 아래에는 마흔여덟 명의 친병과 마흔여덟 명의 아역들이 두 줄로 이당二堂 입구까지 쭉 늘어서 있었다. 아역들은 모두 두 손으로 일명 수화곤水火棍으로 불리는 검정색과 빨간색의 군곤軍棍을 지팡이 짚듯 짚고 서 있었다. 보복補服 차림 일색인 친병들은 허리에 대도大刀를 찬 채 왕방울 같은 눈에 독기를 품고 있었다. 거목처럼 미동조차 않았다. 또 두루마기와 가죽신 차림의 사무관과 막료 서른 명은 대당의 기둥 서쪽에 길게 늘어서 있었다. 동쪽에는 스물대

여섯 명 정도 되는 무관들이 꼿꼿이 서 있었다. 순간 무관들의 화령이 밝은 햇빛 아래 눈부신 빛을 발했다.

공안 좌측에는 아문 사사四司의 당관 가족들, 우측에는 2만여 명의 친병들을 휘하에 거느리고 있는 보군통령아문의 세 부도통副都統의 앉을 자리가 마련돼 있었다. 그들은 오전에 군기처 회의가 끝난 후 모두 집에 돌아간 상태였다. 부하 친병들이 이시요의 명령에 따라 술집이며 찻집, 극장 등 사방에 흩어져 있는 사람들에게 일일이 통지를 했는데도 시간에 맞춰 오지 않았다. 문안사文案司 당관인 유보기만이 좌측에 자리해 있었다. 그는 도대체 어떤 중요한 공무이기에 이시요가 이토록 기세등등하게 판을 벌이는지 궁금한 듯 고개를 갸웃거렸다.

쾅……, 쾅……, 쾅……!

잠시 후 세 발의 대포소리에 이어 지본청의 고함소리가 들려왔다.

"대군문大軍門께서 승당昇堂하신다!"

대령하고 있던 아역들은 일제히 "오우……!" 하는 소리를 무겁게 깔았다. 그렇게 해서 왠지 오싹한 분위기를 만들고 나서는 끈 달린 목각인형처럼 일제히 뒤로 한 걸음씩 물러났다. 이어 문관文官과 무장武將들이 착! 착! 착! 하고 산이 떠나갈 듯한 소리로 마제수를 걷어 올리는 인사를 하고는 앞으로 나왔다. 기다렸다는 듯 이시요가 발소리를 크게 내면서 동쪽 측문에서 나와 공안 위에 올라섰다.

"군문, 안녕하십니까!"

수백 명이 일제히 문안인사를 하면서 군례軍禮를 올렸다. 고함소리가 얼마나 요란했던지 대당 안팎이 쩌렁쩌렁 울렸다. 나무 위에 앉아 있던 까마귀 떼가 놀라서 날개를 푸드덕대고 날아가 하늘을 새까맣게 덮을 정도였다.

"모두 일어나게."

이시요가 굳은 얼굴로 무덤덤하게 말했다. 이어 다시 덧붙였다.

"세 장군은 자리에 앉게!"

사람들은 그제야 한숨을 돌렸다. 북영관대北營管帶(북영장군) 목아마穆阿瑪, 서영관대西營管帶 아성阿成, 조양문관대朝陽門管帶 도문圖門은 공안 위를 향해 공수를 해 보이고는 두 손을 무릎에 얹고 앉았다. 나머지 문무 관리들은 모두 두 손을 앞에 모으고 시립한 채 수시로 공좌公座를 훔쳐봤다.

이시요는 세 장군이 자리에 앉기를 기다렸다가 자리에 앉으면서 고개를 돌려 분부했다.

"지본청, 점호를 시작하게!"

"예!"

지본청이 명단을 펼쳐들었다. 긴장한 탓에 그의 얼굴은 하얗게 질려 있었다. 명단을 든 손이 걷잡을 수 없이 떨리고 있었다. 그는 잠시 망설이다가 젖 먹던 힘까지 끌어올려 용기를 내더니 점호를 시작했다.

"도문 군……문!"

이시요가 즉각 손사래를 쳤다.

"점호할 때는 존칭을 생략하게!"

"도……문!"

"예!"

"목아마……!"

"예!"

"아성!"

"여기 있습니다!"

장군들 세 사람은 대답하는 방식이 각각 다 달랐다. 하나는 성난 호랑이의 포효를 방불케 했다. 다른 하나는 담담하게 응답했다. 나머지 하나는 시건방진 목소리였다. 그래서였는지 맨 마지막 대답소리를 듣고 장내에서는 키득거리며 웃는 사람들이 적지 않았다.

이시요는 그들 셋이 다 만주족 황친귀족皇親貴族 자제들이라 자신을 우습게 여긴다는 걸 알고 있었다. 그러나 짐짓 내색을 하지 않고 가만히 듣고만 있었다.

"이국강李國强!"

"예!"

"풍운외馮雲畏!"

"예!"

"관효영關效英!"

"예!"

점호 결과 결석한 사람은 총 15명이었다. 이시요가 화명책花名册을 건네받으면서 물었다.

"이 열다섯은 어찌된 건가?"

"군문!"

지본청이 본인은 최선을 다했다는 듯 간절한 표정으로 이시요를 바라보았다. 이어 설명을 덧붙였다.

"본 아문의 아역들 중에서 결석한 사람은 모두 네 명입니다. 그중 세 명은 휴가를 내서 자리에 없습니다. 또 한 명은《사고전서》편수 작업에 임시로 투입돼 오지 못했습니다. 나머지 사람들은 모두 이 자리에 와 있습니다. 각 대영들에서 몇 명씩 빠진 것은 장군과 막료들에게 통지하라고 일렀습니다. 자리에 안 왔다면 불가피한 사연이 있지 않나 생각합니다."

이시요가 가볍게 콧방귀를 뀌면서 화명책을 뒤적였다. 그리고는 다시 물었다.

"목아마, 여기 이 시대기柴大紀라는 유격遊擊은 왜 안 왔나?"

목아마가 재빨리 대답했다.

"시대기는 서직문의 방무防務를 책임진 사영四營의 대장입니다. 그곳은 지방에서 흘러든 유민들의 집거촌입니다. 이번에 사영과 순천부가 합동으로 사교의 소굴을 덮쳐 금서들을 대량 색출해 냈다고 합니다. '즉석에서 소각하라'는 예부의 지시를 받고 사람들을 데리고 임무를 수행하러 갔습니다."

이시요가 목아마의 말에 고개를 끄덕였다. 그리고는 다시 아성에게 물었다.

"기대발紀大發, 오성吳誠, 소득귀蘇得貴, 풍극검馮克儉. 이들 넷은 자네 부하들인데 어디로 새버렸나?"

"외차 보냈습니다……. 외차 보냈다고요!"

아성의 대답은 어조가 상당히 건방졌다. 비스듬하게 앉은 자세 역시 다분히 도발적이었다. 그가 이어서 이시요를 깔보듯 실눈을 만들어 노려보면서 덧붙였다.

"아시다시피 설 명절이 내일 모레 아닙니까? 일 년에 한 번뿐인 명절인데 만 명도 넘는 부하들을 서북풍만 마시게 할 수는 없지 않겠습니까? 북경 안에서는 물건 구입이 제한돼 있으니 인근 주현州縣들에 가서 돼지나 양, 닭 등 가축들을 구해오라고 시켰습니다!"

아성은 아계의 조카였다. 그러나 숙부와 달리 체구가 작고 단단했다. 마치 절구통 같았다. 뒤통수가 약간 뾰족한 것이 우스꽝스러웠다. 몇 가닥 없는 가는 머리채는 어깨 뒤로 힘없이 처져 있었다. 그가 녹두처럼 작은 눈을 반짝이면서 마치 희귀동물을 대하듯 이시요를 똑바로 쳐다봤다.

이시요는 아성의 시선을 피하면서 마른침을 꿀꺽 삼켰다. 이어 막 입을 열어 도문에게 물어보려고 할 때였다. 갑자기 도문이 먼저 돼지 멱따는 소리를 질렀다.

"같아요, 같아! 나도 서산西山으로 연화年貨(설음식이나 물품)를 장만 하러 보냈는데 이것들이 아직 안 왔네요. 설에 고기 국물이라도 마 셔보려고 한 개 소부대를 대흥大興으로 수렵 보냈다는 거 아닙니까!"

이시요는 순간 공안의 모서리를 힘껏 눌러 잡았다. 그리고는 냉정 한 어조로 쏘아붙였다.

"연화 장만하러 보낸 것까지는 뭐라고 안 하겠다만 수렵을 보낸 군 인들은 즉각 귀대시키게! 나에게도 한 개 부대를 전부 수렵장으로 내 보낼 수 있는 권한이 없거늘 자네는 대체 무슨 배짱인가? 도찰원에서 알면 어사들이 당장 붓끝에 먹을 찍어들고 덤벼들 것이네!"

"어사?"

도문이 대수롭지 않다는 듯 턱을 치켜들었다. 이어 건방진 어조로 비웃듯이 말했다.

"어사들도 설 명절이 닥치니 여기저기 돈 만들러 다니느라 정신이 없어요. 누가 누구를 탄핵해요, 탄핵하기는! 탄핵을 빌미로 외관들의 주머니를 터는 일에만 관심이 있는데! 우리 군인들에게는 그 잘난 군 비 몇 푼밖에 돌아올 게 더 있겠어요?"

도문의 말은 사실 자리한 모든 군인들이 하고픈 얘기였다. 순간 장 내는 삽시간에 들끓었다.

"돈 주무르는 아문에서는 누구에게 아쉬운 소리를 하지 않을 테고, 사람 가지고 노는 아문에서는 돈 보따리를 두둑이 받아 챙겼을 테지. 이것도 저것도 아닌 우리 군인들은 대체 뭐냐?"

급기야 좌중의 한 사람이 울분을 터트렸다. 그러자 여기저기서 한 마디씩 거들고 일어났다.

"남들처럼 설 명절이라고 바리바리 싸들고 오는 문생^{門生}들이 있는가, 여타 경관^{京官}들처럼 외관^{外官}들로부터 빙경^{氷敬}이라도 챙길 수 있는가? 제기랄 이건 설 명절에 쫄쫄 굶게 생겼잖아."

좌중의 사람들 중에는 거친 욕설을 퍼붓는 이들도 있었다…….

이시요는 화가 나서 가슴이 터질 것만 같았다. 이 안하무인들을 어떻게 하면 정신을 번쩍 차리게 혼을 내줄 것인가? 그가 속으로 그렇게 생각하고 있을 때였다. 문정^{門政}이 헐레벌떡 달려 들어오더니 아뢰었다.

"네 명의 유격이 도착했습니다. 들여보낼까요?"

"누구누구야?"

이시요가 물었다.

"채창명^{蔡暢明}, 나우덕^{羅佑德}, 소득귀, 시대기 네 사람입니다."

이시요가 매서운 눈빛으로 세 명의 부장^{副將}을 노려봤다. 아성은 거짓말이 들통 나자 당황스러움을 감추지 못하고 억지웃음을 지었다.

"소득귀 그놈이 왔어? 자식이 왜 벌써 왔지? 돈이 모자라서 왔나? 들어오라고 하게. 내가 혼을 내줘야겠어!"

도문도 맞장구를 쳤다.

"들여보내!"

그러나 문정은 이시요의 낯빛만 살필 뿐 감히 움직이지 못했다.

"들여보내게."

"예!"

"먼저 누구의 명을 받고 무슨 업무를 수행하러 어디에 갔었는지 물어보고 들여보내게!"

"예!"

이시요의 한마디에 장내의 소란은 뚝 그쳤다. 순간 무서운 정적이 찾아왔다. 좌중의 사람들은 갑자기 정수리에 찬물을 뒤집어 쓴 듯 목을 한껏 움츠렸다.

14장

풍류천자의 정욕

잠시 후 문정이 돌아왔다. 이어 천천히 보고를 올렸다.

"나우덕과 소득귀는 병부로 수렵용 화총과 탄약을 얻으러 갔답니다. 화친왕의 포의노包衣奴인 채창명은 왕부로 문후 올리러 다녀왔다고 합니다. 시대기는 무슨 책인가 하는 것을 소각하러 갔다가 병영으로 돌아온 뒤 아문에서 회의를 소집한다는 사실을 뒤늦게 알고 달려왔노라고 합니다."

"뭐라고?"

이시요가 자리를 박차고 벌떡 일어났다. 잔뜩 굳은 얼굴이 무섭게 붉어졌다. 이를 악문 얼굴에 소름끼치는 냉소가 번졌다.

"책을 소각하러 갔다는 말은 사실이니 시대기만 들여보내. 그리고 도문, 아성! 자네 둘은 어찌해서 거짓으로 나를 기만하려 한 건가?"

아성은 얼음장처럼 차갑고 날카로운 이시요의 시선에 잠시 겁을 먹은 듯했다. 그러나 이내 헤헤거리면서 이마를 툭 쳤다. 그리고는 말했다.

"아……, 맞다! 소득귀는 화약을 가지러 갔었지! 내 정신 좀 봐! 군문, 부디 고정하십시오. 제가 일부러 거짓말을 한 건 아닙니다."

도문은 그러나 안하무인답게 비계가 출렁이는 살찐 목을 비틀어 아성을 바라보면서 태연하게 말을 이었다.

"화약 가지러 간 게 뭐가 어때서 그리 설설 기는 거야? 이봐요, 제독 나리! 일이 있어 늦게 왔든 어찌 됐든 어차피 회의하기 전에 사람이 도착했으면 됐지, 뭘 그런 걸 가지고 화를 내십니까? 점호만 하려고 부른 겁니까?"

이시요가 도문의 말을 듣더니 탁자를 힘껏 내리쳤다. 장내에는 삽시간에 납덩이처럼 무거운 침묵이 흘렀다. 곧이어 그가 다시 외쳤다.

"그래! 점호만을 하기 위해 전군을 소집한다 하더라도 그건 내 마음이야!"

그 사이 시대기가 들어와 군례를 올렸다. 이시요는 시대기에게 앉으라는 손짓을 하고는 악에 받쳐 소리쳤다.

"나는 어지를 받고 긴요한 일을 처리하러 온 몸이야! 그러니 자네들과 입씨름이나 할 상대가 아니야! 어젯밤에 이미 오늘 승당昇堂해 회의를 한다고 통보했거늘 어째서 이렇게 태만할 수 있다는 말인가!"

이시요가 꾸짖고 있는 그들 세 명의 부장들은 모두 부도통副都統 계급이었다. 따라서 관품이 이시요보다 반 등급밖에 낮지 않았다. 게다가 평소에 아문에서 무소불위의 권력을 행사해왔던 인물들이기도 했다. 그런데 이시요가 대놓고 삿대질을 하면서 아랫것을 대하듯 훈계를 하자 모두들 자존심이 상했다. 그들은 얼굴이 시뻘겋게 달아오르고 표정도 심상치 않았다. 아니나 다를까, 이번에도 도문이 제일 먼저 벌떡 일어나더니 이시요에게 덤벼들 듯이 따졌다.

"어지를 받았으면 이렇게 경우에 어긋나게 굴어도 괜찮다는 얘기요? 우리도 어지를 받고 임무를 수행하러 온 사람들이오! 혼자만 잘난 척하지 마시라고! 아성, 목아마! 가자고! 우리가 왜 여기서 이런 대접을 받아야 해?"

아성은 도문의 말을 듣자마자 당장 따라나섰다. 그러나 목아마는 엉덩이를 조금 떼면서 일어나는 듯하다가 다시 주저앉았다.

"가기는 어디를 가?"

이시요가 급기야 버럭 호통을 쳤다. 이어 다시 주변 사람들을 불렀다.

"소오자! 이팔십오! 이팔십오는 어디 있어?"

이시요의 고함소리에 장내의 사람들은 모두 그 자리에 굳어지고 말았다. 이시요의 그런 모습을 처음 본 이팔십오는 너무 놀란 나머지 덜덜 떨면서 한참 후에야 더듬더듬 대답했다.

"차…… 찾아…… 계셨습니까!"

"피를 보여주지 않으면 사람을 우습게 보는 족속들인가 보지?"

이시요가 말을 마치고는 얼굴 가득 냉혹한 웃음을 지었다. 그러더니 죽은 듯한 정적을 깨고 덧붙였다.

"아무리 막나가는 사람이라도 초면인 상대에게 이 같은 무례를 범할 수는 없지. 거짓으로 군정軍情을 보고한 주제에 적반하장까지? 이는 나 이시요만 무시한 것이 아니라 군법과 폐하에 대한 불경이고 오만이다! 가서 나의 왕명기패王命旗牌를 가져 오너라! 대문 앞에서 발포 준비를 하고 장군 깃발을 올리거라!"

이시요는 말을 마치고는 멍한 표정으로 서 있는 이팔십오를 노려보면서 버럭 일갈을 터뜨렸다.

"어서!"

"아…… 예. 예! 알겠습니다!"

정적이 감도는 좌중에 갑자기 피비린내를 물씬 풍기는 공포가 엄습해왔다. 문관文官, 무장武將을 막론하고 모두들 모골이 송연한 채 고개를 무겁게 숙이며 숨도 제대로 쉬지 못했다. 방금 전까지 안하무인으로 일관하던 도문과 아성 역시 안색이 흑빛으로 변했다. 한쪽에 앉아 있는 목아마도 무릎에 올려놓은 두 손을 꽉 움켜쥔 채 부들부들 떨었다.

잠시 후 이팔십오가 두 명의 친병을 앞세우고 남색 왕명기패를 모셔다 정중히 책상 위에 세워놓았다. 이시요는 왕명기패 앞으로 다가가 삼궤구고의 대례를 올렸다. 그리고는 천천히 일어섰다. 그의 얼굴에 서늘한 한기가 서려 있었다.

곧이어 그가 경멸에 찬 코웃음을 치면서 도문에게 다가갔다. 비수처럼 차갑고 섬뜩한 눈빛으로 아래위를 거듭 쓸어보았다. 도문과 아성 두 사람은 그제야 뭔가 잘못됐다는 생각이 드는지 사시나무 떨듯 와들와들 몸을 떨었다. 이시요는 한참을 그렇게 두 사람을 쓸어본 다음 한결 차분해진 목소리로 말했다.

"방금 전에도 얘기했지만 나는 자네들과 척을 지고 말고 할 사이가 아니네. 그러니 오늘 행법行法에는 사적인 감정이 추호도 개입돼 있지 않네. 자네들이 죽은 연후에 부의금은 차질 없이 집으로 보낼 것이니 염려하지 마시게."

이시요가 휙 돌아서면서 힘껏 손사래를 쳤다. 그리고는 고함치듯 명령을 내렸다.

"끌어내! 다음 명령을 기다릴 것 없이 즉각 처형해!"

이런 것을 일컬어 마른하늘의 날벼락이라고 할까? 이시요의 명령은 그야말로 일말의 여지도 없이 단호했다. 그의 말이 떨어지기 무섭게 융장패검戎裝佩劍을 한 친병들이 장화발소리를 요란하게 내면서 달려 들어왔다. 위기일발의 그 순간, 아성이 갑자기 휘청하더니 그 자리에 허물어지듯 주저앉고 말았다. 그리고는 얼굴 가득 식은땀이 범벅이 된 채 더듬거리면서 애걸복걸했다.

"고, 고도 통…… 통수! 제, 제, 제발…… 목숨만…… 살려 주십시오. 이놈이 술을…… 처먹고…… 잠시 미쳤었나…… 봅니다. 제발……. 제발……!"

이시요가 적당히 겁만 주고 말 거라고 생각했던 도문 역시 흉신악살凶神惡煞한 친병들이 달려들자 그만 기겁을 하면서 털썩 꿇어앉았다. 이어서 당장 애걸복걸을 했다.

"통…… 통수 대인! 잘못했습니다. 미친개가 짖었거니…… 생각하시고…… 너그럽게 용서해주십시오. 두 번 다시…… 이런 무례를…… 범하지 않고…… 깍듯이…… 모시겠습니다!"

이시요는 그러나 들은 척도 하지 않았다. 그저 턱을 쳐든 채 코웃음만 연발했다. 친병들은 잽싸게 두 사람을 밖으로 끌어내기 시작했다. 순간 대경실색하기는 마찬가지였으나 그래도 이시요가 적당히 혼쭐내는 선에서 그만둘 것이라고 짐작하고 있던 목아마 역시 "다음 명령을 기다릴 것 없다"는 이시요의 말에 걸상에서 일어나다가 비틀거리면서 앞으로 엎어졌다. 그는 다시 일어설 생각도 하지 못하고 정신없이 팔을 허우적대면서 소리쳤다.

"잠깐만요!"

목아마가 무릎걸음으로 몇 걸음 기어가서는 이시요의 무릎을 껴안았다. 그리고는 눈물을 펑펑 쏟으면서 간청을 했다.

"제발 고정하십시오……, 통수 대인! 하관은…… 말재주가 없어…… 어찌 청을 드려야…… 통수 대인의 마음을…… 움직일 수 있을지 모르겠습니다. 저 두 사람은 죗값을 치르는 것이 마땅합니다. 그러나 소삼蘇三의 비적 일당을 섬멸하는 데 공이 있고 평소 치군治軍에 게을리 하지 않은 점을 살펴 한 번만 용서해주십시오. 개 눈에 금옥金玉이 보일 리 있겠습니까? 통수께서 부임하신 지 얼마 안 되셨으니…… 당치도 않은 배짱을 부려본 것 같습니다. 통수께서도 부임하자마자 대장들의 목을 친다면 고과에 그리 유리하게 작용하지 못할 것 아닙니까? 이번 한 번만 너그러이 용서해주시고 지켜봐주십시오. 하관이 단언합니다. 저들은 두 번 다시는 감히 통수께 무례를 범하지 못할 것입니다."

목아마가 말을 마치고는 잔뜩 숨죽이고 있는 자신의 부하들을 향해 고함을 질렀다.

"어서 통수 대인께 간청 올리지 않고 뭘 해?"

좌중에 있던 스물 몇 명의 장교들은 목아마의 고함소리를 듣고서야 비로소 정신이 번쩍 든 듯 그 자리에 일제히 무릎을 꿇었다. 이어 공안公案 앞에서 이당二堂 입구까지 낫질에 밀이 쓰러지듯 일제히 무릎을 꿇고는 도문과 아성을 위해 용서를 빌었다.

"자네들은 아마 내가 허장성세로 초반에 기선을 제압하려고 든다고 생각할 테지."

이시요가 두어 번 껄껄 웃고는 웃음을 뚝 멈추면서 다시 덧붙였다.

"나는 자네들이 우습게 여기고 함부로 대해도 될 만큼 호락호락한 상대가 아니야!"

이시요의 차가운 쇳소리가 장내에 메아리쳤다.

"나는 스물셋에 폐하의 면시面試를 통해 진사에 합격했어. 스물여섯에 부상(부항)을 따라 흑사산黑査山으로 쳐들어가 비적 두목 표고飄

高를 생포하고 악당 삼천 명을 참수했지. 그 후에 동정銅政을 맡아 금천에서 자네들 같은 어중이떠중이 장군들을 열 명도 넘게 목을 쳐버렸네. 한마디로 나는 피비린내를 두려워하지 않는 사람이라는 말이야. 나의 정자頂子는 인혈人血로 물들여졌다고 해도 과언이 아니네. 그럼에도 성명하신 폐하께서는 언제 한 번 나를 무모하다고 책망하지 않으셨지. 부임하기 바쁘게 두 장군의 목을 쳐낸다면 응당 처벌은 각오해야겠지. 그러나 내가 받는 처벌이 뭐가 대수인가? 구주만방을 다스리는 천자의 안거安居가 더 중요하지. 대청 수도의 그 어느 것보다 중요한 구문九門을 자네들처럼 무책임하고 오만불손한 자들에게 맡기는 것보다는 백배 낫지! 안 그런가?"

이시요의 발밑에 무릎을 꿇은 무리들은 수마가 휩쓸고 간 자리에 쓰러진 갈대들 같았다. 그들의 머리 위로 이시요의 분노의 일성이 다시 터져 나왔다.

"하지만 자리한 모든 이들이 이 둘의 구명을 간청하니 나도 생각을 고쳐 해보도록 하지."

이시요가 말을 마치고는 천천히 공안 앞을 거닐었다. 그가 한 발자국씩 떼어놓으며 지나갈 때마다 그 옆의 부하들은 움찔거리면서 긴장했다. 이시요가 그렇게 한참을 오락가락하면서 깊은 생각에 잠겨 있더니 드디어 결심을 한 모양이었다. 그가 무거운 목소리로 천천히 입을 열었다.

"아무리 피로 정자를 물들였다지만 나 역시 누가 뭐래도 선비 출신이네. 사람을 죽이는 것이 업인 백정이 아니라는 말일세. 죽을죄는 면해주겠다만 이대로 용서할 수는 없어. 복도로 끌고 가 군곤軍棍 사십 대씩을 안기거라! 신음하거나 비명을 질렀다가는 그 자리에서 주검이 될 것이니 그리 알라!"

이시요는 밖에서 매타작이 이어지는 동안 점차 평상심을 회복해갔다. 부하들에게도 "일어나라!"고 명령을 내리고 나서 공좌公座를 공안公案 앞으로 옮겨 편안하게 자리에 앉았다. 그리고는 입을 열었다.

"이번에 폐하를 알현한 자리에서 폐하께서는 크게 개탄하셨네. 북경 각 아문의 규율이 산만하고 업무가 제 궤도에 오르지 못한 점을 지적하시더군. 보군통령아문은 도적을 잡고 비적을 소탕하는 주된 업무 외에 백관들의 기강을 바로 세우고 각 아문의 규율을 정비해야 하는 책임도 있네. 폐하께서는 몇 만 명의 친병들을 거느리고 구성九城의 호위를 책임진 구문제독아문에 대해 큰 기대를 걸고 계셨네. 폐하의 준엄한 훈육의 핵심은 한 가지였네. 바로 우리 내부의 기강을 바로세우고 불온한 무리들을 숙청함으로써 타의 본보기가 되라는 것이었네. 더 나아가 여타 아문들과 더불어 일신우일신日新又日新의 계기를 만들었으면 하는 것이었네. 이번에 광주에서 나를 따라 온 서른 명의 장교들은 감히 저런 행동은 꿈도 꾸지 못하네. 밖에서 무슨 짓거리를 하고 다니든 간에 일단 나의 부름을 듣기만 하면 단숨에 달려오지. 상사의 말을 우습게 알고 경거망동하는 자들은 저처럼 좋은 꼴을 못 보게 돼 있네."

이시요가 가볍게 헛기침을 한 다음 계속 말을 이었다.

"천리교가 도처에서 민심을 현혹하고 사교를 전염병처럼 퍼뜨리고 있다 하네. 특히 직예, 산동, 하남 지역에서 하루가 다르게 사태가 심각해진다는 보고를 받았네. 북경과 직예 지역에서도 일당들의 움직임이 포착됐네. 이름만 '천리교'라고 바꿨을 뿐 여전히 백련교의 잔당들이니 그 나물에 그 밥이라 하겠네!"

이시요가 목소리에 더욱 힘을 주며 말을 이었다.

"서부에서는 곽집점의 회부回部가 난동을 부리고 대만과 복건 일대에서도 저의가 불순한 비적들의 움직임이 예사롭지 않다고 하네. 양자강(장강) 이북의 여섯 개 성에 수해와 가뭄이 번갈아 들어 백성들은 정처 없이 떠돌아다니고 있네. 그들이 사악한 무리들의 꾐에 넘어가 조정을 향해 도발이라도 하면 그게 다 누구 책임인가? 자칫 삼척동자마저 조정의 적으로 변해버리는 비극이 초래될 수 있네. 그리 되면 이치 쇄신과 민심 안정, 두 마리의 토끼를 잡고자 매진해 오신 폐하의 심혈은 수포로 돌아가지 않겠나? 사정이 이런데도 우리 신하된 자들이 이렇게 죽치고 앉아 황당무계한 짓거리나 하고 있으면 되겠는가? 폐하께서는 만약 북경에서 비적들의 수상한 움직임이 포착된다면 오로지 나의 책임만 물으시겠다고 못 박으셨네. 나 또한 자신 있게 군령장을 냈어! 폐하께서는 나에게 선참후주권도 주셨네. 내가 어떤 자의 목을 칠 것 같은가?"

이시요가 서릿발 같은 눈빛으로 좌중을 쓸어보면서 덧붙였다.

"바로 나의 일에 차질을 빚는 자들이지! 상놈의 새끼들, 감히 내 앞에서 까불었다가는 뼈도 못 추릴 줄 알아!"

조용조용 타이르듯 말하던 이시요가 갑자기 거친 욕설을 퍼부었다. 그러자 부하들이 모두 당황한 표정을 지었다. 그가 다시 입을 열었다.

"설이 임박한 게 뭐가 그리 대수인가? 비적들이 우리에게 편안하게 설을 쇠라고 가만히 놔둘 것 같은가? 그러니 여러분은 따끈한 아랫목에 엉덩이 붙이고 앉아 작패놀이나 할 생각은 일찌감치 집어치우는 게 낫겠네. 나는 군기처의 업무도 봐야 하고 다른 일도 많으니 매일 아문으로 나올 수 없네. 내가 없을 때에는 목아마가 업무를 대리하도록 하게. 유사시 즉각 보고하게. 각 병영의 군기를 바로 세워 일말의 이상한 움직임도 절대 간과해서는 아니 되네. 그리고 내가 자리에 있든 없든 사무관들은 제 시간에 출석해 자리를 지켜줘야 하네. 일하기 싫은 사람은 언제든지 말하게. 당장 엉덩이를 걷어차서 내보내줄 테니! 물론 일 년에 한 번뿐인 큰 명절이니 개 보름 쇠듯 해서는 안 되겠지. 내일 내가 목아마, 도문, 아성을 데리고 순영巡營을 하면서 병사들에게 어육魚肉, 채소와 피복을 배분할 것이네. 문관들에게 나눠줄 연화年貨는 지본청이 이팔십오하고 상의해 구입하게. 편안하고 즐거운 설 명절이 됐으면 하는 것이 우리 모두의 바람 아니겠나. 이상 끝!"

이시요가 말을 마치고는 찻잔을 들었다. 그리고는 목이 타는 듯 꿀꺽꿀꺽 찻물을 들이켰다. 이어 손사래를 치면서 밖으로 나갔다. 측문 앞에 이르자 소리를 낮춰 이팔십오에게 분부를 내렸다.

"가서 시대기라는 자를 불러오게. 그리고 주방에 말해 주안상을 정성껏 준비하게. 저녁에 내가 도문과 아성을 불러 위로의 술잔을 돌리려고 하니 목아마도 남으라고 하게. 우리가 광주에서 올 때 가져온 약재들을 의원에게 보내서 저들에게 보약이라도 한 제씩 지어 돌리게."

말을 마친 이시요는 뿔뿔이 흩어지는 사람들을 보면서 가벼운 웃음을 터트렸다.

이시요가 보군통령아문에서 크게 진노한 끝에 휘하 장군들에게 군곤 40대씩을 안겼다는 소문은 꼬리에 꼬리를 물고 삽시간에 북경성 전체에 퍼졌다. 그도 그럴 것이 그건 보군통령아문이 생긴 이래 처음 있는 일이었던 것이다.

아무려나 이시요는 아침 일찍 군기처에 나왔다. 아니나 다를까, 몇몇 장경章京들은 문 앞에서 낄낄거리면서 그 일에 대해 논하고 있었다. 이시요는 개의치 않고 안으로 들어갔다. 우민중이 책상을 마주한 채 온돌에 앉아 있는 모습이 보였다. 한 손에 붓을 들고 한 손으로 팔목을 주무르는 모습이 이제 막 잠에서 깬 것처럼 부스스했다.

이시요가 히죽 웃으면서 말을 걸었다.

"어제도 밤을 새운 거요? 눈 밑이 시커멓게 죽었구먼."

그리고는 무표정하게 구석에 서 있는 태감 고운종에게 눈길을 돌렸다. 이어 다시 물었다.

"폐하께 올릴 상주문을 기다리고 있는 중인가 보지?"

고운종이 황급히 웃음을 지으면서 대답했다.

"예, 그렇습니다. 우 중당께서는 어젯밤도 뜬눈으로 지새우셨습니다. 회북淮北 일곱 개 현縣이 가을에 물난리를 겪었을 뿐 아니라 산동 남부의 열두 개 현은 가뭄이 극심하지 않았습니까? 직예의 청하淸河, 헌獻, 보저寶邸, 형대邢臺, 삼하三河, 무청武淸, 거록巨鹿, 창주滄州 등지에서는 비적들이 설을 기해 더욱 창궐해 날뛰고 있다는 보고가 올라왔습니다. 우 중당께서는 밤을 새시면서 각지에 보낼 서찰을 쓰셨습니다. 수해 지역에는 피해복구에 힘쓰도록 협조를 당부한다는 내용의 서찰을 쓰시고 비적들이 기승을 부리는 지역에는 비적들의 움직임을 경계하라는 내용의 공문을 쓰셨습니다. 폐하께서 사경四更에 기침하시어 서찰마다 주비朱批를 달아 주셨으니 이제 육백리 긴급으로 발송하는 일만 남았습니다."

이시요가 고종운의 말을 듣고 있는 사이에 기윤이 들어왔다. 기윤은 문을 밀고 들어서다 이시요를 발견하고는 웃으면서 말했다.

"이고도, 그대가 어제 구문제독부를 혼비백산하게 만들었소? 오늘 이른 아침부터 서슬 푸른 그대를 이렇게 만나니 어째 하루 종일 일이 잘 안 풀릴 것 같은 불길한 예감이 드오!"

그러나 우민중은 너무 지쳐서인지 아무 말도 하지 않은 채 그저 미소를 지으면서 고개만 끄덕였다. 이어 잠시 후 몸을 간단히 풀고는 온돌에서 내려섰다. 그리고는 무거운 걸음을 터벅터벅 옮기면서 방안을 거닐기 시작했다. 곧 그가 천천히 입을 떼었다.

"방금 태감 왕렴이 어지를 전해왔어요. 춘위 시험 문제를 내려나 봅니다. 폐하께서 효람 공 등에게 오자마자 들라고 했으니 어서 들어가 보세요."

기윤과 이시요는 우민중의 말에 황급히 일어서며 정중하게 대답했다. 이어 기윤이 다시 입을 열었다.

"우 중당께서는 진짜 도학파인 것 같소. 그렇게 피곤해 하면서도 억지로 하품을 참고 기지개도 안 켜면 어떻게 사오? 예의에 크게 어긋나지만 않는다면 공자, 맹자도 설마 뭐라 하시겠소?"

우민중이 다분히 비꼬는 듯한 기윤의 말투에 손으로 인당을 지그시 누르면서 대답했다.

"어려서부터 그리 습관이 들어서인지 저는 괜찮습니다. 보는 사람이 있으나 없으나 마찬가지죠. 공자는 '할부정불식'割不正不食이라고 해서 고기도 네모반듯하게 썰지 않으면 먹어서는 안 된다고 하셨어요. 그건 수행의 규칙이에요."

기윤도 지지 않고 말을 받았다.

"공자는 '도'를 강조했을 뿐 그런 뜻으로 얘기한 게 아니지 않소. 열사흘을 굶어 뱃가죽이 등에 붙은 사람에게 돼지 뒷다리를 가져다주면 과연 네모반듯하게 썰어 먹을 여유가 있을까요?"

기윤은 그렇게 한마디를 던지고는 이시요를 데리고 건륭을 알현하러 밖으로 나섰다. 곧이어 두 사람은 나란히 양심전 수화문으로 들어갔다. 그러자 태감 왕렴이 황급히 나와서 맞았다. 이어 나직이 문후를 여쭈면서 넌지시 덧붙였다.

"잠깐만 기다리십시오. 폐하께서는 지금 심기가 불편하십니다. 황자들을 훈육하고 계시니 황자마마들께서 무안해하지 않게 잠시 후에 들어가십시오!"

왕렴의 말대로 과연 정원에 시립해 있던 시위와 태감들은 모두 허리를 새우등처럼 구부정하니 숙이고 있었다. 숨도 제대로 내쉬지 못하는 듯했다. 두 사람은 나란히 복도에 서서 난각의 동정을 살폈다. 그러나 난각 안에서는 아무런 기척도 들리지 않았다. 둘은 숨을 죽인 채 한참 동안 그 자리에서 꼼짝도 하지 않았다. 잠시 후 안에서 건륭의 노기 띤 목소리가 들려왔다.

"그 두 놈을 들여보내!"

밖에 있던 이시요는 흠칫 몸을 떨었다. 자신과 기윤을 두고 하는 말인 줄 알았던 것이다. 그는 두 눈이 휘둥그레져 기윤을 봤다. 기윤은 고개를 저으면서 아니라는 손짓을 했다. 곧이어 궁전 안에서 왕팔치의 나지막한 말소리가 들려왔다.

"폐하의 노기가 누그러지셨나 봅니다. 이제 들어가십시오. 두 분 마마! 들어가시어 천 번이고 만 번이고 용서를 구하시면 별일 없을 줄로 아옵니다."

왕팔치의 잔소리가 끝나기 무섭게 두 황자의 사은을 표하는 소리가 들려왔다. 이어 안으로 들어가는 발소리, 머리를 조아리면서 사죄하는 말소리도 들려왔다.

"소자들이 잘못했사옵니다, 아바마마. 다시는 함부로 출궁하는 일이 없을 것이옵니다. 부디 화를 거두시옵소서. 소자들 때문에 아바마마의 옥체가 상하신다면 소자들은 그 죄를 감당할 수 없사옵니다……"

이시요는 비로소 어떤 두 황자가 잘못을 범해 건륭의 정훈庭訓을 받고 있다는 것을 알았다. 그제야 굳어졌던 얼굴이 서서히 펴졌다. 곧

이어 건륭의 말이 들려왔다.

"방금 심한 말도 많이 했다만 너희들의 착오는 단 하나야. 자신의 체통에 먹칠을 했다는 거지. 자신의 신분을 망각했다는 것은 곧 명名을 잊었다는 거야. 성인께서는 '명절名節(명분과 절개)'을 그 무엇보다 우선 순위에 둘 것을 훈시하셨다. 명심해라. '명名'은 '절節'보다 더 중요하고 더 앞에 온다는 사실을!"

"명심하겠사옵니다."

"출궁했다는 자체를 두고 잘못했다는 것이 아니다. 투계나 개 경주, 난봉질 같은 것만 하지 않는다면 별 문제 안 돼. 각 부서로 다니면서 정무에 대해 귀동냥도 하고 세상물정을 익힌다는 취지는 바람직한 것이야. 그런데 요인妖人들이 작당해서 물의를 일으키는 현장을 발견했으면 즉각 이시요나 지방관들에게 알려 조치를 취하도록 했어야지! 그랬더라면 오늘 이런 자리를 피할 수 있지 않았겠느냐. 짐은 오히려 너희들의 행실이 가상하다고 상을 내렸을 수도 있어. 헌데 너희들은 시정잡배들처럼 낄낄거리면서 구경이나 하고 있고, 돌아와서도 그 일을 두고 태감들과 농담이나 지껄이고 앉아 있었어. 그게 대국의 황자라는 자들이 할 짓이었더냐?"

"지당하신 훈육이시옵니다!"

"너희들은 금지옥엽의 귀체貴體야. 국가의 간성이고 이 나라와 명맥을 같이하는 휴척상관休戚相關(슬픔과 기쁨을 함께 함)의 황자들이라는 말이야. 이게 바로 너희들의 '명名'이라는 거다!"

"잘 알겠사옵니다!"

잠시 침묵하던 건륭이 다시 말을 이었다.

"옛말에 '천금지사千金之子는 좌불수당坐不垂堂'(마루 끝에 앉지 않는다는 뜻으로 위험한 일을 가까이 하지 않음을 뜻함)이라고 했어. 그런데 너희들은 어찌 출궁하면서 경사방敬事房에 알리지도 않고 사부의 허가도 받지 않았다는 말이냐! 그러다 무슨 일이라도 생기면 어찌 처리할 셈이었더냐?"

황자 한 명이 건륭의 힐책에 대해 변명하는 소리가 들렸다.

"소자들은 황제폐하의 발밑에서 설마 무슨 일이야 있겠는가하고 안일하게 생각했사옵니다. 북경의 방금防禁을 철석같이 믿었사옵니다. 아바마마의 훈육의 말씀을 들으니 이제야 그 깊은 뜻을 알 것 같사옵니다."

건륭이 그러자 다시 냉소를 터뜨리면서 일갈을 했다.

"알기는 뭘 안다는 말이냐? 짐이 지금 너희들의 신변을 염려해서 이러는 줄 아느냐? 이시요가 병사들을 풀어 요인妖人들을 잡아들일 때 너희들까지 그 무리에 섞여 있었다면 앞으로 어찌 천금지자 노릇을 제대로 할 수 있겠는가 하는 말이다! 미련한 것들 같으니라고……. 가서 너희들의 사부인 기윤에게 너희들이 잘못한 것이 무엇인지 물어봐라!"

기윤과 이시요는 갑작스런 건륭의 말에 어리둥절한 채 서로를 마주봤다. 순간 왕팔치가 조심스레 주렴을 걷어 올렸다. 기윤이 황급히 이시요의 허리를 쿡 찌르면서 앞장서 들어갔다. 마침 여덟째황자 옹선顒璇과 열한째 황자 옹성顒瑆이 풀이 죽은 채 밖으로 나오고 있었다. 기윤이 두 황자에게 길을 비켜주려고 하는 순간 옹선이 입을 열었다.

"사부님! 저희들이 실수를 저질러 아바마마께서 사부님의 훈육을 들으라고 명하셨습니다."

기윤이 미소를 지은 채 고개를 끄덕였다. 이어 뭐라고 한마디 하려 했다. 그때 안에서 건륭의 목소리가 들려왔다.

"허튼소리 들어주느라 지체하지 말고 자네들은 어서 들게!"

"예, 폐하!"

기윤이 황급히 대답하고는 두 황자를 향해 고개를 끄덕였다. 이어 눈짓을 했다. 그리고는 이시요와 함께 난각으로 향했다.

예를 갖추면서 훔쳐보니 건륭은 그리 화가 많이 난 표정은 아니었다. 책상 위에는 〈태종팔준도〉太宗八駿圖가 반쯤 펼쳐져 있었다. 혈옥패환血玉珮環 같은 골동품들도 여러 개 놓여 있었다. 보아 하니 건륭은 골동품을 감상하다가 갑자기 두 황자를 불러들여 훈책을 한 것 같았다. 건륭이 온돌에 걸터앉아 그림의 한 모퉁이를 들어 감상하더니 천천히 입을 열었다.

"경들은 방금 입궐했나?"

"신들은 입궐한 지 한참 됐사옵니다."

이시요가 얼떨결에 거짓말이라도 할까봐 다급해진 기윤이 먼저 웃으면서 아뢰었다. 이어 다시 입을 열었다.

"폐하께서 황자마마들을 정훈하고 계신 것 같아 감히 방해할 수 없었사옵니다."

이번에는 이시요가 아뢰었다.

"황자마마와 신들 사이에도 군신관계가 엄연하거늘 신들이 회피하는 것이 마마들의 체통을 지켜드리는 데 나을 것 같았사옵니다."

건륭이 미소를 지으면서 자리에 앉으라고 명했다. 그리고는 숨을 길게 내쉬면서 덧붙였다.

"이시요 자네도 발전이 참 빠르네. 사려가 날로 깊어 가는 걸 보니 말일세. 저 애들은 출궁했다 돌아오는 길에 짐이 북옥황묘에서 이 그림과 패환들을 구입했던 말이 떠올라 그쪽에 들러봤다지 뭔가. 가 보니 수천 인파가 몰린 가운데 어떤 도사가 요술을 부리고 약을 나눠주면서 사람들을 현혹하고 있었다고 하네. 그래서 시간가는 줄 모르고 그 틈에 섞여 끝까지 구경을 했다고 하지 뭔가. 그것도 성에 차지 않아 돌아와서는 다른 황자들을 불러놓고 그 도사가 어찌어찌 '신통'하더라면서 당치도 않은 소리를 했다고 하네. 도통 사리분간을 못하는 아이들이야!"

"마마들께서는 궁 안에서 글공부만 하시다보니 여러모로 경험이 부족해 그런 실수를 범한 것 같사옵니다. 두 번 다시 그 같은 과오를 범하지 않을 줄로 아옵니다."

기윤이 잠시 뜸을 들이고 나서 덧붙여 아뢰었다.

"전적으로 사부인 신의 책임이옵니다.《자치통감》資治通鑑을 가르칠 때 사악한 무리들이 양민들을 현혹하는 온갖 수법에 대해 미리 가르침을 드렸어야 했사옵니다. '부지자불괴'不知者不怪(모르고 한 일에 대해서는 용서받을 수 있다)라고 했사오니 폐하께서는 너무 크게 책망하시지 말아 주셨으면 하옵니다."

이시요도 기다렸다는 듯 바로 나섰다.

"순천부에서 북옥황묘의 요인에 대해 신에게 보고했던 바가 있사옵니다. 그때 신은 천리교든 홍양교든 실체가 백일하에 드러나기 전까지는 경거망동해서는 안 된다고 했사옵니다. 일단 소굴의 위치를 알아내고 면밀한 감시를 펼쳐 문제를 발견했을 시 일거에 들어내야 한다고 생각했사옵니다. 신은 연말연시를 맞이해 북경과 직예 지역의 치안에 각별히 신경을 쓰고 있사옵니다. 명절 분위기를 최대한 고조시켜 태평성세의 경관을 과시하면서 다른 한편으로는 불온한 무리들의 미세한 움직임에 촉각을 곤두세우라고 명했사옵니다. 곧 대청의 일취월장하는 기상을 경앙하고자 외국사절들도 운집할 텐데 만에 하나 폐하의 대국大局에 차질이라도 빚는다면 저 이시요는 백번 죽어도 그 죄를 용서받지 못할 것이옵니다!"

"역시 사려가 깊고 심지가 곧은 신하로군!"

건륭은 이시요의 말을 듣고 밝은 표정을 지었다. 얼굴에는 어느새 먹구름이 사라져 보이지 않았다. 그가 흡족한 표정을 지으며 덧붙였다.

"본연의 업무에만 매이지 않고 거국적인 고민을 한다는 자체가 옛 대신의 풍모를 닮은 것 같네. 군기대신은 구문제독을 겸할 수 없다는 선제의 뜻에 따라 경을 군기대신으로 들이지는 않았네. 그래도 경은 군기 업무도 많이 챙겨야 할 것이네. 듣자니 어제 보군통령아문을 한바탕 들었다 났다면서? 잘했네! 뒤에서 누가 수군거리지 않을까 하는 것에 대해서는 전혀 신경 쓰지 말게. 또 누군가 '눈먼 돌'을 던질까 봐 걱정하지도 말게. 짐이 아무리 관대한 정치를 정책의 기조로 삼고 성조의 법을 따른다지만 무원칙한 방종은 절대 허용하지 않는다네. 인육仁育과 의정義正은 상부상조하는 관계이니 짐에게는 경처럼 물불을 가리지 않고 치고 나가는 신하들이 필요하네. 근본이 뒤틀린 자들이 조정의 신료라면서 껍죽대고 다니는 꼴을 좌시해서는 안 되네!"

이시요는 건륭으로부터 극찬을 처음 듣는 터라 피 끓는 감격에 정신이 아찔할 정도였다. 한동안 걱정과 초조함으로 밤잠을 못 이루며 가슴을 졸여왔던 그였으니 더욱 그럴 수밖에 없었다. 그는 훈풍처럼 따사로운 건륭의 말에 그동안의 모든 불안이 씻은 듯 사라져 버린 것이 고마워 사은을 표하고 싶었다. 뭔가 멋있는 말을 하고 싶었으나 마땅히 떠오르는 바가 없었다. 그러던 그는 건륭이 이치 쇄신의 어려움을 개탄하는 말에서 군주의 고뇌를 고스란히 느꼈다. 급기야 연신 머리를 조아리며 깊은 한숨을 내쉴 수밖에 없었다.

기윤 역시 가볍게 한숨을 지으면서 서글프게 웃고는 아뢰었다.

"양주揚州의 어떤 경박한 소년이 유명한 《누실명》陋室銘이라는 글을

《누리명》陋吏銘으로 고쳐 놓아 현지에서 화제가 되고 있다 하옵니다. 폐하께서도 들어보셨는지 모르겠사옵니다. 《누실명》에는 '산은 높지 않아도 신선神仙만 살면 명산이요, 물은 깊지 않아도 용龍만 살면 그만이다'라고 하지 않았사옵니까? 소년은 이 구절을 '관직은 높지 않아도 은자만 두둑하면 더할 나위 없고, 공자孔子를 몰라도 동자銅子만 알면 그만이다'라고 고쳤다고 하옵니다."

"실로 신랄한 풍자로군. 뒤통수에 일침을 맞은 것처럼 따끔하네그려."

건륭이 씁쓸한 미소를 지으면서 말을 이었다.

"《이십사사》二十四史를 쭉 훑어보면 이치가 중간 수준이었을 때가 대부분이고, 좋을 때는 거의 없었네. 누누이 강조하고 번번이 뿌리 뽑으려 해도 금세 원점으로 돌아오는 그놈의 이치라는 게 참 뭔지…….어디 한 줌만 뿌리면 탐관오리들을 단번에 정신 차리도록 만드는 영단묘약靈丹妙藥 같은 것은 없을까? 됐네, 골치 아픈 얘기는 나중에 하도록 하지. 오늘은 춘위 시험 문제 때문에 경들을 들라고 했네. 기윤, 자네는 비록 주시험관은 아니지만 학문이 뛰어난 재자가 아닌가. 그리고 이시요는 수재치고는 엉성한 구석이 많으니 둘이 서로의 장단점을 보완하면 되겠네. 그러면 훌륭한 시험문제가 나오지 않겠는가?"

이시요가 건륭의 말에 빙그레 웃으면서 아뢰었다.

"엉성한 구석이 많다고 하시니 생각나는 바가 있사옵니다. 전에 신이 수재 시험에서 '옹중'翁仲을 '중옹'仲翁이라고 잘못 적지 않았사옵니까. 그때 폐하께서 그 답안지를 읽어보시고 '어찌 옹중'을 '중옹'이라고 하는 착오를 범할 수 있다는 말인가! 이따위 문장 실력으로는 한림翰林에 들기에 멀었으니 죄를 물어 산서山西의 통판으로 보낸다'라고 하셨사옵니다. 그래서 신이 산서로 가지 않았사옵니까!"

이번에는 기윤이 아뢰었다.

"폐하께서 신의 학문을 칭찬하시니 신은 황감해 몸 둘 바를 모르겠사옵니다. 학문을 논할라치면 폐하를 능가할 신하가 세상천지에 어디 있겠사옵니까? 수백 년 동안《사서》四書만 우려먹었으니 웬만한 시험문제는 다 나와 응시생들의 실력을 정확히 파악하기 힘든 것 같사옵니다. 지금쯤 응시생들은 자기들끼리 예상문제를 맞추느라 뇌즙腦汁을 있는 대로 짜내고 있을 것이옵니다. 이럴 때일수록 신은 왕년의 편偏, 괴怪, 기奇 이 세 가지 출제원칙을 뒤집어 의외로 간단한 문제를 내는 것이 어떨까, 생각하고 있사옵니다!"

그러자 건륭이 고개를 끄덕였다.

"그게 좋겠네. 짐이《사서》를 위편삼절韋編三絕(가죽 끈이 세 번 끊어질 정도로 독서에 힘씀)했어도 그 속에는 응시생들의 숨은 실력을 제대로 파악할 수 있는 문제를 내기가 어려운 것 같았네. 서안 위에 지필紙筆이 있으니 기윤, 자네가 적어보게. 첫 번째 제목은 '공칙불모'恭則不侮(공손하면 업신여김을 받지 않음)가 어떻겠나?"

기윤은 건륭의 말이 끝나자마자 황급히 책상 앞으로 다가가 붓을 들어 적었다. 그리고는 잠시 생각하더니 아뢰었다.

"대단히 당당하고 훌륭한 제목인 것 같사옵니다. 이에 '사직천하'社稷天下를 연결시키면 뜻이 더욱 심오할 것 같사옵니다. 뒤에 '축타치종묘'祝鮀治宗廟(축타가 종묘의 일을 다스림. 축타는 춘추시대 위衛나라의 대부로, 공자가 그의 말재주를 칭찬하였음) 몇 글자를 덧붙이는 건 어떻겠사옵니까?"

"그래! 그게 좋겠네. 첫 번째 제목은 이걸로 하세."

건륭이 기윤의 재인에 크게 기뻐했다. 이어 고개를 돌려 이시요를 향해 말했다.

"자네도 하나 말해보게!"

이시요가 잠시 생각하더니 대답했다.

"'인생칠십고래희'人生七十古來稀와 '만승지국'萬乘之國을 이어놓는 건 어떨까 하옵니다."

건륭이 고개를 끄덕였다. 그러자 기윤이 이시요가 말한 것도 적었다. 그는 두 개의 제목을 나란히 적어놓고 한참 연구하더니 다시 아뢰었다.

"군주와 종묘사직은 모든 것의 위에 있으니 '만승지국'을 앞에 놓는 게 좋겠사옵니다."

건륭이 동의했다.

"그건 자네 마음대로 하도록 하고 하나 더 출제하게."

기윤은 기다렸다는 듯 미리 생각해둔 것을 얘기했다.

"방금 불현듯 떠오른 생각이 있사옵니다. '천자일위'天子一位와 '자복요지복'子服堯之服('그대가 요 임금의 복장을 입는다'는 의미)이 어떨까 하옵니다. 성재聖裁를 부탁드리옵니다."

기윤이 말을 마치고는 다 적어놓은 글씨를 건륭에게 두 손으로 받쳐 올렸다. 건륭은 한번 훑어보고는 만족스런 표정으로 옥새를 꺼내 힘껏 눌러 찍었다. 이어 종이를 조심스레 접어 금띠를 박은 통봉서간通封書簡에 넣고 단단히 밀봉했다. 그리고는 겉봉에 몇 글자를 적어넣은 다음 벽 모서리에 있는 커다란 금궤 앞으로 다가갔다. 곧 자물쇠를 열고 두 손으로 서간을 안에 넣고는 자물쇠를 굳게 잠갔다. 그제야 습관처럼 두 손을 비비면서 자리로 돌아와 앉더니 입을 열었다.

"열쇠는 짐에게만 있네. 태감들이 몰래 열어 봤다가는 즉시 죽음이지. 제목은 경들과 짐 세 사람만 알고 있네. 자칫 기밀이 새어나갔을 때는 군신간의 의義, 공功, 정情 따위는 안중에 두지 않고 가차 없을 터이니 그리 알게. 장정옥張廷玉의 아우 장정로張廷璐는 시험문제를 유출시킨 혐의로 요참腰斬을 당했지. 서시西市에서 처형당했는데 상반신이 저만치에서 따로 나뒹구는데도 숨이 끊어지지 않더군. 그러다 손가락에 피를 찍더니 땅바닥에 비뚤비뚤하게 무려 일곱 개의 '참'慘자를 적더군. 경들은 절대 그런 자의 전철을 밟지 않기를 바라네!"

건륭이 서글픈 미소를 지으면서 옹정 연간에 있었던 무시무시한 과거 이야기를 다시 꺼냈다. 마치 까마득한 옛 추억을 더듬듯 담담하게 하는 얘기였으나 그것을 듣는 기윤과 이시요는 주체할 수 없는 두려움에 오싹 소름이 끼쳤다. 기윤이 애써 입가에 웃음을 지으면서 아뢰었다.

"춘위는 국가에서 인재를 선발하는 중요한 행사이옵니다. 신들은 폐하의 막대한 성총과 신임을 입어 기추 요직에 참여할 수 있는 것만 해도 무한한 광영이온데 어찌 감히 견리망의見利忘義해서 스스로의 목숨을 내던질 수 있겠사옵니까?"

"물론 경들이 절대 그럴 사람이 아니라는 걸 잘 아네. 알면서도 짐이 노파심에서 한 소리일 뿐이네."

건륭이 말을 마치고는 여전히 의중을 가늠하기 어려운 미소를 지었다. 그러더니 바로 화제를 돌렸다.

"요즘 들어 사교의 움직임이 예사롭지 않나 보더군. 우민중은 어젯밤도 뜬눈으로 지새웠다고 하네. 보아하니 조정에도 '연말연시'가 있는 것 같네. 백성들은 빚 독촉 때문에 연말연시를 실감한다고 하더니 조정에서는 다른 의미로 그것을 실감하게 됐네. 악의 무리들이 선량한 양민들을 종용해 변란을 일으킬 수 있는 위험수위가 클수록 연말을 느낄 수 있는 것 같네. 그렇다고 일 년에 한 번뿐인 큰 명절에 백성들의 대외활동을 일절 금지시킬 수도 없지 않은가. 말이 좋아 '천리교'지 여전히 백련교 무리들이 날뛰는 것임이 분명하네! 지금은 서부 변방이 불안해. 산동에서는 국태國泰 사건으로 시끌벅적하고. 문사文事든 무사武事든 모두 각별히 유의해야 할 것이네. 차질이 생기면 그쪽 주관主官은 결코 책임을 면하기 어려울 것이니 그리 알게!"

"예, 폐하!"

기윤이 황급히 대답했다. 그리고는 탐색하듯 여쭈었다.

"유용이 지금 산동에 있사옵니다. '국태 사건' 때문에 내려간 줄로 아옵니다만 재해복구와 비적들의 동태에 대해서도 함께 처리하게 하는 것이 어떨까 하옵니다."

이시요도 거들었다.

"국태는 아직 산동 순무 직책을 박탈당하지 않은 상태이옵니다. 하오나 조사 받는 기간에 불안해서 업무에 진력할 수 있을지 의문이옵니다. 유용도 사건 수사 때문에 눈코 뜰 새 없이 바쁠 것이오니 그곳 민정에 신경 쓸 여유가 없을 것이옵니다. 동행한 화신이 유능하고 약삭빠른 것 같사옵니다. 그에게 권력을 내리시어 민정의 공백을 막아 보는 것이 바람직할 듯하옵니다."

건륭이 잠시 생각하더니 바로 고개를 저었다.

"짐이 봤을 때 화신 그 친구는 인사人事에는 영악하고 능하나 정무政務에는 그리 능하지 않은 것 같았네. 작은 일에 능한 사람이 큰일도 거뜬히 잘할 거라는 생각은 오산이네. 우민중이 이 일을 관장하고 있으니 알아서 할 것이네. 그리고 열다섯째황자가 내일 산동으로 출발할 것이네. 그러니 어느 정도 독찰督察 역할을 하게 되겠지. 짐의 급선무는 인재 선발이네. 이번 춘위 시험에 거는 기대도 각별하네. 진정한 석유碩儒들은 팔고문八股文(명·청 시대에 과거시험 답안을 기술하는 데에 썼던 특별한 문체)에 서툰 경우도 더러 있다는 걸 잊지 말게. 시험관들은 그것까지 감안해 인재를 선발해내야 하네. 당연히 탁월한 안목이 필요할 테지. 꼭 시험에만 얽매이지 말고 평소에 봐둔 사람이 있으면 짐에게 천거하게."

이시요가 즉각 아뢰었다.

"응시생들 중에는 인재가 넘치옵니다. 신들의 혜안도 필요하겠지만 저들의 운수도 한 몫 하리라 생각하옵니다."

이시요는 말을 마치자마자 조석보를 비롯한 여러 거인들이 회문會文하던 광경을 건륭에게 전했다. 그리고는 조석보의 문장 실력을 높이 평가했다. 귀를 기울여 듣고 난 건륭이 웃으면서 말했다.

"좋은 문장은 베껴서 짐에게 올리도록 하게! 그럼 오늘은 이만하고 물러가 일들 보게!"

"예, 폐하."

기윤과 이시요는 즉각 예를 갖추고 물러났다. 건륭은 숨을 길게 내쉬면서 난각 모퉁이에 있는 자명종을 바라봤다. 그때 왕팔치가 종종걸음으로 들어와 아뢰었다.

"폐하께서는 어젯밤에도 늦게 침수에 드시고 오늘은 첫새벽에 기침하셨사옵니다. 여태 다과를 몇 개 드신 것이 전부이온데 지금쯤은 시장하실 것이옵니다. 선膳을 부를까요?"

"됐네."

건륭이 자리에서 일어나면서 덧붙였다.

"짐은 태후마마께 문후 올리러 다녀와야겠네. 태후마마께서도 지금쯤이면 선을 들고 계실 터이니 거기서 얻어먹으면 되겠네."

건륭이 말을 마치더니 바로 옷을 갈아입히라는 명령을 내렸다. 두 궁녀가 시둘러 그의 옷을 갈아 입혀줬다. 그 사이 왕팔치는 자녕궁에 어가가 납신다는 전갈을 보냈다. 그리고는 건륭의 담비가죽 외투를 들고 나왔다.

"바깥바람이 차갑사옵니다. 든든히 입으시는 게 좋을 듯하옵니다."

건륭은 가타부타 대답을 않고 입혀주는 대로 몸을 내맡겼다. 과연 바깥에 나서자마자 찬바람이 정면으로 불어 닥쳤다. 고개를 들어보니 반쯤 갠 하늘에는 누런 태양이 희끄무레한 빛을 발하고 있었다. 건륭이 궁전 입구에서 잠시 걸음을 멈추고 분부했다.

"왕렴은 내무부 사직고四直庫로 가서 담비 외투를 세 벌 가져 오너라. 육백리 긴급 편으로 서녕西寧에 있는 아계, 조혜, 해란찰에게 보내라고 병부에 전하거라."

건륭이 분부를 마치고 서둘러 자녕궁 쪽으로 걸음을 옮겼다. 추워서 그런지 걸음이 무척이나 빨랐다.

자녕궁의 분위기는 여느 때와 변함이 없었다. 따뜻하고 온화한 것이 마치 봄날 같았다. 태후는 침대 위에서 지패를 펼쳐 놓고 있었다. 정안태비는 그 옆에 무릎을 꿇고 지패를 들여다보고 있었다. 스물넷째복진은 태후의 등 뒤에 무릎을 꿇은 채 그녀의 등을 토닥토닥 두드려주고 있었다. 태후는 건륭이 들어서는 걸 보더니 반색을 하고는 손에 들고 있던 지패를 내려놓았다.

"어서 오세요, 황제! 황자들을 그렇게 눈물 쏙 빼게 훈육하셨다면서요? 여기서 선을 드시고 싶으시다고요? 우리는 재계齋戒 중이라 심심한 맛의 소박한 찬 외에는 먹을 게 없어요. 그래서 특별히 왕씨를 불러 몇 가지 음식을 새로 만들어 올리라고 했습니다. 이 늙은이하고 몇 마디 주고받다 보면 곧 선탁膳卓이 들어올 겁니다."

건륭이 웃으면서 태후에게 문후를 여쭈었다. 그러고 나자 조혜의 부인 하운아와 해란찰의 부인 정아가 건륭에게 예를 올리려고 했다. 건륭이 환하게 웃으면서 그들을 만류했다.

"예는 면하도록 하게. 그러지 않아도 짐이 특별히 담비 외투를 자네 남정들에게 하사하기로 했네. 여기도 추위가 만만찮은데 청해靑海는 혹한이 살인적일 것 같아서 말이네. 자네들은 일품 고명부인이 되더니 복색부터 달라졌군. 어디 알아나 보겠는가?"

건륭이 흡족한 미소를 지은 채 정안태비와 스물넷째복진을 향해서도 입을 열었다.

"두 분은 태후마마를 잘 시봉하시오. 일부러 내려와서 행례할 것 없소."

건륭이 말을 마치고는 온돌 옆에 있는 의자에 앉았다. 하운아와 정아는 몸을 낮춰 예를 갖췄다.

"하해 같으신 성은에 사은을 표하옵니다."

하운아와 정아는 둘 다 임신 몇 개월째에 접어들었는지 배가 많이 불렀다. 두 사람은 그게 쑥스러운지 비스듬히 태후 쪽으로 돌아앉았다. 건륭의 눈길이 부담스러웠던 것이다. 특히 하운아는 워낙 수줍음을 많이 타는 사람답게 미소만 띤 채 말이 없었다. 반대로 정아는 워낙 하고픈 말은 참지 못하는 성격이었기에 별 부담 없이 입을 열었다.

"폐하의 성은은 실로 하늘보다 더 크고 넓사옵니다! 허구한 날 말썽만 일으키고 재주라고는 눈곱만치도 없는 아들 녀석을 거기교위로 봉해주셨으니 실로 하늘과 같은 은공을 어찌 갚아야 할지 모르겠사옵니다. 어제 그 녀석을 아비가 있는 곳으로 보냈사옵니다. '이 모든 것은 너의 아비가 빙천설지冰天雪地에서 폐하를 위해 목숨 걸고 싸워 성총을 입은 덕분이다. 거기교위를 하사받았다고 해서 으스대고 나다니지 말고 가서 아비를 거들어 드리거라. 진짜 교위로 거듭나기 위해 피나는 노력을 해야 한다'라고 훈육하고는 등을 떠밀어 보냈사옵니다. 화무십일홍花無十日紅이요, 권불십년權不十年이라고 노력 없이 오랫동안 향유할 수 있는 것이 어디 있겠사옵니까?"

그러자 하운아도 평소와는 달리 용기를 내어 아뢰었다.

"그렇사옵니다. 신첩의 친정 쪽에 땅이 어마어마하게 많은 만석꾼 부자가 있었사옵니다. 그런데 내리막길을 걷기 시작하더니 하루아침에 알거지가 돼버렸사옵니다. 그 많던 유모와 시녀들은 온데간데없고 그 많던 땅도 전부 남의 손에 넘어가 길바닥에 나앉았사옵니다. 턱을 치켜들고 으스대던 자손들이 뿔뿔이 흩어지고 남의 집으로 팔려가는 걸 보니 새삼 인생이 무상하고 서글펐사옵니다."

하운아와 정아 두 여인의 이야기는 되새길수록 의미 있는 이야기였다. 지패놀이에 여념이 없던 태후 역시 둘의 얘기에 귀를 기울였다. 건륭이 연신 고개를 끄덕이면서 한숨을 지었다.

"화려한 문장보다 더 설득력 있는 얘기들이네. 황자들에게 들려줬으면 좋았을 텐데……. 천명天命의 무상함이 얼마나 무서운지 통 모르는 녀석들이거든!"

건륭이 이번에는 태후를 향해 물었다.

"어마마마, 여덟째와 열한째가 문후 여쭈러 다녀갔사옵니까? 또 울상을 지으며 아비에게 혼났노라고 고자질이나 하고 갔겠죠? 눈물 쏙 빠지게 혼 좀 내주세요. 옹기는 워낙 약골이라 그렇다 치고 앞으로 사지가 멀쩡한 다른 아이들은 전부 밖으로 내보낼 생각이옵니다. 하오나 소자가 그 아이들을 너무 혹사시킬까봐 염려하지는 마세요. 어디까지나 사람을 만들고 늠름하고 대범한 사내대장부로 키우고자 하는 것이니까요."

"염려는 무슨!"

태후가 웃으면서 말을 이었다.

"그 아이들은 이 할미에게 아무것도 고자질하지 않았어요. 문후만 곱게 여쭈고 갔는걸요."

건륭은 태후의 말을 들으면서 긴소매를 반쯤 접어 올린 스물넷째 복진에게 눈길을 돌렸다. 특히 새하얀 팔목에서 눈길을 뗄 줄 몰랐다. 태후의 등을 토닥여주던 스물넷째복진은 여러 번 자신을 훔쳐보는 건륭의 눈빛과 시선이 마주치자 얼굴이 빨갛게 달아올랐다. 이어 태후를 도와 지패를 챙기면서 웃음을 머금은 채 입을 열었다.

"황자마마들께서는 얼마나 착실하고 학문이 깊은데 폐하께서는 만족하지 못하시는 것이옵니까? 옹선마마의 시와 옹성마마의 그림을 보니 신첩의 눈에는 밖에서 명품이라면서 사들인 것보다 훨씬 더 훌륭한 것 같았사옵니다. 그리고 폐하, 옹성마마에게 들은 얘기인데, 태후마마를 위해 만들고 있는 금발탑金髮塔이 금이 부족해 애를 먹고 있다고 하옵니다. 신첩이 이백 냥 정도 갖고 있는 걸 내놓겠다고 하니 태후마마께서는 웃으시면서 나무라셨사옵니다. 어디서 몇 만 냥 정도만 더 구할 수 없겠사옵니까, 폐하?"

스물넷째복진은 강희제의 막내아들인 함친왕誠親王 윤비允祕가 재취로 맞아들인 복진이었다. 만주의 옛 성은 오아烏雅씨로 건륭의 조모 친정조카였다. 막내숙부의 부인이니 건륭에게는 친숙모인 셈이었다. 그러나 윤비가 워낙 젊은 탓에 오아씨는 이제 스물일곱밖에 되지 않은 젊은 여인이었다. 성격도 활달해 잘 웃었을 뿐 아니라 건륭과 대면한 자리에서도 항상 거리낌 없는 모습으로 일관하고는 했다. 물론 건륭은 평소 오아씨를 별로 유의해 보지 않았다.

그런데 오늘은 달랐다. 건륭은 오아씨의 맑은 눈에 추파가 일렁이는 느낌을 받았다. 또 평소에는 거슬리던 웃음소리도 옥쟁반에 옥구슬 굴러가는 것처럼 듣기 좋았다. 참으로 이상한 일이었다. 건륭이 자신도 이해할 수 없는 심경의 변화를 느끼면서 입을 열었다.

"염려하지 마세요, 숙모. 그깟 금 몇 만 냥을 어디 가면 못 구하겠습니까? 호부의 금고에서 두어 덩어리만 꺼내 쓰면 될 텐데……. 오랜만에 입궐하신 것 같은데 모처럼 태후마마를 즐겁게 해드리세요. 짐을 대신해 효도해주신다면 얼마나 좋겠습니까?"

오아씨가 그러자 흘러내린 귀밑머리를 쓸어 올리면서 수줍게 볼우물을 팠다.

"저야 뭐 재잘대는 재주밖에 더 있겠사옵니까! 스물넷째숙부의 병이 어제 오늘 더 악화되는 것 같아 화친왕和親王의 복진과 함께 낭낭묘로 약을 구하러 나섰사옵니다. 그런데 화친왕이 절대 그런 사교를 믿어서는 안 된다면서 길길이 날뛰는 바람에 그냥 왔다는 것 아닙니까! 집의 영감님은 말씀하시기를 생사가 유명하거늘 약을 먹으면 뭐 하고 점을 보면 뭐 하느냐면서 식음을 전폐한 채 저러고 있사옵니다. 신을 믿어서도 안 된다, 약을 먹지도 않겠다……. 그럼 어쩌라는 건지……."

주절주절 수다를 늘어놓던 오아씨는 갑자기 스스로 놀랐는지 황급히 입을 막았다. 너무 말을 막 한다는 생각이 든 모양이었다. 하지만 이내 하던 얘기를 무마하려는 듯 덧붙였다.

"태후마마께 여쭀더니 자녕궁 뒤편의 작은 불당에서 관세음보살에게 향을 사라 발원해보라고 권하시더군요. 그래서 지금 화롯불을 피워놓고 한기寒氣를 쫓고 있는 중이옵니다."

오아씨가 열심히 입을 놀리는 동안에도 온돌에 앉아 있는 태후와 정안태비는 침침한 눈을 비비면서 지패를 들여다보느라 여념이 없었다. 그러나, 하운아와 정아는 눈치가 빨랐다. 건륭과 오아씨 사이에 뭔가 심상찮은 분위기가 흐른다는 걸 눈치챘다. 그들은 둘 다 서둘러

자리에서 일어났다. 정아가 호들갑을 떨면서 말했다.

"에구머니나, 집에 할 일도 많은데! 어디를 가기만 하면 이렇게 대책 없이 퍼져 앉아 있으니 큰일이옵니다. 얼른 남정에게 서찰을 보내야겠사옵니다. 황은에 겨운 고마움을 전달해야겠지요. 그럼 소인들은 이제 그만 물러가겠사옵니다."

태후가 웃으면서 말했다.

"둘 다 여간 싹싹하고 영리한 게 아니네! 앞으로 이 늙은이가 심심하지 않게 짬을 내서 자주 들게."

건륭도 한마디 했다.

"필요한 물건이 있거나 집안에 무슨 일이 있으면 입궐해 황후께 아뢰도록 하게. 직접 내무부에 말해도 좋고. 오다가다 아계의 부인을 만나면 짐의 말을 전해주게."

건륭이 흡족한 미소를 지은 채 하운아와 정아가 물러가기를 기다렸다. 그리고는 태후에게 말했다.

"금발탑을 만드는 건 소자의 소망이었사옵니다. 빗질에 떨어진 부처님(태후)의 모발을 한 올도 빠짐없이 소장할 것이옵니다. 근검소박하신 어마마마께서 금발탑을 그리 탐탁지 않게 여기신다는 걸 알고 있사옵니다. 하오나 이는 소자의 효심이고 욕심이옵니다. 소자는 어마마마가 후세 태후들의 부러움을 한 몸에 받게 하고 싶사옵니다. 대청이 극성시대를 구가하고 있는 현 시점에 이 또한 극성의 기상이 아니겠사옵니까! 정 금이 부족하면 탑 아랫부분에는 적당히 은을 섞어 넣으면 됩니다. 아무튼 꼭 완공하고야 말 것이옵니다. 지금 외차外差 중인 화신이 돌아오면 어떻게든 방법을 만들어 올 것입니다!"

건륭이 말을 하고 있는 사이에 선탁이 들어왔다. 정안태비는 그 순간을 놓치지 않고 작별을 고하고 물러갔다. 오아씨 역시 "작은 불당에 다녀오겠다"면서 물러갔다. 건륭은 태감에게 분부를 내렸다.

"만선晩膳은 황후의 처소에서 먹을 것이네. 왕씨에게 저녁때가 되면 그리로 가서 시중들라고 하라."

건륭이 명령을 내리고 나서 다시 덧붙였다.

"양심전으로 사람을 보내 종이를 누를 때 쓰는 여의如意를 가져오너라. 그걸 작은 불당에 있는 오아씨에게 상으로 내리거라."

건륭은 말을 다 마치고서야 비로소 태후와 선탁에 마주앉아 수저를 들었다. 그러자 태후가 가볍게 탄식을 했다.

"황제! 이 어미는 바깥세상을 모르고 살지만 문후 올리러 드는 사람들에게 귀동냥해서 들은 소리는 꽤 됩니다. 적잖은 지역이 재해를 입어 난리를 겪고 있다면서요? 어떤 곳은 상황이 극심한 걸로 아는데 개류절원開流節源(재정수입은 늘이고 지출은 줄이는 것)이 필요할 것 같습니다."

건륭이 태후의 말에 피식 웃음을 터트렸다.

"어머니, 금발탑 하나 만드는데 무슨 개류절원씩이나 운운하십니까!"

태후가 다시 입을 열었다.

"그래도……. 요즘은 재물이 끊임없이 굴러들어와 성조나 선제 때와는 비교도 안 되게 많은 걸 잘 압니다. 허나 많이 들어오는 만큼 나가는 것 또한 어마어마하지 않습니까! 원명원 재건축만 생각하면 머리가 지끈지끈 아픕니다. 게다가 서부 전사戰事에는 은자를 자루째 쏟아 부어도 부족하니 금산, 은산을 껴안고 산들 어찌 염려하지 않을 수 있겠습니까! 화신이 돌아오면 방책이 나온다고 하지만 그 사람도 금을 누고 은을 싸지 않는 이상 무슨 뾰족한 수가 있겠습니까! 해봤자 그 털을 뽑아 그 구멍에 박는 식이겠죠. 이 늙은이는 인간세상의 복이라는 복은 다 누려봤으니 이제는 여한이 없습니다. 자나 깨나 자손들이 잘되기를 기도할 뿐입니다. 나중에 선제를 만났을 때 자손들에게 무슨 짓을 했느냐고 꾸지람만 안 들으면 더 이상 바랄 게 없습니다. 우리가 근검절약해 내려 보내는 돈으로 수많은 사람들을 어려움에서 구해낼 수 있다면 그만한 적덕積德이 어디 있겠습니까?"

건륭이 젓가락을 놀리면서 연신 고개를 끄덕였다. 그러다 대충 배가 부르자 상을 물렸다. 그는 일어나서 태후의 등을 토닥여주면서 말했다.

"정말 지당하신 말씀입니다. 소자, 가슴에 깊이 새기겠습니다! 재해복구라면 소자 역시 어마마마 못지않게 전력투구하는 편입니다. 식량이면 식량, 약이면 약, 의복이면 의복 있는 대로 남김없이 보내주고는 합니다. 그러면 뭘 합니까? 가증스러운 아랫것들이 줄줄이 떼어내고 잘라가니 말입니다. 화분이 엎어질 정도의 대우大雨를 내려 보내도 저 밑에 도착하는 것은 한낱 가랑비에 불과합니다. 소자의 효심은 천성입니다. 소자는 어마마마께 효도를 다해 온 천하의 효시가 되고 싶습니다. 소자가 효를 강조하는 이유는 효가 있어야 비로소 충忠이 존재할 수 있기 때문입니다. 숭문문崇文門 관세와 의죄은은 따지고 보면 모두 백성들에게서 긁어내는 혈전血錢이기는 합니다만 그래도 직접적으로 백성들에게 가렴주구를 안기고 갈취한 돈은 아닙니다. 화신은 군정, 민정에서는 큰 재목감이 못 되지만 이재理財에는 탁월한 재주가 있는 자입니다. 세상이 워낙 크고 신경 써야 할 부분이 엄청나게 많으니 모든 것을 주도면밀하게 챙긴다는 것은 실로 어려운 일입니다. 그럼에도 소자는 모든 일에 만전을 기하고자 이렇게 매일 밤을 꼬박꼬박 새우면서 정무에 매달리는 것 아니겠습니까?"

건륭은 말은 그럴 듯하게 했으나 내심 걱정이 없는 것은 아니었다.

솔직히 관세 수입은 공금이라 대내大內에 귀속시켜야 마땅했다. 그런데 이유가 어떻든 관은官銀을 황실의 '용돈'으로 유용했기 때문이었다. 태후는 대충 얼버무려 넘겼으나 문무백관들은 속일 수 없을 터였다. 건륭이 이 두 가지 재원을 명문화하지 못하는 이유가 바로 여기에 있었다. 그렇다고 막대한 지출이 소요되는 자금성과 원명원 두 곳의 재정 지원을 위해 당당하게 호부에 손을 내밀 수도 없는 일이었다. 아무려나 두 모자가 가사家事와 국사國事를 넘나들면서 도란도란 얘기를 주고받는 사이에 태후의 눈꺼풀은 어느새 점점 무거워지고 있었다.

건륭은 태감 진미미에게 잠자리를 봐 드리라고 명령하고 조용히 자녕궁에서 나왔다. 시계를 보니 오시午時 초였다. 그는 궁문 밖에서 시중들고 있는 왕팔치에게 명했다.

"짐은 피곤해 여기서 잠깐 쉬었다 갈 테니 너희들은 양심전으로 돌아가거라. 왕렴은 종수궁 밖에서 대기하라고 하라. 짐은 미시未時에 궁으로 돌아가겠다."

왕팔치는 대답과 함께 물러갔다. 건륭은 홀로 산책하듯 천천히 걸음을 옮겼다. 영항을 따라 북으로 향하던 그는 종수궁 문 앞에서 잠시 망설이다가 작은 불당 안으로 들어갔다.

때는 정오라 태감들은 점심을 먹으러 가고 없었다. 작은 불당의 몇몇 비구니들도 서쪽 별채에서 공양 중이었다. 그야말로 적막하다는 말이 딱 들어맞을 정도로 조용했다. 담을 사이에 두고 나직이 경을 읊는 소리가 간간이 들려올 뿐이었다. 건륭은 곧 한적한 정원을 천천히 걸으면서 동학銅鶴을 만져보고 향로도 유심히 들여다봤다. 이어 오아씨가 있을 법한 방으로 향했다.

그는 얼마 후 분재가 여러 개 놓여 있는 방 앞에 멈춰 섰다. 이어 안쪽을 보니 과연 관음상 앞에 앉아 있는 오아씨가 보였다. 건륭이 안으로 성큼 들어서면서 말했다.

"기도하느라 열심이시군요, 숙모님!"

"어머, 폐하!"

오아씨는 진작부터 건륭의 기척을 눈치채 놓고서는 일부러 호들갑을 떨면서 부들방석에 무릎을 대고는 머리를 조아렸다. 입가에는 주체할 수 없는 미소가 걸려 있었다. 건륭이 고개를 다소곳이 내리고 말이 없는 오아씨를 보면서 웃음을 지었다.

"선탁을 물리고 몇 걸음 산책하던 중이었습니다. 숙모님이 여기서 숙부님을 위해 향을 사르고 계실 것 같아 저도 향이나 하나 피울까 해서 들었습니다. 따지고 보면 스물넷째숙부는 짐보다도 여섯 살이나 연하입니다. 어릴 때는 함께 글공부도 하고 말도 타러 다니면서 즐겁게 어울렸었는데, 벌써 몇 년째 병상신세를 지고 있다니 참으로 안타까운 일이 아닐 수 없습니다."

건륭이 말을 마치고는 불안佛案 앞으로 다가갔다. 이어 삼주향三炷香(심지가 세 개로 갈라진 향)을 뽑아 불등佛燈에 붙인 뒤 두 손으로 향로에 꽂았다. 그리고는 한 걸음 물러나 합장하면서 몇 마디 불경을 읊은 다음 오아씨에게 손짓했다.

"동청東廳으로 잠깐 드시죠, 숙모님. 오랜만에 숙모님과 단둘이 얘기나 나눠봅시다."

동청은 관음불당 동쪽에 위치한 휴식처였다. 관음불당과 연결돼 있는 세 칸짜리 대청大廳으로, 후궁들이 예불을 마치고 쉬어 가는 곳이었다. 건륭의 진의를 눈치챈 오아씨는 주변에 사람이 있나 없나 살폈다. 이어 가슴이 콩닥거리고 얼굴이 발갛게 상기돼 망설이다가 자리에서 일어났다. 비구니 한 명이 때맞춰 나타나자 마음을 다잡고 분부를 내렸다.

"폐하께서 함친왕을 위한 향배를 올리고자 드셨으니 차를 올리거라!"

건륭과 오아씨 두 사람은 동청으로 들어갔다. 이어 잠깐 동안 어색한 침묵이 흘렀다. 곧 비구니가 찻잔을 쟁반에 받쳐 들고 들어왔다. 그러자 건륭이 분부했다.

"찻잔만 내려놓고 나가 보거라. 짐은 조용히 있고 싶으니 따로 시중 들 것 없이 멀리 나가 있거라."

비구니는 대답과 함께 물러갔다. 오아씨는 붉어진 얼굴을 한 채 감히 건륭을 쳐다보지도 못하고 있었다. 손가락으로 그저 애꿎은 옷자락만 감았다 풀었다 하면서 몸 둘 바를 몰라 했다. 그러던 그녀가 갑자기 피식 웃음을 터트렸다. 건륭이 정욕으로 붉어진 눈빛을 반짝이며 물었다.

"뭐가 그리 우스운가?"

오아씨가 수줍어하면서도 고개를 번쩍 들었다.

"폐하께서…… 아까 불경을 읊으실 때 신첩은 하나도 못 알아들었사옵니다."

얼굴이 복숭아 빛깔로 물든 오아씨의 얼굴에는 진득한 애교가 찰랑이고 있었다. 건륭이 어느새 반쯤 허물어진 그녀를 향해 말했다.

"하기야 짐도 무슨 뜻인지 모르니 그럴 법도 하지. 범어경주梵語經呪라는 건데 재해와 만병을 물리쳐 주십사 하는 뜻이 담겨 있다고 들었네."

오아씨가 깔깔대면서 웃었다.

"폐하께서는 명실상부한 거사居士이시니 옥황상제께서 그 기도를 들으시고 스물넷째숙부의 병을 고쳐드릴지도 모르겠네요!"

건륭 역시 너털웃음을 터트렸다.

"옥황상제까지는 몰라도 관세음보살은 필히 짐의 기도를 들어주실 거네."

건륭이 말을 마치고는 손을 내밀어 찻주전자를 잡으려고 했다. 그러자 오아씨가 황급히 섬섬옥수를 내밀었다. 이어 차를 따라 올리면서 나직한 소리로 속삭였다.

"이런 일은 여인네들이 해야 하옵니다."

오아씨의 애교 섞인 콧소리가 정욕을 부채질한 것일까? 건륭은 기다렸다는 듯 그녀의 손목을 잡고는 바로 몸을 덮쳤다. 순간 방안의 모든 것이 그대로 굳어졌다.

15장
나랍황후의 질투심

오아씨는 잡힌 손을 빼지 못한 채 엉거주춤 허리를 구부리고 서 있었다. 이어 붉게 달아오른 볼에 소녀처럼 수줍은 웃음을 띠우며 한참 후에야 나지막이 속삭이듯 말했다.

"폐하……, 이러다…… 누가 보기라도 하면……."

건륭이 노련한 풍류남아답게 능글맞게 웃으면서 말했다.

"볼 테면 보라지. 누가 감히 입방아를 찧겠는가? 주전자를 내려놔. 어찌 그리 수줍음이 많은가?"

오아씨가 건륭의 말대로 주전자를 잡은 손을 풀고 일어섰다. 건륭은 그녀를 와락 끌어안았다. 눈을 반쯤 감은 오아씨의 고혹적인 자태는 건륭의 정욕을 사정없이 부채질했다. 건륭이 오아씨의 얼굴에 가볍게 입을 맞추고 나서 빙그레 웃으면서 속삭였다.

"숙모는 무슨……. 처제라면 모를까! 오늘 보니 진짜 요정이 따로 없군. 이렇게 사내를 홀리니 스물넷째숙부가 진이 다 빠져서 저리 빌빌대는 것 아닌가?"

오아씨는 사실 워낙 음기가 센 여자였다. 유난히 남자의 품을 밝히는 편이었다. 그런 그녀가 수 년 동안 과부 아닌 과부 노릇을 하다가 생각지도 않게 사내 가슴에 안겼으니 황홀하기만 했다.

건륭은 숙부인 윤비보다 몇 살 연상이었다. 그러나 겉보기에는 윤비보다 훨씬 어려 보였다. 게다가 아직 건장해 당당한 남자로도 손색이 없었다. 아무려나 건륭의 손길에 완전히 몸을 내맡긴 오아씨는 한 줌의 솜처럼 온몸이 나른해졌다. 그녀는 고개를 건륭의 가슴에 폭 파묻은 채 어린애 옹알이하듯 중얼거렸다.

"폐하, 이러시면 아니 되옵니다. 나이는 어려도 따지고 보면 엄연히…… 숙모뻘인데……, 어찌 처제라 하시옵니까……."

"짐이 처제라면 처제인 거야……."

"폐하……, 이건 무엇이옵니까? 너무 딱딱해…… 배꼽에 구멍이 날 것 같사옵니다."

"용근龍根이야, 용근! 딱딱하고말고. 완전히 쇠꼬챙이지! 아까부터 목이 마르다고 아우성이었어. 자네 물을 좀 줘……."

건륭은 욕정에 불타는 오아씨의 귓가에 음탕한 웃음을 불어넣으면서 속삭였다. 이어 그녀를 안아 침대에 내던졌다. 그리고는 거친 숨을 몰아쉬면서 옷을 찢어버릴 듯이 벗기기 시작했다.

"요즘 들어 통 정신이 없어. 이런 재미를 본 지도 한참 됐네. 아무하고도 질펀하게 정사를 나눠본 적이 없는데 자네가 짐의 피로를 덜어주니 실로 그 공은 영원불멸일 거네."

건륭은 오아씨의 몸을 사정없이 짓이기면서 올라탔다…….

한바탕 구름 속에서 뇌우가 치는 듯한 남녀의 정이 이어졌다. 건륭과 오아씨는 물먹은 솜처럼 나른해졌다. 그리고는 서로에게 엉겨 붙은 채 한동안 떨어질 줄을 몰랐다. 순간 오아씨의 볼에 한줄기 눈물이 흘러내렸다. 건륭이 혀를 내밀어 눈물을 핥으면서 물었다.

"어인 이유로 눈물을 보이는 건가? 후환이 두려워서 그러나?"

오아씨가 고개를 저었다.

"그런 건 아니옵니다. 일개 미천한 여인으로 태어나 폐하의 이런 성총을 받았으니 곧 죽은들 무슨 여한이 있겠사옵니까?"

"그럼 뭔가?"

"아뢰옵기 민망하옵니다. 신첩이 경망스럽다 하실까 봐 차마……."

"그럴 리가 있나? 아무튼 들어나 보세."

오아씨가 건륭의 얼굴에 부드러운 입술 자국을 내면서 대답했다.

"그만 일어나서 얘기나 나누는 것이 좋을 듯하옵니다. 괜히 아랫것들에게 들켜 득이 될 일은 없지 않사옵니까. 신첩은 급할 것이 없사오나 폐하의 체통에 금이 갈까 심히 염려스럽사옵니다."

오아씨의 말대로 건륭은 서둘러 옷을 입었다. 순간 아직 단추를 채 잠그지 않아 반쯤 열린 그녀의 옷 속으로 하얗고 탐스러운 젖가슴이 보였다. 건륭이 손으로 그것을 쓸어내리면서 히죽 웃었다.

"밀가루로 빚어낸들 이보다 더 고울까? 자네는 아직 처녀라고 해도 곧이듣겠네."

오아씨가 건륭의 손을 가볍게 밀쳐냈다. 그리고는 얼른 옷섶을 여미면서 단추를 잠갔다. 또 날렵한 손동작으로 흘러내린 머리를 올려 비녀를 꽂고 얼굴을 쓸어내렸다. 그러자 어느새 단정하고 고운 귀부인으로 돌아왔다.

오아씨가 흰 이를 드러내면서 살짝 웃었다. 이어 건륭을 향해 몸을 낮춰 예를 갖추면서 꾀꼬리 같은 목소리로 말했다.

"신첩은 폐하의 우로지은雨露之恩을 평생 잊지 못할 것이옵니다."

"우로지은이라! 그냥 해보는 소리는 아닌 것 같네그려."

건륭이 오아씨의 말에 너털웃음을 터트렸다. 두 사람은 창가의 의자에 마주앉았다. 오아씨는 건륭에게 찻잔을 바꿔 올리고 몸가짐을 단정히 했다. 건륭은 어느새 그렇게 정숙한 '숙모'로 돌아온 오아씨를 보면서 재촉했다.

"조금 전에 하던 말을 계속해보게."

한참 고개를 숙이고 있던 오아씨가 버드나무 잎처럼 얇은 입술을 천천히 열었다.

"폐하께서도 아시다시피 먼저 가신 복진은 신첩의 사촌언니이옵니다. 마흔이 되기도 전에 죽어 신첩이 그 뒤를 잇지 않았사옵니까? 그때 신첩 나이가 열여덟 살이었사옵니다. 함친왕은 신첩보다 서른 살이나 연상이셨사옵니다. 처음에는 그야말로 '불면 날아갈 듯 쥐면 꺼질 듯' 밤낮이 따로 없는 깊은 애정을 주셨더랬죠⋯⋯."

잠시 숨을 돌리고 난 오아씨가 말을 이었다.

"그러나 남자들은 다들 그런지 시일이 지나 신선한 느낌이 사라지니 영감님은 또 새로운 즐거움을 찾았습니다. 연아燕兒라는 첩실을 들였지 뭡니까? 그렇게 신첩은 날이 갈수록 찬밥신세가 되어 영감님의 품에서 멀어져갔사옵니다. 아무리 마음을 돌려보고자 애써도 소용이 없었사옵니다⋯⋯."

건륭이 순간 오아씨의 말허리를 잘랐다.

"무슨 말인지 알겠네. 자네는 지금 짐 역시 자네를 두 번 다시 찾아주지 않을까 봐 전전긍긍하고 있는 게지. 아니 그런가?"

오아씨가 즉각 고개를 저었다.

"오늘은 마치 꿈을 꾸고 있는 것 같사옵니다. 아직도 그 꿈속에서 헤어나지 못하고 있사오니 폐하께서 앞으로 신첩을 어찌 대해 주실지에 대해서까지는 미처 생각할 겨를이 없사옵니다. 영감님은 나중에는 연아도 싫증이 났는지 다시 신첩의 처소를 찾아주시더군요."

오아씨가 잠시 말을 멈췄다. 이어 입술을 감아 빨았다. 그리고는 더이상 말을 잇지 못했다. 건륭은 하던 말을 끝맺지 않고 머뭇거리는 오아씨를 보자 갑자기 궁금증이 치솟았다.

"다시 찾아주면 좋은 일이 아닌가? 헌데 표정이 어찌 그리 어두운가?"

오아씨가 얼굴을 살짝 붉히면서 나직이 대답했다.

"힘이 떨어지고 맥이 다 빠진 뒤 말로만 잘해줘서 무슨 소용이 있겠사옵니까? 남자는 남자 구실을 해야죠. 처음에 신첩은 불여우 같은 연아 그년 때문인 줄 알았사옵니다. 그런데 나중에 알고 보니 영감님은 남총男寵이 있었던 것이옵니다. 희자戲子들 중에 얼핏 볼 때 암수를 가리기 힘든 구역질나는 것들이 몇몇 있사옵니다. 영감님의 병은 사실 색을 너무 탐해 얻은 병이옵니다. 그러니 약을 먹어도 차도가 보이지 않사옵니다. 신첩은 실로 오랜만에, 그것도 폐하의 성은을 입어 음양의 조화를 이루고 보니 기쁘기도 하고 괴롭기도 하옵니다. 병상에 누워 골골거리는 영감님한테 미안한 마음이 앞서고……, 이번이 처음이자 마지막이었으면 좋겠사옵니다. 두 번 세 번 겁 없이 이어지다가 덜컥 회임이라도 하는 날에는 큰일이옵니다."

건륭이 오아씨의 말에 빙그레 웃어보였다.

"나는 또 무슨 기구한 사연이라도 있는 줄 알았더니 별일도 아니로군! 걱정 붙들어 매시게. 회임을 하면 낳으면 되고 낳아 놓으면 패륵貝勒이나 패자貝子는 떼어 놓은 당상 아닌가. 노력 여하에 따라 왕으로 봉해질 수도 있는데 대체 뭐가 걱정이란 말인가?"

오아씨는 건륭의 그 말을 기다렸던 듯 손수건을 비틀어 짜면서 다시 입을 열었다.

"큰세자 홍창弘暢이 걸림돌이옵니다. 자기 부친의 병이 고황에 든 줄 잘 아는데 신첩이 회임을 했다면 불 보듯 뻔한 사실을 두고…… 가만히 있겠사옵니까? 아마 신첩을 갈가리 찢어버리려 들 것이옵니다."

홍창은 윤비의 장자였다. 오아씨의 말에 건륭이 잠시 멍한 표정을 짓더니 이내 웃으면서 말했다.

"하룻밤 정사에 무슨 그리 먼 걱정까지 하고 있는가? 설령 원치 않는 일이 발생할지라도 자고로 집안 흉은 덮어 감추면 감추지 떠벌리는 경우는 없네. '자불언부모지과子不言父母之過'라고 하지 않나? 자식이 어찌 부모의 허물을 함부로 들추려 하겠나! 홍창이 감히 물불을 가리지 않고 나온다면 짐이 가만 놔둘 줄 아는가?"

오아씨는 건륭이 말에 보일 듯 말 듯 미소를 지으며 가만히 복부를 만졌다. 벌써 두 달째 생리가 오지 않고 있었던 것이다. 복중에 태아가 들어섰을 가능성이 컸다. 그녀로서는 혼자 전전긍긍하며 걱정하던 차에 오늘 건륭을 만나 운우지정을 나누고 모든 책임을 져줄 것이라는 대답까지 받으니 기쁠 수밖에 없었다. 그러나 내색은 하지 않고 천천히 입을 열었다.

"폐하께서 그리 말씀하시오니 신첩은 크게 안도가 되옵니다. 실은 건실한 아들을 낳는 것이 신첩의 오랜 숙원이었사옵니다. 하오나 폐하께서 워낙 다망하시고 궁중의 법도가 엄연하니 이제 헤어지면 언제 다시 뵐 수 있을는지……."

오아씨가 말끝을 흐리더니 끝내 눈물을 흘렸다. 그러자 건륭이 다정하게 미소를 지으면서 위로했다.

"염려하지 말게. 자네가 자주 입궐한다고 해서 뭐라고 할 사람 아무도 없네. 입궐해서 진미미를 찾으면 짐이 알아서 장소를 마련할 것이네. 우리는 서로 원할 때 얼마든지 만날 수 있네."

건륭의 위로에 오아씨의 표정이 다시 밝아졌다. 자신의 뜻대로 모든 것이 돌아가고 있었다. 그녀는 감격한 듯 눈물이 그렁그렁 맺힌 채 고개를 끄덕이면서 다시 입을 열었다.

"들리는 소문에 의하면 서부에서 군사를 책임진 수혁덕이 보기 드문 경국지색의 미인을 폐하께 선물한다고 하옵니다. 일명 '향처녀'香姑娘라고 하는 여인이 이제 곧 북경에 도착한다고 하옵니다. 그 여인에 비하면 신첩들은 한낱 부지깽이에 불과하지 않겠사옵니까! 그래도 구관이 명관일 때가 있을 터이니 폐하께서는 부디…… 단물 빠진 감일지라도 신첩을 종종 불러주셨으면 하옵니다."

분명 터무니없는 유언비어는 아니었다. 그러나 오아씨가 전해들은 말이 모두 사실인 것도 아니었다. 건륭이 천천히 대답했다.

"짐이 정이 많은 것은 사실이네. 그러나 짐은 호색한은 절대 아니네. 자네가 짐의 성총을 받고 싶으면 미리 알아둬야 할 게 있네. 어떤 경우라도 질투는 금물이네. 자네가 전해들은 말은 틀림없이 어떤 후궁이 참기름을 뿌리고 갖은 양념을 쳐서 입방아를 찧은 거겠지. 서역西域에 그런 여인이 있는 건 사실이네. 따지고 보면 곽집점 형제와 먼 친척 사이네. 여인의 부형父兄은 모두 대의大義로운 사람들이네. 수혁덕의 관군에 협조해 회부의 난을 평정하는 데 적잖은 공로를 세웠다네. 짐은 그녀의 숙부를 왕으로 봉했네. 그런 연유에서 그 여인은 입궐한 뒤 일반 후궁들과 차원이 다른 대접을 받게 될 것이네. 여인의 부형은 조정에 대한 끝없는 충정을 맹세하고 중화강토中華疆土의 완전한 합일을 위해 온순한 양이 되겠노라 다짐한 사람들이네. 일찌감치 대청의 신하임을 칭했지. 짐도 말로만 들었지 아직 그 여인을 본

적은 없네. 자색이 미려하고 그렇지 않고를 떠나 짐은 여인이 입궐하면 귀비貴妃로 봉할 것이네. 짐에게 충성을 맹세하는 그 부족들에게 회유인애懷柔仁愛의 마음으로 보답하고자 하는 것이네. 이에 대해 후궁들 중 누가 감히 질투하거나 수군거렸다가는 짐이 결코 용서치 않을 것이네. 누군가 또다시 자네에게 이런 얘기를 한다면 자네는 방금 짐이 한 얘기를 그대로 전해주게."

"무슨 말씀인지 잘 알겠사옵니다."

오아씨가 곧 덧붙여 아뢰었다.

"이런 경우를 두고 화친和親이라고 하는 것 같사옵니다. 그 옛날에 소군昭君이 출새出塞하듯이 말이옵니다. 하오나 이번 경우에는 소군이 입새入塞한다고 말하는 것이 더 정확할 것 같사옵니다. 조정으로서는 더할 나위 없이 경사스러운 일이 아닐 수 없사옵니다!"

건륭이 미소를 머금고 말했다.

"맞네. '입새'나 '출새'나 대의大義는 별반 차이가 없지. 그러나 의미는 조금 다르다 하겠네. 필경 나가는 것보다 들어오게 하는 쪽이 덜 비참할 게 아닌가."

건륭의 말뜻은 의미심장했다. 오아씨가 합장을 했다.

"아미타불! 이제야 무슨 뜻인지 알 것 같사옵니다. 미모의 귀비낭랑貴妃娘娘께서 입궐하시고 이제 곧 태자까지 세운다고 하시니 조정에는 경사가 겹친 것 같사옵니다!"

"태자를 세운다?"

건륭이 밖으로 나가려다 말고 다시 의자로 돌아와 주저앉았다. 그리고는 오아씨를 똑바로 쳐다보며 물었다.

"태자 얘기는 어디서 들었나? 누가 물망에 올랐다고 하던가?"

그때 왕렴이 불당 입구에서 머리를 내밀고 기웃거렸다. 건륭이 그를 향해 손사래를 쳤다.

"아뢸 말이 있으면 좀 기다려!"

건륭이 큰 소리를 친 것은 아니었다. 그러나 오아씨는 그가 그토록 정색하고 물어오자 겁을 집어먹지 않을 수 없었다. 얼마나 놀랐는지 얼굴에서 웃음기가 씻은 듯 사라졌다. 이어 경계하는 눈빛으로 건륭을 바라보면서 반문했다.

"폐하, 신첩이 무슨 착오를 범한 것이옵니까? 설령 실수를 했더라도 무심코 한 말이었사옵니다. 신첩은 집에서 시중드는 가인들의 입에서 들었사옵니다. 공공公公(태감)들이 집으로 약을 나르면서 소문을 흘린 것 같사옵니다. 제법 그럴싸하게 어느 황자라고 콕 집어 말하는 것 같았사오나……, 신첩은 그다지 유의해 듣지 않았사옵니다."

"어느 황자가 유력하다고 하던가?"

건륭이 오아씨의 말허리를 자르면서 다시 물었다. 그러나 자신이 들어도 말이 너무 퉁명스럽게 튀어나왔다고 생각했는지 이내 살짝 웃음을 지어 보였다. 이어 천천히 덧붙였다.

"아……, 놀랄 건 없네. 자네 잘못은 없네. 이런 말은 원래 자네 귀에까지 들어가지 말았어야 하는데, 자네가 듣고 짐에게 아뢰었으니 상을 내려야 마땅할 것이네!"

건륭이 말을 마치고는 조용히 오아씨를 응시했다. 오아씨가 아랫입술을 지그시 깨물고 기억을 더듬으면서 입을 열었다.

"신첩은 그 이상 아는 바가 없사옵니다. 당치도 않은 말이라 생각했기에 한 귀로 듣고 한 귀로 흘렸을 뿐이옵니다. 당시 신첩이 가인에게 지나가는 말로 물었더니 그들도 어느 황자라고 콕 집어 말하지는 못했던 것 같사옵니다. 폐하께서 원하신다면 신첩이 돌아가서 다시 확인해보겠사옵니다. 가인들을 하나씩 끌어내 고문을 가해서라도 대답을 얻어내도록 하겠사옵니다."

그러자 건륭은 바로 고개를 저었다.

"짐도 얼핏 들은 바 있네. 그렇게 할 것까지는 없네. 일을 크게 떠벌리면 황자들이 불안해 할 수 있으니 그럴 필요까지는 없네. 다만 앞으로 또다시 이런 요언을 떠들고 다니는 자가 있으면 그때는 짐에게 밀주하도록 하게."

건륭이 자리에서 일어나더니 오아씨에게 다가갔다. 이어 손으로 볼을 꼬집어 비트는 시늉을 하면서 웃음을 흘렸다.

"됐네, 더 이상 그 일에 대해서는 생각하지 말게. 자주 입궐해 태후마마께 문후를 여쭙고 심심풀이 말동무나 해드리도록 하게. 알겠는가?"

그제야 오아씨도 웃으며 천천히 무릎을 꿇었다. 이어 힘 있는 걸음으로 돌아서 나가는 건륭의 뒷모습을 멍하니 바라봤다. 그리고는 가만히 자신의 팔뚝을 꼬집었다. 마치 기이하고도 긴 꿈을 꾼 것 같았다.

건륭은 작은 불당에서 천천히 걸어 나왔다. 오아씨와 질펀한 어수지락魚水之樂을 나눈 덕분인지 온몸이 날아갈 듯 가볍고 기분도 좋았다. 그때 종수궁 밖에 서 있는 왕렴이 그의 눈에 들어왔다. 그가 물었다.

"아까는 무슨 요긴한 일이라도 있었느냐?"

왕렴이 굽실거리면서 바로 아뢰었다.

"방금 군기처의 기윤이 상주문 절략節略을 올려 왔사옵니다. 그리고 황후마마께서도 긴히 여쭐 말씀이 있다고 하시면서 폐하께서 양심전에 계신지 물어 오셨사옵니다."

건륭이 물었다.

"그래서? 어찌 아뢰었느냐?"

"폐하께서는 작은 불당에서 스물넷째황숙과 화친왕, 부항을 위해 향을 사르며 평안을 기원하고 계신다고 했사옵니다. 미시未時 초 무렵에 불당에서 나오실 거라고 했사옵니다."

왕렴이 조심스럽게 대답했다. 순간 건륭의 얼굴에 알 수 없는 미소가 스치고 지나갔다. 고개를 끄덕이고 익곤궁翊坤宮으로 향하던 건륭은 잠시 후 입을 열었다.

"짐은 지금 황후에게 가는 길이니 왕팔치에게 와서 시중들라 하라. 고운종에게 일러 상주문 절략을 그리로 올려 보내라고 하거라."

건륭이 그렇게 말하는 사이 어느새 익곤궁 입구가 눈앞에 보였다. 나랍황후의 몸종시녀 청아菁兒가 마중을 나와 있었다. 웃으며 대문 안으로 들어선 건륭은 유리로 된 조벽照壁을 거쳐 화초를 키우는 난방暖房을 지났다. 안에서 황후의 말소리가 들려왔다. 황자들을 훈육하는 중인 것 같았다.

"상삼기上三旗 여식들 중에서 선발해온 애들이야. 그래도 성에 차지 않아 또 그 짓을 하고 다녔다는 말이냐? 너희들은 일반 왕공자손이 아니라 천하제일의 금존옥귀들이야. 폐하께서는 사람은 자중할 줄 알아야 타인의 존중도 받을 수 있다고 하셨어. 스스로 존귀함을 저버린 인간은 타인에게 무시당하고 짓밟혀도 당연하다고 누누이 가르침을 주셨지. 복진에, 측복진에 여우같은 희첩嬉妾들까지, 대체 주변에 맴도는 계집이 얼마인데 또 그 짓이냐? 내가 민망스러워 차마 그 말을 입에 올릴 수가 없구나! 명성을 더럽히고 건강을 해치고 득이 될 게 하나도 없는 짓을 왜 해?"

나랍황후는 황자들이 지나치게 여색을 밝히는 문제에 대해서 꾸짖고 있었다. 틀린 말은 아니었지만 건륭으로서는 솔직히 그들에게 뭐라고 할 수가 없었다. 부전자전이라고 자신을 닮아 호색을 주체하지 못하는 것이니 말이다. 그는 쓸쓸하게 웃어넘기고 말았다.

안으로 들어가자 과연 옹염만 빼고 옹기, 옹선, 옹성, 옹린 등이 모두 자리해 있었다. 황후의 훈육을 듣고 있던 황자들은 건륭을 보자마자 즉각 무릎을 꿇었다. 황후가 얼굴 표정을 부드럽게 풀고 웃으면서 건륭을 맞았다.

"어제 말씀 올렸다시피 상삼기 여식들 중에서 측복진 감을 골라 줬사옵니다. 모두들 평범하지 않은 가문의 규수들이라 황자들이 멋모르고 독수공방시키면서 박대라도 할까봐 미리 주의를 주던 중이었사옵니다."

건륭은 궁녀가 올린 인삼탕을 한 모금 마시고는 그릇을 내려놓았다. 이어 창문 너머에서 기웃거리는 고운종을 불러 상주문 절략을 책상 위에 올려놓게 하고는 천천히 입을 열었다.

"황후의 말은 밖에서 잠깐 들었네. 자식에 대한 어미의 애틋한 정이 느껴지는 훈육이었네. 너희들은 '자중'自重이라는 두 글자의 깊은 뜻을 잘 음미했으면 좋겠다. 백성들이 하는 말 중에 '울타리를 촘촘히 엮으면 들개가 비집고 들어올 수 없다'라는 말이 있어. 너희들은 저마다 큰 복을 타고 난 사람들이기에 스스로 신중하고 자중하기만 한다면 별다른 재해는 없을 것이다. 그러니 황후의 말을 명심하거라."

건륭은 순간 내친김에 이 화두를 부각시켜 태자에 관한 요언을 불식시킬까 하는 생각도 했다. 그러나 오늘은 이정도 해두는 것이 나을 것 같다고 생각하고는 입가에 맴돌던 말을 도로 삼켜버렸다. 그리고는 더욱 느리게 말을 이었다.

"각자 맡은 일이 있으니 이제부터는 글공부와 직무에만 전념해야 할 것이니라. 됨됨이가 어쭙잖은 너절한 외관들과는 일절. 왕래하지 말거라. 그리고 당치도 않은 요언에 현혹되지 않도록 중심을 잡아야 할 것이야. 외관들 중에는 불순한 의도로 권귀權貴에 접근하는 무리들이 많으니 각별히 조심해야 하느니라. '중도中道를 지킬 줄 아는 사람이 대장부'라고 했다. 고금古今의 궁위宮闈(궁중의 내전) 암투를 꿰뚫어보자면 부자 사이를 이간질한 무리들은 항상 있었느니라. 불순한 생각을 품고 시비를 전도하는 소인배들을 비난하기에 앞서 중용의 도를 지키지 못해 감언이설甘言利說이나 교언영색巧言令色에 쉬이 넘어가는 자신을 반성하는 것이 우선이다. 울타리가 느슨하면 미친개들이 들어와 사람을 물어버리게 돼 있어."

황자들은 열심히 건륭의 말에 귀를 기울였다. 그리고는 황후의 훈육 내용과 점점 멀어져 가는 그의 말에 내심 안도하면서 속으로 한숨을 쉬었다. 건륭의 말은 계속 이어졌다.

"너희들은 아직까지 짐을 크게 실망시킨 일은 없었다. 옹기는 병중에도《고문관지》古文觀止를 베꼈다. 또 태후마마께《금강경》金剛經을 베껴 올리는 효도를 했지. 옹기, 옹린, 옹염은 맡은 바 일에 진력할 뿐만 아니라 글공부에도 매진해 문장 실력이 크게 향상됐어. 이 또한 가상한 일이 아닐 수 없구나!"

황자들은 크게 꾸중을 할 줄 알았던 건륭의 입에서 의외로 칭찬의 말이 흘러나오자 저마다 눈이 휘둥그레졌다. 그러나 감히 대놓고 기뻐하지는 못했다. 여전히 엎드린 채 건륭의 신색을 힐끔힐끔 살피면서 숨을 죽이고 있었다.

순간 건륭은 자신이 황후의 훈육과 상반되는 내용으로 말하고 있었다는 걸 깨닫고는 바로 말을 바꾸었다.

"황후가 측복진을 선발하고 궁녀들까지 친히 간택해 들여보내 준 것은 모두 너희들과 종실의 장래를 위해서이니라. 황후의 깊은 뜻을 잘 음미하고 훈육을 가슴속 깊이 새겨야 하느니라. 너희들은 모두 가국일체家國一體의 금지옥엽金枝玉葉들이다. '말에 남에 대한 허물이 적고 행동에 후회가 적으면 출세는 자연히 이뤄진다'言寡尤, 行寡悔, 祿在其中라는 성현의 말뜻을 잘 헤아리기 바란다. 오늘은 이만 물러가거라!"

황자들은 대사면을 받은 듯 홀가분한 마음으로 머리를 조아렸다. 이어 뒷걸음질 쳐 물러갔다. 나랍씨는 황자들이 물러가는 모습을 끝까지 바라보고는 엷게 웃으며 입을 열었다.

"역시 폐하께서 훌륭하고 명백하게 가르침을 주시네요. 신첩은 말은 많이 했어도 그리 설득력이 있지는 못했던 것 같사옵니다. 남에 대한 허물을 적게 해야 한다느니 하는 말은 무슨 말인지도 잘 모르겠사옵니다."

"그건 성현께서 특별히 사대부들을 가리켜 한 말이네. 말에 남에 대한 허물이 적고 행동에 후회가 적으면 평생 팔자대로 복을 누릴 수 있다는 뜻이지."

건륭이 웃으면서 말을 이었다.

"원래는 저녁때 들어 만선晩膳을 같이 하려고 했었는데, 황후가 아뢸 말이 있다고 하기에 지나가다 들렀네."

건륭은 황후의 탑榻(길고 좁게 만든 평상) 위에 앉아 기윤이 보내온 상주문 절략을 읽기 시작했다. 기윤의 글씨는 언제 봐도 깔끔하고 단정한 해서체楷書體였다.

첫째, 유림청楡林廳 양도糧道의 주청 내용이옵니다. 풍사風沙(모래바람)로 인해 은천銀川으로 통하는 구십 리 길의 통행이 대단히 어렵다고 하옵니다. 낙타로 군량미를 운송하게 해 주십사 하고 주청을 올렸사옵니다. 낙타로 수송할 경우 민부들의 인건비로 내년 봄까지 은자 이만 냥 정도가 더 필요하다고 하옵니다.

둘째, 하투河套(황하黃河의 만곡부彎曲部와 만리장성으로 둘러싸인 전역을 지칭)
보덕부保德府에서 올려 보낸 상주문 내용이옵니다. 올 겨울은 기온이 지난
해보다 낮아 황하가 일찍 결빙했다고 하옵니다. 내년 봄 해빙시의 우환을
미연에 방지하고자 화약 팔만 근을 지원해 주십사 하고 청해왔사옵니다.

셋째, 조혜의 부대는 이미 흑수하黑水河 헐마도歇馬渡에 도착했다고 하옵니
다. 이백 척의 우피선牛皮船이 급히 필요하다고 하옵니다.

넷째, 복건 안찰사 고봉오高鳳梧가 상주한 바에 의하면 일지화의 잔당인 임
상문이 대륙으로 잠입해 선교하면서 은자를 모금한다고 하옵니다.

다섯째, 유용은 이미 덕주德州에 도착했사옵니다. 따로 문안 상주문이 올
라와 있사옵니다.

여섯째, 미얀마에서 코끼리 여덟 마리를 공납했사옵니다.

일곱째, 영국 사신 가마리柯馬利가 공물을 가져와 태후마마께 헌수獻壽하고
대황제를 알현하게 해 주십사 하고 청을 해 왔사옵니다.

여덟째, ……

종이에는 각종 현안들도 빼곡하게 적혀 있었다. 그러나 모두 간단
명료하게 정리한 것이라 읽기에 지루하지 않았다. 건륭은 스물여섯
번째 조항을 가리키면서 고운종에게 분부했다.

"봉천부奉天府의 윤해녕尹海寧이 이시요에 대한 탄핵안을 올렸다고
하는군. 이건 밀봉해 따로 보관하게. 기윤에게 이 사실을 비밀로 하
라고 이르게. 영국 사신이 가져온 공물 목록은 태후마마께 드려 손
수 마음에 드는 물건을 고르시게 하게. 나머지 물건들은 전부 예부
의 창고로 입고시키게. 문안 상주문 같은 건 유용의 것만 남겨놓고
전부 양심전으로 가져다 놓게. 청우표도 가져가게. 짐은 좀 있다 건

너갈 것이네."

건륭이 말을 마치고는 보덕부에서 올린 상주문을 펼쳐봤다. 이어 손을 내밀어 붓통에서 붓을 뽑으려고 했다. 그러자 황후가 먼저 붓을 뽑아 건넸다. 건륭이 웃으면서 말했다.

"할 말이 있다고 했는데 뭔지 말해보게. 듣고 있을 테니."

"새로 입궐시키기로 했다는 회부의 화탁씨에 대해 여쭙고 싶은 것이 있사옵니다."

황후가 벼루를 건륭의 손이 닿기 쉬운 곳으로 밀어놓으면서 말을 이었다.

"소첩이 서두를 일이 아닌 줄은 알고 있사옵니다만 대충 언제쯤 입궐이 가능한지, 어떤 위호位號에 봉할 것인지 미리 알아야 할 것 같사옵니다. 그래야 원명원과 궁중에서 처소를 준비할 수 있을 것이옵니다."

건륭이 황후의 말에는 대답을 하지 않은 채 일목십행一目十行(한 번에 열 줄을 읽는 속독법)으로 보덕부의 주장을 다 읽었다. 이어 황제가 어비를 달도록 비워놓은 경공란敬空欄에 붓을 댔다.

고민하는 바가 무엇인지 알겠노라. 허나 민공民工들이 화약을 사용해 작릉炸淩(얼음을 깸)할 때 화약의 유실과 낭비가 심하다고 들었다. 또 역대로 화약 사용이 서툴러 사고가 빈발했으니 극히 조심스럽게 다루어야 할 것이다. 가까운 하곡河曲 녹영에 문의해 폭발물을 능수능란하게 다룰 수 있는 병사들의 도움을 청하기 바란다. 비 오기 전에 우산을 준비하는 마음가짐에 짐은 큰 위안을 느꼈노라.

건륭이 붓을 내려놓고 난 후 황후를 향해 입을 열었다.

"그 화탁씨는 다른 후궁들과 좀 다른 대우를 받게 될 것이네. 숙부와 부형이 조정의 편에 서서 큰 공로를 세웠네. 그리고 그 일가는 회부에서도 신망이 높은 귀족집안이야. 그러니 일족의 체통을 고려하지 않을 수 없었네. 짐은 화탁씨가 입궐하자마자 귀비에 봉해주기로 했네. 원명원에 이슬람식으로 보월루寶月樓를 짓지 않았는가? 그게 바로 화탁씨를 위한 특별 배려였네. 이쪽 금궁禁宮에서는 저수궁을 처소로 내줄까 하네. 그러면 후궁들끼리 서로 왕래하는데 한결 편할 게 아닌가. 괜찮겠지?"

아수라阿修羅의 천녀天女인지 못생긴 오리새끼인지……, 사람을 보기도 전에 이리도 수선을 떨다니! 나랍씨는 가슴 밑바닥에서 주먹만 한 것이 불끈 치밀어 올랐다. 뭐라 형언할 수 없는 기분이 들었다. 그러나 수십 년 동안 건륭을 섬겨오면서 누구보다 그의 성정을 잘 알고 있는 터라 잠자코 있을 수밖에 없었다. 이럴 때일수록 처신을 조심해 건륭의 흥을 깨는 일이 없어야 한다고도 생각했다. 그 옛날 당아와 건륭의 사이를 안 뒤 뭐라고 몇 마디 했다가 "질투를 한다"는 죄명을 덮어쓴 것도 모자라 하마터면 쥐도 새도 모르게 낙마할 뻔하지 않았던가! 그런 과거의 아픈 기억이 그녀를 더욱 조심스럽게 만들었던 것이다.

그녀는 건륭이 유림청 양도가 올린 주장에 "병부에 전력 지원을 하라고 짐이 명할 것이네"라고 신경질적으로 붓을 날리자 바로 종잇장을 조심스럽게 끌어당겼다. 이어 입김으로 먹물을 불어 말리면서 조심스럽게 다시 아뢰었다.

"신첩은 대찬성이옵니다! 화탁씨가 가까이서 지내기를 내심 바라던 중이었사옵니다. 자매간에 자주 왕래하면서 정을 주고받는 건 바람직한 일이옵니다. 새로이 선발한 마흔여덟 명의 수녀秀女들을 화탁씨에게 보내 시중들게 하는 것이 어떨까 하옵니다. 침선針線과 등화燈火를 챙기는 궁녀, 유모, 어멈들도 각 궁에서 몇 명씩 보내주면 좋을 것 같사옵니다. 원래 출궁시키기로 했던 마흔 명의 나이든 궁녀들을 몇 년 더 있도록 하는 것이 재정상 더 유리할 것이옵니다. 신첩의 어리석은 의견이 어떠하온지요?"

"황후답게 사려가 주도면밀하군."

건륭이 말을 마치고는 유용의 문안 상주문에 주비를 달기 시작했다.

짐은 강건하네. 날도 차가운데 밖에 나가 있는 경들이 오히려 염려스럽네.

건륭이 아주 간단하게 몇 글자 적고 나서는 잠시 붓을 멈췄다. 당부하고 싶은 말은 많았으나 일시에 적으려니 두서가 잡히지 않았던 것이다. 곧이어 그는 아예 붓을 내려놓고 말했다.

"좀 더 어린 아이들을 마흔 명 정도 더 입궁시키는 것도 좋겠네. 나중에 종인부宗人府, 이부, 예부에 명해 팔기 관리들의 여식 중 아직 미혼인 자녀의 명단을 올려 보내라고 하게. 황후와 태후마마를 시중드는 궁녀들 중에서 괜찮은 아이들을 선발해 팔기 시위들과 혼약을 맺어주는 것도 괜찮을 것 같네. 꽃다운 나이에 입궁해 적게는 팔 년, 많게는 십 년을 궁중에서 숨죽이고 살아왔으면 우리도 해줄 수 있는 데까지는 해줘야 할 것 아닌가?"

사실 황후가 건륭을 뵙자고 청한 데는 다른 이유가 있었다. 옹린을 태자로 낙점했다는 소문의 실체를 알고 싶었던 것이다. 나랍씨는 여러 차례 회임하고 출산을 했으나 모두 어릴 때 죽었다. 그 상심이 그야말로 이루 말할 수 없었기에 소문에 대해서도 민감할 수밖에 없었다. 다만 건륭이 혼신의 정력을 정무에 쏟고 있는 모습을 보고 나자 그런 얘기를 꺼내기가 어려워 주저하고 있었다. 그러나 부부간이긴 해도 이처럼 오붓한 시간을 가지기는 그리 쉽지 않았다. 앞으로는 더욱 어려울 게 분명했다. 그녀는 그런 생각이 들자 마음을 다잡고 조심스럽게 입을 열었다.

"폐하께서 방금 황자들을 훈육하시면서 부자간에 척을 지고 형제간에 반목하는 불행한 일이 있어서는 아니 된다고 말씀하셨는데, 신첩은 아직도 가슴이 벌렁거리옵니다. 또 소인배들이 말도 안 되는 망상을 품고 있다고 하셨사온데 뭔가 나쁜 소문이라도 들으셨사옵니까?"

"옹린을 태자에 봉할 거라는 요언이 나돌고 있어. 짐이 옹린의 이름을 적은 금책을 건청궁乾淸宮 '정대광명'正大光明 편액 뒤에 숨겨두고 있다는 식으로 제법 그럴싸하게 꾸몄더군."

건륭이 웃으면서 말을 이었다.

"짐을 떠보지 말게. 요언을 접해도 황후가 먼저 접했을 테니……. 짐이 분명히 밝혀두겠어. 첫째, 이는 전혀 사실무근이오. 둘째, 사실무근인 일을 '사실'로 만들어버리는 엉뚱한 일은 없어야 할 것이오. 셋째, 요언을 날조해낸 자를 색출해 다른 죄명을 씌워 목을 침으로써 일벌백계해야 할 것이오!"

건륭의 어조는 대단히 단호했다. "목을 친다"는 말에 나랍씨는 순간적으로 온 몸에 소름이 돋으며 낯빛이 창백하게 질렸다. 그러나 건륭은 나랍씨의 반응에는 아랑곳하지 않고 덤덤하게 말을 이었다.

"짐이 아직 건재하거늘 어인 이유로 벌써 태자를 세운다는 말인가? 태자를 일찍 세워봤자 좋은 점이 하나도 없네. 성조 때처럼 형제간에 서로의 눈알을 후벼 파고 심장을 찌르는 짓거리나 할 텐데 짐은 그런 꼴은 두 번 다시 보고 싶지 않네. 또, 태자를 낙점해 놓으면 천하의 효자라 하더라도 멀쩡한 아비가 엊저녁에 벗어 놓은 신발을 내일 아침에 다시 못 신는 날이 오기만 눈 빠지게 기다릴 것이니 그런 비참한 형국을 자초해서 뭘 하겠어? 황후의 앞날과도 관련이 있으니 방심하지 말게."

건륭이 겁을 집어먹고 해쓱해진 나랍씨의 얼굴을 보면서 냉소를 지었다.

"열일곱째황자는 우리의 막둥이야. 인품이면 인품, 학문이면 학문, 일이면 일, 무엇 하나 흠잡을 데 없는 아이지. 짐의 재위 기간이 길어지니 소인배들이 뒤에서 작당을 한 것 같은데, 이런 식으로 요언이 난무하면 나중에는 그 아이를 황태자의 위치에 올려놓고 싶어도 그럴 수가 없어. 태감들을 조심해야 해. 연말연시에 경사방敬事房, 신형사愼刑司에서 태감들을 소집할 때도 황후는 길게 말하지 말게. 만약 태감들과 궁인들 중 국사에 대해 망언을 내뱉거나 주군의 시비를 논하는 자가 있다면 가차 없이 목을 쳐낼 것이라고 해. 제보자는 공로를 인정해 상을 내릴 것이라는 점도 강조하면 좋겠어!"

황후는 건륭의 말에 소름이 끼치는지 팔을 감쌌다. 이어 떨리는 목소리로 입을 열었다.

"신첩은 솔직히 어느 아이가 유력할지 궁금했사옵니다. 미리 그 아이에게 점수라도 좀 따놓고 싶은 생각이 잠시나마 들었던 것도 사실이옵니다. 하오나 폐하의 말씀을 듣고 보니 태자를 세우는 일은 결코 간단한 일이 아니라는 것을 알겠사옵니다. 태자를 일찍 세워 황자들 간에 불화가 일고 황실에 먹구름이 드리우게 해서는 아니 되옵니다. 신첩이 소인배들의 동향을 잘 살피도록 하겠사옵니다."

건륭이 빙그레 웃어보였다.

"역시 황후는 솔직한 사람이야. 요언은 자생, 자멸하는 것이니 시일이 흐르면 조용해질 거야. 그러니 크게 염려하지 말라고. 후궁들은 서로 왕래를 자주 할 테니 앞으로 언동에 각별히 조심하라고 일깨워줘."

건륭은 말을 마치고 일어서면서 몇 마디를 덧붙였다.

"기윤 등이 양심전에서 기다리고 있을 것이니 건너가 봐야겠어. 오늘밤은 황후의 처소에 들 것이니 못다 한 얘기가 있으면 그때 하지."

말을 마친 건륭은 바로 자리를 떴다.

기윤이 퇴조해 집으로 돌아왔을 때는 땅거미가 막 내려앉기 시작할 무렵이었다. 오늘은 그의 부인이 마흔 살 생일을 맞는 날이었다. 기윤은 이 사실을 비밀에 붙이라고 가인들에게 거듭 강조한 바 있었다. 그러나 기윤이 워낙 장래가 촉망되는 고관인 데다 역대로 주시험관을 역임하면서 적지 않은 문생들을 배출해냈는지라 경조사를 조용히 치른다는 것은 말처럼 쉽지 않았다. 그래서 자기 조상의 선산치레에는 게을러도 남의 조상 제삿날은 귀신같이 챙기는 무리들을 막을 길이 없었다.

마당에서는 이미 여인네들의 수다가 한창이었다. 남자 손님들은 서로 격식을 갖춰 알은체를 하고 담소를 나누면서 집주인이 돌아오기만 기다리고 있었다. 이제나저제나 하던 차에 기윤이 나타나자 벌떼처럼 몰려든 그들의 입에서는 '기공'紀公이니, '중당'中堂이니, '사부'師傅니, '태사부'太師傅니 하는 별의별 호칭이 다 쏟아져 나왔다. 숫제 사람들끼리 뒤엉켜 정신이 없었다. 읍과 공수를 하거나 저만치에서 절을 하는 등 행례하는 방법도 아주 다양했다.

아무려나 때가 때인지라 홍등紅燈은 마당을 대낮처럼 훤히 밝히고 있었다. 손님들은 모두 붉게 상기된 얼굴로 기윤을 향해 웃고 있었다. 기윤은 명절처럼 떠들썩한 집안 분위기에 잠시 어리둥절해지지 않을 수 없었다. 아무려나 앞에서 갖은 재롱을 부리는 무리들을 겨우 따돌리고 나서도 그의 곤혹스러움은 끝나지 않았다. 성조 때의 장원인 왕문소王文詔, 같은 해의 탐화인 왕문치王文治, 사돈인 노견증盧見曾과 한림원의 진헌충陳獻忠 등도 와서 자리 잡고 있는 모습이 보였던 것이다. 문생들 틈에서 신나게 웃고 떠들던 마덕옥馬德玉 역시 다가와서는 아부를 떨었다.

"기 상공相公, 제가 방금 세어보니 춘위 십팔방十八房의 시험관들 중에 상공의 문생과 그 자손들만 열 명 넘게 들어 있었습니다. 이번 춘위 시험을 계기로 상공의 문생이 또 구름처럼 생겨날 것 같은데요?"

기윤은 마덕옥의 말을 듣는 둥 마는 둥하면서 빙그레 웃는 얼굴로 대답했다.

"내무부에서 부탁한 물건을 구입하러 조와국爪哇國(지금의 인도네시아 자바섬 일대)으로 간다고 들었는데 조심하게. 조정의 돈은 전부 원명원 재건축 예산에서 나가는 것이니, 그 돈에는 원혼이 도사리고 있다 이거야. 가다가 배가 뒤집히는 일은 없어야 할 텐데!"

기윤의 말에 쉰이 넘은 나이에도 언제나 혈색이 좋고 동안童顏인 마덕옥이 힘차게 고개를 흔들었다. 이어 단호한 어조로 대답했다.

"폐하의 홍복이 뒷받침하는 한 절대 그런 불상사는 없을 것입니다. 게다가 이번에는 태후마마의 여든 성탄聖誕에 필요한 물건을 구입하러 가기 때문에 배가 뒤집히기는커녕 승관昇官과 발재發財에 도화운桃花運까지 파도처럼 몰려올 걸요?"

지극히 마덕옥다운 허풍에 기윤이 허허 소리 내어 웃으면서 입을 열었다.

"그랬으면 오죽 좋겠나! 맛있는 거 있으면 챙겨오는 것도 잊지 말고 잘 다녀오게."

기윤은 말을 마치고는 일명 '갈곰보'로 불리는 내무부 사무관 갈화장葛華章이 몇몇 사람들과 귀엣말로 숙덕거리는 걸 보고는 그쪽으로 다가갔다. 이어 힐난하듯 물었다.

"이봐 갈화장, 무슨 비밀 얘기를 하느라 그렇게 수군거리는 거야?"

갈화장이 씩 웃으면서 대답했다.

"마님께서 건강이 안 좋으시다는 소식을 접하고 저희 안사람이 매일 대각사大覺寺로 가서 향을 사르고 발원을 했었습니다. 이제 마님께서 쾌차하셨으니 부처님께 사은을 표하는 차원에서 감사의 마음을 전해야 하지 않겠습니까? 그래서 여럿이 십시일반으로 희자戱子들을 불러 연극을 준비해볼까 상의하던 중입니다. 설날에 가인들을 전부 데리고 사부님 댁에 출동할 테니 근사하게 한턱내실 준비나 하십시오!"

갈화장의 말이 끝나기 무섭게 옆자리에 있던 왕문치가 왕문소에게 말했다.

"선배, 이래서 유유상종이라는 말이 나왔나 보오! 그 스승에 그 제자라고 기 효람에게나 저런 장난꾸러기 제자들이 있지 다른 사람이라면 가당키나 하겠소?"

왕문소는 기윤이나 왕문치 등과는 거리낌 없이 어울리는 사이였으나 이미 고희를 넘긴 터였다. 그래서 가슴께까지 드리운 흰 수염을 쓸어내리면서도 조용히 미소만 지을 뿐이었다.

여럿은 웃고 떠들면서 기윤을 따라 윗방으로 들어갔다. 모두들 주인이 지정해 준 자리에 앉자 가인들이 바쁘게 움직이기 시작했다. 방안에는 홍촉紅燭을 대낮처럼 밝혀놓았을 뿐 아니라 화롯불까지 들여

놓았다. 그랬으니 방안은 봄날처럼 따뜻했고 육향肉香과 주향酒香이 어우러져 분위기는 그저 그만이었다.

기윤의 부인 마씨는 왕문소를 비롯한 여러 숙유宿儒(학식과 명망이 높은 선비)들이 자리한 터라 나와서 인사 받기를 부담스러워했다. 어쩔 수 없이 문생과 기윤의 과거시험 동기들이 스무 명씩 무리를 지어 들어가 배례拜禮하기로 했다. 그 사이 다른 사람들은 벌써 젓가락을 들고 있었다. 그러나 감히 먼저 음식을 집어먹지는 못하고 그저 군침만 꿀꺽꿀꺽 삼킬 뿐이었다.

그중에서도 진헌충은 체구가 땅딸막한 데다 피부색이 검어 '밤톨'이라는 별명을 갖고 있는 사람이었다. 그는 소매를 높이 걷어 올리고는 두 손으로 탁자를 짚고 선 채 킁킁대며 냄새를 맡고 있었다. 얼른 음식을 먹고 싶어 어쩔 줄을 모르는 표정이었다. 급기야 그가 안타까운 어조의 말을 토했다.

"와! 차라리 곤장을 맞고 말지 이런 고문은 참을 수 없구먼!"

자리에 앉은 사람들 중 진사가 아닌 사람은 마덕옥 뿐이었다. 그는 진헌충의 말을 듣더니 웃음을 터트리며 왕문소에게 말했다.

"대장원大壯元께서는 문화전 대학사까지 지내셨으니 둘째가라면 서러우실 정도로 도리만천하桃李滿天下(제자가 천하에 널려 있음)이지 않습니까? 저는 운 좋게 대장원의 잔치에 초대받았지만 저리 버릇없는 학생은 처음 봅니다!"

왕문소가 히죽 웃으면서 대답했다.

"사람은 저마다 타고난 성정이 있는 법이지. 실은 나도 허물없고 편안한 분위기를 좋아하는 편이네. 농담에 자신이 없고 성정이 소탈하지 못해서 그렇지."

드디어 기윤의 부인에 대한 축수가 모두 끝났다. 좌중의 사람들은 기다렸다는 듯 다 함께 술잔을 들더니 그녀의 '만수무강'을 외쳤다. 이어 잠시 동안은 쩝쩝대면서 음식 먹는 소리밖에 들리지 않았다. 게걸스러울 정도였다. 그러다 술이 서너 순배 돌아가고 배가 어지간히 부르자 그제야 점잔을 빼기 시작했다. 심지어 언제 그랬던가 싶게 담소를 즐기고 주령酒令까지 외쳤다. 그렇게 기윤의 집에는 기쁨이 차고 넘쳤다.

상석에 앉은 기윤은 일일이 술을 따라 한 잔씩 돌리고 나서 슬그머니 사돈 노견증에게 눈짓을 보냈다. 그리고는 좀 '실례'하겠다면서 밖으로 나왔다. 이어 한참을 기다리고 서 있자니 노견증이 뒤따라 나와 물었다.

"춘범春帆(기윤의 호), 무슨 일이시오?"

기윤이 말없이 노견증을 창고 뒤편으로 데리고 갔다. 이어 주변에 사람이 있는지 여러 번 확인한 후에야 작은 목소리로 물었다.

"사돈이 염도鹽道로 있을 때 재정 적자가 어느 정도 남아 있었소?"

"십사만 냥인가 십오만 냥인가 아마 그 정도 됐을 거요."

노견증이 고개를 치켜들고 위쪽을 바라보며 잠시 생각하더니 덧붙였다.

"그중에는 고항이 저질러 놓고 간 것도 상당수 포함돼 있소. 전임 염도가 남긴 적자가 오만 냥 정도이니 내가 만든 적자는 삼만 냥 정도밖에 안 되는 셈이오. 왜? 조사가 내려올 것 같소?"

기윤이 노견증의 물음에는 대답하지 않고 다시 물었다.

"하남성 신양信陽에서 차를 실어가서 고북구古北口에 필요한 군마 삼백 필과 바꾼 것도 사돈의 손을 거친 일이오? 당시 차인茶引(찻잎으로 말을 교환할 때 지방정부에서 내주는 허가)을 소지하고 있었소?"

"물론이오."

"말과 차의 숫자는 병부와 신양부에서 알고 있는 숫자와 대충 들어맞소?"

노견증이 실소하듯 웃으면서 대답했다.

"사돈은 지금이 차면 차, 말이면 말…… 숫자가 뚜렷하던 강희 연간인 줄 아오? 차만 해도 수십 종류요. 게다가 몽고의 왕을 통해 좋은 말을 구하려면 그 집사에게 얼마라도 찔러주지 않고서는 일이 성사되지 못하오. 턱도 없소! 오는 길에 층층이 장애물은 또 얼마나 많은지 아시오? 신양에서 고북구까지 오는데 이런저런 명목으로 주머니를 털어 내는 자들이 초소를 수십 개씩이나 쳐놓고 있었소! 거기다 인부들의 인건비도 얼마나 올랐는지 그 심부름을 하고 적자를 내지 않은 사람이 있으면 나와 보라고 하오."

"그럼 고북구의 군마를 해결해주면서 생긴 적자는 얼마나 되오?"

"적어도 일이만 냥은 될 거요!"

기윤이 잠시 침묵하더니 말했다.

"오늘 다섯째황자를 만났소. 병부와 호부에서 감사가 있었는데, 사관司官들이 업무보고를 하면서 사돈의 재정 적자에 대해 언급했다고 하오. 그러면서 황자마마께서 나에게 '노견증이라면 기공의 친척이 아니냐?'면서 반문하는데 가슴이 다 철렁했소."

노견증이 순간 흥분을 하며 펄펄 뛰었다.

"그것들이 뭘 안다고 적자 운운한다는 거요! 믿지 못하겠으면 나하고 한번 다녀오자고 해보시오. 애를 안 낳아본 년은 배 아파 새끼 낳는 고통을 모른다더니, 나 원 참!"

"우리를 위해서 하는 소리 아니오!"

기윤은 조용히 한마디 던지며 노견증의 불평을 막아버렸다. 그리고는 다시 입을 열었다.

"그렇게 황자마마를 나무라면 말을 전한 사람의 기분이 좋겠소? 그런 소리를 듣고 내가 사돈 간에 입 다물고 있을 수도 없고! 내 생각에 사돈은 북경에 이렇게 죽치고 있지 말고 어서 임지로 돌아가 물의를 빚은 일을 투명하게 처리해 놓았으면 좋겠소. 만에 하나 무슨 일이라도 생기면 나는 신분이 신분이니 만큼 도와줄 수가 없소! 밖에서 보기에는 군기처에 몸담고 있으니 권력이 대단할 것 같지만, 군기대신? 그건 한마디로 폐하의 주구走狗에 불과한 거요! 사냥개나 똥개나 애견愛犬이나 한번 발 헛디디고 미끄러지면 상갓집 개 신세는 저리 가라 할 정도요!"

기윤의 목소리가 자신도 모르게 높아졌다. 그때 저만치에서 발자국 소리가 들렸다. 그러자 기윤은 화들짝 놀라며 뚝 말을 멈췄다.

기윤과 노견증은 곧 다시 정청으로 돌아왔다. 방안에서는 주흥이 도도한가 싶더니 분위기가 점점 무르익고 있었다. 상석에 앉은 몇몇 나이든 숙유宿儒들은 가끔씩 문생들의 축하주를 받아 마시면서 조용히 담소를 즐기고 있었다. 누구네 자손이 어느 고위직에 올랐다는 둥, 요즘에는 누구의 시사詩詞에 매료돼 있다는 둥 도란도란 얘기꽃을 피우고 있었다.

기윤은 자리로 돌아오자마자 옆 식탁에서 한껏 열을 올리며 떠들어대는 유보기를 향해 물었다.

"무슨 얘기를 그리 신이 나서 떠들어대나? 또 누구의 졸작을 논하고 있었나?"

유보기가 즉각 대답했다.

"저희들은 지금 춘위 시험의 예상문제를 맞추고 있습니다."

별 생각 없이 대답한 유보기가 두 손으로 기윤에게 술을 따라 올리면서 덧붙였다.

"사부님, 사모님과 더불어 백년해로하시고 장수하시기를 기원합니다. 제자의 축하주 한잔 받으십시오!"

"폐하의 만년을 기원해야지!"

기윤이 웃으면서 말을 이었다.

"앉다보니 자네 탁자에는 춘위 시험관들이 바글바글 모인 것 같군. 아무튼 폐하를 위해 공정하게 인재를 선발해주기 바라네!"

좌중의 사람들은 기윤의 말에 여부가 있겠느냐면서 술잔을 부딪치고는 시원스레 건배를 했다. 곧이어 술기운이 올라 얼굴이 벌게진 유보기가 기윤에게 다가와 나직이 말했다.

"방금 갈화장이 제게 물어왔습니다. 응시생들 중에 사부님의 친지가 없는지 말입니다. 그래서 제가 말했습니다. '사부님은 대청의 으뜸가는 재자이시니 그분의 친지들이라면 적어도 제이, 제삼의 대학자들이 아니겠는가. 그런 분들이 뭐가 아쉬워 자네에게 잘 봐 달라고 부탁하겠는가?'라고 말입니다. 설령 뭐가 있다고 한들 지금은 그걸 궁금해 할 자리가 아니지 않습니까?"

기윤이 히죽 미소를 지은 채 말했다.

"귓불을 씹어가면서 한 얘기가 그것이었나? 올해의 주시험관은 내가 아니니 이 자리에서 시험문제를 논해도 무방하네. 자네들에게 특별히 부탁할 만한 사람은 없네. 있다고 해도 감히 부정을 저지를 수는 없지. 나 자신이 살얼음판을 걸으며 살고 있는데, 가족들이 내 이름을 걸고 경거망동한다면 내가 간과할 줄 아는가?"

기윤은 말을 마치자마자 싱긋 웃으면서 자리로 돌아갔다. 이어 막 엉덩이를 붙이고 앉으려고 했다. 바로 그때 유보기가 갈화장을 닦달하는 소리가 들려왔다.

"방금 하다 만 얘기를 계속해봐. 자네 말대로라면 화신과 그 복진

사이가 끈적끈적하다는 얘기가 아닌가?"

갈화장이 술 냄새를 풍기면서 대답했다.

"그 정도까지는 잘 모르겠어. 스물넷째황숙의 희자들에게서 들은 소리이긴 한데, 내가 직접 이 두 눈으로 똑똑히 보지 않은 이상 믿을 소리가 어디 있겠어!"

기윤은 짐짓 유보기와 갈화장의 대화를 못 들은 척했다. 그러면서도 그쪽으로 귀가 쫑긋하고 기울여지는 것은 어쩔 수 없었다. 대충 화신과 스물넷째복진 오아씨의 사이를 의심하는 내용인 것 같았다. 그러나 건륭의 성총이 남다른 화신을 자칫 잘못 건드렸다가 본전도 못 건질 수가 있으니 신중하지 않을 수 없었다. 이목이 번잡한 자리에서 함부로 성총이 깊은 사람을 왈가왈부 논하는 것은 위험천만한 일이었다. 기윤은 그런 생각이 들자 큰 소리로 좌중을 향해 말했다.

"자, 자! 남의 얘기는 아무리 좋은 소리라 하더라도 뒤에서 하면 흉이 되니 좋은 날에 그런 얘기는 집어치우게. 그러지 말고 술을 마시면서 주령酒令이나 하지!"

"그럼요, 그럼요!"

기윤의 문생들이 일제히 공감하면서 호응했다. 갈화장이 먼저 입을 열었다.

"허튼소리를 꺼낸 것은 저이니 제가 먼저 벌주 한 잔을 마시고 주령을 시작하겠습니다."

갈화장이 자신의 말대로 통쾌하게 잔을 비웠다. 이어 손등으로 입을 닦으면서 말했다.

청지녹엽靑枝綠葉에 붉은 꽃이 피었구나!
정원으로 옮겨 심었더니,

어느 날 홀연 꽃은 지고
쩍 벌어진 과일이 달려 있었네!

"석류石榴 얘기로군."
진헌충이 바로 정답을 맞추더니 주령을 이었다.

청지녹엽에 꽃이 피지 않았구나!
정원에 옮겨 심었더니,
어느 날 대풍이 불어 닥쳐……

진헌충은 그러나 큰소리치면서 운을 뗐음에도 뒤 글귀를 잇지 못
했다. 그리고는 왕방울 같은 눈만 껌뻑거렸다. 그러자 옆에서 유보기
가 재촉을 했다.
"뭔데? 빨리 말해, 뜸들이지 말고!"
진충헌은 다급한 나머지 급기야 아무 소리나 내뱉었다.

거뤄거뤄거뤄格囉格囉格囉

"그게 무슨 뜻인가?"
상석의 왕문소가 웃으면서 물었다. 그러자 진헌충이 술잔을 들어
비우면서 바로 대답했다.
"대나무입니다. 바람에 대나무가 흔들리는 소리요."
좌중에서는 삽시간에 사람들의 웃음소리와 조롱이 동시에 터져 나
왔다. 한마디로 순 억지라는 것이었다. 유보기가 두 손을 마구 저으
면서 주령을 이으려고 할 때였다. 갑자기 가인 한 명이 종종걸음으로

들어왔다. 이어 기윤의 귓전에 대고 몇 마디 귀엣말을 했다. 기윤은 천천히 자리에서 일어섰다. 그리고는 먼저 왕문소에게 읍을 해 보이고는 좌중을 향해 말했다.

"부상이 위급하다고 하오. 폐하께서 어지를 내리셨소. 부상 댁으로 가서 마지막을 지켜보고 영결을 고하라고 하셨소. 모처럼 스승과 제자들이 즐거운 자리를 가졌는데 피치 못할 사정으로 오늘은 이만 자리를 파해야겠소. 다들 본연의 위치로 돌아가 근로왕사勤勞王事(조정을 위해 부지런히 노력하다)하기를 바라오. 문생이라면 스승의 체통에 먹칠을 하는 일은 없도록 하오."

기윤의 말을 듣자마자 좌중의 사람들은 모두 자리에서 일어났다. 이어 작별인사를 고했다.

16장

민풍 시찰을 나선 옹염顒琰

건륭은 부항의 임종에 즈음해 하루 동안 철조輟朝를 명했다. 그리고
는 진시辰時도 채 안됐는데도 부항의 집으로 떠날 채비를 하라고 분
부했다. 후궁들 중에서는 귀비 위가씨가 부항 집안과의 관계가 가장
밀접했다. 그러니 위가씨는 만사를 제쳐두고 함께 가고 싶었다. 당아
를 위로할 뿐 아니라 과거의 은의恩義를 생각해서라도 그래야 했다.
그러나 전날 밤 건륭은 위가씨의 주청을 윤허하지 않았다. 건륭은 그
이유를 이렇게 말했다.

"짐이 친히 거동하는 것 자체가 그들에게는 엄청난 은혜이거늘 후
궁들까지 벌떼처럼 몰려가면 가솔들이 더욱 경황이 없어 허둥지둥
할 게 아닌가? 그건 임종 중의 환자를 배려하는 게 아니라 괴롭히는
것이나 마찬가지네. 열다섯째황자가 원행遠行을 앞두고 있으니 자네
모자간에 따로 나눌 얘기도 있을 것 아닌가. 일단 그 아이부터 잘 배

웅해 보내도록 하게. 사가私家에 있을 때 부항 집안으로부터 큰 은혜를 입었던 건 알고 있으나 은공을 갚는다고 해서 허례에 매달릴 필요는 없네.”

사정이 그랬으므로 위가씨는 새벽같이 일어나 세수를 간단하게 하고는 불당으로 향했다. 이어 부항의 평안을 기원하는 삼주향三炷香을 사르고 저수궁으로 돌아왔다. 그리고는 묵묵히 좌선을 했다. 순간 지나간 추억의 편린片鱗들이 언뜻언뜻 뇌리를 스쳤다.

‘폭설이 퍼붓던 어느 날이었지. 우리 모녀는 위청태의 집에서 쫓겨나 오갈 데가 없었어. 동사凍死 직전까지 내몰렸지. 다행히 부상의 집에 기거하면서 의식주를 걱정하지 않는 나날을 보냈어. 그런 다음 당아 마님의 추천으로 입궁해 오늘날의 부귀를 누리게 됐고……’

위가씨는 자신의 인생에서 가장 어려웠던 한때의 희로애락을 머릿속에 떠올렸다. 감개가 무량하면서도 서글픈 느낌이 들었다. 은혜를 제대로 갚지도 못했는데 은인을 영영 저승으로 떠나보내야 한다고 생각하자 가슴이 미어지는 듯하고 눈물이 앞을 가렸다. 그때 태감이 들어와 아뢰었다.

“귀비마마, 열다섯째황자마마께서 오셨습니다!”

태감의 말끝에 무겁지도 가볍지도 않은 발소리가 들려왔다. 발소리만으로도 누군지 알 수 있는 아들의 기척이었다. 위가씨는 황급히 눈물을 닦고 미소를 띠우며 시녀에게 분부했다.

“계향桂香아, 열다섯째마마께서 오셨다니 아껴뒀던 용정차龍井茶를 꺼내 차를 끓여오너라!”

이윽고 옹염이 주렴을 걷고 안으로 들어섰다. 그는 예를 갖춰 모친 위가씨에게 인사를 올렸다.

“그동안 강녕하셨습니까, 어머니. 소자 오늘 이경離京을 앞두고 작별 문후를 올리러 들었습니다."

옹염이 몸을 일으키면서 위가씨의 낯빛을 살피다 놀란 듯 말을 이었다.

"어째서 안색이 창백하십니까? 어젯밤 잠자리가 불편하셨는지요? 낙루하신 흔적이 역력합니다."

"앉거라."

위가씨가 담담하게 입을 열었다. 그리고는 아무 말 없이 원행을 앞둔 아들을 찬찬히 뜯어봤다. 아들은 천자의 교자驕子(잘난 아들)이자 엄연히 국가사직의 기둥이었다. 또 자신이 태비太妃로 물러난 후 온전히 믿고 의지할 기둥이기도 했다. 이런 황자에게 건륭, 황후와 동궁 사부들은 훈계를 내려도 되는 신분이었다. 하지만 명색이 모친인 어미는 명분과 지위로 볼 때 고작 '권계'勸誡 정도만 할 수 있을 뿐이었다. 그렇듯 천가天家에서는 마냥 멀고도 어려운 아들을 대하는 그녀의 마음속은 여러 감정이 뒤섞여 하나로 표현할 수 없었다. 지극한 애정과 관심, 그리고 끝없는 그리움과 염려로 뒤섞인 상태였다.

옹염은 이제 열다섯 살밖에 되지 않았으나 늠름하고 풍채가 좋아 어엿한 청년 같았다. 일반 여염집이었다면 원행 보내는 어린 아들을 껴안고 모자간에 한바탕 눈물을 흘리며 애틋한 석별의 정을 나눴겠으나 황가에서는 그럴 수 없었다. 위가씨는 보이지 않는 장벽이 둘 사이를 가로막고 있어 그저 바라볼 수밖에 없는 현실이 안타까웠다.

그러나 옹염은 어미의 그런 심경을 읽어내지 못했다. 어리광이 무엇이고 애틋함이 무엇인지 모르고 자란 심궁深宮의 금지옥엽답게 아이는 대수롭지 않게 어미의 눈길을 받으면서 말했다.

"이렇게 뵈었으니 갈 때는 문후를 올리지 못하고 그냥 떠나야 할 것 같습니다. 길에서 가끔 문안을 여쭙는 상주문을 올리겠으나 어머니에게만 단독으로 올릴 수는 없을 것입니다. 부디 보중하십시오."

"나는 만사에 걱정이 없는 궁중에서 잘 먹고 잘 지낼 것이니 어미 걱정은 말거라. 네가 무사하면 어미도 무사하고 너의 신변이 불안하면 어미도 따라서 불안해지니 그리 알거라."

위가씨의 목소리가 살짝 떨렸다. 그녀는 자꾸만 약해지는 마음을 굳게 다잡았다. 모성을 허락하지 않는 현실을 따르는 수밖에 없다고 생각했다. 이어 가벼운 한숨과 함께 미소를 지으면서 덧붙였다.

"폐하께 문안 상주문을 올릴 때 이 어미의 안부도 함께 물어주면 어미는 그걸로 만족이란다."

"알겠습니다."

"명색이 흠차이니 역도로 가면서 역관에 머무르겠지?"

"흠차에 대한 의장儀仗이 따로 있으니 염려하지 마십시오."

옹염은 모친의 실낱처럼 떨리는 목소리를 듣자 가슴이 뭉클해졌다. 자기도 모르게 눈자위가 살짝 붉어졌다. 그 역시 위가씨가 눈치챌세라 시선을 피한 채 정중히 절을 하고는 다시 입을 열었다.

"소자는 육경궁의 시독侍讀인 왕이열王爾烈 사부와 함께 나귀를 타고 다니면서 백성들 속으로 들어가 민풍民風을 살필 것입니다. 달리 어려움이 있을 것은 없습니다."

옹염의 말에 위가씨의 얼굴에 미소가 번졌다.

"민풍이 별거냐? 어미가 그 속에서 나왔거늘 궁금한 게 있으면 어미에게 물어보면 될 거 아니냐. 왕이열이라……. 전에 너에게 들은 적이 있는 것 같구나. 건륭 삼십구 년의 진사였던가? 선비이니 업무에 대해 조언은 해주겠지만 일로의 음식기거飮食起居를 제대로 챙겨줄 수 있을지 모르겠구나. 밖에는 비적들이 창궐하고 치안이 흉흉하다고 들었는데 걱정이다. 수행원이 얼마나 되는지는 모르겠다만 만에 하나 불상사라도 생기는 날에는 하늘이 노래지도록 통곡한들 무슨 소용이 있겠느냐!"

위가씨는 말을 하다 급기야 눈물을 보였다. 옹염이 당황한 듯 황급히 위로의 말을 건넸다.

"왜 그러세요, 어머니. 씩씩한 사내로 장성하기 위해서는 힘든 일을 이겨내야 한다던 평소의 훈육을 잊으셨습니까? 소자는 어머니의 고생했던 과거 이야기를 들으면서 얼마나 굳세졌는지 모릅니다. 역시 어머니의 훈육대로 사람은 고생을 해봐야 지혜로워지는 것 같습니다. 이제 평소에 갈고 닦은 실력을 검증 받으러 가니 모친께서는 오로지 대견스러워하실 뿐 상심하지는 마십시오!"

"그래, 그래! 그런 줄 알면서도 워낙 눈물이 헤퍼서 끝내 눈물을 보이고야 말았구나."

위가씨가 말을 마치고는 손수건으로 눈물을 찍었다. 그러다 흐르는 눈물을 더는 주체할 수 없는지 아예 쏟아내고 말았다. 이어 잔뜩 울음을 머금은 어조로 다시 입을 열었다.

"어미야 어디 비빌 언덕이 있었더냐, 비바람 피할 데가 있었더냐? 비록 어미는 불우하게 자랐지만 금지옥엽의 너만은 바깥세상의 험한 꼴을 보지 않고 편안하게 살았으면 해서 그러는 거지."

옹염은 다시금 가슴이 뭉클해졌다. 그러나 애써 그런 내색을 하지 않은 채 계향이 받쳐 올린 물수건을 받아 위가씨에게 건네주고는 자리로 돌아와 앉으면서 위로했다.

"어머니를 뵈러 왔다가 괜히 어머니께 상심만 하게 해드린 것 같네요! 소자의 신변은 염려 안 하셔도 됩니다. 왕이열이 알아서 호위대를 배치할 테니 염려 놓으십시오. 제가 지나가는 지역의 관도官道에는 강양江洋 대도大盜들이 출몰한다는 소리가 없습니다. 노하역에 가

보면 아시겠지만 강남이나 안휘, 산동, 심지어 저 먼 남쪽의 광동, 광서, 운남의 상인들까지 크고 작은 짐 보따리를 끌고 북경으로 밀려들고 있습니다. 그네들도 겁 없이 휩쓸고 다니는데 소자가 그런 객상客商들보다 못하겠습니까?"

위가씨는 어느새 장성해 되레 어미를 위로하는 늠름한 아들의 모습을 보면서 적지 않은 위안을 느꼈다. 표정도 훨씬 밝아졌다. 그녀는 차분하게 가라앉은 목소리로 입을 열었다.

"그래, 역시 너다운 모습이다. 어미가 보기에는 마냥 어린애 같았는데 어느새 사려 깊고 가슴에 품은 웅심이 돋보이는구나. 이 어미는 네가 다른 황자들보다 검소하게 살고 억울한 일이 있어도 끝까지 인내하는 모습이 늘 대견스러웠단다. 낳아놓으니 덜컥 천연두에 걸려 어미가 며칠을 눈물로 지새웠었지. 다행히 남순 중이시던 폐하께서 엽천사를 파견해 주시어 너의 목숨을 구해주셨지……. 너를 못 믿는 건 아니다. 다만 어미의 노파심에 세상물정을 잘 아는 사람이 너를 수행했으면 하는 바람이구나."

위가씨가 한숨을 지으면서 덧붙였다.

"부상의 병세가 저리 악화되지만 않았어도 복강안이나 복륭안을 딸려 보내달라고 청을 드렸을 텐데……."

"필요 없습니다. 소자는 그 친구들이 없어도 얼마든지 훌륭히 임무를 완수할 수 있습니다."

사실 옹염은 복강안이나 복륭안을 별로 탐탁지 않게 생각하고 있었다. 복강안과 복륭안은 모두 종실 자제들이었다. 특히 복륭안은 조정의 액부額駙(황제의 사위)라는 신분이었고, 복강안 역시 일찍이 공로를 인정받은 젊은이였다. 그러나 옹염이 보기에는 둘 다 사치에 물들어 있는 것 같았다. 게다가 근거 없는 자신감이 하늘을 찔러 거만하기까지 하다고 생각했다.

실제로 두 사람은 어릴 때부터 황자들과 함께 글공부를 하고 기마술을 익히면서 여타 대신의 자제들과는 달리 사사건건 앞장서서 주목받으려 했다. 게다가 황자들 앞에서도 추호도 기죽는 법이 없이 당당하기만 했다. 그랬으니 옹염은 두 형제에게 그다지 좋은 인상을 품고 있지 않았다. 아마 모친의 체면만 아니었다면 멱살을 잡아도 열두번은 잡았을 터였다.

옹염은 모친이 행여 그런 자신의 속내를 간파할세라 미소를 거둬들이면서 말했다.

"그들도 부친에 대한 효가 극진한 사람들이옵니다. 아마 아바마마를 향한 소자의 효심과 똑같을 것입니다. 부상이 위태로운 상태가 아니고 단순한 풍한風寒에 걸렸을지라도 소자는 아비의 병석을 지키는 복강안이나 복륭안을 불러 함께 길을 떠날 생각은 없습니다."

아들의 진정한 속내를 알 길이 없는 위가씨는 다시 한 번 정이 듬뿍 담긴 눈길을 보냈다. 이어 대견스러운 듯 미소를 지었다.

"너는 정말 사려가 깊은 아이구나. 어떨 때 보면 꼭 애늙은이 같아. 거창하게 입신양명까지는 바라지 않으니 그저 무사히 어미 곁으로 돌아와 주기를 바란다. 어미는 그러면 더 이상 바랄 게 없겠구나."

위가씨는 말을 마치고 안방으로 들어갔다. 이어 자그마한 보따리하나를 들고 나왔다. 어젯밤에 밤늦도록 준비해둔 것들이었다. 그녀가 보따리를 천천히 풀었다. 맨 위에 '호신평안부'護身平安符라는 부적이 든 노란색 봉투가 있었다. 백운관白雲觀 도장의 새빨간 인장이 박혀 있는 부적이었다. 그 밑에는 자그마한 나무함이 있었다. 위가씨가그걸 가볍게 건드리면서 말했다.

"이 속에는 자금활락단紫金活絡丹이 들어 있어. 저기 저 종이 꾸러미

속에는 금계랍金鷄納이 들어 있느니라. 학질이 완쾌되지 않았으니 발병할 기미가 보이면 즉시 먹도록 하거라……."

보따리에는 그 밖에도 크고 작은 봉투가 여러 개 있었다. 그녀는 그것들도 일일이 열어 보았다. 자잘한 금과자金瓜子를 비롯해 푼돈에 해당되는 몇 냥짜리 은자들이 가득 들어 있었다. 위가씨가 유감스러운 표정으로 한숨을 내쉬면서 덧붙였다.

"태후마마, 황후마마와 지패 놀이를 하면서 딴 것들이다. 꽤 많았었는데……. 이럴 줄 알았으면 남에게 주지 말고 모아둘 걸! 월례를 아껴 모은 돈이 삼만 냥 정도 있긴 한데 괜히 네가 사람들 입에 오르내릴까 봐 주고 싶어도 조심스럽구나."

옹염은 모친의 염려가 당치도 않다는 듯 빙그레 웃기만 할뿐이었다. 모친의 끝없는 당부와 염려의 말을 듣다 보니 마치 자신이 흠차대신이 아니라 일반 무지렁이 집안의 코흘리개 같은 느낌이 들었다.

'내가 기침 한 번만 하면 벌벌 떨 무리들이 얼마나 많은데 어머니의 눈에는 아직 한낱 철없는 아이로 보이는 모양이지?'

옹염은 그렇게 생각하자 못내 우스웠다. 그러나 애써 웃음을 지으면서 말했다.

"흠차의 숙식과 기거 일체는 방문지 역관에서 책임지게 돼 있습니다. 제가 조금만 조심하면 문제 될 일이 추호도 없으니 제발 심려를 놓으십시오."

위가씨가 고개를 끄덕였다.

"어미도 그런 것을 모르는 바는 아니다만 왜 이렇게 마음이 불안한지 모르겠다. 이럴 줄 알았더라면 미리 참한 계집아이를 물색해 머리를 올려주는 건데……. 시중드는 데는 그래도 여자가 낫지."

급기야 옹염이 웃으며 말했다.

"아무리 칠처팔첩七妻八妾이 있다고 해도 흠차의 원행에는 호종扈從할 수 없습니다! 가인들 중에서는 왕소오王小惡가 호종할 겁니다. 재작년에 복령안에게서 선물로 받은 자인데 영악하고 제법 쓸 만합니다."

"그래, 알았다."

위가씨가 자리로 돌아와 앉으면서 손사래를 쳤다. 이어 다시금 걱정하는 어조로 덧붙였다.

"아무쪼록 별 탈 없이 무사히 다녀오너라!"

그로부터 일주일 후 옹염 일행 넷은 창주滄州로 향했다. 때는 묘하게도 섣달 한겨울의 물이 부족한 계절이었다. 옹염 일행은 조양문에서 통주通州에 이르는 구간을 일단 지났다. 운하가 물이 줄어 하상河床이 훤히 드러나 있었다. 그래서일까, 순천부順天府에서 징집한 민공들이 운하에 개미처럼 달라붙어 하상의 진흙을 퍼내느라 여념이 없었다. 통주를 지나 천진天津 부두에 이르는 구간은 결빙이 돼 거울처럼 반들거렸다. 배가 운행하는 건 애당초 무리였다.

옹염은 원래는 통주에서 작은 도로로 접어들어 일로의 민풍을 살피려고 했었다. 그런데 흠차가 모일 모시에 그곳을 경유한다는 연락을 이시요로부터 미리 전달 받은 지방관들이 탐마探馬를 통해 일행의 행적을 사전에 파악하고 영접을 서두르는 바람에 그렇게 할 수가 없었다. 청의소모靑衣小帽 차림에 조용히 움직이고자 했던 계획은 그렇게 다 허사가 되었다.

옹염은 아침을 한 수레씩 실어 나르는 무리들을 딱 부러지게 외면할 수도 없었다. 급기야 적당히 응수하느라 진땀을 뺐다. 겨우 몸을 빼내 청현靑縣을 지났을 때도 운하 사정은 좋아지지 않았다. 여전히 결빙 상태였다. 다행히 하심河心에는 두꺼운 얼음이 얼지 않아 배가 통과할 수는 있었다.

옹염은 흠차 전용 배에 오르자마자 선실 밖의 난간을 잡고 서서는 먼 곳에 시선을 주었다. 양안兩岸의 드넓은 평지가 천천히 뒤로 움직이기 시작했다. 어둠이 내려앉기 시작한 촌락은 소슬한 분위기에 휩싸였다. 눈길 닿는 곳마다 잎이 다 떨어진 나목裸木들이 찬바람에 온몸을 떨고 있었다. 잡초가 무성한 곳에서는 까마귀들이 떼를 지어 오르내리면서 저물어 가는 차가운 밤을 더욱 쓸쓸하게 만들었다. 드문드문 잔설이 남아있는 밭에서는 한 뼘이 될까 말까 할 겨울 밀이 얼어붙은 채 떨고 있었다.

갑자기 옆에서 인기척이 들려왔다. 옹염은 황급히 시선을 거둬들였다. 옆을 돌아보니 이번에 옹염을 수행하게 된 형부 시위 임계발任季發이 다가오고 있었다. 동행한 부상 댁의 가인 왕소오는 한쪽에서 엉덩이를 잔뜩 치켜 올린 채 탄불을 살리느라 양 볼이 터질 듯 입김을 불어대고 있었다. 작은 불꽃이 미약하게나마 일어나는 것 같았다. 그 순간을 놓치지 않고 왕소오는 세게 부채질을 했다. 결국 화롯불이 되살아났다. 왕소오는 화로를 선실 안에 들여놓고 옹염에게 날이 추우니 안으로 들어가 있기를 권했다. 옹염은 임계발과 함께 선실 안으로 들어갔다.

임계발은 회색 두루마기를 입고 바짓가랑이는 끈으로 잘록하게 묶은 차림이었다. 스물 대여섯은 족히 되었으나 타고난 동안인 데다 큰 입과 둥근 코, 팥처럼 작은 눈이 제멋대로 흩어져 나이가 들어 보이지는 않았다. 살짝 건드리기만 해도 수십 리 밖으로 튕겨 나갈 것처럼 영악하고 날렵한 인상이었다.

임계발은 외차 나가는 대신들을 수없이 따라다닌 경험이 있었다.

그러나 용자봉손龍子鳳孫의 시중을 드는 것은 처음이었다. 옹염을 힐끔힐끔 살펴보는 눈빛에는 호기심이 가득했다.

옹염에 대한 그의 첫인상은 그리 나쁘지 않았다. 관리들을 접견할 때마다 손을 굳게 잡고 어깨를 두드리면서 격려하는 모습이 소탈하고 대범해 친근하게 느껴졌던 탓이었다. 그러나 홀로 있을 때는 한 시간이고 두 시간이고 침묵하고는 했다. 임계발은 그의 그런 모습도 깊이 있고 신중해 보여 퍽 좋게 보았다.

옹염은 음식에도 까다롭지 않았다. 입맛에 맞지 않으면 말없이 수저를 놓을지언정 요리사를 불러 훈계하거나 다시 끓여 오라고 호통치는 법이 없었다. 입성은 새것이 아니어도 늘 단정했고 깔끔하게 빨아 입은 모습이었다. 그런 점을 보면 확실히 성격이 유별나지는 않았다. 그러나 그렇다고 해서 만만하거나 평범하지도 않았다.

얼마 후 임계발은 자신을 바라보는 옹염의 눈길을 느꼈다. 그는 살짝 긴장한 채 고개를 숙였다. 옹염이 먼저 입을 열었다.

"임계발이라고 했나? 형부의 시위인 것으로 알고 있는데?"

옹염의 말투는 시종일관 담담했다. 무거운 침묵 때문에 숨통이 막혔던 임계발은 몰래 안도의 숨을 내쉬면서 공손히 아뢰었다.

"소인 임계발은 전에는 황천패의 제자였습니다. 유용과 복강안 대인을 호종하면서 공로를 세웠다고 복 대인이 형부 집포사緝捕司에 이름을 걸어주셨습니다. 엄격히 따지면 시위라고 할 수도 없습니다. 마마께서는 앞으로 소인의 관명官名 대신 '인정자人精子'라고 불러주시면 되겠습니다!"

"인정자라? 필히 영악하고 무예가 출중해 그런 별명이 붙은 게로군."

옹염이 말을 마치고는 크게 웃음을 터트렸다. 인정자 역시 익살스러운 표정을 지었다.

"과찬이십니다. 소인은 황천패의 십삼제자들을 전부 숙부라고 불렀습니다. 그분들이 이 흠차, 저 대인을 따라 외차를 다녀오면서 죽고 다치고 하다 보니 절름발이들 속에서 장군을 뽑듯 사지가 성한 소인이 발탁됐을 뿐입니다. 눈먼 소가 뒷발질에 쥐 잡은 격이죠. 별로 영악하지도 못하고 무예도 특출한 편이 못 됩니다. 다만 역마살이 끼어 많이 싸돌아 다니다보니 흑백 양도에 낯설지 않다는 것이 장점이라면 장점일까요? 헤헤!"

그에 대해 옹염이 뭐라고 말하려고 할 때였다. 왕이열이 들어섰다. 인정자, 즉 임계발은 곧 입을 다물고 한쪽으로 물러섰다.

왕이열은 서른을 넘긴 중년사내였다. 어중간한 키에 몸은 다소 마른 편이었다. 회색 비단 두루마기를 입고 자줏빛 허리띠를 두른 차림이 빈틈이 없어보였다. 하얗고 네모난 얼굴에 턱이 조금 앞으로 튀어나와 강한 인상을 풍겼다. 게다가 말쑥한 피부에 어울리지 않는 날카로운 세모눈에서 뿜어 나오는 빛은 상대방을 이유 없이 주눅 들게했다.

옹염이 주렴을 걷고 들어선 그를 보면서 창밖을 가리켰다.

"왕 사부님, 밖이 엄청 추운데 강이 결빙되지 않은 건 어째서죠? 방죽 너머의 저 황야들을 좀 보세요. 허옇게 서리가 앉은 것 같네요. 저 넓은 땅에 작물을 심지 않고 어째서 방치해뒀을까요?"

옹염이 호기심에 연달아 질문을 하면서 맞은편의 의자를 가리키며 물었다.

"일단 앉으세요."

왕이열이 자리에 앉았다. 그는 추위에 얼어서 굳어진 손을 비비면서 미소를 머금고 대답했다.

"저 땅은 염성鹽性이 높아 농작물을 심을 수 없습니다. 강물이 강추 위의 날씨에도 얼지 않는 것도 물속에 소금 성분이 녹아 있기 때문 입니다. 운하의 일부 구간에는 바닷물이 운하로 흘러든 곳이 있기 때 문에 강물이 결빙이 되지 않아 배가 운행할 수 있는 것입니다. 남으 로 내려갈수록 기온은 북방에 비해 높으나 얼음이 채 녹지 않아 선 박이 운행하는 데 어려움을 겪게 될지도 모르겠습니다. 저의 고향 요 양遼陽 일대에도 이런 땅이 적잖이 있습니다."

귀 기울여 듣고 있던 옹염이 한참 후에 다시 물었다.

"그럼 이곳 사람들은 짠물을 먹는다는 얘기입니까? 무슨 대책은 없습니까?"

"이곳 상황이 어떤지는 잘 모르겠습니다. 저의 향리에서는 전 고을 사람들이 총출동해 깊은 우물을 판 덕분에 감수甘水를 해결할 수 있 었습니다."

왕이열이 대답했다. 이어 옹염이 잘 모르겠다는 표정을 짓자 웃으 면서 보충설명을 했다.

"소위 '감수'라는 건 곧 담수淡水를 뜻합니다. 무릇 수마가 할퀴고 간 땅은 염분 농도가 높아서 가축들의 사료가 될 만한 사초飼草나 땔 감나무밖에 심을 수 없습니다……."

옹염이 연신 고개를 끄덕였다. 그러다 갑자기 고개를 돌려 수행 태 감 복충卜忠에게 물었다.

"지금은 어느 경내를 통과하고 있나?"

"아룁니다, 마마. 아직 직예 경내에 있습니다."

복충이 황급히 아뢰었다. 옹염이 실소를 흘렸다.

"직예 경내인 줄을 몰라서 묻겠나? 어느 현을 통과하고 있는지를 묻는 거야."

복충은 바보처럼 웃기만 할 뿐 답변을 하지 못했다. 그러자 임계발이 대신 대답했다.

"아직 청현 경내에 머물러 있습니다! 수로로 오십 리만 더 가면 창현滄縣입니다. 이곳은 사정이 괜찮은 편입니다. 창현에서 동남쪽으로 더 가면 대랑정大浪淀이온데, 그 일대는 백리 길에 인가라고는 없이 온통 새하얀 소금밭으로 뒤덮여 있습니다."

옹염의 표정이 어두워졌다. 급기야 다급하게 입을 열었다.

"사부님, 우리 하선합시다. 전용선과 호위선 모두 정박하라!"

옹염이 뒤이어 복충에게도 명령을 내렸다.

"자네는 배를 타고 곧장 주행하게. 창주에서 덕주에 이르는 구간에서는 지방관들을 만나지 말게. 덕주에서 회합한 연후에 구체적인 방안을 상의하도록 하세. 유용과 화신, 전풍에게는 우리의 노선을 알려주게."

옹염은 말을 마치자마자 옷을 갈아입었다. 왕이열은 말이 떨어지기 무섭게 행동에 옮겨버리는 옹염의 모습에 놀랐다. 속으로는 적이 걱정도 되었다.

'호종扈從들을 따돌리는 것은 좋으나 아직 날이 완전히 어두워지지도 않았는데 하선하려 하다니. 뭍으로 올라갔다가 사람들의 이목에 띄는 날에는 어찌 '사사로운 방문'이 가능할 수 있다는 말인가!'

그러나 그가 자신의 염려가 부질없었음을 깨닫는 데는 오랜 시간이 걸리지 않았다.

밖은 춥고 바람이 거셌다. 날은 어두워지기 전이었으나 꽁무니를 물고 추격전을 벌이듯 거칠게 몰아붙이는 황사 때문인지 주변에서는 인적을 찾아볼 수가 없었다. 운하 방죽 저편 역로에 간혹 수레를 몰고 가는 농부와 늦은 길을 재촉하는 지게꾼들의 무거운 걸음만 보일 뿐이었다. 여기서 하선한다면 바람막이 하나 없이 추위에 노출되는 것이 문제이긴 하지만 누군가의 이목을 두려워할 필요는 없을 것 같았다. 왕이열은 그렇게 생각하면서 서둘러 옷을 갈아입었다.

그 사이 언덕으로 올라가는 갑판이 내려졌다. 임계발과 왕소오가 옹염을 부축해 하선했다. 왕이열도 뒤따랐다. 그러나 배에 싣고 온 나귀 두 마리는 아무리 잡아끌고 엉덩이를 걷어차도 쭈뼛쭈뼛 뒷걸음질만 칠뿐 감히 좁은 갑판을 통과할 엄두를 내지 못했다. 나귀들은 호위들 여럿이 한참 동안 진땀을 빼고 나서야 간신히 언덕으로 올라왔다.

옹염은 방죽에 오르기에 앞서 손짓으로 복충을 불렀다.

"여섯 척의 호위선과 내 전용선 가운데는 우리 왕부의 소유로 된 것도 있고 대내, 예부 그리고 종인부에서 온 것도 있네. 너희들은 모두 기밀을 지켜야 한다. 누구든 내가 하선했다는 기밀을 유출했다가는 흠차를 모해하려 들었다는 죄명을 덮어씌워 가차 없이 목을 칠 것이다!"

"예! 명심하겠습니다!"

복충이 즉각 대답을 했다. 그러면서 추위와 두려움 때문인지 잠시 휘청거렸다. 그러나 곧 중심을 잡고는 황급히 다시 아뢰었다.

"소인, 마마의 분부를 받들어 모시겠습니다! 다만 내정內廷에서 유지가 내려오면 소인은 어디 가서 마마를 찾아야 합니까?"

옹염이 냉랭한 어조로 대답했다.

"때가 되면 내가 알아서 연락을 취할 테니 그리 알고 가봐!"

흠차의 전용선과 호위선은 곧 미끄러지듯 움직이기 시작했다. 옹염은 점점 멀어져 가는 선대船隊를 보면서 해방이라도 된 듯 고삐 풀린 망아지처럼 좋아했다. 사정없이 몰아치는 서북풍이 춥지도 않은

지 두 팔을 쭉 뻗으며 온몸에 바람을 느끼고 서있는 모습이 당장 환호성이라도 지를 것 같았다. 그는 강바람에 두루마기 자락을 길게 날리면서 왕이열을 향해 말했다.

"사부님, 저는 옛날부터 자유롭게 날아다니는 새들이 참으로 부러웠습니다. 한시라도 어멈들의 귀 따가운 잔소리에서 놓여나고 싶었죠. 또 저를 에워싸고 있는 태감들 무리에서도 벗어나고 싶었고요."

왕이열이 말을 받았다.

"물론 글공부를 하라는 사부의 잔소리도 신물 나고 최면제 같은 강학講學 자리도 박차고 나가고 싶으셨겠죠."

"물론이죠!"

옹염이 웃으면서 고개를 끄덕였다. 이어 비스듬히 경사진 언덕길을 내려오면서 말을 이었다.

"아무리 금의옥식錦衣玉食에 기거팔좌起居八座가 근사해 보여도 심궁에 갇혀 행동에 제약을 받으며 산다는 것이 얼마나 괴로운지 겪어보지 않은 사람은 모를 겁니다. 외관外官들의 눈에는 경외의 대상인 금빛 찬란한 용루봉각龍樓鳳閣도 눈에 익으면 한낱 홍장황와紅墻黃瓦의 사각천四角天에 불과하죠. 저희 황자들은 모두 해마다 한 번씩 있는 추렵秋獵을 학수고대합니다. 목란木蘭이나 열하熱河, 봉천奉天으로 수렵을 갈 때면 며칠 전부터 가슴이 벌렁벌렁 뛰면서 흥분이 돼 잠을 못 이루기 일쑤죠. 그러나 목란이나 열하도 황가皇家의 금원禁苑인 이상 인공적인 조식彫飾의 맛이 너무 짙어요. 이처럼 꾸밈없는 자연의 품과는 비할 바가 못 되는 것 같아요!"

옹염은 날개라도 돋쳐 어디론가 훨훨 날아갈 것처럼 기뻐했다. 목소리에는 그런 기쁨이 고스란히 담겨 있었다.

"기효람 공에게 들으니 원명원에도 민간의 양식을 그대로 옮긴 촌락을 만든다고 하더군요."

왕이열이 빙그레 웃으면서 입을 열었다.

"주방酒坊, 요릿집, 밥집을 비롯해 희원戱院, 다관茶館 등 없는 게 없이 들어설 거라고 들었습니다. 나중에 완공되면 구경 좀 시켜주십시오."

옹염이 바로 고개를 저었다.

"글쎄, 폐하의 적막감을 어느 정도 해소해 줄지는 모르겠으나 금원에 진정한 의미의 촌락이 만들어질 수 있다고 생각하십니까? 고작 태감들이 시골아저씨 역할을 하고 궁녀들이 시골아낙네 역을 맡아 그럴싸하게 꾸며내는 수준에 불과하겠죠. 폐하께서는《홍루몽》에 심취해 계시더니 대관원大觀園, 도향촌稻香村의 모습을 재현해보고 싶으셨나 봅니다."

옹염이 말을 하다 말고 허리를 숙였다. 이어 겨울 밀의 성장 상황을 살펴봤다. 그리고는 다시 한참을 걷다가 두 손을 이마에 대고 멀리 내다보기도 했다. 걸음걸이가 춤추듯 경쾌했다.

옹염 일행은 관도官道로 내려와 한참을 걸었다. 그러자 왕래하는 거교車轎와 화차貨車들이 점차 많아지기 시작했다. 왕이열은 안 되겠다 싶어서 옹염을 나귀 등에 태웠다. 또 다른 나귀 등에는 짐을 싣고 왕소오에게 끌고 가도록 했다. 임계발은 옹염의 옆에서 촐싹대면서 따라갔다. 옹염은 마을을 지나갈 때마다 일부러 왕소오를 시켜 물 한 그릇씩을 얻어오게 했다. 마셔보니 과연 물맛 좋은 담수淡水도, 짜고 떫은 함수鹹水도 모두 있었다.

일행은 무모하게 민가에 쳐들어갈 수도 없고 해서 밖에서만 말을 타고 수박 겉핥기식으로 민풍을 살폈다. 옹염은 가축들에게 풀을 먹이러 나온 농부의 호두 껍데기처럼 주름진 얼굴이 친근하게 느껴졌다. 낡고 해어진 입성으로 병아리 모이를 주러 나온 전족纏足을 한 여인의 모습도 무척 한가롭고 여유 있게 느껴졌다. 왕소오를 보내 알아보니 아직도 청현青縣 경내라고 했다. 왕소오가 채찍으로 남쪽 방향을 가리키면서 아뢰었다.

"여기서 오 리쯤 더 가면 창현滄縣 황화진黃花鎭이라는 곳입니다. 오늘 황화진에서 묵으면 내일 오전까지는 창현성滄縣城 부근에 도착할 수 있을 것입니다."

일행이 황화진에 당도했을 때는 유시酉時 정각이었다. 이제 막 장이 파한 듯 지게에 팔다 남은 과일과 채소를 싣고 어둠을 가르면서 바삐 걸음을 옮기는 사람들이 많이 보였다. 길은 가축들이 주인에게 끌려가면서 뚝뚝 떨어뜨려 놓은 분비물과 진흙으로 범벅이 돼 있었다. 분비물에서는 흰 김이 모락모락 피어오르기도 했다.

왕소오는 옹염 일행이 머물 만한 객잔을 찾아 몇 군데 바쁘게 돌아다녔다. 그러나 객잔에는 모두 '만원'이라는 팻말이 내걸려 있었다. 창현과 창주부滄州府에서 나온 아역들로 방이 꽉 찼다는 것이었다.

그들의 정체는 뻔했다. "열다섯째황자가 어지를 받고 산동 순시 길에 올랐다"는 소문을 접하고 이곳을 경유할 거라는 생각에 밤낮 없이 치안유지에 힘쓰는 사람들이었다. 옹염이 웃으면서 말했다.

"웃기는 친구들이구먼. 우리를 위해 저렇게 수고를 한다고 나와 있는데, 정작 우리는 잘 곳이 없으니 이제 어떡하지?"

왕이열이 대답했다.

"이들도 상부의 명령을 받고 임무를 수행하는 중이니 용빼는 수가 있겠습니까? 어디 자그마한 객잔이라도 깨끗한 곳을 두 칸 얻어 대충 하룻밤 묵어가시죠."

옹염은 점심을 배 안에서 부실하게 먹은 터였다. 그런데 먼 길을 걸어오다 보니 배가 출출해질 수밖에 없었다. 다행히 코앞에 꽤 큰 식당이 보였다. 모자를 쓰고 장삼을 입은 손님들이 쉴 새 없이 드나드는 걸 보니 음식 맛도 괜찮은 것 같았다. 그러나 그 무리들 속에 끼어서는 음식이 목구멍으로 넘어갈 것 같지 않았다.

언뜻 보니 길 왼쪽에도 풀로 이엉을 올린 두 칸짜리 가게가 있었다. '식사 가능'이라고 적힌 팻말이 바람에 흔들리고 있었다. 마당은 깔끔하게 비질을 한 모습이었다.

옹염이 걸음을 멈추고 말했다.

"왕소오, 자네는 가서 방을 잡고 오게. 우리는 여기서 저녁을 먹으면서 기다리고 있을 테니."

"예, 알겠습니다!"

왕소오는 대답과 함께 껑충대면서 달려갔다. 임계발은 짐승을 붙들어 맬 수 있도록 세워둔 막대기에 나귀 두 마리를 단단히 매어놓고는 옹염과 왕이열을 따라 가게로 들어갔다.

안에는 방이 두 칸 있었다. 또 안쪽으로 암실暗室이 두 칸 더 있었다. 엄격히 따지면 가게라고 할 수도 없는 길가의 민가民家에 불과했다. 식당도 한 사람이 겨우 들어갈 수 있는 손바닥만 한 주방에 네 개의 자그마한 탁자가 마련된 것이 고작이었다. 하지만 식탁보와 의자, 바닥은 티끌 하나 없이 정갈했다. 일꾼은 따로 쓰지 않는지 50대 중반으로 보이는 사내가 두루뭉술한 솜옷 차림에 소매를 걷어붙이고 사발을 닦고 있었다.

일행이 들어서자 노인은 땟물이 반지르르한 앞섶에 손을 닦으면서 반가이 맞아줬다.

"어서 오십시오, 고귀하신 나리들. 편하신 대로 앉으세요. 보시다시피 누추하기 이를 데 없습니다. 끓여 놓은 죽을 데우는 중입니다. 집

에서 절인 반찬에 뒤뜰에서 뜯어온 몇 가지 채소가 고작입니다. 재료
는 부실하나 정성껏 만들어 올리겠습니다."

임계발이 그러자 벌렁거리면서 끓기 시작하는 죽 가마로 다가갔다.
이어 국자로 휘휘 저어보고는 말했다.

"좁쌀 녹두죽이네요. 아휴, 짜. 여기 물도 소금기가 대단한가 봅니
다. 고기반찬도 없고……. 다른 집으로 옮깁시다."

일순 노인의 얼굴에 실망하는 기색이 역력했다. 옹염 역시 임계발
의 말에 마음이 동하지 않은 건 아니었다. 그러나 어쩔 줄 모르고 두
손을 비비면서 난감해하는 노인을 보자 생각을 바꾸었다. 그는 짐짓
웃으면서 입을 열었다.

"깨끗하고 아늑한 게 좋기만 한데 뭘 그러나! 나는 소식素食이 좋
네. 정 고기가 먹고 싶으면 주인을 시켜 수육이라도 몇 근 사오면 될
게 아닌가?"

옹염이 그렇게 말하면서 걸상에 걸터앉았다. 왕이열도 따라 앉으
면서 말했다.

"저도 고기 생각은 별로 없습니다. 그냥 있는 대로 먹죠."

그 사이 노인이 찻주전자를 가져다 찻물을 한 잔씩 따라줬다. 이
어 임계발에게 물었다.

"돼지머리, 오향양두五香羊頭, 우육牛肉 중에서 어떤 걸로 얼마나 사
올까요?"

"삶은 우육 다섯 근."

임계발이 내뱉듯 말했다. 찻잔을 들어 마시려던 옹염은 흠칫 놀란
표정으로 임계발을 쳐다봤다. 왕이열과 주인 역시 놀라서 눈이 휘둥
그레졌다. 그러자 임계발이 호탕하게 웃으며 덧붙였다.

"어째서 사람을 그리 괴물 보듯 하오? 이 동네에는 우육 파는 데

가 없소?"

그제야 주인은 제정신이 돌아온 듯 연신 굽실거리면서 대답했다.

"아니요, 있고말고요! 소인이 세상물정을 몰라 어르신처럼 배가 크신 분은 처음 뵙는지라 그만……."

가게 주인이 말끝을 흐리면서 돌아섰다. 이어 안방을 향해 큰 소리로 외쳤다.

"혜아惠兒야, 가서 삶은 우육 다섯 근만 사오너라. 돈은 손님들이 가신 뒤에 갚아준다고 하거라!"

"예, 가요."

대답과 함께 열댓 살 가량 된 계집아이가 발을 걷어 올리고 나타났다. 나이에 비해 성숙해 보이는 모습이었다. 아이는 머루 같은 눈을 깜빡이면서 손님을 번갈아 바라봤다. 이어 노인의 곁으로 가서는 나지막한 소리로 말했다.

"그 집에 아직 빚이 이백 문이나 있는 걸요! 엄마 약 지은 빚도 못 갚았잖아요. 또 먼저 달라고 하면 그쪽에서 뭐라고 안 하더라도 제가 창피해서 말을 못 꺼낼 것 같아요."

아이가 말을 마치고는 고개를 돌렸다. 이어 쭈뼛거리는 기색도 없이 옹염을 비롯한 세 사람을 향해 몸을 낮춰 공손하게 인사를 하고는 어렵게 말을 꺼냈다.

"죄송합니다! 보시다시피 그날 벌어 그날그날 겨우 연명해나가는 형편입니다. 창피한 말씀입니다만 고기 사올 돈이 없습니다. 그러니 대인께서 미리 돈을 주셨으면 합니다."

옹염은 아이가 당돌하게 눈을 똑바로 뜨고 자기를 바라보자 어색한지 자신도 모르게 얼굴을 붉혔다. 심궁에서 자라면서 주변에 유모, 어멈, 궁녀 등 다양한 신분의 여인들이 많았으나 이처럼 가까이에서 자신을 빤히 쳐다보는 사람은 아무도 없었던 것이다. 그는 곧바로 허리춤을 더듬었다. 그런데 하필이면 전대가 없었다. 귀찮다고 말안장에 있는 주머니에 집어넣었던 것이다.

순간 눈치 빠른 임계발이 계집아이에게 한 냥짜리 은자 몇 개를 내밀었다. 그리고는 밝게 웃으면서 말했다.

"이참에 원래 있던 빚도 다 갚으렴. 착실한 사람들 같아서 주는 거니까 거스름돈은 필요 없어."

혜아가 분홍색 혀를 날름 내밀어보이고는 옹염 등 세 사람을 향해 다시 깍듯이 사은을 표했다. 그리고는 가벼운 걸음으로 고기를 사러갔다.

그 사이 주인은 정성껏 밀어서 만든 칼국수를 가져왔다. 빨간 고추와 파를 송송 썰어 넣어 볶다가 된장을 조금 풀어 시원한 맛을 낸 국수는 향과 색의 조화가 그저 그만이었다. 작은 접시에 조금씩 담아내온 오이지무침과 배추절임도 아삭아삭 씹히는 식감이 좋을 뿐 아니라 새콤달콤한 맛이 일품이었다.

옹염은 시원하고 담백한 칼국수와 새콤한 짠지를 번갈아 먹으면서 감탄사를 연발했다. 난생 처음 먹어보는 서민 음식이 그렇게 맛있을 줄은 몰랐던 것이다.

왕이열 역시 긴 국수가닥을 입에 문 채 연신 엄지를 내둘렀다.

"일품이야, 일품! 꼭 마치 집에서 어머님이 해주시던 음식 같아!"

옆에서 곰방대를 빨던 노인이 맛있게 먹어주는 손님들을 기분 좋게 바라보면서 말했다.

"물맛만 좋으면 더 맛있을 텐데 아쉽습니다. 저희들은 적응이 돼서 잘 모르겠습니다만 외지인들은 맛이 좀 이상하게 느껴질지도 모르겠습니다."

옹염 등 세 사람은 그러나 노인의 푸념은 한 귀로 흘리면서 연신 후루룩 소리를 내가며 국수가닥을 열심히 빨아들였다.

일행은 배불리 먹고 상을 물렸다. 이어 가게 주인과 한담을 나눴다. 그의 성이 노盧씨라는 것도 알게 되었다. 치천淄川이 고향인 그는 2년 전 심한 메뚜기 떼의 피해를 입고 살길을 찾아 나섰다. 그리고 떠돌다 대충 정착한 곳이 이곳이라고 했다. 근처에 염지鹽地 다섯 무畝를 개황開荒해 놓고 피난 오면서 가져온 얼마 안 되는 가산을 전부 팔아 길가에 이렇게 두 칸짜리 초가집을 지었다고 했다.

"염지 개황이 가능하다면 좀 더 많이 하지 그랬어요? 고작 다섯 무에서 무슨 소득을 기대할 수 있겠어요?"

옹염이 묻자 노씨가 곰방대로 문밖의 어딘가를 가리켰다. 그리고는 말을 이었다.

"저기 보이는 저 땅입니다. 이곳 땅은 소금 성분이 많아 물로 충분히 씻어낸 후에라야 붉은 옥수수나마 심어 먹을 수 있죠. 그런데 땅을 물로 씻어내면 토질이 나빠집니다. 다행히 여기는 주변에 말똥이나 소똥이 많아 여기저기서 손수레로 실어다 퇴비를 줄 수 있었습니다. 그러다보니 뭔가를 심어 먹으려면 남보다 열 배의 공을 더 들여야 합니다. 설상가상으로 애 엄마의 건강이 나빠져서 걱정입니다. 그래도 집사람이 삯빨래를 하고 남의 집 식모살이를 하면서 겨우 연명할 수 있었는데……. 휴!"

굵은 주름이 깊게 팬 노씨의 얼굴에는 수심이 가득했다. 역한 담배 연기를 왈칵왈칵 토해내면서 땅이 꺼져라 한숨을 내쉬는 모습이 애처로웠다. 그가 다시 천천히 입을 열었다.

"이내로는 도저히 연명해나갈 방도가 없습니다. 애들 외삼촌이 그러는데, 덕주 쪽은 사정이 훨씬 낫다고 하더군요. 일자리가 많아 저

계집애하고 아들 녀석을 보내면 충분히 먹고 살 수 있을 거라고 하네요. 사내놈은 목수 일을 배웠으니 공사장에 나가 일하고, 계집아이는 어미를 닮아 솜씨가 야무지니 바느질 일을 하면 될 겁니다. 그래서 노자나 마련해 얼른 내보내려고요!"

노씨가 하얗게 마른 입술을 혀로 축였다. 그리고는 더 이상 말이 없었다.

왕이열은 노씨의 하소연을 들으면서 가만히 대책을 강구해봤다. 그러나 아무리 생각해도 앞으로 그들이 살길은 막막해 보였다. 왕이열이 답답한 나머지 물었다.

"이곳 창현이 치천 쪽보다 못하다면 차라리 고향으로 돌아가지 그러오? 아무렴 뿌리박고 살던 곳이 낯설고 물선 타향보다야 낫지 않겠소? 자식들이 아직 어린데 덕주까지 애들끼리만 보낸다는 건 좀 걱정스러울 것 같은데?"

노씨가 즉각 대답했다.

"여기는 그래도 관도에 인접해 있고 운하를 끼고 있지 않습니까? 북경, 남경 등지를 왕래하는 사람들이 많으니 적어도 굶어 죽지는 않을 것입니다. 누가 압니까? 어느 날 마음씨 착한 대관大官을 만나 이놈의 지지리도 궁한 인생에 종지부를 찍는 날이 올지……. 그러나 고향은 다릅니다. 몇몇 부자들이 관리들과 놀아나고 비적들과 내통해 갖은 포악무도한 짓을 저지르고 다니니 단 하루도 마음 놓고 살 수가 없습니다. 이런저런 명목의 가렴주구는 물론이고 혜아 또래의 계집아이는 바깥에 간장 심부름조차 보내기가 겁이 납니다. 우리 같은 가난뱅이들은 어디를 가나 봉입니다, 봉!"

노씨가 한숨을 쉬어가며 하소연을 하고 있을 때였다. 혜아가 쟁반에 수육을 받쳐 들고 들어섰다. 이제 막 삶아 건져낸 듯 김이 모락모락 피어오르고 구수한 냄새가 구미를 한껏 자극했다. 임계발이 군침을 꿀꺽 삼키면서 장화 속에서 칼을 꺼냈다. 이어 고기에 대고 죽죽 그었다. 그리고는 말했다.

"먼저 우리 주인께 갖다 드리거라. 나머지는 내가 다 먹어 없애버릴 테다!"

"아니, 나는 이미 배가 부르네."

옹염이 연신 손을 내저었다. 왕이열 역시 마찬가지였다.

"며칠 동안 뱃멀미에 시달렸더니 시원한 것만 먹고 싶지 고기 생각은 전혀 없네! 혼자 다 먹을 수 있다고 샀으니 어디 한번 먹어보시지!"

임계발이 히히 웃으면서 대답했다.

"이 정도를 게 눈 감추듯 해버리는 건 일도 아니죠! 고기 다섯 근도 못 먹고서야 무슨 힘이 나서 주인을 모시겠습니까?"

임계발은 말을 끝내기 무섭게 칼끝으로 고기를 찍었다. 이어 크게 한 입 베어 물었다. 그런 다음 양 볼이 불룩하게 집어넣더니 우물우물 씹기 시작했다. 대충 씹고 나서는 목구멍이 좁은 게 한스럽다는 듯 꿀꺽 하고 삼켰다. 그리고는 얇게 구운 떡에 파를 말아 된장을 찍어 뚝뚝 뜯어먹었다. 그 다음에는 죽 그릇을 들어 후루룩 한 모금 마시더니 다시 고기를 뭉텅뭉텅 베어 먹기 시작했다. 주위의 시선에는 전혀 개의치 않았다.

그가 그렇게 숨 돌릴 새 없이 허겁지겁 먹어대자 그 많던 고기가 눈 깜짝할 사이에 동이 나고 말았다. 지켜보던 사람들은 모두 감탄하며 저도 모르게 입을 딱 벌렸다. 옹염 또한 놀란 기색을 감추지 못했다.

"우요 다섯 근, 소병燒餅 일곱 장, 죽 네 그릇을 다 비웠군! 설마 창자에 구멍이 나서 먹는 족족 어디로 새는 건 아니지? 진짜 잘 먹는

군. 배가 완전히 배船 수준이네! 참으로 엄청난 식성이군. 보는 것만으로도 배가 터질 것 같아!"

임계발은 그러나 별것 아니라는 듯 기름기가 번지르르한 입을 손등으로 쓱 문질러 닦으면서 입을 열었다.

"주인께서는 저의 일곱째숙부가 먹는 모습을 못 보셔서 그러십니다. 비계가 이렇게 두꺼운 돼지고기를 앉은 자리에서 여덟 근이나 해치우고도 배를 문지르면서 한다는 소리가 '얼추 요기했으니 대여섯 근 떠가지고 가다가 배고프면 먹자'라고 하는 사람입니다."

좌중의 사람들은 모두들 기가 막힌다는 표정으로 폭소를 터뜨렸다. 옹염은 그러나 그렇게 여러 사람과 어울려 웃고 떠들면서도 속으로는 염지鹽地에 대해 계속 생각하고 있었다. 그 사이 거처를 알아보러 갔던 왕소오가 돌아왔다. 옹염은 가게 주인에게 칼국수 한 그릇만 더 끓여오라고 분부하고는 물었다.

"조금 전에 염지를 물로 씻어내면 그나마 작물을 심을 수 있다고 하지 않았소? 그렇다면 강우량이 많은 여름철에 운하의 물을 방출해 집중적으로 헹궈버리면 경작지를 엄청나게 확보할 수 있지 않소?"

노씨가 기다렸다는 듯 바로 대답했다.

"그렇지 않아도 전임 현령이 그렇게 추진을 했었습니다. 백성들도 크게 기뻐하면서 돈은 없어도 품은 기꺼이 내놓겠다고 적극적으로 호응하고 나섰죠. 그런데 운하를 통해 염수를 방출하려면 하류 지역에 있는 청현에서 배수로를 파야 한다더군요. 하지만 청현 현령이라는 자가 배수로를 파는 비용으로 은자 십만 냥을 내놓지 않으면 허락할 수 없다면서 버텼습니다. 그 바람에 그 일은 결국 무산되고 말았지 뭡니까? 한편 지금의 가柯 현령은 염수를 가열해 소금을 만들어 보자면서 팔을 걷어붙이고 나섰습니다만 그것도 쉬운 일은 아닙니다. 기술이 필요하고 땔감이 만만찮게 들 뿐 아니라 작업장도 따로 만들어야 하니 말입니다."

노씨가 다시 말을 이었다.

"황화진 노인네들의 말에 따르면 삼십 년 전까지만 해도 여기는 선택받은 곳이라고 할 만큼 살기가 좋았다고 합니다. 대랑정 위아래로 모두 운하가 통하고 양안兩岸에 일망무제의 유채밭이 끝없이 이어져 꽃이 필 무렵이면 동네 전체가 노란 물이 들어 선경仙境도 그런 선경이 없었다고 합니다. 그러다 황하의 모래로 인해 운하 하상河床이 높아지면서 여러 차례 도로 보수 공사를 했다고 합니다. 이후 염분이 점차 쌓이면서 오늘날 이 지경에 이르렀다고 합니다."

옹염이 노씨의 말을 듣고 있는 동안 왕소오가 수북하게 담은 국수 한 그릇을 뚝딱 비웠다. 그리고는 트림을 하면서 일어났다. 이어 아뢰었다.

"나리, 뒷골목에 있는 '전씨 객잔'에 방을 잡았습니다. 밤도 늦었는데 들어가셔서 더운물에 따끈하게 목욕이나 하고 주무시죠. 내일도 종일 길에서 헤매야 할 텐데 말입니다."

옹염이 그제야 자리에서 일어섰다. 동시에 왕이열에게 말했다.

"본분에 충실한 양민들이네. 은자가 있으면 몇 냥 더 상으로 내리게!"

일행은 부녀의 오체투지에 가까운 배웅을 받으면서 가게를 나섰다. 하늘은 잔뜩 흐려 있었다. 어두컴컴한 길에는 행인이라고는 없었다. 인근 민가에서 희미하게 새어나오는 불빛을 보니 아직 그리 늦은 시각은 아닌 것 같았다. 가끔 멀리서 컹컹 개 짖는 소리가 몇 번 들려오다가 멎고는 했다. 쓸쓸하고 처량한 분위기였다. 그때 갑자기 커다란 눈꽃 하나가 툭 얼굴을 스치고 떨어졌다. 옹염이 미처 알아차리기도 전에 왕이열이 등 뒤에서 소리쳤다.

"눈이 내리네요!"

왕소오가 앞에서 안내를 하고 임계발은 짐 실은 나귀를 끌고 뒤에서 따랐다. 그렇게 이 골목 저 골목을 한참 지나가자 드디어 큰길이 나타났다. 방금 식사했던 가게와 골목 몇 개를 사이에 둔 이곳은 완전히 다른 세계였다. 옹염은 적이 놀랐다.

언뜻 봐도 이곳은 부자들이 사는 곳 같았다. 집집마다 고대광실이 따로 없었다. 등촉도 대낮처럼 밝히고 있었다. 게다가 으리으리한 가게들도 즐비했다. 그러나 이상하게도 와자지껄 떠드는 사람은 없었다. 간혹 홍등이 몽롱한 주루 앞에서 취객들이 기생을 껴안고 낯 뜨거운 짓거리를 하는 게 눈에 띄었을 뿐이었다.

네 사람은 격세지감을 느끼면서 주위를 두리번거렸다. 그 사이 어디선가 두 여자가 달려들었다. 그중 한 명은 왕이열의 목을 껴안았다. 이어 뺨에 쪽쪽 입을 맞췄다. 다른 한 명은 옹염을 붙잡고 개미허리를 비틀면서 아양을 떨었다.

"아휴, 이 오라버니는 어쩜 이리 귀공자처럼 생겼을까? 확 깨물어주고 싶네. 잠깐만 쉬었다 가요. 백번 봐도 싫지 않은 걸 보여줄게요!"

옹염과 왕이열은 느닷없이 그런 꼴을 당하는 것이 처음이었다. 둘은 당황한 나머지 어찌할 줄을 몰랐다. 그러자 왕소오와 임계발이 나서서 주먹을 휘두르면서 기생들을 거칠게 떠밀어냈다.

"이년들이 미쳤나? 그 더러운 주둥이를 어디다 갖다 대!"

왕이열은 왕소오와 임계발이 기생들을 쫓아내는 동안 손수건을 꺼내 뺨을 빡빡 문질러 닦았다. 옹염은 얼굴을 붉히면서 연신 헛기침을 했다. 생각할수록 처음 당하는 일에 기가 막히는지 기생들의 음탕한 웃음소리가 저만치 멀어질 때까지 몸 둘 바를 몰라 했다.

"퉤!"

왕소오가 기생들의 등 뒤에 가래침을 모아 뱉으면서 소리쳤다.

"어디서 저리 누린내 나는 암캐들이 기어 나왔죠? 어딜 가든 저런 것들을 조심해야 해요!"

임계발도 한마디를 잊지 않았다.

"놀라셨죠? 창부들도 삼육구 등급의 계급이 있습니다! 저것들은 일명 야계野鷄라고 불리는 쌍것들이지요. 제남당濟南堂에 가서 그곳의 시서侍書들을 보십시오. 어느 대갓집의 천금千金같은 규수閨秀 못지않을 겁니다!"

아직 얼굴에 놀라움이 채 가시지 않은 옹염이 짧게 내뱉었다.

"그런 데는 절대 안 가!"

왕이열도 공감한다는 듯 고개를 끄덕였다. 순간 그의 눈에 민가 외벽에 붙어 있는 대문짝만 한 고시문이 들어왔다. 그가 미간을 찌푸리면서 말했다.

"저기 관부의 고시문이 붙어 있네요. 뭐죠? 한번 읽어보고 가시죠?"

옹염이 말없이 고개를 끄덕이면서 왕이열을 따라갔다. 두 사람이 가까이 가보니 벽에는 온갖 종류의 종잇장들이 덕지덕지 붙어 있었다. 춘약春藥, 무좀약, 고약 등 각종 약 광고 옆에 고시문이 붙어 있었다. 읽어보니 내용이 만만치가 않았다.

부흠차 화신 대인 유諭:

당금의 대청大淸은 열성조들의 심인후택深仁厚澤과 지금 폐하의 수십 년 동안에 걸친 소간근성宵旰勤政(노심초사하면서 정치에 힘씀) 덕분에 전무후무의 성세가도를 달리고 있다. 이는 온 천하가 주지하는 바이다. 원래 덕주는 세 개 성省의 요충지대에 위치한 곳이다. 운하와 역도가 사통팔달해 교통편이 좋고, 사해四海의 부자들이 운집해 있다. 게다가 오호五湖의 현자賢者들이 왕래하니 선택받은 곳이라는 데 이의를 달 사람은 없을 것이다. 그러나 장구한 역사를 자랑하는 학궁學宮은 지역의 혁혁한 명성에 걸맞지 않게 폐가는 저리 가라 할 정도로 피폐해졌다. 묘우廟宇와 원림園林들도 장시간 방치되어 볼썽사납게 됐다. 이는 지역 유지들의 체면에 먹칠하는 일이 아닐 수 없다. 천혜의 땅에서 엄청난 부를 축적한 상인들은 지역발전에 소홀히 한 책임을 져야 마땅할 것이다. 덕주의 십팔행업十八行業 업주들은 십시일반 힘을 모아 공묘孔廟를 비롯한 묘우와 학궁을 덕주의 명성에 걸맞게 일신시키는 데 기여하기 바란다. 지금은 동한기冬閑期라 사방에 석공石工, 목공木工, 잡부雜夫들이 넘쳐나니 고시문을 읽고 의향이 있는 자들은……

고시문의 아랫부분은 찢겨져나가고 없었다. 그러나 뜻은 분명했다. 덕주는 대대적인 토목공사를 벌이려 하고 있었던 것이다. 그것도 부흠차 화신의 이름을 걸고 당당하게 대서특필하고 있었다! 순간 옹염은 혜아 남매가 일자리를 찾아 덕주로 간다던 말이 떠올랐다.

옹염은 한참 동안 생각에 잠겼다. 그러다 서서히 얼굴이 굳어졌다. 이윽고 그가 아무 말 없이 돌아서더니 천천히 걸음을 옮겼다.

그런 모습에 당황한 것은 왕소오였다. 무엇이 이 '귀공자'의 심기를 다치게 했을까? 왕소오는 도무지 짐작이 가지 않았다. 어쨌든 그는 황급히 옹염의 뒤를 따라갔다. 그러자 왕이열과 임계발도 울퉁불퉁한 골목길에서 허둥대면서 쫓아왔다.

'전씨 객잔'이라는 글씨가 적힌 등롱이 멀리서 바람에 흔들리고 있었다. 일행은 말없이 걷기만 했다. 객잔 앞에 도착하니 일꾼이 벌써 나무꼬챙이에 자그마한 유리등을 걸고 기다리고 서 있었다. 일꾼이 기다리다가 눈이 멀었다면서 너스레를 떨자 왕소오가 말했다.

"계약금까지 내놓고 갔는데, 안 오면 더 좋지 뭘 기다려?"

일꾼은 퉁명스러운 왕소오의 말에도 아랑곳하지 않고 꼬리를 흔들면서 발밑에 감겨드는 강아지처럼 굽실거렸다.

"아휴, 농담도 잘하십니다. 그게 아니고요, 나리께서 떠나신 뒤에 한 무리의 비단장수들이 우르르 몰려왔어요. 사람이 많은 데다 물건까지 있어 큰 방만 고집하는데 어쩔 수가 있어야지요. 아무리 기다려도 나리는 안 오시고 그래서 별 수 없이 소인이 큰 방을 그쪽에 내줬습니다. 서원西院에 다른 방이 또 있습니다. 좀 작기는 하지만 네 분이 쓰시기에는 무난할 겁니다."

일꾼의 말에 왕소오의 낯빛이 순식간에 변했다. 급기야 버럭 소리를 질렀다.

"그런 게 어디 있어? 내가 먼저 돈을 내고 예약했는데, 허락도 없이 마음대로 방을 옮겨버린단 말이야? 왜! 번들번들한 비단장수들이 더 돈이 많아 보였어?"

일꾼은 난처한 듯 다 죽어가는 목소리로 사정을 했다. 그러나 약이 오른 왕소오는 일꾼의 가슴팍을 쿡쿡 찌르면서 소리소리 질렀다.

"주인 불러! 얼마나 돈밖에 모르면 성姓도 전錢씨일까!"

옹염이 그러자 헛기침을 하며 말렸다.

"됐네! 방이 좀 작으면 어때? 하룻밤만 묵으면 될 걸. 괜히 긁어 부스럼 만들지 말고 화 풀어."

왕소오는 화가 머리끝까지 치밀었으나 투덜대면서 물러설 수밖에 없었다. 옹염의 명령이 워낙 단호했던 것이다.

셔우 궁지에서 벗어난 일꾼은 안도의 숨을 크게 내쉬었다. 이내 등촉을 밝힌다, 세숫물을 떠온다 하면서 한바탕 수선을 떨었다. 옹염과 왕이열은 더운물에 발을 담갔다. 왕소오는 엎드려 옹염의 발을 열심히 문질러 닦아주기 시작했다. 완전히 가인본색家人本色이 따로 없었다.

17장

황화진黃花鎭에서의 참변

옹염과 왕이열은 동쪽 방에 여장을 풀었다. 옹염은 "집에서는 어미에게 기대고, 밖에서는 벽에 기댄다"는 옛말이 있듯이 자연스럽게 벽아랫자리를 차지했다. 왕이열은 출입문 쪽에 있는 침대를 차지했다. 워낙 손바닥만 한 방에 침대 두 개와 탁자, 의자까지 들여 놓았으니 비좁기 짝이 없었다.

왕이열은 배에서 내려 추운 날씨에 반나절이나 걸어 다녔으나 그다지 피곤한 기색이 없었다. 아니 오히려 더욱 기운이 나는 것 같아 보였다. 실제로 왕이열은 머릿속도 개운해 졌을 뿐만 아니라 혈색도 좋아지기까지 했다. 비록 다리는 혹사시켰어도 뱃멀미의 고통이 사라지고 없으니 살 것 같은 모양이었다. 벽을 마주한 채 침대에 앉은 그는 유등油燈의 빛을 빌어 조용히 책을 읽기 시작했다. 반면 옹염은 벽에 기대고 앉아 두 손으로 찻잔을 감싸 쥔 채 뭔가 깊은 생각에 잠겨 있었다. 이윽고 왕이열이 책에서 시선을 떼고 옹염을 향해 입을 열었다.

"열다섯째마마, 다들 마마를 근신謹愼하고 고지식하다는 쪽으로 평하지만 제가 볼 때는 그렇지도 않은 것 같습니다. 동궁東宮에는 사부만 열 명이 넘고, 시강侍講도 스물 몇 명이나 있지 않습니까? 황자마마와 종실 자제들을 합하면 몇 십 명은 되다 보니 평소에는 개개인의 성정을 제대로 알 기회가 없었습니다. 이번에 며칠 동안 마마를 수행하고 오면서 보니 열다섯째마마의 성정이나 행동거지에서 평소 못 느꼈던 또 다른 면을 발견한 것 같습니다. 겉으로 요란하기보다는 안으로 영글었고, 가슴속에 명산名山을 품고 계시는 우직함이 돋보이옵니다."

"그런 얘긴 그만 하고 책이나 읽으세요. 과찬을 들으니 부끄러워 얼굴이 붉어집니다."

옹염이 왕이열의 말에 가볍게 미소를 지었다. 그러다 반짝이던 눈빛이 갑자기 어두워지는가 싶더니 담담하게 입을 열었다.

"사부님도요! 저도 사부님을 잘 모르기는 마찬가지 아니겠습니까? 육경궁의 법도가 워낙 지엄하고 사생師生(스승과 학생) 관계가 엄연하니 글공부할 때와 예를 갖춰 읍양揖讓할 때를 제외하고는 개개인의 성정을 살피고 알 방법이 없죠. 십 수 년을 매일같이 대면해도 백두여신白頭如新(머리가 백발이 되도록 사귀었어도 서로 마음을 깊이 알지 못하면 새로 사귄 사람이나 다름없다는 뜻. 오랫동안 사귀어 온 사이지만 서로 간의 정이 두텁지 못함)이니 말입니다."

옹염 역시 자신의 말처럼 평소 왕이열에 대해 잘 모르고 있었다. 태자들은 너 나 할 것 없이 모두 육경궁에서 글공부를 하는 것이 강희 연간부터의 관례였다. 옹정 이후부터는 이 법도가 더욱 엄해졌다. 일거수일투족마다 확실한 규칙이 적용됐다. 그렇게 해서 총사부總師傅

(태부太傅로도 부름), 소부少傅, 시강侍講, 시독侍讀 등 모든 스승에게 대빈大賓을 대하듯 깍듯이 예를 갖춰야 했으니 스승과 학생 사이에 사적으로 친하게 지낸다는 것은 있을 수 없었다. 따라서 옹염은 평소에 왕이열에 대해 '그저 그런 스승'이라는 정도로만 알고 있을 뿐이었다. 함께 북경을 떠나 먼 길에 올랐어도 며칠 동안 왕이열이 심한 뱃멀미로 고생하는 바람에 실제로 두 사람이 자리를 같이한 것은 하선한 뒤의 반나절에 불과했다. 그럼에도 불구하고 옹염은 왕이열의 꾸밈없이 소탈한 모습이 좋았다. 그러나 나이에 비해 노련하다는 말을 듣는 옹염은 일부러 그런 내색을 하지 않았다.

그가 한참 생각을 하더니 입을 열었다.

"하선下船한 지 반나절밖에 안 됐는데 이미 세태의 온량溫涼이 피부로 느껴집니다. 대궐 못지않은 집에서 사는 부류들이 있는가 하면 노씨처럼 하루 세 끼가 걱정인 가난뱅이들도 있으니 말입니다. 오는 길에 관리들의 아첨 어린 말만 듣다가 백리 황지荒地를 보니 실로 막막하기만 합니다. 도처에 재해가 들어 이재민들이 속출하는데 화신은 하필이면 이때 대대적인 토목공사를 벌일 것을 주장해 지방관들의 허영심에 부채질을 하니 참으로 답답합니다! 오늘밤에 제 명의로 유용에게 서찰을 좀 보내주세요. 부흠차가 밑에서 당치도 않은 짓거리를 하고 다닐 동안 흠차라는 사람은 대체 무얼 하고 있었느냐고 따끔하게 훈책을 해주세요!"

왕이열은 옹염의 말에서 심상치 않은 분위기를 느끼고 바로 읽고 있던 책을 내려놓았다. 이어 탁자 위에 비치된 벼루에 찻물을 부어 먹을 갈기 시작했다. 그리고는 잠시 생각에 잠겼다가 조심스럽게 입을 열었다.

"마마, 그쪽도 엄연히 어지를 받고 출두한 흠차입니다. 서찰을 보내 훈책을 하는 것은 예의가 아니라고 생각됩니다. 외차에 아무런 경험이 없는 화신이 저리 겁 없이 나올 때는 유용의 허락이 어느 정도 있었기에 가능하지 않겠습니까? 하오니 일단 만나서 자초지종을 들어본 연후에 조처해도 늦지 않을 것 같습니다. 저의 소견으로는 먼저 폐하께 문안 상주문을 올리시는 것이 어떨까 합니다. 이 사실을 비롯해 그동안의 견문에 대해 두루 상주하시는 것이 바람직할 것 같습니다. 지금 올리면 우리가 덕주에 도착하는 시점을 전후해 폐하의 어비가 내려올 것입니다. 다만 이 상주문은 마마께서 친히 작성하시는 것이 좋을 것 같습니다. 제가 먹을 갈고 종이를 펴 드리겠습니다."

"지당한 말씀입니다. 그게 좋겠습니다."

옹염은 의자를 당겨 탁자 가까이 앉았다. 그러나 붓끝이 뭉툭해져 상주문을 제대로 쓸 수가 없었다. 그는 즉각 왕소오를 불러 말안장 주머니에 들어 있는 붓과 종이를 가져오도록 했다. 그러다 상주문 전용지가 아닌 것이 마음에 걸려 잠시 망설였다. 그리고는 왕이열을 향해 변명하듯이 말했다.

"밖에 나가면 모든 것이 여의치 않음을 누구보다 잘 아시는 아바마마이시니 지질이 안 좋다고 해서 문제 삼지는 않으실 겁니다."

옹염이 이어 붓에 먹을 살짝 찍어 들고 잠시 생각하더니 덧붙였다.

"사부님, 막상 붓을 들고 보니 여쭐 말이 너무 많아서 두서가 잡히지 않습니다. 그 넓은 염지鹽地를 어떻게 하면 다시 초록이 넘실대고 유채꽃이 만발하는 곳으로 만들 수 있을지 방책이 생각나지 않습니다. 뭔가 건의사항을 진언해야 할 것 같은데, 정작 어디서부터 어떻게 운을 떼어야 할지 잘 모르겠습니다."

왕이열은 옹염의 말에 가슴이 뭉클해졌다. 사실 그는 황자들 중에서 여덟째 옹선顒璇을 가장 눈여겨보고 있었다. 문장 실력이 빼어나고 재화才華가 특출한 데다 매사에 대범하고 늠름하면서도 귀공자들의 대명사와 같은 오만불손이나 횡포가 전혀 없이 겸손한 것이 마음에 들었던 것이다. 그런데 지금은 백성들의 고초를 진심으로 염려하는 옹염에게 더 친근함을 느꼈다. 왕이열이 한참 생각을 하더니 천천히 대답을 했다.

"저도 오면서 그런 생각을 많이 했습니다. 이 구간의 운하는 남고북저南高北低의 지세입니다. 대랑정大浪淀의 염수鹽水를 빼내려면 반드시 청현靑縣에서 배수로를 파서 운하에 유입시키는 수밖에 없습니다. 청현은 천진도天津道에 속하고, 창현滄縣은 창주부滄州府 관할지역입니다. 이 문제를 근본적으로 해결하려면 먼저 청현을 창주부의 관할구로 편입시켜야 합니다."

왕이열의 말에 옹염이 순간 눈빛을 반짝이더니 이내 고개를 힘껏 끄덕였다.

"그렇군요! 이 두 현의 마찰을 어떻게 해결할 수 있을까 고민하고 있었는데, 그런 방법이 있었군요! 제가 청현을 창주부에 편입시켜 일과 관련한 권한을 통일시켜 주십사 하고 주청을 올리겠습니다."

옹염이 말을 마치고는 다짜고짜 붓을 집어 들고 상주문을 쓰려고 했다. 그러자 왕이열이 빙그레 웃으면서 다시 입을 열었다.

"마마, 더 어려운 일도 있습니다. 방금 말한 대로 추진하면 사실상 이 구간의 운하를 두 부분으로 나누는 격이 됩니다. 그리 되면 운하의 항운航運이 문제가 됩니다. 창현에서 남으로 덕주에 이르는 구간에 물을 충분히 댈 수 있어야 이쪽에서 물이 대대적으로 빠져나가고도 선박의 운항에 지장을 초래하지 않을 수 있습니다. 고로 상류의 운하는 대대적인 준설 작업을 거쳐 수역을 넓혀야 합니다. 이는 거대한 공정입니다. 어마어마한 예산이 필요할 겁니다. 예산은 어찌 충당

할 것이며 또 누가 이를 도맡아 하겠습니까? 우리는 수리水利에 대해 잘 모르니 수리에 정통한 관리들을 파견해 실사를 하게 해 주십사 주청을 올려 윤허부터 받는 것이 순서라 하겠습니다. 한마디로 운하의 정상적인 기능에 지장을 초래하지 않는 선에서 대랑정 지역의 염수를 씻어 운하로 방출해야 합니다."

옹염은 왕이열의 말을 듣자 붓을 내려놓고 깊은 생각에 잠겼다. 그리고는 한참 후 쓴웃음을 지었다.

"백성들에게 실질적인 도움을 주는 일은 참으로 어렵군요. 방금 계산해보니 계획대로 추진했을 때 새로 얻게 되는 경작지 면적이 적어도 백만 무畝는 더 될 것 같습니다. 한 무 당 평균 시가로 은자 일곱 냥씩 받는다고 해도 칠팔백만 냥의 수입이 들어오게 됩니다. 이 돈이면 운하 준설 작업을 마치고도 남음이 있겠습니다만 먼저 조정에 손을 내민다는 것이 간단치 않을 것 같습니다. 이 정도 액수면 부의部議를 거쳐 예산집행 여부를 검증받아야 하거든요. 거기다 아까 그 가게의 노씨 말대로 해마다 한 번씩 씻어내고 비료를 뿌려야 한다면 너무 번거롭습니다."

왕이열이 즉각 대답했다.

"해마다 그럴 필요는 없습니다. 활수活水가 상류로 흐르게 하고 배수로를 깊이 파서 염분을 방출해 소금기가 쌓이는 것을 계속 막는다면 몇 년에 한 번씩만 해도 될 것입니다. 계획대로 추진된다면 십 년 후 다시 왔을 때 이곳은 또 하나의 어미지향魚米之鄉으로 탈바꿈해 있을 것입니다!"

왕이열의 말에 옹염이 다시금 눈빛을 반짝였다.

"그렇다면 어서 상주문을 올려야겠습니다! 천추만대에 길이 회자될 좋은 일인데 머뭇거릴 이유가 없죠. 우리가 자신할 수 있는 부분은 직접 주청을 올리고, 확신이 잘 서지 않는 부분에 대해서는 사실대로 말씀 올리면 됩니다. 폐하께서 부의를 통해 의견을 광범위하게 수렴해 주십사 하고 청을 드리는 것이 바람직할 것 같습니다. 북경을 떠나 처음 올리는 상주문이라 떨립니다. 제가 써놓을 테니 사부님께서 윤색해 주십시오. 왕소오를 시켜 방금 오면서 봤던 고시문을 떼어오라고 해야겠어요. 함께 동봉해 보내야겠어요."

그러자 왕이열이 말없이 붓을 들었다. 이어 별로 생각하는 것 같지도 않더니 잠깐 동안 방금 전의 고시문을 정확하게 그대로 베꼈다. 정확성 여부는 맞춰볼 수 없으니 토씨 하나까지 틀리지 않았다고 말할 수는 없었으나 아무튼 왕이열의 놀라운 총기에 옹염은 벌어진 입을 다물 줄 몰랐다…….

밖에서는 바람이 갈수록 광기를 부리며 휘몰아쳤다. 한 번씩 비단을 쫙 찢어버리는 듯한 날카로운 소리도 들렸다. 또 새끼 잃은 원숭이의 처량한 오열과 굶주린 이리의 포효 소리처럼 들리기도 했다. 창호지는 곧 찢겨져 나갈 듯 위태롭게 진저리쳤다. 눈발인지 사석沙石인지 모를 것이 창틀과 문짝을 힘껏 때리고 지나갔다. 바람이 얼마나 거센지 나무 창틀이 사방에서 삐걱대면서 신음을 하기 시작했다. 때는 바람이 거세고 날씨가 가장 추운 음력 12월의 막바지였다. 그래서인지, 화롯불조차 겁을 집어 먹은 듯 빨갛게 타오르지 못하고 깜빡깜빡 죽어가고 있었다.

옹염은 열심히 상주문을 써 내려가다 뼛속까지 스며드는 한기에 붓을 멈췄다. 이어 왕소오를 불러 화롯불을 키우게 하려고 했다. 그때 마침 임계발이 들어왔다. 옹염은 잘됐다는 듯 지시했다.

"화로에 탄을 더 올리게. 자네들 방도 따뜻하게 데워놓고 자도록 해야겠네. 그런데……, 자네 낯빛이 왜 그 모양인가? 무슨 안 좋은 일이라도 있는 건가?"

임계발이 주저하며 대답했다.

"별일은 아닙니다. 그런데 북원北院 서쪽 별채에서 누군가 나쁜 일을 꾸미는 것 같아 저희가 나서야 할지 말아야 할지 여쭈러 왔습니다."

옹염과 왕이열은 순간 약속이나 한 듯 서로 놀란 눈빛을 교환했다. 이어 옹염이 의자등받이를 잡고 자리에서 일어섰다. 그의 표정이 심각하게 굳어지고 있었다.

왕이열이 물었다.

"혹시 여기가 흑점黑店(비적)들이 출몰하는 가게인가? 비적들이던가?"

임계발이 얼른 두 손을 내저었다.

"너무 놀라지 마십시오. 비적들은 아닌 것 같습니다. 제가 보기에는 인신매매꾼들인 것 같습니다. 여기서 사들인 열 몇 명의 계집아이들을 광주로 데려가 팔아넘긴다고 했습니다. 월슨이라는 영국 아편상이 비싼 값에 사들이기로 했답니다. 아이들을 광주로 데려가 넘겨버리면 일인당 이천 냥씩 남는 장사라고 했습니다. 신이 나 속닥거리면서 말하는 걸 제가 엿들었습니다. 더 충격적인 건 그렇게 착하다던 노씨의 처남이 그 무리 속에 들어있다는 것입니다! 친조카까지 팔아먹는 비정한 삼촌이 어디 있느냐면서 누님인 노씨 마누라가 알면 거품 물고 쓰러질 것이라고 자기들끼리 비아냥거리는 소리를 하는 걸 들었습니다. 노씨 처남인 듯한 자는 낄낄거리고 웃으면서 '누워서 똥오줌 받아내는 년이 알면 뭐 어떡할 거야? 내가 두 자식새끼를 출세시켜준다고 호언장담을 했으니 철석같이 믿고 있는걸. 아무 걱정 마'라고 하더군요! 아휴, 개새끼를 그냥! 들어가서 죽사발을 만들어 놓고 싶은 걸 참느라 혼났다는 것 아닙니까!"

"세상에 어찌 그런 일이 있을 수 있다는 말인가!"

옹염이 너무 놀라 얼굴에 하얗게 질린 채 말했다. 그러다 뒤늦게 화가 났는지 얼굴이 벌겋게 달아올랐다. 그가 단호한 목소리로 명령을 내렸다.

"이 객잔에 창주부 아역들이 대거 투숙해 있다고 했지? 내 명함을 가지고 가서 아역들에게 전해. 그자들을 전부 연행하라고 이르거라!"

왕이열이 즉각 일어서며 명을 받들었다.

"알겠습니다. 제가 가서 당장 처리하고 오겠습니다!"

임계발이 고개를 저으며 심각하게 말했다.

"연행은 재고해봐야 하겠습니다. 그 속에는 창주부아문에서 나온 자들도 끼어 있었습니다. 말끝마다 '우리 부존府尊, 우리 부존' 하면서 '현에서 힘껏 밀어줄 테니 잘해 보라'고까지 했습니다. 저것들은 전부 한통속입니다. 앞뜰과 뒤뜰의 아역들을 합치면 수십 명은 족히 될 텐데 자칫하다가는 우리가 도리어 당할 수가 있습니다!"

임계발의 말이 끝나기 무섭게 옹염과 왕이열의 시선이 마주쳤다. 관부官府와 인신매매꾼들이 한통속이 되어 양민들을 양인洋人들에게 내다 팔다니…… 실로 등골이 오싹해지는 충격적인 일이 아닐 수 없었다! 그때 탄이 타닥타닥 튀면서 꺼져가는 소리를 냈다. 옹염은 충격에 빠져 있다 그 소리에도 흠칫 놀랐다.

순간 심각한 표정으로 깊은 사색에 잠겨 있던 왕이열이 무겁게 입을 열었다.

"저 사람의 말이 맞습니다. 이럴 때일수록 무리한 시도는 금물입니다. 왕소오를 흠차 전용 선박으로 보내는 것이 좋겠습니다. 열다섯째 마마의 명의로 창주 지부에게 발문을 하는 것이 좋겠습니다. 창현 현

령과 창주 지부를 모두 이곳 황화진으로 오게 해 그들 앞에서 처리
하는 것이 바람직할 것 같습니다. 마마께서는 어찌 생각하십니까?"

옹염이 단호하게 반대의 입장을 피력했다.

"안 됩니다. 이 정도면 그자들도 한통속이 아니라고 장담할 수 없
는 일입니다. 창현 현령이 나서서 황화진에서 진두지휘하고 있는지도
모릅니다! 지금은 타초경사打草驚蛇(풀을 쳐서 뱀을 놀라게 함. 섣불리 대
응하는 것을 의미)할 필요가 없습니다. 몰래 첩자를 붙여 그자들의 동
태를 예의주시해야 합니다. 광주로 가려면 배편으로 갈 터이니 덕주
까지 왔을 때 일망타진하는 것이 좋겠습니다."

임계발이 옹염의 말에 동조하고 나섰다.

"그렇습니다. 혜아의 외삼촌이라는 자가 말하는 걸로 봐서는 저자
들이 떠날 채비를 서두르는 것 같았습니다."

옹염이 적이 당황한 어조로 말했다.

"우리가 거기서 저녁을 먹지 않았는가? 그때까지는 혜아 남매가 당
장 떠날 것 같지는 않던데?"

왕이열이 대답했다.

"왕소오에게 노씨의 가게 문 앞을 지키라고 해야겠습니다. 수상한
움직임이 포착되면 즉각 보고하라고 해야겠습니다."

임계발이 말했다.

"방금 북원北院으로 해서 한 바퀴 돌아보니 아직 불이 훤히 밝혀져
있었습니다. 스무 명 남짓한 계집애들은 팔려가는 줄도 모르고 웃고
떠들면서 잔뜩 들떠 있었습니다. 그리고 왕소오는 제가 이미 노씨의
가게로 보냈습니다. 한밤중에는 제가 교대해 지키도록 하겠습니다."

임계발의 말이 떨어지기 무섭게 밖에서 달려오는 발소리와 함께 왕
소오가 불쑥 들어섰다. 두툼한 솜옷을 입었는데도 얼마나 추운지 온

몸을 옹송그리고 있었다. 그가 콧물을 훌쩍거리면서 연신 재채기를 하더니 보고를 올렸다.

"임형(임계발)은 과연 강호의 맏형답습니다. 어쩌면 그리 귀신처럼 정확하게 맞히십니까! 그 빌어 처먹을 외삼촌이라는 자가 노씨의 가게로 찾아왔습니다. 문을 두드리면서 '천성天成아! 헤아야! 승선 준비를 서둘러야 한다'라고 말하길래 즉각 달려왔습니다. 세상에, 세상에! 천리왕법天理王法이 없어도 유분수지, 인간이 어찌 인두겁을 쓰고 저런 패륜을 저지를 수 있다는 말입니까!"

"하늘이 천벌을 내릴 것이야!"

옹염이 얼어붙은 표정으로 짧은 몇 마디를 내뱉었다. 움켜쥔 주먹에서 따다닥 하고 관절 꺾이는 소리가 들려왔다. 그 순간, 왕이열은 옹염의 눈에서 전에는 한 번도 본 적이 없는 비수 같은 서슬을 봤다. 옹염은 왕이열이 미처 무슨 말을 하기도 전에 두루마기를 걸치면서 서둘러 밖으로 나섰다.

"자, 가봅시다!"

칠흑같이 어두운 밖에서는 엄동의 추위가 기승을 부리고 있었다. 모래알처럼 깔깔한 눈 알갱이가 바람에 실려와 얼굴을 사포로 문지르는 것처럼 볼을 얼얼하게 스쳐갔다. 옹염과 왕이열은 목을 잔뜩 움츠린 채 찬바람을 맞으면서 헉헉거리고 한참을 걸었다. 그제야 겨우 어둠에 조금 익숙해졌다.

야경꾼의 딱따기 소리가 인적 없는 어둠 속에서 이따금씩 들려왔다. 두 사람은 계속해서 말없이 빠른 걸음을 옮기고 있었다. 그때 갑자기 골목에서 시커먼 그림자가 튀어나오더니 사정없이 옹염에게 덮쳐들었다. 두 다리를 번쩍 쳐들고 달려드는 모습이 사람은 아니었다.

대경실색한 옹염은 본능적으로 뒷걸음질을 치면서 두 손으로 얼굴을 가렸다. 이어 비명에 가까운 소리로 "개, 개!"하고 외치면서 벌렁 나가떨어져 엉덩방아를 찧고 말았다.

짐승이 으르렁대면서 다시 덤비려고 할 때였다. 임계발이 나서서 짐승을 향해 발을 날렸다. 이어 눈 깜짝할 사이에 두어 번 주먹을 휘둘렀다. 길길이 날뛰던 짐승은 순식간에 널브러지고 말았다. 옹염은 널뛰는 가슴을 가까스로 진정시키면서 다그쳐 물었다.

"개 맞지? 아니, 이리인가?"

임계발이 서둘러 대답했다.

"이리입니다. 아사 직전인 것 같습니다. 뭔가 잡아먹지 못해 눈이 달아 오른 놈입니다. 어디 다치신 데는 없습니까?"

옹염이 떨리는 목소리로 대답했다.

"다행히 없네. 그러나 놀라서 숨이 멎는 줄 알았네! 이놈의 짐승도 사람을 차별하나 보지? 사부님이 안쪽에서 걸어가는데 사부님을 지나쳐 나에게 덤벼드는 걸 보니!"

왕이열이 옹염의 농담에 히죽 웃음을 지었다.

"이리는 겁이 많은 사람을 기가 막히게 알아낸다고 합니다. 저희 고향에서는 가을에 타작을 하면 남녀노소가 노천에서 도정할 알곡을 지키는 게 관례처럼 돼 있습니다. 그럴 때면 어른은 밖에서 자고 아이들이 어른들 틈에 끼어 자는데 산에서 내려온 이리들은 하필이면 그 틈새로 비집고 들어와 아이들만 물어가고는 했답니다. 오늘 다행히 임계발이 있었기에 망정이지 안 그랬다면 저는 영원히 용서받을 수 없는 죽을죄를 지을 뻔했습니다."

임계발이 너털웃음을 터트렸다. 그리고는 자신감 넘치는 어조로 말했다.

"고기를 다섯 근이나 먹고 주린 이리 하나 못 당해낸다면 차라리 죽는 게 낫죠."

그 사이 일행은 어느덧 노씨의 가게 앞에 당도했다. 과연 불이 밝혀진 가운데 창호지 너머로 언뜻언뜻 서너 명의 그림자가 움직이는 모습이 보였다. 그러자 임계발이 몰래 다가가 들여다보고는 돌아와 아뢰었다.

"노씨의 처남 놈 말고도 두 놈이 더 있습니다. 인신매매꾼들이 틀림없습니다. 지금 두 아이가 짐을 꾸리는 걸 거들어주고 있는 것 같은데, 당장 쳐들어갈까요?"

옹염이 임계발에게 물었다.

"혼자 저들을 모두 당해낼 자신이 있나?"

임계발이 가소롭다는 듯 히죽 웃었다.

"저런 놈들은 셋이 아니라 서른 명이 달려들어도 겁날 게 없습니다. 다만 한바탕 소동이 벌어지면 아역들이 출동할 텐데 혼잡한 와중에 마마께서 다치시지 않을까 걱정입니다."

"그건 염려하지 말게."

옹염이 바로 대답했다. 이어 어둠 속에서 눈을 빛내며 말을 이었다.

"오면서 생각해봤는데 크게 소동이 일어나도 상관없을 것 같네. 나는 이곳의 주현관들이 이럴 때 어떻게 나오나 한번 보고 싶네."

왕이열은 옹염의 충동적인 행동을 어떻게든 뜯어 말리고 싶었다. 그러나 다른 한편으로는 어린 황자의 담력과 패기가 어느 정도인지 알고 싶은 마음도 없지 않았다. 그는 마침내 결심을 한 듯 잠자코 다가가 문을 두드렸다.

문을 연 사람은 노씨였다. 그는 저녁나절에 봤던 일행을 알아보고는 어리둥절한 표정을 지었다. 어쩐 일이냐는 눈빛으로 옹염을 쳐다보면서 물었다.

"늦은 밤에 어쩐 일로 다시 오셨습니까? 무슨 급한 일이라도 있는 겁니까?"

안에서는 세 사람이 탁자에 마주 앉은 채 차를 마시고 있었다. 그 가운데 마흔 살 가량 되어 보이는 사내가 바로 그 비정한 '외삼촌'인 듯했다. 그는 일행을 보자 가뜩이나 험악한 인상을 더욱 흉물스럽게 구기면서 손사래를 쳤다.

"가, 가! 장사 끝났어! 지금이 몇 신데 우물에 와서 숭늉 달라는 거야!"

"할 말이 있어서 왔소."

왕이열이 노씨를 향해 고개를 끄덕여 보였다. 그리고는 막무가내로 비집고 들어갔다. 이어 옹염과 임계발, 왕소오도 한줄기 눈바람을 달고 뒤따라 들어갔다. 찬바람에 등잔불이 꺼질 듯 요동쳤다. 이마에서 왼쪽 뺨까지 칼자국이 길게 패인 '외삼촌'이 오만하게 턱을 치켜올리면서 물었다.

"뭘 하는 사람들이오? 장사는 끝났다고 분명히 말했는데, 이 야밤 삼경에 민가에 들이닥친 이유가 뭐요?"

옹염이 기싸움에서 지지 않으려는 듯 지그시 사내를 노려보면서 물었다.

"그쪽이 혜아의 외삼촌이오?"

"그런데, 왜?"

"외람되지만 존함이라도 알고 싶소."

"이 할아비의 대명大名을 알고 싶다? 좋아, 알려주지. 엽葉, 영永, 안安이야! 됐나?"

"덕주에서 무슨 일을 하는지 궁금하오."

"항창양행恒昌洋行의 구매담당이야! 그건 또 왜?"

"어떤 물건을 어디서 구매하는 거요?"

"생사生絲, 차, 대황大黃, 비단, 도자기, 양홍洋紅(화장품), 전청靛靑(물감) 등 돈이 되는 것이면 뭐든지 다 사고 팔지. 북경, 남경, 천진 어디든 안 다니는 데가 있을까? 그게 장사꾼이 아닌가? 그러는 당신들은 뭘 하는 사람들이오?"

옹염은 잠시 말문이 막혔다. 아무리 당당하고 어른스러워 보여도 필경은 심궁에서 자라 세상물정을 잘 모르는 열다섯 살 소년에 불과했으니까. 순간 '외삼촌'이라는 작자의 가늘게 찌푸린 미간 사이로 섬뜩한 빛이 새어나왔다. 옆자리의 두 사내도 인상이 만만찮게 험상궂어 보였다. 금세라도 마수를 뻗치면서 달려들 것 같았다. 옹염은 일순 덜컥 겁이 났다!

왕이열이 그걸 눈치챈 듯 가볍게 코웃음을 치면서 나섰다.

"우리는 관부에 몸을 담고 있소! 작간作奸하는 악당들을 붙잡아 죄를 묻는 일을 맡고 있지. 묻겠는데, 당신은 두 조카를 얼마나 받고 어디에 팔아넘기려고 했던 거요?"

왕이열의 어조는 낮았다. 그러나 내용은 청천벽력 같았다. 아니나 다를까, 그 소리에 옆방에서 자식들의 떠날 채비를 거들어주고 있던 엽씨 여인이 대경실색한 채 두 아이와 함께 뛰쳐나왔다. 한쪽에서 듣고 있던 노씨 역시 두 눈이 휘둥그레졌다. 일가족 넷은 '외삼촌'과 옹염 일행을 번갈아 보면서 어느 쪽을 믿어야 할지 모르는 듯했다.

한참 후 여인이 병약한 목소리를 가늘게 떨면서 물었다.

"영아야, 너 혹시 덕주 도박판에서 빚을 지고 조카들을 팔아넘기려고 하는 건 아니겠지?"

"그럴 리가 있겠습니까, 누님! 지금 이것들의 미친 소리를 믿는 거요?"

엽영안이 표독스럽게 왕이열을 노려보면서 소리쳤다.

"나는 이 바닥에서 잔뼈가 굵은 세월이 삼십 년이야! 별의별 짓거리로 주머니를 노리는 자들을 다 봤어도 당신네들처럼 간덩이가 부은 자들은 처음이야! 흥, 관부에서 나왔다고? 이 두 분이 어디서 나왔나 물어보시지?"

엽영안이 당치도 않다는 듯 코웃음을 치면서 말을 이었다.

"이 친구는 사효조司孝祖라고, 지부아문에 있지. 이쪽은 탕환성湯煥成이라고, 덕주의 염사鹽司아문에서 나왔다고! 그쪽은 어느 아문인데?"

"알 필요 없어! 인신매매와 외국과 내통한 죄를 저지른 두 사람은 다 사형감이야!"

왕이열이 한 치의 흔들림도 없이 대꾸했다. 옹염은 그제야 두려움을 떨쳐내고 엽영안에게 손가락질을 했다.

"인신매매꾼 주제에 감히 누구의 내력을 물어? 두 말 할 필요 없어, 당장 체포해!"

옹염의 명령이 떨어지기 무섭게 임계발이 즉각 대답하고는 훌쩍 허공으로 몸을 솟구쳤다. 이어 팽이 돌리듯 몸을 360도 공중회전하더니 왼발이 땅에 닿는 순간 번개처럼 오른 주먹을 날렸다. 아는 사람은 그것이 '난점매화보'亂點梅花譜라는 황씨 문파의 절기絕技라는 사실을 모르지 않았다. 눈 깜짝할 사이에 갈고리 같은 손가락으로 여기저기를 쿡쿡 찔러버리는 바람에 사효조, 탕환성과 엽영안 등은 반항한 번 제대로 못해보고 혈도穴道를 맞고 말았다. 셋은 모두 땅바닥에 널브러진 채 몸을 한 덩어리로 오그라뜨리면서 신음만 토해냈다!

그나마 엽영안은 무술을 조금 하는 것 같았다. 그 와중에도 사력을 다해 꿈틀거리더니 이를 악물고 일어났다. 그러나 상반신이 이미 뻣뻣하게 굳은 터라 잘 움직이지는 못했다. 그저 석고를 붙인 듯 단단하게 굳어진 고개를 간신히 돌리면서 씩씩거릴 뿐이었다.

"개자식들, 어디 두고 봐라! 조상 팔대八代까지 불알 까버릴 새끼들! 감히 내 코털을 건드렸어? 너희들 조심해."

그러자 임계발이 소름끼치는 웃음을 터트리면서 독수리 부리 같은 손으로 엽영안의 멱살을 움켜잡았다. 이어 서슬 푸른 비수를 명치끝에 바싹 갖다대고는 쓱 그어버리는 시늉을 했다.

"우리 나리의 질문에 고분고분 대답해. 겁 없이 까불었다가는 끽소리 못하고 개죽음당할 줄 알아! 알았어?"

왕이열도 내친김에 호통을 쳤다.

"낮에 운하를 통과하는 선대船隊를 봤지? 우리는 흠차로 나오신 열다섯째황자마마를 호위하는 사람들이야."

왕이열은 뒤이어 고개를 돌려 두 눈에 시퍼렇게 날을 세우고 있는 노씨를 보면서 덧붙였다.

"이자들은 그야말로 인두겁을 쓴 짐승들이오! 우리가 입수한 정보에 의하면 그대의 금쪽같은 아들딸을 광주에 데려다 코쟁이들에게 팔아넘기려고 음모를 꾸미고 있었소. 아들은 뼈를 묻기 전에는 나올 수 없다는 공사장에 팔아먹고 딸은 코쟁이의 노리갯감으로 넘긴다고 하오. 그래도 괜찮겠소?"

노씨는 분노에 차 온몸을 떨었다. 그리고는 뻘겋게 충혈된 매서운 눈빛으로 한참 동안 엽영안을 노려보더니 물었다.

"이 사람아, 이분의 말씀이 모두 사실인가? 그동안 나는 우리 식구는 굶어죽게 생겼어도 자네의 도박 빚은 꼬박꼬박 갚아줬는데……. 은공을 이런 식으로 갚아도 된다는 말인가?"

엽영안은 그러나 시치미를 떼며 발뺌을 했다.

"이봐요, 매형! 제가 아무리 망나니기로서니 어찌 조카들을 팔아넘기는 포악무도한 짓을 꾸밀 수 있겠습니까?"

이번에는 노씨의 부인이 아들딸의 부축을 받으면서 힘겹게 다가왔다. 평소의 소행으로 보아 자신의 아우를 믿을 수 없다는 표정이 얼굴에 그득히 서려 있었다. 그녀는 아이들의 손을 뿌리치고 엽영안을 덮치려 했다. 하지만 맥이 풀려 힘없이 그 자리에 주저앉고 말았다. 그리고는 땅을 치고 가슴을 쥐어뜯으면서 통곡을 하기 시작했다.

"아이고, 하늘이시여……! 어찌 이리도 무심하십니까? 저 자식……, 저 짐승보다 못한 자식을…… 왜 일찌감치 십팔층 지옥으로 처넣지 않으시는 겁니까! 네놈은 큰누이, 셋째누이를 잡아먹더니 이제는 다 죽어가는 병신누이까지 잡아먹지 못해 안달인 게냐? 이런 짐승 같은 놈아! 인두겁이 아깝다, 아까워! 이 꼴 저 꼴 보지 말고 죽어버렸어야 했는데……."

혜아 남매의 충격도 이루 말할 수 없는 듯 분노와 슬픔으로 얼굴이 잔뜩 일그러졌다. 그러다 사내아이가 갑자기 쏜살같이 주방으로 달려갔다. 이어 칼을 들고 나와 다짜고짜 엽영안에게 덮쳐들었다.

"어쩐지 처음에는 덕주로 간다고 했다가 또 갑자기 광주로 간다고 말을 바꾼다 싶었어! 뭐? 광주가 덕주에서 십 리 길밖에 안 된다고? 월 스무 냥 은자는 떼어 놓은 당상이라고? 비단을 두르고 호의호식할 수 있다는 게 고작 양인들에게 팔아넘기는 거였어? 이런……, 개보다 못한 자식! 그러고도 네가 우리 외삼촌이냐?"

아이는 무섭게 칼을 휘두르면서 엽영안에게 달려들었다. 그러나 이내 임계발에게 손목이 잡혀버리고 말았다. 옹염이 분부를 내렸다.

"왕소오는 우리가 투숙한 객잔으로 가서 아역의 책임자를 불러

와!"

그러자 사효조라는 자가 부스스 일어나더니 비뚤어진 입을 놀리기 시작했다.

"그래, 좋아! 우리 편이 오면 네놈들은 박살이야, 박살!"

사효조의 발악이 계속 이어지려 할 때였다. 밖에서 웃고 떠드는 인기척이 들려왔다. 이어 누군가가 문을 밀고 들어서면서 말했다.

"이봐, 이래도 되는 거야? 우리한테는 얼어붙은 부두에서 기다리라고 해 놓고 자네들은 손난로를 껴안고 앉아 세월아 네월아 하고 말이야. 의리는 밥 말아먹은 사람들!"

"잘 왔어, 전錢씨!"

갑자기 엽영안이 목청을 높였다.

"어서 아문에 달려가 보고해. 여기 비적들이 떴어!"

전씨라는 사람은 엽영안의 말을 듣고서야 비로소 땅바닥에 쓰러져 꼼짝 못한 채 신음하고 있는 동료 두 명을 발견했다. 이어 얼른 몸을 돌려 문을 박차고 나가려고 했다. 그러나 임계발의 손이 더 빨랐다. 바로 그의 뒷덜미를 낚아챈 것이다. 그러나 전씨는 어느새 미꾸라지처럼 빠져나가더니 펄쩍 뛰면서 고함을 질렀다.

"이거 진짜 잘못 걸려들었네. 비적들이 떴다! 오성귀吳成貴, 전대발田大發……, 어서 우리 사람들을 불러!"

저만치에서 뒤따라오던 두 사내는 그제야 전씨의 말이 농담이 아니라는 사실을 알아차리고 걸음아 나 살려라 하고 도망을 갔다. 곧이어 귀신이 울부짖는 듯한 괴성도 들려왔다.

"노씨의 가게에 도둑이 들었다! 도둑 잡아라!"

고즈넉하던 마을은 삽시간에 발칵 뒤집혔다. 대문이 삐걱대는 소리를 비롯해 개 짖는 소리가 사방에서 들려오는가 싶더니 멀리서 야경꾼들이 징을 치는 소리가 자지러지게 울려 퍼지기 시작했다…….

방안에서는 잠시 무거운 침묵이 흘렀다. 임계발이 먼저 입을 열어 침묵을 깼다.

"이 화냥년의 새끼들이 아문과 내통하고 있는 게 분명합니다. 호한好漢은 눈치를 보는 게 아니라고 했습니다. 저하고 왕소오가 남아서 뒤처리를 할 테니 두 분께서는 먼저 가십시오. 우리 선대는 물을 거슬러가기에 아직 멀리 가지 못했을 겁니다. 충분히 따라붙을 수 있습니다!"

왕이열이 나섰다.

"우리는 길이 익숙하지 않아 자신이 없네. 자네 둘이 가서 배를 따라잡도록 하게. 나는 마마를 호위하고 여기서 버티고 있겠네. 얼른 다녀오게. 설마 저자들이 우리 몸에 손이야 대겠나!"

왕소오가 자신감 넘치는 어조로 말했다.

"제가 혼자 다녀오겠습니다! 임형은 여기 남아 두 분의 신변을 지켜드려야 할 것 같습니다. 내일 우리 사람들이 당도할 때까지만 버텨주십시오. 개자식들, 가만 두지 않겠다!"

일행이 잠시 승강이를 벌이는 사이에 옹염이 드디어 결정을 내렸다.

"그래, 그러면 왕소오 혼자 다녀와!"

왕소오는 옹염의 허락이 떨어지기 무섭게 바로 문을 박차고 나갔다. 이렇게 해서 양측의 팽팽한 대결은 불가피해졌다. 각자 자신의 무리들을 불러오기로 한 것이다. 그러다 보니 중간에서 영문을 몰라 어안이 벙벙해진 것은 노씨 일가였다. 양쪽이 모두 살기등등한 눈빛으로 상대방을 쏘아보고 있으니 이러다가 자신의 집이 전쟁터로 변해버릴지도 모른다는 두려움이 엄습해오는 모양이었다. 노씨가 한참 후겨우 사정하듯 한마디를 내뱉었다.

"어르신들, 서로 반목하는 까닭은 잘 모르겠으나 제발 고정하시면 안 되겠습니까? 저희처럼 하루살이 신세인 가난뱅이들은 어르신들이 여기서 이러고 계시는 것이 참으로 불안하고 부담스럽습니다. 다들 귀하신 분들 같은데 대체 뭘 하시는 분들인지요?"

옆에 있던 혜아가 불안해하는 아버지를 달랬다.

"아버지, 염려하지 마세요. 이 귀공자 분을 좀 보세요. 저하고 나이가 비슷해 보이잖아요. 이 나이에 산중의 대왕大王일 리는 만무하잖아요? 이들이 비적이라면 아문에서 나온다는데 겁 없이 기다리고 있을 수 있겠어요?"

엽영안이 그러자 욕지거리를 해댔다.

"야, 이 썩어문드러질 계집애야! 네가 뭘 안다고 함부로 주둥이를 나불거려? 못된 송아지 엉덩이에 뿔난다더니 계집애가 상판대기 반반한 건 알아 가지고! 이자들은 틀림없이 강양江洋 대도들이야. 방금 나간 자는 무리들을 대피시키러 간 거고! 네년이 꽤 쓸 만해 보이니 어떻게든 꾀어서 산채山寨로 데려가려는 수작이 뻔하거늘 되레 이것들의 편을 들어? 에라, 이 등신 같은 년아!"

그러나 혜아는 이미 엽영안의 거친 욕설에는 익숙해진 듯 흥! 하고 콧방귀를 뀌었다. 그리고는 별꼴 다 본다는 듯 힐끗 흘겨보면서 대꾸했다.

"글쎄요? 내가 보기에는 외삼촌 쪽이 나쁜 사람들 같은데요?"

쌍방은 서로 눈을 부라리고 노려보면서 때만 기다렸다. 이렇게 해서 노씨의 가족까지 열 사람이 작은방에 비좁게 들어앉아 부르러 간 일행이 오기를 기다리고 있었다. 일각이 여삼추 같았다.

시간이 얼마나 지났을까. 밖에서 사람소리가 요란하게 들려오기 시작했다. 횃불과 등롱이 어둠을 대낮처럼 밝혔다. 대충 어림잡아도 가게를 둘러싼 무리가 200여 명은 되는 것 같았다. 바깥이 너무 밝으니 되레 방안이 어둡게 느껴질 정도였다.

"창문의 문판^{門板}을 전부 거둬주시오."

옹염은 막상 위기에 직면하고 보니 오히려 차분하고 대담해진 듯 침착하게 분부했다. 이어 조용히 말을 이었다.

"노씨, 초가 있으면 몇 개 더 가져다 불을 밝히시오. 사부님은 나서서 저자들과 담판을 지으세요. 필요하다면 사부님의 신분을 밝히세요."

왕이열은 긴장감으로 온몸이 식은땀으로 후줄근하게 젖었다.

'이자들이 이성을 잃고 쳐들어오기라도 한다면? 어둠 속에서 물불 가리지 않는 접전이 벌어진다면 수적으로 열세에 처한 우리 쪽이 불리해질 건 당연해. 자칫 끔찍한 사고로 이어질 수도 있어. 만에 하나 황자마마께 무슨 일이라도······.'

왕이열은 그렇게 생각하자 앞으로 닥칠 상황을 상상하기조차 두려웠다. 다행히 아문의 그늘에서 아쉬운 것 없이 고이 밥만 축내온 아역들은 안에 비적들이 있다는 말에 감히 쳐들어올 엄두를 못 내고 있었다. 그저 밖에서 고함을 지르면서 떠들어대는 게 고작이었다.

노씨는 옹염의 지시대로 창문에 끼웠던 문판을 걷어냈다. 이어 자그마한 방안에 대여섯 개의 굵직한 촛불을 더 밝혔다. 방안은 금세 대낮처럼 환해졌다. 옹염은 촛불 빛을 한 몸에 받으면서 가운데 정좌해 있었다. 그 모습에서는 감출 길 없는 용자봉손의 기백이 흘러넘쳤다. 왕이열은 위험에 직면한 뒤 오히려 당당하고 담대해진 그런 옹염의 모습을 보면서 내심 감복해마지 않았다. 자신도 모르게 감탄사가 터져 나왔다.

얼마 후 그는 옹염을 향해 정중히 예를 갖춰 인사를 하고는 천천히 가게 문을 열고 나왔다.

순간 바깥의 소란이 뚝 멈췄다. 수백 쌍의 시선이 왕이열의 얼굴에 집중됐다. 기침소리 하나 들리지 않는 고요한 정적을 깨고 왕이열이 천천히 입을 열었다.

"나는 북경 한림원의 편수 왕이열이라는 사람이오."

왕이열은 우선 자신의 신분부터 밝혔다. 이어 다시 말을 이었다.

"건륭 삼십육 년에 이갑二甲 장원으로 진사에 합격했소."

순간 사람들 속에서 가벼운 소동이 일어났다. 모두들 눈이 휘둥그레져 자신이 지금 무슨 소리를 들었는지 믿기 어려운 듯했다. 왕이열이 그들의 의혹을 불식시키려는 듯 큰 소리로 말을 이었다.

"이 자리에 창주 지부와 현령이 있으면 나와 보시오!"

왕이열은 같은 말을 몇 번이나 반복했다. 그러나 응답하는 이는 아무도 없었다. 무리들이 서로를 번갈아 보면서 고개를 절레절레 젓고 있을 때였다. 누군가 째지는 목소리로 소리쳤다.

"우리 고高 지부는 지금 유劉 과부의 집에서 달콤한 꿈나라에 빠져 있을 걸요?"

좌중의 아역들은 그 말에 와자지껄 폭소를 터트렸다. 누런 이를 드러내고 바보처럼 웃는 이가 있는가 하면 수화곤水火棍을 짚고 서서 흐느적거리는 이들도 있었다. 일촉즉발의 험악한 분위기는 웃음소리와 함께 깡그리 날아가 버렸다.

그러자 방안에서 땅바닥에 엎드려 있던 사효조가 마구 욕지거리를 해댔다.

"이봐 은수청殷樹靑, 은 막료! 내가 지금 이 지경이 돼 있는데 웃음이 나와? 도대체 도둑을 잡으러 온 거야, 놀러 온 거야?"

사효조의 호통이 이어지는 동안에도 몇몇 아역들은 입을 감싸 쥔 채 계속 키득거렸다. 그때 무리들의 뒤에서 누군가의 고함소리가 들려왔다.

"우회청尤懷淸, 몇 사람 데리고 쳐들어가!"

그 목소리가 기폭제가 된 것일까? 삽시간에 폭탄이라도 터진 듯 소동이 벌어졌다. 아역들은 저마다 소매를 걷어붙이고 칼과 몽둥이를 휘두르면서 다투어 쳐들어가겠다고 나섰다. 조금 전과는 전혀 다른 기세등등한 모습들이었다.

"어떤 놈이 감히 쳐들어와!"

임계발이 벼락 치듯 고함을 지르면서 사효조를 움켜잡고는 솜뭉치 내던지듯 홀쩍 밖으로 내던졌다. 이어 후줄근한 쌀자루처럼 맥없이 무너지는 사효조의 등허리를 움켜잡아 일으켜 세우고는 다시 입을 열었다.

"다들 귀 후벼 파고 잘 들어! 나는 열다섯째황자마마의 수행 호위야! 너희들의 대장이 누구냐? 떨거지들과는 볼일이 없으니 주관主官을 내보내라고! 멸문지화를 당하고 싶은 자가 있으면 나서보란 말이야!"

임계발의 서슬에 아역들은 감히 쳐들어올 엄두를 못 내고 서로 밀고 밀치면서 비실비실 뒷걸음질을 쳤다. 그때 시간이 흘러 임계발에게 잡힌 혈도穴道가 저절로 풀린 탕환성이 갑자기 벌떡 일어나 바깥으로 뛰쳐나왔다. 그리고는 두 팔을 휘저으면서 악에 받쳐 외쳤다.

"우리 염정사鹽政司에서는 비적 한 놈 생포하는 데 은자 삼천 냥씩을 상으로 내릴 것이다. 용감한 자에게만 운이 따르는 법이다! 이 세 놈을 빼고 부두로 나간 연락책이 한 놈 더 있다. 그놈을 잡아오는 자에게는 오천 냥, 오천 냥을 상으로 내릴 것이다!"

탕환성의 말이 끝나기 무섭게 돈독이 오른 200여 명의 무리들이 갑자기 괴성을 질렀다. 동시에 조수潮水처럼 물밀 듯이 가게 안으로 밀려들었다. 순식간에 방안의 등촉이 일제히 꺼지더니 사방은 암흑 천지가 되고 말았다. 다급해진 옹염이 큰 소리로 왕이열을 불렀다.

"사부님! 어디 있어요, 사부님?"

하지만 목청이 터지도록 불러도 옹염의 목소리는 와자지껄하게 터져 나오는 함성에 묻혀 하나도 들리지 않았다. 대신 쾅쾅! 우당탕! 창문을 부수고 기물을 때려 엎는 소리만 높아 갔다. 옹염은 가슴이 벌렁거렸다. 그는 인파를 헤치며 몇 번이고 문 쪽으로 다가갔다. 그러나 번번이 다시 밀려 제자리로 돌아오고 말았다.

옹염이 경황이 없어 갈팡질팡하고 있을 때였다. 누군가 그의 팔을 덥석 붙잡았다. 임계발이었다. 곧 그가 옹염의 귓전에 대고 나직이 말했다.

"제가 있으니 두려워하지 마십시오. 뒷문으로 빠져나가시죠."

옹염이 미처 대답하기도 전에 임계발은 한 손으로 그의 허리를 감았다. 이어 옆구리에 끼고는 빠르게 자리를 떴다. 이래저래 놀란 옹염은 그저 귓전을 쌩쌩 스쳐지나가는 바람소리를 들으며 구름 속을 지나가는 느낌이었다. 머리가 어지러워 한참이나 눈을 꼭 감고 있었다. 정신을 차려보니 어느새 가게를 뒤로 한 어느 곳에 도착해 있는 것 같았다.

"횃불은 폼으로 들고 있어? 샅샅이 뒤져! 길목에 나가 지키고 사방에 사람을 풀어 추격해!"

노씨의 집 마당에서 들려오는 고함소리는 완전히 악에 받쳐 있었다. 임계발이 그 소리를 듣더니 말했다.

"여기는 오래 있을 곳이 못됩니다."

임계발이 사방으로 흩어졌던 횃불이 점점 포위망을 좁혀오는 걸 보고는 나직이 분통을 터트렸다.

"저것들이! 집에 불까지 질렀네요. 타죽은 시체라도 건지겠다는 심산인 모양인데……."

옹염은 임계발이 가리키는 방향을 쳐다봤다. 과연 노씨의 가게에서 불길이 치솟기 시작했다. 거센 불길은 이미 처마 밑에까지 올라가 혀를 날름거리고 있었다.

"노씨가 무슨 죄가 있다고 애꿎은 가게를 불살라?"

옹염은 치가 떨리는지 주먹을 불끈 쥐었다. 임계발이 즉각 말을 받았다.

"황자마마께서는 심궁에만 계셔서 바깥세상이 얼마나 무법천지인지 모르실 겁니다. 마마께 방화죄를 덮어씌우려는 심산일 수 있습니다. 탕아무개가 후한 은자를 상으로 내린다고 했으니 저리 미쳐 날뛰는 거겠죠."

옹염과 임계발 두 사람은 높낮이가 일정치 않은 황야를 동서남북 분간할 겨를도 없이 계속 내달렸다. 숨이 턱에 차 헐떡이면서 그렇게 한 시간쯤 달렸을까? 임계발이 뭔가 이상한 듯 주위를 두리번거리더니 낙심천만한 듯 그 자리에 털썩 주저앉았다.

"마마……! 이를 어쩌면 좋습니까? 밤길을 정신없이 달리다보니 제자리로 돌아와 버리고 말았습니다. 저기가 전씨 객잔이고 연통煙筒에 연기가 나는 곳이 노씨의 집이지 않습니까?"

임계발의 말대로 과연 빙빙 돌아 다시 원점으로 돌아온 것이 분명했다. 옹염은 그제야 제정신이 드는지 숨을 헐떡이면서 주위를 둘러봤다. 임계발의 말대로 그들은 제자리로 돌아와 있었다. 그 사이 눈이 제법 내려 집집마다 지붕이 온통 흰 눈을 뒤집어쓰고 있었다. 낮에도 눈길을 걷다보면 헷갈릴 수가 있는데 밤중에, 그것도 허둥지둥

쫓기는 와중이었으니 길을 잘못 들 수 있었다.

그 순간 찬바람이 불어와 옹염의 뒷덜미를 훑고 들어갔다. 그러자 끈끈한 식은땀이 더욱 차갑게 느껴졌다. 그는 갑자기 얼음물에 빠진 듯 온몸에 오싹한 한기를 느꼈다. 온몸이 사시나무 떨듯 심하게 떨렸다. 마을에서는 아직도 개 짖는 소리가 요란했다. 쾅, 쾅, 쾅 하고 어느 집의 대문 두드리는 소리도 심심치 않게 들려왔다.

옹염은 점점 심하게 떨리는 가슴을 부여잡은 채 걱정스러운 얼굴로 입을 열었다.

"정신이 없어서 사부님을 챙기지 못했어⋯⋯. 포박을 당해도 열두 번은 당했을 테지? 왕소오는 또 어찌 됐는지⋯⋯."

임계발이 잠시 침묵에 잠겨 있다가 입을 열었다.

"왕 사부는 틀림없이 붙잡혔을 것 같습니다. 상금 오천 냥을 걸었으니 왕소오도 위태로울 것 같습니다."

임계발이 잠시 말을 멈췄다가 다시 이었다.

"강호 바닥에서 이십 년을 넘게 휩쓸고 다녔어도 이런 경우는 처음입니다. 저것들은 과연 멸문지화를 입는 것도 두렵지 않다는 뜻일까요?"

옹염이 두 팔을 쓸어내리면서 말했다.

"그러니 아랫것들이 얼마나 무법천지인가! 은자, 오로지 은자만 챙길 수 있다면 아비도 팔아먹을 세상이군! 지금쯤은 우리를 놓쳐서 저희들끼리 난리가 났을 거야. 이곳 현령은 평이 괜찮은 것 같던데, 날이 밝으면 뭔가 해결의 실마리가 보이겠지."

옹염은 목을 잔뜩 움츠린 채 두 팔을 감싸 안고 덜덜 떨고 있었다. 그 모습이 황자라고 하기에는 참으로 초라했다. 임계발은 일부러 그의 그런 모습을 외면했다. 그리고는 주위를 유심히 살피고는 서북쪽

어딘가를 가리켰다.

"저쪽에 천막이 있는 것 같습니다. 바람막이라도 될 수 있을 것 같은데 저리로 가시죠."

옹염은 그러나 대답 없이 그 자리에 천천히 주저앉기 시작했다. 마치 햇볕에 녹아내리는 눈사람 같았다. 그러더니 갑자기 아무 소리도 없이 땅바닥에 쓰러지고 말았다!

"마마, 열다섯째마마!"

임계발이 크게 놀라 비명을 지르면서 옹염에게 다가갔다. 동시에 그의 몸을 가볍게 흔들어봤다. 이어 인중을 누른 다음 맥을 짚어보고는 연신 물었다.

"괜찮습니까? 왜 그러십니까?"

임계발은 몹시 당황한 듯 눈물까지 보였다. 이어 다시 다급하게 외쳤다.

"눈을 좀 떠 보십시오, 마마……!"

임계발이 눈물을 찔끔거리면서 간절히 들여다보자 옹염이 조금씩 움직이기 시작했다. 동시에 희미한 소리로 대답했다.

"학질이…… 재발한 것 같네. 왜 하필이면 지금……?"

임계발은 그나마 옹염이 말이라도 할 수 있어서 다행이라고 생각했다. 안심이 된 그는 옹염의 귓가에 대고 말했다.

"제가 안고 천막 안으로 들어가겠습니다. 그리고 어떻게든 마을로 들어가 약을 구해보겠습니다."

임계발이 말을 마치자마자 옹염을 번쩍 쳐들더니 그대로 안은 채 성큼성큼 천막으로 다가갔다. 그가 천막 앞에 미처 도착하기도 전이었다. 갑자기 안에서 고함소리가 들려왔다.

"누구야? 감히 한 발짝이라도 들여 놓았다가는 이 가위에 찔릴 줄 알아!"

임계발은 안에 사람이 있으리라고는 전혀 생각지 못했던 터라 흠
칫 놀라 뒷걸음질을 쳤다. 그러나 어쩐지 귀에 익은 목소리라 부드러
운 목소리로 물었다.

"혹시 혜아냐? 너 왜 여기 있어?"

"누군데요?"

"나는…… 저녁에 너희 가게에서 칼국수를 먹었던 사람이야!"

"그런데 안고 있는 건 뭐예요?"

"아! 우리 주인이셔. 날도 추운데 설상가상으로 학질까지 도지셨
어……."

혜아가 잠시 생각하더니 문을 열어줬다.

"그럼…… 들어오세요……."

혜아가 들어가 있던 곳은 농사꾼들이 가을에 추수를 하면서 망을
보기 위해 지어놓은 농막農幕이었다. 옥수숫단을 '인'人자 형으로 쌓고
안에는 볏짚을 두텁게 펴놓은 곳이었다. 춥기는 마찬가지였으나 그나
마 바람이라도 막을 수 있어 바깥보다는 훨씬 나았다.

임계발은 옹염을 조심스럽게 구석에 뉘였다. 그리고는 구석구석 유
심히 살피면서 바람이 파고드는 곳에 볏짚을 쑤셔 넣었다. 동시에 자
신의 솜옷을 벗어 이불 삼아 옹염에게 덮어주었다.

"당장 어떻게 할 수도 없군. 어디서 따뜻한 물 한 잔이라도 구할 수
있으면 좋을 텐데……."

혜아가 한 걸음 물러서서 임계발의 행동을 유심히 지켜보더니 한
참 후에 물었다.

"댁들은 대체 뭘 하는 사람들이에요? 지금 진내에서는 세 사람을
잡는다고 집집마다 수색을 하고 있어요. 착한 사람들이라면 어찌 아

문에서 나서서 잡으려고 하는 거예요? 저들의 말대로 나쁜 사람들이라면 어째서 멀리 도망가지 않고 계속 여기 있는 건지……?"

임계발이 즉각 설명을 했다.

"아문에서 붙잡으러 다니는 사람이라고 모두 다 나쁜 사람인 줄 알았어? 솔직히 너의 창주 지부는 우리 주인나리의 진짜 신분을 알고 나면 고양이 앞의 쥐 신세가 될 거다! 그 이유는 차차 알게 될 테지만……. 사실 너희들이 아니었다면 이런 일도 없었을 거다."

"그쪽이 아니었다면 우리도 이 엄동설한에 집도 절도 없이 밖으로 내몰리지 않았을 거예요."

혜아가 한숨을 내쉬면서 말을 이었다.

"아문에서 우리 아버지를 비적들과 내통했다고 포박해서는 끌고 갔어요. 집도 잿더미가 됐고요. 오라버니는 엄마를 업고 어디로 도망 갔는지 모르겠어요. 여기도 날이 밝으면 안전한 곳이 못 돼요."

임계발이 입술을 지그시 깨물었다.

"날이 밝으면 두려울 게 없어. 우리 사람들이 들이닥치면 저것들은 뼈도 못 추리게 될 테니까! 지금 당장은 우리 주인나리가 큰일이야. 따끈한 물이라도 좀 마시면 훨씬 나을 텐데……."

혜아는 아무런 말이 없었다. 임계발도 달리 방책이 없었다. 이런 상황에서 어디 가서 더운물을 얻어온다는 말인가? 잠시 입을 다물고 있던 혜아가 조금 망설이는가 싶더니 곧 밖으로 나갔다. 임계발이 다급히 물었다.

"어디 가는 거냐?"

혜아가 대답했다.

"숨소리가 너무 거칠고 무거워요. 발열이 심한 것 같아요! 아까는 경황이 없어서 몰랐는데 지금 생각해보니 우리 양아버지도 학질을 앓고 계세요. 양어머니, 양아버지 댁이 그리 멀지 않거든요. 제가 가서 물이라도 얻어올게요. 약이 있으면 더 좋고……. 혹시 제가 가서 고자질이라도 할까봐 그러세요? 믿지 못하겠으면 같이 가요."

임계발이 만져보니 옹염의 이마는 과연 불덩이처럼 뜨거웠다. 가슴이 세차게 오르내리면서 호흡도 갈수록 가빠지고 있었다. 이대로 두면 조만간 큰일이 날 것 같았다. 임계발은 결단을 내린 듯 이를 악물면서 혼수상태에 빠져 있는 옹염에게 말했다.

"도련님, 제가 안고 진내로 들어가겠습니다. 염려하지 마십시오. 누가 감히 도련님의 털끝 하나라도 건드렸다가는 제가 이 한 목숨 걸고 그자들과 진검승부를 벌이겠습니다!"

말을 마친 임계발이 자신의 솜옷으로 옹염을 꽁꽁 감싼 뒤 번쩍 들어올렸다. 옹염은 임계발의 어깨에 맥없이 머리를 기댄 채 짧은 신음소리를 토해냈다.

"좀 어떠세요?"

임계발이 다급히 묻자 옹염이 겨우 한마디를 입에 올렸다.

"머리가 터질 것처럼 아프네……."

옹염은 그 말을 마치고는 다시 고개를 툭 떨어뜨리고 말았다. 임계발은 다급한 마음에 혜아를 따라 성큼성큼 진내로 걸음을 옮겼다.

임계발은 길눈이 밝은 혜아를 따라 한참 눈길을 걸어갔다. 얼마 후 어느 집 앞에 다다랐다. 토담이 낮은 초가집이었다. 걸음을 멈추고 문틈에 눈을 바짝 붙이고 안을 들여다보던 혜아가 나지막이 말했다.

"양아버지는 벌써 일어나셨네요. 하기야 주인집 소를 사육해야 하니 지금쯤 일어날 때도 됐어요."

임계발이 문을 두드리라는 식으로 턱짓을 했다. 혜아가 그러자 작은 주먹을 들어 조심스레 문을 두드렸다. 안에서 인기척이 없자 조금 더 힘을 줘 두드렸다. 드디어 안에서 한 노인이 중얼거리면서 문을 열었다.

"밤새 잠도 못 자게 문을 두드려대더니 또 새벽부터 난리로군! 거 누구요?"

혜아가 한쪽에 비켜 서 있다가 조용히 말했다.

"아버지……, 저예요. 혜아."

노인은 그제야 혜아를 알아본 듯했다.

"너희 집에 도둑이 들었다면서? 안 그래도 너의 외삼촌이 너를 찾으러 방금 다녀갔다. 헌데 저 사람은 누구냐?"

"들어가서 말씀드릴게요."

혜아가 다짜고짜 임계발을 잡아끌고 안으로 들어갔다. 임계발은 서둘러 따끈한 아랫목에 옹염을 내려놓았다. 혜아가 임계발에게 말했다.

"이분은 저의 양아버지예요. 성은 황씨, 이 마을에서는 황칠黃七이라고 불러요. 전씨 객잔에서 수레를 몰아주는 일을 하고 있죠. 아버지, 일찍 일어나셨네요? 벌써 소꼴 먹일 시간이 됐어요? 이 두 나리는 북경에서 오신 손님들이에요. 어젯밤 도둑들을 만나 우리 집에 왔었는데……. 자초지종을 말씀드리자면 길어요. 지금 이분이 학질이 도져서 고생하는데 따끈한 국물이라도 있으면 한 그릇 데워주세요. 없으면 물이라도 좋아요. 아버지께서 드시던 약이 있으면 더 좋을 텐데……. 날이 밝으면 여기를 뜰 거예요."

황칠이 주름이 자글자글한 얼굴로 두 사람을 한참 동안 뜯어봤다. 그러더니 천천히 입을 열었다.

"여기 뜨거울 정도로 따끈한 아랫목에 뉘이고 이불을 덮어 땀을 쫙 빼야 하느니라. 이 병은 화타華佗(중국 제일의 명의)가 다시 살아 돌아온다고 해도 어찌할 도리가 없는 병이다. 너의 외삼촌은 너만 찾으면 떠날 거라면서 발을 동동 구르다가 갔다. 너를 찾든 못 찾든 곧 떠날 거라고 하더라. 요즘 세상에는 마적이니 관부官府니 선교사들이니 어디 하나 믿을 구석이 있어야지. 하는 짓거리들을 보면 대체 호인, 악인을 구분 짓기가 어렵단 말이야. 강희황제 때는 참으로 태평스러웠는데, 어디 이런 경우가 있었겠어? 휴! 말세가 오려나봐⋯⋯."

황씨가 신나게 중얼거리더니 곧 땔감을 가지러 밖으로 향했다. 새벽부터 일어난 일이 심상찮은 듯 고개를 갸웃거렸다.

엽영안이 혜아를 못 찾아도 이곳을 뜰 거라는 말에 임계발과 혜아는 적이 놀랐다. 그러나 지금은 그 일에 대해 깊이 생각할 여유가 없었다. 혜아는 옹염의 이불깃을 여며주고 일어나서는 아궁이에 불을 지펴 물을 끓이고 약을 달이기 시작했다. 이어 마음씨 좋아 보이는 황칠의 부인이 달걀찜과 담백한 칼국수 한 그릇을 가져왔다. 방안에는 어느새 훈기가 돌기 시작했다.

옹염은 따끈한 아랫목에서 솜이불을 두껍게 덮고 있으면서도 이빨까지 딱딱 부딪쳐가면서 부들부들 떨었다. 두통이 극심한 듯 가끔 얼굴이 고통으로 일그러지기도 했다. '아바마마'에 이어 '어마마마'를 부르는가 싶더니 '사부님'까지 애타게 찾으면서 헛소리를 했다. 그 사이 약이 다 끓었다.

임계발이 조심스레 옹염을 흔들어 깨웠다. 이어 겨우 눈을 뜬 옹염을 일으켜 약을 먹였다. 또 억지로 칼국수도 두어 가락 빨아들이게 했다. 그리고는 다시 이불을 덮고 한참 더 누워 있게 했다. 그러자 옹염의 혈색은 눈에 띄게 좋아지기 시작했다. 숨소리도 훨씬 고르게 변해갔다.

옹염은 거의 세 시간 남짓이나 땀을 흘리며 푹 잤다. 그리고 나서야 정신이 드는지 실눈을 뜨고 주위를 살피더니 입을 열었다.

"인정자……, 여기는 대체 어디인가? 오! 혜아도 있네?"

임계발은 그제야 안심한 듯 크게 한숨을 내쉬면서 밝게 웃었다.

"도련님, 염려하지 마십시오. 좋은 분들을 만나셨으니 다른 생각은 마시고 푹 쉬십시오."

옹염이 고개를 끄덕였다.

"나의 감합勘合과 도장, 그리고 상주문이 모두 전씨 객잔에 있어. 어떻게든 찾아와야 할 텐데……. 악인들의 수중에 들어가는 날에는 큰일이야."

그때 갑자기 밖에서 거친 발걸음소리가 들려왔다. 혜아가 냉큼 몸을 일으켰다. 이어 경계 어린 눈빛으로 창밖을 내다봤다. 순간 그녀의 낯빛이 창백하게 질렸다.

"우리 외삼촌이에요! 어쩌죠?"

18장

열다섯 살의 열다섯째황자

마당에 들어선 사람은 과연 엽영안이 틀림없었다. 그리고 뒤따라 들어오는 한 사람이 더 있었다. 그 사람은 발을 탕탕 구르고 몸에 묻은 눈을 털어 내면서 구시렁거렸다.

"나 초삼肖三이 평생 오호사해五湖四海의 부두를 주름 잡고 다녔어도 이렇게 상갓집 개꼴이 되기는 처음이야. 천하의 초삼이 이렇게 엉성한 놈들을 만나 쫓기는 신세가 되다니⋯⋯!"

앞에서 눈을 털던 엽영안 역시 인상을 찌푸리며 투덜거렸다.

"이봐요 초삼 나리, 냉수 마시고 정신 차리세요! 지금 나를 탓할 때요? 홍과원에서 그런 사달만 생기지 않았어도 팔인대교를 대령한들 내 발뒤꿈치도 못 따라올 초 나리 아니오? 그런데 이번 일은 내 탓도 초 나리 탓도 아니오. 다 그놈의 탕환성이 범인을 잡아야 한다면서 끝까지 우기는 바람에 이렇게 됐지."

엽영안이 말을 마치고는 문고리를 잡으려고 손을 내밀다 입을 딱 벌린 채 그만 그 자리에 굳어지고 말았다. 안쪽에서 소름끼치는 냉소를 지으며 그를 노려보는 임계발을 발견했던 것이다!

"이래서 원수는 외나무다리에서 만난다고들 하지!"

임계발은 칼날 같은 눈빛으로 엽영안을 노려봤다. 그리고는 짧게 한숨을 쉬고는 조금 누그러든 어투로 말을 이었다.

"인두겁을 쓰고 어떻게 그런 짓을 할 수 있지? 성치 않은 몸으로 남의 집 삯빨래를 해가면서 아우의 도박 빚을 갚아준 누이의 은공을 갚지는 못할망정, 그런 식으로 갚는다는 게 말이나 되는 소리야? 아무리 돈독이 올라 눈에 보이는 게 없다고 해도 그렇지 생떼 같은 조카들을 은자 이천 냥에 팔아먹고 천벌이 무섭지도 않아? 그러고도 감히 우리를 비적으로 몰아세워?"

그런데 엽영안은 처음 노씨의 가게에서 봤을 때와는 달리 잔뜩 겁을 먹은 모습이었다. 매섭게 삿대질을 하면서 다가서는 임계발을 힐끗힐끗 훔쳐보는 눈빛에는 두려움도 가득했다. 양 볼의 근육을 실룩거리면서 뭐라고 말을 하려 했으나 아무 말도 하지 못했다. 주춤주춤 뒷걸음치더니 털썩 무릎을 꿇었다. 이어 자신의 왼뺨과 오른뺨을 번갈아 후려치면서 두서없이 용서를 빌었다.

"제발 목숨만 살려주십시오, 대인! 제발, 제발……. 이놈은 인간 말종입니다. 아니, 개새끼, 소새끼, 돼지새끼입니다……."

초삼은 그 광경을 멍하니 지켜보다가 뒤늦게 사태의 심각성을 깨달은 듯했다. "아이쿠! 잘못 걸렸어!"라고 중얼거리더니 즉시 도망을 가려고 돌아섰다. 그러나 몇 걸음 떼지 못하고 임계발에게 덜미가 잡혔다. 순간 그는 몸이 붕 떠오르는가 싶더니 저만치 나가떨어지고 말았다. 그리고는 X 먹는 개처럼 구석에 처박힌 채 벌벌 떨었다.

임계발은 끙끙거리는 초삼을 인정사정 봐주지 않고 땔감처럼 번쩍 들어 방안으로 끌고 왔다. 그 사이 엽영안은 혜아의 앞에 무릎을 꿇은 채 손이 발이 되게 용서를 빌었다. 뾰로통한 혜아가 고개를 돌리는 곳마다 무릎걸음으로 쫓아가 눈물콧물을 쥐어짰다.

"너에게 죽을죄를 지었구나. 도저히 용서가 안 되겠지만 한 번만 봐다오. 모든 걸 떠나서 나하고 너의 엄마가 친형제간이라는 점을 생각해서라도 제발 용서해다오. 처음부터 너희들을 해롭게 하려는 마음이 있었던 건 아니야. 잠시 나쁜 놈들의 꾐에 빠져 미쳤던 것 같아. 여기 이분은 귀인이시니 너만 이 외삼촌을 용서해준다면 이분도 나를 용서해주실 거야······."

엽영안은 급기야 무릎을 꿇고 이마를 쿵쿵 소리 나게 찧으면서 애걸복걸했다.

"혜아야······, 외삼촌이 나쁜 사람이 아니라는 건 너도 잘 알지 않냐! 네가 어릴 적에 삼촌이 목마를 태워 묘회廟會에도 데리고 가고 머리도 땋아줬던 거 기억 안 나니? 삼촌은 그놈의 아편에 손을 대면서 이렇게 패가망신의 수렁으로 빠져 들었단다. 제발 이 못난 삼촌을 한 번만 용서해다오!"

엽영안의 통사정은 어느새 효과를 보는 것 같았다. 뾰로통하던 혜아의 얼굴에 슬픈 표정이 떠오르기 시작한 것이다. 급기야 눈물이 볼을 타고 흘러내렸다.

"입 닥쳐! 그래도 죽기는 싫은가 보지? 사내가 돼 가지고 구질구질하게 목숨을 연명하면 죽는 것보다 나을 줄 알아? 아무튼 우리 주인께서 일어나시면 그때 봐!"

임계발이 혜아 대신 버럭 고함을 질렀다. 그리고는 초삼에게로 고개를 돌리며 눈을 부라렸다. 그런데 알고 보니 그는 바가지를 뒤집어

쓴 것처럼 머리카락이라고는 하나도 없는 대머리였다. 임계발이 어이
가 없는 듯 웃음을 터트렸다.

"이건 또 어느 절의 화상和尙이야? 왜? 절밥이 신물이 나서 기어 나
왔나? 화두話頭사냥도 아니고 사람사냥에 나선 걸 알면 부처님이 퍽
이나 대견해 하시겠다!"

초삼은 임계발의 비아냥거림에 아무 대꾸도 하지 않은 채 죽은 듯
이 바닥에 엎드려 있었다. 혜아는 그 꼴을 보자 터져 나오는 웃음을
억지로 참았다. 그때 옹염이 힘겹게 몸을 뒤척였다. 순간 혜아가 황
급히 다가가며 물었다.

"나리, 추우세요?"

"아니, 더워서 그래. 나를 일으켜서 앉혀주게. 그리고 물 좀……"

옹염의 말소리는 미약했다. 그러나 일어나려는 의지는 강했다. 하
지만 온돌을 짚은 그의 팔은 힘없이 후들거렸다. 혜아가 황급히 그를
부축하며 일으켜 앉혔다. 황칠이 얼른 마실 물을 가져왔다. 밤새 옹
염의 두 볼은 움푹 꺼져 있었다. 황칠이 그런 옹염을 안쓰러운 표정
으로 바라보면서 말했다.

"나도 같은 병을 앓아봐서 아는데, 지금은 갈증이 나고 냉수를 벌
컥벌컥 들이마시고 싶으실 겁니다. 그러나 당장은 시원하지만 곧 다
시 오한이 나고 더 힘들어집니다. 냉수 생각이 나더라도 따뜻한 물
을 많이 마셔야 합니다."

옹염이 고개를 끄덕이면서 혜아가 숟가락으로 떠 넣어주는 물을 달
게 받아 마셨다. 꿀물을 마신들 이보다 더 달콤하랴 싶었다. 이어 무
거운 겉옷을 벗어 던지고 단추를 두어 개 풀었다. 그래도 여전히 더
웠으나 혜아가 옆에 있어 차마 더 벗지는 못했다. 다행히 머리는 한결
맑아진 것 같았다. 그가 물 한 대접을 거의 다 비우고 나서 말했다.

"방금 어렴풋이 들었는데 너의 외삼촌이라는 자가 울고불고 용서를 구하느라 시끄럽더구나. 혜아야, 인간 말종이기는 해도 외삼촌을 살려줬으면 좋겠느냐, 아니면 벌을 주었으면 좋겠느냐? 어떻게 하면 너의 속이 편할 것 같으냐?"

혜아는 옹염의 말을 듣고 엽영안을 한참 동안 노려봤다. 그는 눈을 내리깐 채 마치 사형장에 끌려온 죄수처럼 사시나무 떨 듯 떨었다. 혜아는 외삼촌의 그런 모습을 바라보다 길게 한숨을 내쉬고는 천천히 입을 열었다.

"우리 엄마는 어디 있어요?"

사색이 된 채 퀭한 눈으로 혜아를 바라보던 엽영안이 황급히 대답했다.

"너의 어머니, 아버지와 오라버니는 모두 무사하셔! 방금 유 대인에게 불려갔어. 뭔가 불길한 예감이 들어서 우리는 먼저…… 도망쳐 나왔던 거야."

"방금 유 대인이라고 했나? 유용 말인가?"

옹염이 물었다.

"어…… 어르신. 유 대인의 관명은 모르겠습니다. 다만 덕주에서 흠차대신을 영접 나온 유 대인이라고만 했습니다."

"동행한 사람은 있었나?"

"그건 잘 모르겠습니다……. 창주 지부의 고高 태존과 위魏 현령도 함께 소환당한 걸로 알고 있습니다. 북경에서 대관大官이 행차하신 것 같습니다……."

유용 일행이 창주로 마중 나온 것이 틀림없었다. 옹염과 임계발은 그제야 크게 안도했다. 임계발이 말했다.

"도련님, 지금은 우선 안정을 취하셔야 하옵니다. 괜히 기운 빼가면서 이런 인간 말종과 얘기 나눌 필요 없습니다. 이런 놈은 살려둬 봤자 앞으로 선량한 사람들을 해코지하거나 할 뿐이니 이참에 깨끗하게 없애버리는 게 나을 것 같습니다!"

엽영안은 임계발의 말에 혼비백산했다. 급기야 혜아의 다리를 부둥켜안은 채 애걸복걸하기 시작했다. 혜아가 마음이 약해진 듯 옹염을 향해 얼굴을 붉히면서 나직이 말했다.

"하고 다니는 짓거리를 봐서는 삼촌이라고 부르기도 싫고 백번 죽는다 해도 슬플 것 같지도 않습니다. 생각하면 치가 떨리도록 분한 것도 사실입니다. 피 한 방울 안 섞인 남남 사이라도 멀쩡한 사람을 불구덩이 속으로 밀어 넣는 짓은 못할 텐데, 외삼촌이라는 자가 조카를 해친다는 것이 말이나 됩니까……?"

혜아가 울먹이면서 말을 이었다.

"그러나 어쩌겠습니까? 누가 뭐래도 제 어머니가 자식처럼 애지중지하면서 키운 아우인 걸요! 엄마는 집을 팔아 노름빚을 갚아주시면서 원수 덩어리라고 치를 떠셨어요. 그러다가도 혹시 늙은 외할머니를 앞서가는 불상사라도 생길까봐 가슴을 졸여 왔답니다. 저래 봬도 집에 어린 아들이 둘씩이나 있는 가장입니다. 목을 치는 건 순간이지만 어린것들이 불쌍해서 어떡합니까……."

혜아는 결국 혈육의 정을 저버리지 못했다. 급기야 엽영안 대신 용서를 빌었다. 묵묵히 조카의 말을 듣던 엽영안은 그제야 양심의 가책을 받은 듯 흑흑 흐느끼기 시작했다. 이어 목 놓아 울면서 입을 열었다.

"혜아야……, 정말 미안하다……. 나는 사람도 아니야. 그냥 죽게 내버려 두렴……. 나리, 시간 끌지 말고 어서 칼침이나 놔주세요."

"진작 그렇게 나올 일이지."

옹염은 피가 물보다 진하다는 사실을 혜아를 보며 새삼 실감하는 듯했다. 연신 고개도 끄덕였다.

"내가 혜아를 봐서 목숨만은 살려주겠네. 그러나 구차하게 목숨을 부지하기 위해 거짓으로 뉘우치는 척 하는 건 아니겠지? 나중에 또 다시 육친불인六親不認(육친六親은 부父, 모母, 형兄, 제弟, 처妻, 자子이다. 곧 육친도 봐주지 않는다는 뜻)하는 짓을 일삼지 않는다고 누가 보장할 수 있겠는가!"

"나리! 나리께서 이렇게 두 번 태어날 은혜를 내리시는데 사람의 탈을 쓰고 어떻게 또다시 그런 짓을 저지를 수 있겠습니까? 이번 한 번만 용서해주시면 환골탈태해 새사람으로 거듭날 것을 약속드립니다. 저희 일가를 살려주신 나리께서는 필히 공후만대公侯萬代하실 것입니다……."

"교언영색! 내가 누군지나 알고 그런 싸구려 아첨을 하려 드는 게냐? 나는 당금 폐하의 열다섯째황자야! 두 번 다시 천량天良(타고난 착한 마음)을 상실한 짓거리를 하고 다녔다가는 단칼에 네놈의 목을 쳐버릴 것이야!"

열다섯째황자라고? 옹염을 어느 부잣집 귀공자쯤으로 알고 있었던 엽영안, 초삼과 혜아 등은 모두 얼어붙은 것처럼 굳어버리고 말았다. 놀라서 휘둥그레진 눈은 한참이 지나도록 원래대로 돌아오지 못했다. 아마 평생 동안 그토록 큰 충격을 받은 것은 처음인 듯했다.

혜아의 충격은 훨씬 심했다. 그녀는 옹염에게서 풍기는 귀티 나는 분위기를 보고 친척집을 찾아 나들이를 나선 어느 고관대작의 자제 정도로만 생각했다. 그의 부드럽고 온화한 미소년 기질에 반해 은근히 호감까지 품고 있던 중이었다. 태어나서 처음으로 이성을 향한 설렘에 가슴이 온통 화사한 분홍빛으로 물들어가던 중이었는데…….

열다섯째황자라니! 혜아는 갑자기 자기 눈앞에 앉아있는 옹염이 손닿을 수 없는 다른 세계의 사람처럼 거대하게만 느껴졌다. 순간 형언할 수 없는 공허함이 밀려들었다. 혜아는 옹염을 힐끔힐끔 훔쳐보면서 애꿎은 옷자락만 감았다 펴고 입술을 잘근잘근 씹기만 했다.

그런 그녀의 마음을 아는지 모르는지 옹염은 초삼을 향해 고개를 돌리며 물었다.

"자네 이름은 뭔가?"

"아……, 예!"

초삼이 당황해하면서 연신 머리를 조아렸다. 그리고는 빠른 어조로 대답했다.

"소인은 북경 서직문에서 잡화를 취급하고 있습니다. 그럭저럭 먹고 사는 데는 별 어려움이 없었습니다. 그런데 어느 날 탕 막료가 큰 부자가 될 수 있는 좋은 거래가 있다면서 꼬드겼습니다. 그 바람에 멋모르고 따라온 것입니다. 그때까지만 해도 저놈들이 인신매매를 하는 무리인 줄은 전혀 몰랐습니다! 소인은 무식하고 잡초처럼 살았어도 죄 짓지 않고 본분에 충실하게 살아온 양민입니다. 현녀묘에서 부처님을 시봉하면서 덕을 쌓고 열심히 살아왔습니다. 운이 사나워 도둑 배에 올랐으니……, 한 번만…… 단 한 번만 용서해 주십시오……."

초삼은 억지로 눈물콧물을 쥐어짜내며 죽어라 머리를 조아렸다. 임계발은 그런 초삼의 곰 같은 뒷모습을 보면서 터져 나오는 웃음을 억지로 참았다. 그러나 준엄하게 호통 치는 것은 잊지 않았다.

"지금 마마께서 하문하시는데 감히 동문서답을 하고 있어? 이름이 뭐냐고 했잖아?"

초삼은 그제야 재빨리 머리를 조아렸다.

"이놈의 이름은 초치국肖治國이라고 합니다. 다들 그냥 초삼이라고 하옵죠."

초삼의 입에서 '현녀묘'라는 말이 나오자 옹염은 웬지 그가 눈에 익은 느낌이 들었다. 그러나 아무리 머릿속을 더듬어 봐도 얼른 떠오르는 생각이 없었다. 아직 몸에 열이 남아 있을 뿐 아니라 머리도 지끈거려 더 버틸 수가 없었다. 옹염이 손사래를 쳤다.

"저 둘을 묶어 처마 밑에 무릎 꿇리게……."

그러나 그 말을 채 끝맺지도 못한 채 기운이 점점 떨어지기 시작했다. 옹염은 그예 벽에 무거운 머리를 기대면서 황칠에게 말했다.

"한 가지 청이 있소. 어떻게든 유…… 유 대인을 찾아서…… 금계랍金鷄納…… 금계랍을……."

옹염은 끝내 말을 잇지 못하고 의식을 잃었다. 눈을 감고 무어라 중얼거렸으나 입술조차 움직이지 않는 그 소리를 알아들을 수 있는 사람은 아무도 없었다. 혜아가 금계랍이 뭐냐, 그걸 어떻게 하라는 것이냐면서 다그쳐 물었다. 그러나 옹염은 대답을 하지 못했다. 임계발이 말했다.

"금계랍은 우리 마마께서 드시는 약이야. 전씨 객잔에 둔 채로 나왔거든. 대백大伯(아버지뻘 되는 사람에 대한 존칭. 황칠에게 하는 말)께서 유 대인을 찾아가 말씀드리면 알아서 찾아주실 겁니다. 어서 다녀오십시오!"

황칠이 대답과 함께 서둘러 나갔다. 혜아와 황칠의 부인은 옹염의 이마에 뜨거운 물수건을 올려준다, 더운물을 떠 먹여준다 하면서 정성껏 시중을 들었다. 멀리서 수탉이 홰를 치는 소리가 은은하게 들려왔다. 이미 새벽이 밝아오고 있었다.

옹염이 다시 의식을 차린 곳은 황칠의 집이 아니었다. 눈을 떴으나 눈앞은 여전히 몽롱했다. 귓전에 가벼운 발소리가 들려왔다. 이층 계단을 밟는 소리 같았다. 순간 온몸이 허공에 붕 떠오르는 것처럼 어지럽고 나른했다. 눈꺼풀이 너무 무거워 눈을 뜨기가 어려웠다. 잠시 후 귓전에 작은 목소리가 들려 왔다.

"간밤에 열은 좀 내리셨나?"

"아직 미열이 남아 있습니다. 다행히 두어 시간 전부터는 헛소리도 하지 않으시고 편히 주무시는 것 같았습니다. 중간에 소금물을 두 번에 걸쳐 조금씩 드시게 했습니다."

한껏 숨죽인 혜아의 목소리였다.

"아무쪼록 정성껏 간호하게. 나는 아래층에 있을 테니 무슨 일이 있으면 즉각 알려주게."

"예."

"내려가 봐야겠네. 음……, 남쪽 창문이 너무 밝아 마마께서 깨시면 눈이 부실 것 같네. 내가 사람을 시켜 천을 사오게 했으니 햇빛을 가리도록 잘 걸어놓게. 나무 계단이 오래돼 삐걱대니 오르내릴 때 조심하고."

"예……."

곧이어 사람이 일어서는 기척이 들렸다. 옹염은 혜아와 대화를 나누는 사람이 누군지 못내 궁금했다. 안간힘을 다해 눈을 떠보니 그는 다름 아닌 화신이었다.

"화신, 자네 왔나?"

"예, 마마! 소인, 화신입니다."

계단을 내려가려던 화신이 옹염의 부름을 받고는 허둥대면서 도로 올라왔다. 이어서 옹염의 침상 앞에 무릎을 꿇었다.

"괜찮으십니까? 두통과 어지럼증은요?"

"앉게……."

"예, 마마."

옹염은 힘겹게 숨을 몰아쉬면서 주위를 천천히 둘러봤다. 어느 객잔의 이층인 것 같았다. 바닥에는 홍목紅木 마루가 깔려 있었다. 또 자색 단목檀木 병풍이 방을 세 칸으로 구분해 놓고 있었다. 남쪽 창가에는 홍동紅銅 목탄화로가 세 개씩이나 놓여 있었다. 속에서 빨갛게 타들어가는 목탄 사이로 파란 불꽃이 일렁이고 있었다. 누군가가 탄기炭氣(가스)가 걱정돼서인지 쪽창 몇 개를 반쯤 열어 놓았다.

창밖으로 백설이 흩날리는 하얀 풍광이 들어왔다. 옹염은 그것을 보면서 가슴이 조금 트이는 것 같았다. 방안에는 간단한 가구와 일용품이 갖춰져 있었다. 너무 사치스럽지도 요란하지도 않아 마음이 편했다. 화롯불 덕분에 꽤 큰 방임에도 휑뎅그렁한 느낌 없이 아늑했다.

왕소오가 아랫것들 둘을 데리고 계단 아래에서 지키고 서 있는 모습이 보였다. 옹염이 만족스럽게 고개를 끄덕이면서 입을 열었다.

"화로 위에 물주전자를 올려놓게. 방안이 좀 건조한 것 같네."

분부를 마친 옹염이 화신을 향해 말했다.

"오래간만이네. 난의위鑾儀衛에서 본 후로 일 년도 넘었지?"

"예, 그렇습니다. 숭문문 쪽은 워낙 잡다한 일이 많다 보니 도통 문후 여쭈러 갈 짬이 나지 않았습니다. 좀 어떠십니까?"

화신이 미소를 머금고 의자에 앉은 채 몸을 숙이면서 대답했다. 옹염이 한쪽에 두 손을 모으고 공손히 서 있는 혜아를 향해 말했다.

"미안하지만 화 대인께 차를 한 잔 내주게."

화신이 즉각 아뢰었다.

"제가 불러다 시중을 들게 했습니다. 소호小戶의 여식으로서 마마를 시중드는 기회를 얻은 것만 해도 얼마나 큰 광영이온데 마마께서는 어찌 '미안하다'는 말씀을 하시는 겁니까?"

옹염이 그러자 웃음기를 거둬들이면서 말했다.

"아무리 소문소호小門小戶의 여식이라도 나에게는 시녀가 아닌 환난지교이네. 아무렇게나 마구 부려먹을 상대가 아니네. 유용은 어디 있나? 전풍錢灃도 같이 왔나? 어제 일을 자네들은 어떻게 알았지?"

그 사이 혜아가 쟁반에 찻잔을 받쳐 들고 왔다. 이어 화신에게 받쳐 올렸다. 그리고는 남은 찻잔을 만지작거리더니 옹염에게 물었다.

"열다섯째……마마, 안색이 좋아 보이십니다. 차를 한 잔 드릴까요?"

옹염이 미소를 지으면서 고개를 끄덕였다. 이어 일어나 앉으려고 몸을 움찔거렸다. 그러자 눈치 빠른 혜아가 황급히 쟁반을 내려놓고 다가가 부축했다. 그리고는 이불을 당겨 어깨가 시리지 않도록 꼼꼼히 둘러주고 나서 찻잔을 들더니 위에 떠 있는 찻잎을 조심스레 호호 불기 시작했다. 그러나 옹염이 찻잔을 받을 생각은 않고 자기를 빤히 바라보자 얼굴을 붉히면서 침상 옆에 서 있었다.

화신은 옹염을 향한 소녀의 순정을 알아차렸으나 짐짓 모르는 척 찻잔을 들어 후후 불면서 마셨다. 그리고는 옹염의 물음에 답했다.

"이곳은 황화진에서 가장 큰 택원宅院입니다. 잠시 흠차행원으로 빌렸습니다. 석암(유용의 호) 대인과 전풍, 왕이열 공은 모두 앞마당에 들어 있습니다. 한쪽에서는 악인 일당을 심문하고 다른 한쪽에서는 그동안 열다섯째마마께서 겪으신 일에 대해 폐께 올릴 상주문을 작성하고 있습니다. 저희들은 십이월 십삼일에 직예 총독아문으로부터 소식을 접했습니다. 날짜를 꼽아보니 마마께서는 어제쯤 창주에 당도할 것 같았습니다. 연말연시를 기해 홍양교紅陽教 무리들의 움직임이 예사롭지 않고 덕주의 사천여 기민饑民들의 움직임이 신경

쓰여 마마께서 도착할 시점에 맞춰 철통수비를 명령했었습니다. 하오나 그저께 창주까지 마중을 나와서야 비로소 마마께서 중도에 하선下船하셨다는 사실을 알게 됐습니다. 그때 놀란 가슴이 채 진정되기도 전에 황화진의 치안을 맡긴 창주 지부가 악인들과 내통했다는 사실이 백일하에 드러나지 않았겠습니까? 얼마나 충격을 받았던지 십 년은 감수한 것 같습니다! 다행히 마마께서는 대난불사大難不死하셨습니다. 앞으로 필히 장명백세長命百歲하실 것입니다. 이는 하늘의 조화입니다."

화신이 입에 올린 간단한 몇 마디에는 '위로'를 빙자한 아부도 들어 있었다. 그러나 듣는 사람의 기분이 나쁘지 않을 정도로 적당한 아부였다. 화신은 매사에 적당히 분수를 지킬 줄 알았다.

옹염은 사실 예전에 스치듯 짧게 만났던 화신에 대해 별로 호감이 없었다. 오히려 지나치게 영악하고 간사한 것 같아 혐오스럽게 여기고 있었다. 그러나 1년 만에 다시 만난 그는 놀랍게도 호감이 가는 인상이었다. 옹염이 고개를 끄덕이면서 미소를 지었다.

"원래는 무사할 수 있었는데 내가 긁어 부스럼을 만들었네. 이런 게 바로 불경佛經에서 말하는 '심생종종마생'心生種種魔生의 경우가 아닌가 싶네. 나는 지금까지 무모하게 일을 강행한 적이 없었어. 그런데 이번에는 왜 이렇게 됐는지 모르겠네. 자네들이 와서 처리해도 충분할 걸 긁어 부스럼을 만들어 버렸으니 이 또한 무슨 조화인지 모르겠네. 명색이 금지옥엽이라는 자가 밤중에 쫓겨 다닌 것도 모자라 병까지 얻어 곤욕을 치렀으니 말이네."

화신이 즉각 위로를 했다.

"마마의 안에 내재돼 있던 인애지심仁愛之心이 결정적인 순간에 밖으로 표출됐기 때문입니다. 게다가 불의에 타협하지 않는 타고난 영웅본색까지 어우러져 이런 일이 있었던 것 같습니다. 수적으로 우세한 무리들에 둘러싸였어도 그나마 무사할 수 있었던 건 마마의 지극한 정성이 하늘을 감동시켰기 때문이라고 생각합니다. 만약 신들이 처리했더라면 창주부滄州府의 진면모를 이처럼 적나라하게 간파해내지 못했을 것입니다. 마마께서는 비록 고초를 겪기는 했사오나 대신 큰 성과를 거두셨습니다. 일방의 백성들을 위해 악의 근원을 제거함으로써 마마의 위업이 널리 회자되게 됐습니다. 게다가 심신을 연마하는 계기도 됐사오니 누가 뭐래도 득이 실보다 크다고 하겠습니다."

옹염이 화신의 말에 빙그레 웃기만 했다. 실로 대단한 말솜씨였다.

화신이 웃으면서 말을 이으려고 할 때였다. 여러 사람이 계단을 밟고 올라오는 소리가 들렸다. 화신이 즉각 자리에서 일어나며 말했다.

"석암 대인과 전풍, 왕 사부께서 올라오시는 것 같습니다!"

말이 떨어지기 무섭게 유용이 올라왔다. 유용의 등 뒤로 전풍과 왕이열도 모습을 드러냈다. 화신이 두어 걸음 앞으로 나가며 반갑게 맞이했다.

"하늘이 도와 열다섯째마마께서 이제 쾌차하신 것 같습니다. 앉아 담소를 즐기고 계신 지 한참 됐습니다!"

유용이 옹염의 기색부터 살펴보고는 아뢰었다.

"마마께서 위험을 무릅쓰고 정면에 나서시는 바람에 신들은 정말 십년감수했습니다! 그나저나 이제는 안색이 괜찮아 보이셔서 다행입니다."

유용이 안도의 숨을 크게 내쉬면서 무릎을 꿇고 예를 갖췄다.

"어서들 일어나세요! 어서요!"

옹염이 침상에 누운 채 손사래를 치면서 덧붙였다.

"왕 사부님은 저와 사제 간의 명분이 엄연하신 분인데 무릎을 꿇다니요? 그러시면 아니 됩니다. 왕소오, 대인들께 앉을 자리를 마련해 드리거라!"

옹염이 이어 왕이열에게 물었다.

"어젯밤에는 경황없는 와중에 뿔뿔이 흩어져서 얼마나 가슴을 졸였는지 모릅니다. 그자들에게 괴롭힘을 당하지는 않으셨습니까?"

왕이열이 고개를 저으며 대답했다.

"다행히 유 대인 일행이 축시丑時에 당도하신 덕분에 그리 괴롭힘을 당하지는 않았습니다. 창주 지부 고옥성高玉成이라는 자는 저대로 놔두면 안 될 것 같습니다. 전씨 객잔에서 마마의 인장과 감합勘合을 훔치고 우리 짐도 죄다 다른 곳에 가져다 숨겼습니다. 그리고는 증거를 인멸시키고자 인력을 동원해 마마를 찾아 나섰던 것이었습니다! 현령 위붕거魏鵬擧가 객잔에서 어떤 서류들을 봤느냐고 물었는데, 자기는 아무것도 못 봤다면서 딱 잡아뗐다고 합니다. 죽기를 각오한 자가 아니고서야 어찌 저리 대담한 짓거리를 할 수 있겠습니까!"

왕이열은 말을 할수록 분노가 치밀어 오르는지 목소리를 높였다.

"마마께서 갑자기 발병하신 건 참으로 뜻밖이었습니다. 지금 돌이켜봐도 끔찍합니다. 저는 명색이 흠차의 수행원인데 사려가 깊지 못해 이런 화를 불러왔습니다. 책임을 통감하고 있습니다. 참으로 부끄러워 쥐구멍에라도 들어가고픈 심정입니다. 아무짝에도 쓸모없는 한심한 선비의 불찰을 엄히 다스려 주십시오!"

옹염은 왕이열의 말에 그게 무슨 소리냐는 듯 펄쩍 뛰며 손사래를 쳤다.

"제가 쓸데없이 고집을 부려 벌어진 일인데 사부님께서 어찌 그리 자책하십니까? 그런 말씀은 하지 마십시오. 그리고 하루 이틀 앓은 병도 아닙니다. 전에는 쓰러질 정도로 심했던 적이 없었는데 이번에는 좀 심했을 뿐입니다. 눈을 감고 누워 있을 때는 눈앞이 빙빙 돌다가도 막상 눈을 뜨면 오히려 어지럼증이 사라집니다. 이 점이 조금 이상하긴 합니다."

유용이 입을 열었다.

"방금 의생에게 물어보니, 이번에는 학질瘧疾과 상한傷寒 증세가 겹쳐서 더욱 힘들었다고 합니다. 며칠 더 몸조리를 하시면 완쾌할 수 있다고 했습니다."

옹염이 말없이 고개를 끄덕이고는 유용을 유심히 바라봤다. 한창 젊은 나이에 벌써 등이 구부정하니 휘고 어깨가 삐딱하게 한쪽으로 기울어져 있었다. 게다가 눈자위도 움푹하게 꺼져 들어가 있었다. 전체적으로 얼굴에 피곤한 기색이 역력했다.

평소 옹염을 비롯한 여러 황자들은 대신들과의 사적인 왕래를 삼가도록 되어 있었다. 다만 황자들끼리 식사를 하거나 차를 마시는 자리에서 대신들에 대한 평가를 가끔씩 하곤 했었다. 그런데 그때마다 대신들에 대한 평가가 천차만별이었다. 그러나 오직 유용에 대해서만은 모두의 의견이 일치했다. 충성스럽고 공평무사할 뿐 아니라 부지런하고 유능하다는 것이었다. 또 덕과 배포를 겸비한 호인好人이라는 데 이의를 다는 사람은 아무도 없었다.

옹염 역시 화신과 유용을 비교해볼 때마다 화신의 영악함보다는 유용의 진중한 기질이 더욱 마음에 들었다. 한참 후 그가 입을 열었다.

"오늘은 몸이 힘들어 깊이 있게 일을 논할 수가 없을 것 같네. 여러분의 권유대로 우선 자리를 털고 일어나는 게 중요한 것 같네. 나는 비록 흠차라고는 하나 아직 어리고 부족한 점이 많아 정무를 배우는 수준에 불과하네. 그러니 산동 순무 국태의 사건을 비롯한 각종 민생 현안들은 석암 대인이 주도해서 처리해야겠네. 나와 왕 사부는 옆에서 관망하면서 석암 공이 미처 챙기지 못하는 부분을 참찬參贊, 건의토록 하겠네. 유 대인, 우리는 평소에 사적으로 대면한 적이 없었네. 그러나 나는 유 대인에게 남다른 친근감을 느끼고 있네. 영존대인令尊大人 유통훈 중당은 나의 태부太傅이셨네. 글공부에 재미를 붙이지 못하고 산만하기 그지없던 나를 때로는 엄하게 꾸짖고 때로는 부드럽게 달래면서 이끌어 주셨지. 나중에는 내가 맨 먼저 학당에 들어가 앉아있을 정도였네. 스승님께서 내 손을 잡고 서예를 가르쳐 주실 때면 까칠한 수염이 닿아 따갑다고 피하던 기억도 어제처럼 생생하네. 그래서인지 세형世兄에게는 남다른 정이 느껴지네. 그러니 절대 나를 어려워하지 말고 여태까지 해왔던 대로 주도적으로 업무에 매진해주기 바라네. 나는 정도를 걷는 사람을 있는 힘껏 도와주면 줬지 팔꿈치를 잡아당기고 발을 걸어 넘어뜨리지는 않네."

사실 유용은 황자들 중 누군가가 흠차로 파견될 것이라는 소식을 듣고 내심 걱정을 하고 있었다. 황자의 신분을 내세워 하는 일마다 사사건건 간섭하고 자신을 꼭두각시로 만들지 않을까 우려했던 것이다. 결론부터 말하면 그의 우려는 현실이 됐다. 옹염이 도착하자마자 그에게는 아무런 언질도 주지 않고 제멋대로 일을 벌였으니 말이다. 그래서 옹염에게 고까운 마음이 들기도 했다. 그러나 지금 이 자리에서 옹염의 진심 어린 격려를 받고 나니 그동안의 고뇌가 씻은 듯 사라졌다. 급기야 가슴이 훈훈해지면서 진한 감동이 밀려왔다. 옹염이 유통훈에 대해 말하는 대목에서는 잠시 자리에서 일어나 상체를 숙여 예를 갖추기도 했다. 그는 자리에 엉덩이를 살짝 대고 앉으면서 아뢰었다.

"아무리 신에 대한 마마의 믿음이 굳건하시더라도 신은 절대 법도에 어긋나는 행동을 할 수는 없습니다. 유사시에는 필히 마마께 보고 올리고 지시에 따라 움직이도록 하겠습니다. 마마, 아직 미력해 보이시는데 안심하시고 정양을 하십시오. 모든 일을 마무리 짓고 난 후 촛불 심지를 자르면서 밤새도록 얘기를 나누는 게 어떻겠습니까?"

옹염이 알겠다는 듯 흔쾌히 고개를 끄덕였다. 그가 떠나올 때 건륭은 옹염에게 거듭 당부하고 못을 박아가며 강조했다.

"유용이 못미더워서 너를 파견하는 것이 아니다. 그러니 유용에게 도움을 주지는 못할지언정 해를 끼쳐서는 절대 아니 된다. 명나라가 망한 수많은 원인 중 하나는 바로 군주가 정직한 조신朝臣을 믿지 못하고 심복 태감들을 여기저기 꽂아 감시했기 때문이야. 나중에 환관들의 전횡이 창궐하면서 각종 불협화음을 불러일으켰느니라."

옹염은 건륭의 말을 떠올리자 예를 갖추고 물러가려는 유용을 다시 불러 세우지 않을 수 없었다.

"급한 일이 없으시면 잠깐만 더 앉았다 가게. 사부님은 우리가 겪었던 일에 대한 상주문을 작성해 주세요. 부풀리지도 빼지도 말고 있는 그대로 상주하도록 하세요. 그리고 밀주함에 넣어 발송하세요. 우리끼리는 흉이 안 되더라도 밖에 소문이 새어나가면 어떤 식으로 와전될지 모르니까요."

왕이열이 즉각 공수를 하며 대답했다.

"예! 지당하신 말씀입니다. 내려가서 써오도록 하겠습니다. 마마께서 먼저 읽어보신 다음에 발송하겠습니다."

화신도 입을 열었다.

"저희들도 나름대로 상주문을 작성했습니다. 먼저 읽어보시겠습니까, 마마?"

옹염이 고개를 저었다.

"됐네, 각자 알아서들 해. 그런데 그것도 밀주함에 넣어 보내는 게 좋겠네. 유 대인, 율령에 비춰보면 이 인신매매꾼들은 어떤 죄에 해당하는가?"

옹염의 말에 찻잔을 받쳐 들고 있던 혜아의 손이 부르르 떨렸다. 찻물이 손등에 떨어져도 뜨거운 줄을 모를 정도였다. 혜아는 뜨거운 차를 찻잔에 따르면서 유용의 말에 귀를 기울였다.

"형부에서는 해마다 육칠십 건의 유사 사건을 접수받습니다. 대개의 경우 흑룡강으로 유배를 보냅니다. 그곳에서 황무지 개간을 하게 됩니다."

"그렇다면 이번에도 예외를 두어서는 안 되지. 나 때문에 통례를 깨는 일이 있어서는 안 된다는 말이야."

옹염이 단호하게 내뱉었다. 유용이 잠시 생각하더니 대답했다.

"이번 난동의 주범은 은수청이라는 자입니다. 지부아문의 막료이죠. 비적들과 한통속이 되어 인신매매를 일삼았습니다. 이번에는 지부 고아무개마저 한 패가 되어서 못된 일을 저질렀습니다. 난동을 부리고 마마를 음해하려 했으니 그 죄질이 더욱 무겁다 하겠습니다. 게다가 하필이면 매매의 상대가 양인洋人들이었으니 국체國體에 크게 먹칠을 한 격이 아닐 수 없습니다. 저런 자의 목을 쳐내지 않으면 앞으로의 기강 확립에 큰 어려움을 겪게 될 것입니다. 사효조라는 자 역시 인신매매에 가담하고 광주 십삼행과 결탁해 아편까지 판매했기 때문에 그 죄 역시 용서받기 힘들 것입니다. 사건은 아직 심의 중에 있습니다. 자백을 받아내고 취조를 마치는 대로 마마께 보고 올리겠습니다. 충분한 상의를 거친 다음에 폐하께 상주해 최종 결정을 내릴 것입니다. 모두 엄연한 법 조목에 따라 처리할 것이니 이 때문에 노심초사하시지는 마십시오."

"이 정도 사건으로 아바마마까지 놀라게 해드릴 건 없지 않겠는가?"

옹염이 고개를 갸웃거리면서 물었다. 그러자 유용은 웃음기가 사라진 얼굴로 즉각 대답했다.

"폐하께서는 양인들과 광주 십삼행에 대해 유난히 민감하게 생각하고 계십니다. 이고도(이시요) 대인이 광동에서 이임하면서 십삼행의 복원을 주청 올려 윤허를 받은 지 고작 몇 개월밖에 지나지 않았습니다. 그런데 벌써 인신매매 사건이 터졌습니다. 그러니 어찌 그자들을 순수한 상인이라고 볼 수 있겠습니까? 발본색원하여 철저히 수사해야 합니다."

옹염이 뭔가 할 말이 있는 듯 입술을 실룩거렸다. 말로는 자신의 눈치를 보지 말고 소신껏 처리할 것을 주문했으나 내심 엽영안에게만은 활로를 남겨주기를 기대했던 것이다. 그러나 유용의 말에는 반박할 여지가 추호도 없었다. 건륭은 예전부터 엄격하게 화이華夷를 구분했다. 양인들이 선교활동을 벌이고 예배당을 짓는 데 민감하게 반응하기도 했다. 심지어 양인들에게 현혹당해 서양 종교를 믿거나 교회당을 출입하는 내국인들에 대해서는 가차 없이 목을 치라는 엄명까지 내린 바 있었다. 그러니, 순진무구한 아이들을 양인들에게 쾌락의 대상으로 팔아넘기려 했다는 사실이 건륭에게 알려지면 가볍게 넘길 리 만무했다. 일단 상주문이 올라가면 이번 사건에 가담한 자들은 누구 하나 사죄死罪를 면하기 어려울 것이었다. 그렇다면 죽을 죄만은 면하게 해준다고 혜아에게 했던 약조는 한낱 식언食言이 되어버릴 수 있었다.

한쪽에서 옹염의 표정을 유심히 살피고 있던 화신이 그의 고민을 짐작했는지 조심스럽게 아뢰었다.

"열다섯째마마의 뜻은 충분히 알 것 같습니다. 마마께서는 이 사건을 떠들썩하게 만들고 싶지 않을 뿐더러 너무 많은 사람을 죽이는 것도 원치 않으십니다. 여러 의견을 참작해 공정하고 투명하게 처리할 것임을 약조 드리오니 너무 심려치 마십시오. 점심을 드시고 좀 더 주무십시오. 피로회복에도 좋을 것입니다. 저희들은 돌아갔다가 저녁에 다시 문후 올리러 들겠습니다."

유용을 비롯한 세 사람은 동시에 일어나 작별을 고했다. 왕이열 역시 상주문을 작성한다면서 계단을 내려갔다.

사람들이 전부 물러간 자리에 홀로 남은 옹염은 말 그대로 손가락 하나 까딱할 힘도 남아 있지 않았다. 그동안 혼수상태에 빠져 있다가 깨어나자마자 정무에 대해 장시간 의논하고 나니 주체할 수 없이 피로가 몰려왔던 것이다. 그러나 졸음은 오지 않았다. 그는 두 눈을 멍하니 천장에 고정시킨 채 깊은 생각에 잠겼다.

혜아는 그런 옹염에게 금계랍을 먹이고 미리 끓여 적당히 식혀놓은 은이탕銀耳湯을 쟁반에 받쳐 가져왔다. 이어 숟가락으로 가볍게 저으면서 수줍은 표정으로 입을 열었다.

"열다섯째……마마!"

혜아는 아직은 쑥스럽기만 한 호칭을 연습하듯 가만히 불러보면서 다시 얼굴을 붉혔다. 그러나 옹염은 여전히 무덤덤했다. 혜아는 조금 더 용기를 냈다.

"열다섯째마마, 이것도 화 대인께서 보내오신 겁니다. 조금 맛을 보니 맛이 그만이었습니다. 열을 내리게 하고 독을 풀어주는 것에는 기가 막히게 좋다고 합니다. 이걸 드시고 푹 주무시고 나면 몸이 한결 좋아지실 것입니다."

옹염은 그 말에 피식 웃음을 터트렸다.

"기막히게 좋다는 말은 누구에게 배웠나? 화신이 그러던가? 그렇게 좋으면 자네나 마시게. 나는 생각이 없네. 화신 그 친구는 아무리 생각해봐도 큰 그릇은 못될 것 같네. 영리하고 세심한 것도 지나치면 음흉하고 좀스러운 것이거든……."

헤아가 황송하다는 듯 옹염의 말에 고개를 저었다.

"제가 어찌 감히 마마께서 드실 귀한 음식을 먹을 수 있겠습니까? 아까부터 생각에 잠겨 계시더니 그 사람을 저울질하고 계셨습니까? 자상하고 친근해 보였사온데 마마께서는 되레 혹평을 하시네요?"

옹염이 말했다.

"혹평까지는 아니네. 사직의 큰 그릇이 되기에는 너무 가벼워 보인다 이거지. 누구의 비위도 거스르지 않으려고 항상 살얼음 위를 걷듯 조심스러워하더군. 마음에도 없는 소리를 남발하는 것도 그렇고……. 그런 건 결코 정인군자가 취할 바가 아니지. 한 예로 은이탕이 아무리 몸에 좋은들 맛이 '기막힌' 정도까지는 아니거든! 자상하고 친근해 보인다? 자상함과 친근함을 따지자면 궁중의 태감들을 능가할 사람이 있을 줄 아는가? 자네 말대로라면 궁중에는 제명에 못 죽은 태감이 없고, 죽지 못해 억지로 사는 내시가 하나도 없겠네?"

"내시? 태감요?"

"그래. 엄시閹侍, 엄인閹人, 당인璫人이라고도 하지."

"저는 잘 모르겠습니다."

"혹시 연극 구경을 한 적이 있나?"

"예."

연극이라는 말에 헤아의 눈이 심지 돋운 촛불처럼 빛났다. 말도 술술 흘러나왔다.

"관제묘關帝廟 묘회廟會에서 한 번 구경한 적이 있습니다. 〈십옥탁〉拾

玉鐲, 〈쇄린낭〉鎖麟囊, 〈궤중연〉櫃中緣, 〈타금지〉打金枝……."

"그래. 〈타금지〉에서 공주가 등롱을 내걸라고 분부하고는 부마를 집에 가지 못하게 막고 있는 장면이 있지? 그때 궁등을 내걸던 사람을 태감이라고 하는 거야."

"아……, 생각났어요!"

혜아가 박수를 치면서 좋아했다. 이어 다시 말을 이었다.

"그건 공공公公이라고 하잖아요! 궁중에서 심부름하는 사람 말이에요. 그들은 언제나 주인에게 굽실거리면서 시키는 일은 뭐든지 가리지 않고 잘하잖아요. 주인에게 충성스럽고 곧은 사람들인 것 같던데 어찌 그리 나쁘게 생각하시는 겁니까?"

혜아는 옹염의 말이 이해되지 않았다. 머루 같은 두 눈을 깜빡거리다 고개도 갸웃거렸다. 세속에 물들지 않아 바보스러울 만큼 순진무구한 태도였다. 옹염은 자신도 모르게 흐뭇한 웃음을 지었다. 웃을 때도 입을 막고 항상 다소곳이 숨죽인 채 있는 듯 없는 듯 제자리를 지키는 궁녀들만 보다가 깔깔 소리 내어 웃고 박수까지 치는 혜아를 보니 덩달아 기분이 좋아졌던 것이다.

그가 껄껄 웃으면서 다시 입을 열었다.

"태감들은 곧지도, 바르지도 못해. 그들은 전부 장애인이거든."

"장애인이라고요? 전부 절름발이, 귀머거리 아니면 장님이라는 거예요? 연극에 나오는 태감들은 그렇지 않았사옵니다!"

혜아의 눈이 휘둥그레졌다.

"다 잘라냈거든."

"잘라내다뇨? 사지가 멀쩡하고 열 손가락도 다 있던걸요? 혹시 발가락을 잘라냈나요?"

혜아가 고개를 갸웃거리며 전혀 모르겠다는 표정을 지었다. 옹염으로서는 그런 그녀에게 사실대로 설명할 수가 없었다. 급기야 고개를 가로 저으면서 미소 띤 얼굴로 말했다.

"좀 더 크면 저절로 알게 될 거야. 오늘은 얘기를 많이 해서 그런지 배가 고프네? 이봐, 왕소오! 먹을 거 좀 올려 보내거라."

그러자 계단 입구에서 두 사람의 대화를 엿들으면서 키득거리던 왕소오가 황급히 올라왔다. 이어 정중하게 여쭈었다.

"특별히 드시고 싶은 거라도 있으십니까?"

그동안 혜아는 화롯불에 숯을 더 올려놓고 불이 잘 붙는지 살펴보고 있었다. 그러다 옹염이 뭘 먹으면 좋을지 고민하자 얼굴 가득 웃음을 머금으면서 제안했다.

"이제 입맛이 돌아오시나 봅니다. 하오나 빈속에 갑자기 너무 기름진 음식을 먹기보다는 담백하게 드시는 것이 좋을 것 같습니다. 참기름을 두어 방울 넣고 송송 썬 파를 넣어 볶다가 다진 생강과 마늘을 넣고 시원하게 육수를 만든 칼국수 한 그릇이 어떻겠습니까?"

요리 얘기가 나오자 혜아는 어느새 자신에 찬 표정으로 변했다. 왕소오가 그런 그녀를 보면서 말했다.

"그럼 네가 직접 주방에 가서 마마께 칼국수를 맛있게 끓여 올리는 게 어떻겠느냐?"

"못할 것도 없죠! 끓는 물도 있겠다, 밀가루도 있으니 십 분이면 충분합니다. 마마, 아무튼 음식 생각이 난다는 건 병이 나았다는 증거입니다. 아미타불, 진작에 음식을 든든하게 드셨으면 좋았을 걸!"

혜아는 왕소오의 말속에 숨은 뜻을 전혀 알아듣지 못하고 즉각 대답했다. 이어서 들뜬 마음으로 발걸음도 가볍게 계단을 내려갔다. 왕소오가 침대에서 내려서는 옹염에게 신발을 신겨주고 허리띠를 매어 준 다음 아뢰었다.

"소인이 보기에 참 괜찮은 아이 같습니다. 비록 출신은 빈한하나 외양도 얌전하고 심성도 대단히 착해 보입니다. 마마 곁에 두시는 것이 어떻겠습니까? 주변에 시중드는 이들은 많사오나 아무래도 여자가 음식이며 의복을 훨씬 세심하게 챙기지 않겠습니까?"

창밖에서는 눈발이 점점 더 거세지고 있었다. 왕소오의 어깨를 짚고 일어선 옹염은 계단을 내려가 복도에서 설경을 감상하고 싶었으나 몇 걸음 떼다 결국 포기하고 말았다. 배가 고파 기운도 없고 다리가 후들거려 계단을 내려갈 자신이 없었던 것이다. 결국 탁자 옆 의자에 주저앉아버리고 말았다.

"맞는 말이네. 그렇게 하려면 일단 집안에 우환이 없어야 하지 않겠나? 소문내지 말고 몰래 유 대인을 찾아가보게. 어떻게든 혜아 외삼촌의 사죄死罪를 면해주도록 상의해보게. 내가 이미 혜아에게 약조를 한 마당에 식언할 수야 없지 않는가? 자세를 낮춰 청을 드리는 식으로 잘 말해보게. 유 대인의 기분이 상하지 않게 말이야. 절대 강압적으로 밀어붙이는 인상을 줘서는 안 돼. 일단 그 문제를 해결한 다음 혜아의 생각이 어떤지 물어볼 거네. 설령 흔쾌히 따라준다고 해도 앞서 말했듯 일반적인 시녀 취급을 하지는 않을 것이네. 하녀 둘을 사서 혜아에게 붙여주겠네. 나머지 일은 귀경한 뒤 상황을 봐서 처리할까 하네. 무슨 말인지 알겠나?"

왕소오가 미처 대답하기도 전에 계단 밟는 소리가 들려왔다. 둘은 곧장 입을 다물었다. 혜아가 김이 모락모락 나는 칼국수 그릇을 쟁반에 받쳐 들고 들어왔다. 이어 조심스럽게 옹염의 앞에 그릇을 밀어놓고는 한쪽으로 물러나 엄지손톱을 잘근잘근 씹으면서 수줍게 웃었다.

옹염도 흐뭇하게 웃고는 사발을 들었다. 그는 입김으로 후후 불어

식히더니 국물부터 후루룩 들이켰다. 담백한 맛이 일품이었다. 연신 후후 불면서 국물을 반쯤 마셔버린 옹염이 송골송골 땀이 밴 이마를 닦고는 엄지를 내둘렀다.

"정말 일품이네! 여태껏 칼국수는 적지 않게 먹어봤지만 이렇게 맛있는 건 처음인 것 같네. 궁중에서는 병에 걸리면 태의의 말이 곧 왕법이거든! 태의의 입에서 '발열'이라는 말이 떨어지면 즉시 빈방에 가둬놓는다네. 하루 세 끼 냉수만 퍼주고 아무리 울고불고해도 먹을 걸 안 줘. 그러다 진짜 뱃가죽이 등에 달라붙을 지경이 돼야 멀건 죽을 한 그릇 넣어주지. 그러다보면 아파서 죽는 게 아니라 배가 고파서 죽을 지경이 된다네. 지금 이렇게 든든히 먹고 나니 당장 힘이 솟는 것 같네!"

그러나 맛이 좋다면서 연신 국수를 건져먹던 옹염은 반도 비우지 못하고 수저를 내려놓았다. 어려서부터 '절식석복'節食惜福(음식을 아껴서 먹는 것이 곧 주어진 복을 아끼는 것이라는 뜻)이라는 말을 들으면서 소식小食을 '강요'받아 왔던 탓에 먹는 양이 워낙 작았던 것이다. 그가 수건으로 얼굴의 땀을 문질러 닦으면서 말했다.

"잘 먹었네. 다음부터는 아프면 무조건 칼국수야!"

"어찌 그리 불길한 말씀을 하시는 겁니까? 아직 쾌차하시기도 전에 다음의 '병'을 운운하시다니요? 불경스럽게!"

혜아가 수저를 챙겨 쟁반에 담으면서 애교 섞인 목소리로 덧붙였다. 비록 알고 지낸 시간은 짧았지만 어려운 고비를 함께 넘긴 둘은 어느새 상당히 친숙하고 가까운 사이가 됐다. 옹염은 짐짓 눈까지 흘기는 혜아의 모습을 홀린 듯 멍하니 바라보고 있었다.

옹염은 사나흘 동안 혜아의 극진한 간호를 받으면서 몸조리를 한 덕분에 완전히 회복되었다. 혈색도 이전보다 더 좋아 보였다. 그는 병상을 차고 일어나기 무섭게 덕주로 갈 채비를 서둘렀다. 이곳에는 한 시도 더 머물고 싶지 않았던 것이다.

손바닥만 한 황화진에 흠차欽差가 두 명씩이나 머물렀던 적은 청나라 역사상 처음이었다. 게다가 그중 하나는 황자皇子였다. 그랬으니 이번 인신매매 사건에 연루된 현령과 세 막료, 그리고 일곱 명의 범인들은 관제묘 밖의 빙천설지氷天雪地에 항쇄를 쓴 채 묶여 있을 수밖에 없었다.

발 없는 말이 천리를 간다고 했다. 유용 등은 그런 사실을 철저히 기밀에 붙였으나 벌써 사리팔향四里八鄕의 백성들은 소문을 듣고 모여들었다. 태어나서 이렇게 좋은 구경거리는 처음이라면서 너도나도 수십 리씩이나 되는 눈길을 헤치고 찾아왔다.

물론 이 기회를 이용해 옹염과 유용에게 눈도장을 찍으려고 작정한 사람들도 적지 않았다. 현지의 몇몇 실세들은 이미 공동으로 옹염을 뵙기를 청했다. 또 흠차의 당당한 행보에 보탬이 되고 싶다면서 은표를 내놓기도 했다. 부세賦稅를 면제해 주십사 떼로 몰려들어 청원하는 농부들이 있는가 하면, 이웃과 사소한 분쟁이 생겼으니 흠차께서 이를 중재해 주십사 하는 어이없는 하소연도 있었다.

흠차행원으로 정한 전씨 객잔 앞은 방문객들의 발길이 끊이지 않았다. 원래 눈으로 덮여 있던 골목길은 순식간에 빙판처럼 반들반들하게 변했다. 객잔의 긴 복도에는 비단과 골동품을 비롯해 값나가는 물건들이 순식간에 산더미처럼 쌓였다. 웬만한 무역양행貿易洋行을 뺨치는 어마어마한 수준이었다.

옹염은 처음에는 어쩔 수 없이 찻잎 두어 봉지만 받았다. 그러나 점점 막무가내로 밀려드는 고가의 물품들을 돌려보낼 재주가 없었다.

다급해진 그는 사람을 시켜 유용과 왕이열을 불러 상의했다.

"이제야 청백리가 된다는 것이 얼마나 어려운지 알 것 같습니다. 과연 하늘에 오르기보다 더 어려운 것 같습니다."

옹염이 왕이열을 향해 웃음을 지으면서 고개를 절레절레 저었다.

"심지어 극장을 통째로 내주겠다는 자들도 있었습니다. 이런 일은 사적으로 처리할 수 없으니 어찌 처리하는 것이 바람직할지 사부님의 의견을 듣고 싶습니다."

왕이열 역시 혈색이 이전보다 훨씬 좋아 보였다. 그 역시 얼굴에 빙그레 웃음을 머금으며 대답했다.

"호부에 바치면 어떨까요? 호부에서 황상皇商들을 통해 물건을 내다 팔고 그 은자를 입고入庫시키는 것입니다. 아니면 지방 아문에 물품 목록을 보내고 그들에게 알아서 처리하라고 하는 방법도 있습니다."

"호부에 맡긴다고 하셨습니까? 그건 고양이에게 생선가게를 맡기는 꼴이죠. 안 그래도 연말연시가 가까워오니 어디 슬쩍할 데가 없을까 혈안이 돼 있는 자들을 어찌 믿습니까? 지방관에게 맡기는 것도 마찬가지예요. 사부님 생각에는 이 일을 어떻게 처리하면 좋겠습니까?"

옹염이 왕이열의 말에 떨떠름한 표정을 지었다. 이어 다른 방법이 없을지 물었다. 왕이열이 잠시 침묵하더니 의견을 내놓았다.

"좀 번거로워서 그렇지 어려울 것도 없습니다. 얼추 계산해보니 은자로 환산하면 이삼만 냥쯤 될 것 같습니다. 어육 같은 먹을거리는 육십 세 이상의 노인들에게 한 근씩 나눠주는 게 좋겠습니다. 명절이 코앞인데 내친김에 술도 한 근씩 상으로 내려도 좋겠습니다. 물건 같은 경우에는 팔아서 쌀을 사면 어떻겠습니까? 명절이 괴로운 가난한 사람들이나 살길을 찾아 외지에서 몰려온 유민들에게 쌀을 나눠 준다면 이 얼마나 보람된 일이겠습니까!"

옹염이 왕이열의 말이 채 끝나기도 전에 크게 고개를 끄덕였다. 그리고는 마음이 급한 듯 엉덩이를 들썩거렸다. 그 모습을 본 왕이열은 계속 말을 이었다.

"이 밖에 금은보석 같은 건 보석상에 팔아서 그 자금을 유 대인에게 맡기는 것이 좋겠습니다. 나중에 현縣의 문묘文廟를 수리할 때 요긴하게 쓰라고 보태주는 겁니다. 그리고 여윳돈이 있으면 주머니 사정이 빈약해 설 명절이 괴로울 주현州縣의 교유教論와 훈도訓導들에게도 조금씩 쥐어준다면 금상첨화가 아니겠습니까? 하오나 절대 지방관들이 이 일에 관여하게 해서는 아니 됩니다."

옹염이 연신 고개를 끄덕였다. 이어 잠시 침묵하더니 천천히 입을 열었다.

"사부님의 말씀대로 하는 게 좋겠습니다. 실로 무량한 공덕을 쌓는 좋은 일로 많은 사람들에게 기억될 것입니다! 조금 보충하자면……, 사전에 유 대인과 공동으로 포고문을 내붙여 이는 조정의 은덕이고 백성을 사랑하시는 폐하의 마음의 발로임을 강조하는 것이 좋을 것 같습니다."

옹염이 이어 한마디를 덧붙였다.

"저는 공로를 독식하고 싶지 않습니다."

왕이열은 옹염의 또 다른 모습에 내심 크게 놀랐다.

'어린 나이에 마음 씀씀이가 이 정도라니……!'

그러나 그는 애써 내색은 하지 않고 옹염의 말이 끝나기를 기다렸다가 물었다.

"폐하께 상주문을 올려 이 일을 아뢸까요?"

옹염이 고개를 가로저었다.

"그럴 필요는 없습니다. 아무리 나랏일에 크고 작은 구별이 없다지만 그렇다고 사사건건 다 상주할 수는 없습니다. 왼손이 하는 일을 오른손이 모르게 하라고 했습니다. 자그마한 선행을 베풀었다고 수선을 떨어댄다면 너무 유치해 보일 것 아닙니까?"

왕이열의 얼굴이 붉어졌다. 자신의 실언을 깨달았던 것이다. 왕이열은 명색이 동궁의 사부였다. 그러나 황자들이 궁중에서 어떤 훈도薰陶(흙을 다져 질그릇을 굽고 만든다는 뜻으로, 사람의 품성이나 도덕 따위를 잘 가르치고 길러서 좋은 쪽으로 나아가게 함을 이르는 말)를 받는지 전부다는 알 수 없었다. 또 후궁들의 눈에 보이거나 보이지 않는 싸움으로 인해 황자들 간의 경쟁이 얼마나 치열한지, 그리고 그 때문에 황자들이 얼마나 본능적으로 방어하는 데에 익숙한지 외인外人으로서는 결코 알지 못했다. 그뿐 아니라 옹염은 그가 어떤 식으로 처리하든, 얼마나 겸손한 태도를 취하든 유용이 절대 '공로 다툼'을 하지 않을 것이라고 확신했기에 그렇게 말할 수 있는 것 같았다. 왕이열은 한참 동안 자기만의 생각에 빠져있었다.

옹염이 멍하니 생각에 잠겨 있는 왕이열을 힐끗 쳐다보며 물었다.

"사부님, 무슨 생각을 그렇게 하고 계십니까?"

왕이열은 솔직하게 대답했다.

"부끄럽습니다. 소싯적에 학당 시험에서 일등을 했다고 껑충껑충 뛰면서 집에 돌아와 부모님께 자랑하고 동네방네 떠들어댔던 기억이 새삼스럽습니다. 아직 나이도 어리신 열다섯째마마의 대범한 흉금에 비하니…… 부끄럽기 그지없습니다."

옹염이 부드러운 어투로 겸손해했다.

"그런 말씀 마세요. 그건 사부님의 효심이 지극했음을 단적으로 보

여주는 사례입니다. 일등을 한 사실을 한시바삐 부모님에게 알려드
려 즐겁게 해드리고자 함이 아니었겠습니까?"

옹염이 가볍게 웃음을 지은 채 재차 말을 이었다.

"아바마마께서는 저희 황자들이 큰 그릇이 되기를 기대하십니다.
그러니 촌척의 공로를 과시해 실망을 드려서야 되겠습니까? 따지고
보면 저의 소행도 효심의 발로라고 할 수 있습니다."

옹염은 열다섯 살 소년이라고는 믿어지지 않을 만큼 사려 깊고 어
른스러웠다. 왕이열은 옹염의 언행에 적이 감동을 받았다. 감개가 무
량해 뭔가 칭찬의 말을 하려는 순간 혜아가 계단을 밟고 올라왔다.
이어 깨끗하게 빨아온 옷가지들을 안은 채 종복에게 분부를 내렸다.

"전씨 객잔으로 가서 인두를 좀 빌려오세요. 열다섯째마마, 아래층
에 유 대인 등이 와 계십니다."

"오후 내내 안 보이더니 빨래하러 갔었던가?"

옹염이 그 사이 안 보였던 혜아가 그렇게 반가운지 얼굴 가득 웃음
꽃을 피우며 바라보았다. 이어 혀를 끌끌 찼다.

"손이 빨갛게 다 얼었네. 바짓가랑이도 젖고! 이런 일은 아랫것들한
테 맡기지 그랬어? 날도 추운데 감기라도 걸리면 어쩌려고!"

옹염의 얼굴에는 안쓰러운 기색이 역력했다. 그러나 곧 분위기를
바꾸려는 듯 자리에서 일어나며 왕이열에게로 말머리를 돌렸다.

"사부님, 먼저 내려가 계십시오. 저는 의복을 갈아입고 나가겠습
니다."

옹염의 말이 떨어지기 무섭게 두 명의 태감이 기다렸다는 듯 다가
와 시중을 들었다. 곧 옹염의 몸에는 조관朝冠을 비롯해 조주朝珠, 조
복朝服에 조화朝靴 등이 걸쳐졌다. 그는 순식간에 완전히 다른 사람
으로 탈바꿈했다. 게다가 황금색 망포蟒袍에는 금실로 구망오조九蟒

五爪가 수 놓여 있었다. 또 노란 허리띠에는 눈부신 보석이 박혀 있었다.

난생 처음 화려한 궁중 복색을 접하는 혜아는 넋을 잃은 채 쳐다보고 있었다. 옹염은 그런 혜아를 향해 빙그레 웃어 보이고는 가볍게 계단을 내려갔다.

아래층에는 사람들로 가득했다. 우선 여덟 명의 태감이 두 손을 모은 채 시립해 있었다. 또 동쪽 기둥에서부터 벽을 따라 서쪽 처마 바깥까지 예부와 병부에서 시종侍從한 호위와 친병들이 두 줄로 길게 늘어서 있었다.

방안에는 왕이열을 비롯해 유용, 화신과 전풍 등이 나란히 서서 두 손을 공손히 모으고 있었다. 그들의 뒤에는 현아문의 관리 차림을 한 사람들이 몇몇 있었다. 저마다 고개를 잔뜩 숙이고 있었다. 옹염은 염무鹽務와 조운漕運을 맡고 있는 관리들도 자리해 있다는 것을 알 수 있었다. 등을 새우처럼 굽힌 임계발도 있었다. 그러나 그는 유용에게 무어라 낮은 소리로 말하고 있다가 옹염이 내려오는 걸 발견하고는 황급히 뒷걸음쳐 왕이열의 등 뒤로 물러났다. 이윽고 화신이 외쳤다.

"흠차마마께서 납시었다!"

유용이 힘껏 마제수를 걷어 올리는 인사를 올리면서 제일 먼저 엎드렸다.

"신, 유용이 폐하의 문후를 여쭈옵니다!"

유용이 그렇게 경의를 표하자 낫질에 보리 넘어가듯 수십 명이 일제히 무릎을 꿇었다. 동시에 마제수를 걷어 올리는 소리가 오래도록 울려 퍼졌다.

"폐하께서는 강녕하시다네!"

옹염이 남쪽 방향을 향해 서서 정중하게 인사를 받고 나서 신하들에게 일어나라는 손짓을 했다. 이어 얼굴 가득 미소를 머금고 먼저 유용에게 다가가 일으켜 세워주었다.

"석암 공, 덕분에 순조로운 출발을 하게 됐네!"

옹염이 짤막하게 인사말을 건넸다. 그리고는 고개를 돌려 뒤이어 일어서는 사람들을 쓱 하고 쓸어봤다. 얼굴에서는 어느새 미소가 사라지고 없었다. 그는 근엄한 표정으로 물었다.

"덕주 염운사鹽運使는 자리에 있나?"

옹염의 말이 떨어지기 무섭게 돼지염통처럼 뚱뚱한 땅딸보가 사람들 틈에서 구르듯 나왔다. 얼굴이 두루뭉술하고 입이 비죽 돌출된 것이 영락없는 두꺼비 상이었다. 그가 사지를 땅에 붙이고 길게 엎드린 채 죽어라 머리를 조아리면서 심하게 말을 더듬었다.

"이, 이, 이, 이놈…… 계청아桂淸阿가…… 열, 열, 열다섯째마마께…… 죄를 청하옵니다!"

"자네가 과연 무슨 죄를 지었는지 아는가? 말해 보게. 대체 무슨 죄를 지었는지."

"탕, 탕, 탕, 탕환성은…… 저, 저, 저, 저희 아문의 마, 마, 막…… 막료이옵니다. 그, 그, 그…… 자가…… 비, 비, 비, 비적들과…… 내, 내, 내, 내통해 마마를 시, 시, 시, 시해하려고 음모를 꾸몄다 하오니…… 시, 시, 시, 실로 천벌을 받아 마땅한 짓이옵니다. 이, 이, 이, 이 모든 것이…… 아랫것 단속을 제대로 못한…… 이, 이놈의 죄이옵니다. 그, 그, 그…… 그리고……."

계청아는 말이 제대로 나오지 않아 괴로운지 얼굴이 벌겋게 달아올랐다. 그러나 조급해 할수록 말은 더 나오지 않았다. 옹염은 그 정도로 심하게 말을 더듬는 사람은 처음 보는지라 화가 나기도 하고 우습기도 했다. 급기야 차갑게 내뱉었다.

"됐네! 혀가 얼었나본데, 잘 녹인 후 다시 상주하도록 하게! 왕소오!"

"예! 찾아 계셨습니까?"

"저자의 정자를 떼어 내거라!"

"예!"

장내에는 삽시간에 쥐죽은 듯한 정적이 찾아왔다. 모두가 숨을 죽인 가운데 곧 왕소오가 큰 걸음으로 계청아에게 다가갔다. 그러나 왕소오가 수고를 할 필요는 없었다. 계청아가 두 손을 심하게 떨면서 스스로 관모를 벗은 다음 정자를 떼어 내 왕소오에게 건넨 것이다. 이어 한숨을 지그시 눌러 내쉬었다. 얼굴에서는 두 줄기의 눈물이 흘러 내렸다. 순간 옹염이 일갈을 퍼부었다.

"청승 떨지 말고 저리 물러가! 부하의 잘못은 곧 상사의 태만이야. 호가호위하는 아랫것을 방치한 것은 곧 범죄를 종용한 것이네. 자네 막료 탕환성이 가슴팍을 치면서 뭐라고 호언장담을 했는지 아는가? 나, 왕 사부, 임계발 셋 중 하나를 붙잡는 자에게 은자 삼천 냥씩을 상으로 내리고 부두로 연락하러 간 왕소오를 붙잡아오면 오천 냥을 상으로 내린다고 했네! 만에 하나 우리 넷이 다 잡혔더라면 상금만 해도 자그마치 일만 사천 냥이라는 얘기야. 염정사鹽政司가 통이 큰 줄은 알았어도 이 정도인 줄은 미처 몰랐네!"

19장

화신和珅과 국태國泰

옹염이 필시 크게 분노를 터트리리라는 것은 유용을 비롯해 화신, 전풍과 왕이열 등도 이미 짐작했던 바였다. 하지만 원흉인 창주부의 아역들을 제쳐두고 염정사鹽政司에 맨 먼저 칼을 댈 줄은 누구도 상상하지 못했다. 그러는가 하면 또 계청아에 대해서는 정자만 떼어 내고 파면 처분은 내리지 않았다. 또 탕환성과 계청아의 내통 여부는 추궁하지도 않은 채 먼저 돈의 출처에 대한 의혹부터 제기했다. 좌중의 사람들은 어리둥절할 뿐이었다.

유용은 젊은 옹염의 '객기'가 썩 마음에 들지 않았다. 아직은 이런 업무에 대한 처리 경험이 전무하다고 봐도 좋은 소년이 자신과 미리 상의도 하지 않고 판을 어지럽혀놓은 데 대해 저이 걱정도 되었다. 그러나 이미 엎질러진 물이었다. 상황이 이렇게 된 이상 최선을 다해 수습하는 수밖에 다른 방법이 없었다.

왕이열과 전풍 역시 유용과 비슷한 생각을 하고 있었다. 사실 '금은동철광'金銀銅鐵鑛, '차마염(인)삼목'茶馬鹽(人)蔘木(때로는 인삼人蔘이라는 약재 외에 인신매매를 넣기도 함)이라는 말이 있듯 이 몇 가지는 예로부터 큰 이익을 남길 수 있는 재원財源이었다. 그런데 옹염은 은자 일만 사천 냥의 출처에 대해 굳이 추궁하고 나섰다. 동시에 그것을 염정사의 불법자금이라는 식으로 밀어붙였다. 왕이열과 전풍은 조정에 나서야 한다고 생각했으나 뭐라고 해야 좋을지 갈피를 잡지 못했다. 때문에 이제 알고 지낸 지 며칠 되지도 않은 두 사람은 그저 서로 눈짓만 주고받을 뿐이었다.

화신 역시 나름대로 머리를 굴리느라 여념이 없었다. 계청아와 창주 지부 고옥성은 이미 화신을 사적으로 만나 '의죄은자'議罪銀子라면서 황금 500냥을 건넨 터였다. 또 한 달 사이에 나머지 500냥을 만들어 올리겠노라고 약조한 바 있었다. 건륭이 태후를 위한 금발탑金髮塔을 쌓으면서 금이 부족한 줄 잘 아는 화신은 쾌히 그 돈을 받아 챙겼다. 돈까지 받은 마당에 이제 남은 일은 어떻게든 고옥성과 계청아의 죄를 면제해주는 것이었다. 하지만 지금 돌아가는 상황을 봐서 옹염은 그들의 죄를 쉽게 용서해줄 것 같지 않았다. 화신은 머리가 지끈거렸다.

아무려나 옹염은 다른 사람들이 어떤 생각을 하고 있는지 전혀 개의치 않은 채 책상 위에 놓여 있던 화명책花名冊을 펼치면서 다시 입을 열었다.

"그리고 창주 지부 고옥성, 이자는…… 체포했겠지?"

옆에 앉아 있던 전풍이 황급히 몸을 숙이면서 대답했다.

"예, 이미 파면 처분을 받았습니다. 지금은 자신의 죄를 인정하는 자백서를 쓰고 있습니다."

"흠차의 행차와 관련한 일을 책임지고 일방의 치안을 도모하라고 했더니 계집을 품고 낮잠이나 처자고……, 잘하는 짓이다!"

옹염이 시퍼렇게 굳은 얼굴로 덧붙였다.

"비상 시기에도 이러니 평소에는 어떻겠나! 이곳 백성들이 뭐라고 하는 줄 아는가? 억울한 일이 있으면 혼자 가슴을 쥐어뜯는 한이 있더라도 절대 고옥성에게는 찾아가지 말라고 하네. 낙엽이 떨어지는 것을 보면 가을이 왔다는 것을 알 수 있다고, 하나를 보면 열을 알 수 있지 않겠나? 이번 일뿐만이 아니더라도 그자는 결코 용서받을 수 없네!"

옹염이 잠시 숨을 돌리고 나서 약간 누그러진 어조로 말을 이었다.

"처음부터 큰 소리를 내서 미안하네. 내가 유난히 성정이 각박해서 이러는 건 아니네. 이곳 창주의 이치吏治가 이 정도로 엉망인 것을 보고 큰 충격을 받았어. 도처에 부패와 전횡이 판을 치고 사방에 누란의 위험이 용암처럼 끓고 있네. 백번 양보해서 우리를 진짜 비적으로 오인해 과잉 대처를 했다 치자고. 그런데 노씨의 가게에는 왜 불을 질렀다는 말인가? 창주부 막료들의 죄를 묻고 아역들은 전부 파면시켜 철저히 물갈이를 하도록!"

옹염의 말이 떨어지기 무섭게 숨을 죽이고 있던 관리들 사이에서 경미한 소동이 일어났다. 옹염의 다른 말에는 이의를 달 수 없었으나 아역들을 전부 물갈이한다는 것은 불가능한 일인 탓이었다. 그러나 아무도 감히 입을 열어 말하지는 못했다. 그저 서로를 번갈아보면서 시선을 맞추거나 몰래 옷자락을 당겨 소리 없이 의견을 주고받을 뿐이었다.

그렇게 난감하기 짝이 없는 분위기가 잠시 계속되었다. 급기야 유용은 헛기침을 하며 목청을 가다듬고 옹염을 슬쩍 바라보더니 좌중을 향해 말했다.

"열다섯째마마께서는 아직 이번 사건의 충격에서 헤어나지 못하고 계시오! 낭낭건곤朗朗乾坤의 청평세계에서 일국의 용자봉손이 위험에 노출돼 몽진蒙塵의 수모를 당하다니 이게 어디 가당키나 한 소리요? 이번 사건은 우리 대청의 역사에 일찍이 없었던 희대의 사건이오.《이십사사》二十四史를 들춰봐도 난세의 할거 상태에서도 극히 드물었던 일이오. 천만다행으로 하늘이 도와 이쯤에서 해결됐소. 그렇지 않고 사교에 편승한 불순세력들의 대란으로 이어졌더라면 조정의 법통과 존엄은 물론 열다섯째마마의 명성과 체면이 어떤 오욕을 당할 뻔했소?"

유용은 먼저 옹염의 입장에서 이번 사태를 평가하고 은근슬쩍 '명성'과 '체면'이라는 네 글자를 들춰냈다. 옹염의 자존심을 건드리지 않으면서도 그로 하여금 격분한 나머지 다소 과격한 발언을 했음을 깨닫게 하려는 의도였다.

금지옥엽의 황자가 야밤삼경에 불순한 무리들에게 쫓겨 삼십육계 줄행랑을 놓았다는 사실이 알려진다면 어떻게 될 것인가? 태감과 소인배들이 눈덩이처럼 사건을 부풀리다가 결국 어떤 식으로 와전되고 얼마나 많은 유언비어가 생겨날 것인가? 옹염은 거기까지 생각이 미치자 슬슬 마음이 불안해지기 시작했다. 그는 찻잔을 들어 한 모금 홀짝이면서 잠시 침묵했다.

그때 유용의 말이 이어졌다.

"이만한 것도 천만다행이오! 마마께서는 위험에 직면하셨어도 침착함을 잃지 않으셨소. 또 현명한 판단과 정확한 지시로 악당들을 일망타진하는 데 결정적인 공로를 세우셨소. 돌이켜보면 나는 명색이 형명刑名 출신의 흠차대신이라는 사람이 본연의 역할을 못한 것 같아 대단히 부끄럽소! 자리한 여러분은 모두 가슴에 손을 얹고 곰곰이 생각해 보기 바라오. 일방의 부모관이라는 여러분이 평소 부하들에 대한 교화와 감시에 소홀히 하지 않았더라면 어찌 이 같은 사달이 생겼겠소? 이 사건은 아직 완전히 끝난 게 아니오. 나와 화 대인은 공동으로 청죄請罪 상주문을 올릴 거요. 그러니 여러분들도 저마다 양심껏 이번 사건과 관련해 자신의 책임과 실수를 인정하는 자백서를 올리도록 하오. 마마께서는 공정한 판정을 거쳐 최종적으로 각자의 책임을 물을 것이오."

유용이 말을 마치고는 의견을 구하는 눈빛으로 옹염을 바라보며 덧붙였다.

"마마께서 훈회를 내려주십시오!"

"내가 하고픈 말은 유 대인이 다 했으니 유 대인의 지시에 따르도록 하겠네."

그 순간 옹염은 언젠가 건륭이 길게 탄식을 내뱉으면서 했던 말을 떠올렸다.

'그 무슨 '황제의 말씀'이니 '훌륭한 황제가 위에 계신데, 신들은 마땅히 주살돼야 한다'느니 하는 소리는 다 부질없는 소리야. 말 따로 행동 따로 하면서 천자를 기만하고 종묘사직을 우습게 아는 간신배들 같으니라고! 짐이 아무리 구중에서 벼락을 내리치고 광풍폭우를 쏟아 부어도 아래쪽에서는 아무런 반응이 없는걸. 그 상황에 처해보지 않으면 진실을 모른다고. 어느 누가 이런 짐의 고초를 알겠는가?'

옹염은 처음으로 심궁을 나와 세상의 풍랑을 경험하고 보니 비로소 '아바마마'의 '고초'를 알 것 같았다. 일국의 군주가 노심초사해서 훈회를 내리고 교시教示를 줘도 밑에서는 끄떡도 않고 제멋대로이니 이를 어쩌면 좋다는 말인가? 우레와 같은 분노를 터트리면서 이를 갈아본들 독불장군이 없는 바에야 어찌할 도리가 없지 않은가? 그렇다고 방금 자기가 한 말처럼 전부 물갈이를 할 수도 없었다. '구관舊官이 명관名官'이라는 말도 있지 않은가. 하늘 아래 제1인자인 천자 역시 이런 식으로 이러지도 저러지도 못할 때가 많을 것 같았다! 옹염은 그런 무거운 마음에 마른침을 꿀꺽 삼키면서 입을 열었다.

"농한기인 데다 각종 명목의 모임이 많은 연말연시이니 일단 치안에 각별히 신경을 써야겠네. 진압과 안무按撫를 겸해 사달을 미연에 방지해야하네. 설을 쇠고 나면 춘경春耕에 최선을 다하는 것이 급선무이네. 무엇보다 민심을 안정시켜야 하네. 지주들이 소작농을 괴롭히거나 소작농이 행패를 부려 소작료를 거부하는 현상이 발생하지 않도록 미리미리 조처하기 바라네. 나와 유 대인은 둘 다 흠차이기는 하나 각자 맡은 업무가 다르네. 하지만 둘 다 산동에 있으니 무슨 일이 있으면 즉각 보고하도록 하게."

말을 마친 옹염이 바로 찻잔을 들었다 놓았다. 산회散會의 표시였다. 임계발이 큰 소리로 외쳤다.

"이만 산회!"

좌중의 사람들은 분분히 일어났다. 이어 작별을 고하고 물러갔다. 남은 두 흠차와 세 부하는 계단을 올라 이층으로 향했다.

"석암 대인……."

옹염은 유용을 비롯한 네 사람에게 자리를 내주고 자신도 앉았다. 이어 혜아가 받쳐 올린 찻잔을 한참 동안 들여다보다 서글픈 표정으로 천천히 말을 이었다.

"나는 아직 여러모로 경험이 부족하고 일처리에 서툰 것 같네……. 과연 내 말대로 아역들을 전부 물갈이 한다면 우선 비용이 많이 들겠지? 또 새로운 아역들이 이전보다 낫다는 보장도 없을 것이고. 자칫 업무에 서툴러 차질을 빚기 십상일 거야."

왕이열과 전풍은 대빈大賓을 마주한 듯 계속 허리를 곧게 펴고 긴장된 표정으로 가만히 앉아 있었다. 옹염이 그런 두 사람을 보고는 빙그레 웃어보였다.

"전 대인은 내가 번저藩邸에 있을 때부터 대명을 익히 들어온 분이네. 사부님도 남이 아니니 너무 격식을 차리느라 하지 마세요. 서로 간에 너무 경계를 긋는 것도 좋은 일은 아니라고 생각합니다. 편히 앉으세요. 하고 싶은 말씀이 있으면 주저하지 말고 하시고요."

왕이열과 전풍 두 사람이 미소를 지으면서 그리 하겠노라고 대답했다. 유용이 옹염의 말을 받아 바로 입을 열었다.

"저 역시 마마의 말씀에 공감합니다. 아문의 밥을 먹는 자들은 대부분 조상 대대로 직무를 대물림 받은 자들입니다. 그자들을 쓸어내봤자 그 가문의 또 다른 자손들이 들어오게 돼 있습니다. 체통 있고 격이 있는 가문에서 누가 자손들을 아문으로 보내겠습니까?"

왕이열이 즉각 말을 받았다.

"관官은 호랑이, 이吏는 늑대입니다. 한 무리의 배부른 늑대들을 내쫓고 나면 굶주린 늑대들이 밀려오기 마련입니다. 굶주린 늑대들은 조정에 기생하고 백성들의 골수를 빼먹는 짓을 서슴지 않을 것입니다."

전풍 역시 한마디 했다.

"관官은 호랑이, 이吏는 그 앞잡이입니다. 저는 비록 외관外官을 지내본 적은 없지만 서리胥吏들의 호가호위가 진시황 이래로 날로 창궐해왔다고 생각합니다."

"선제께서도 이치의 중요성을 거듭 강조하셨소."

옹염은 이치를 호랑이와 늑대에 빗대 말하는 좌중 신하들의 말에 오싹 소름이 끼쳤다. 그러나 아무렇지도 않은 듯 천천히 덧붙였다.

"지금 폐하께서는 관대한 정치를 정책의 기조로 삼고 계시나 이치에 대해서만큼은 고삐를 늦추신 적이 없으시오. 여러분은 모두 국태의 사건을 철저히 수사하라는 어지를 받고 내려오셨을 거요. 언제쯤 제남濟南으로 내려갈 예정이오?"

유용은 옹염의 말에 즉각 대답하지 않았다. 잠시 생각에 잠긴 채 허리춤을 들춰 엽초를 꺼내더니 곰방대에 재웠다. 이어 불을 붙여 힘껏 들이마시고는 천천히 짙은 연기를 토해내면서 대답했다.

"북경을 떠나오기에 앞서 화신, 전풍 두 사람과 여러 번 상의했었습니다. 성지聖旨는 국태 사건에만 전적으로 매달리라고 하지 않았습니다. 그러나 국태는 워낙 수안手眼이 통천通天하는 인물이라 누군가로부터 미리 첩보를 입수했을 가능성도 배제할 수 없습니다. 하지만 산동성 전체의 고은庫銀 적자가 이백만 냥에 육박하니 아무리 감춘다고 해도 완전히 깨끗하게 하기는 힘들 것입니다. 아마 그는 서쪽 담을 허물어 동쪽 담을 쌓는 격으로 먼저 성부省府인 제남의 여러 부현府縣 국고부터 채워 넣느라 비지땀을 흘리고 있을 것입니다. 저희가 덕주에서 토목공사를 크게 일으키고 학궁學宮과 소록왕릉蘇祿王陵 건설을 서두른 것이나 의창義倉을 열어 이재민들에게 구제양곡을 내준 것은 모두 낌새를 눈치챈 국태가 선수를 치지 못하도록 미연에 방지하기 위한 궁여지책이었습니다. 국태는 결코 호락호락하게 올가미에 걸려들 자가 아닙니다. 우리가 명확한 증거를 확보하기 전에는 미동도 하지 않을 자입니다. 제가 이미 사람을 풀어 그자의 동태를 면밀히 주시하도록 조처해 놓았습니다."

유용이 입가를 치켜 올려 미소를 지으면서 덧붙였다.

"벌써 소식이 왔습니다. 국태도 올해 설을 즐겁게 쇠기는 다 그른 것 같습니다."

덕주에서 호화스러운 판을 벌인 것이 모두 국태의 이목을 가리기 위한 고육지책이었다니! 옹염은 유용의 말을 듣고는 조금 전 그에 대해서 품었던 고까운 생각이 싹 사라졌다. 왕이열과 전풍 역시 의외였던 모양이었다. 그러나 화신은 달랐다. 유용이 미리 "사람을 풀었다"는 말에 속이 뜨끔해진 것이다. 그는 덕주에 도착하자마자 비밀리에 국태의 가인을 만나 언질을 줬었다.

"정월 보름 이후에 제남으로 갈 것이니, 일단 성부省府의 적자부터 막아놓아야 한다. 그렇지 못하고 첫 시작부터 꼬이면 나로서도 방법이 없다."

화신은 평소에 부흠차인 자신과 격의 없이 지내고 비밀이 따로 없는 것처럼 행동하던 유용이 암암리에 이처럼 자기의 뒤통수를 칠 줄은 상상도 못했다. 더욱 놀라운 것은 유용은 덕주에서 토목공사를 크게 추진하면서도 그에게는 '국태의 이목을 막기 위한 수단'이라는 뜻을 단 한 번도 내비치지 않았다는 사실이었다. 그렇다면 유용은 이미 부흠차인 그를 경계하고 의심하고 있었다는 얘기인가? 유용은 화신의 그런 의문을 확인시키기라도 하듯 장화에 곰방대를 털면서 말을 이었다.

"제가 황천패에게 서찰을 보냈습니다. 국태의 사건은 이미 단서가 보이기 시작했으니 황씨 일가가 총출동해서 청방靑幇들과 함께 국태의 부동산과 전장錢莊(전당포), 그리고 운영하는 점포들의 재산 상황을 상세히 알아내라고 했습니다. 사흘 전에 답신이 왔습니다. 마마, 목록을 보면 아시겠지만 일개 순무치고는 재산이 실로 어마어마했습니다!"

"역시 석암 대인이야! 덕주에 죽치고 있었던 이유를 알겠어!"

옹염이 희색이 만면한 얼굴로 왕이열에게 말했다.

"이제 보니 석암 대인은 성동격서聲東擊西를 노렸군요! 화신, 화신! 무슨 생각을 그리 열심히 하는가?"

"아, 예?"

화신이 화들짝 놀라면서 외마디 대답을 입에 올렸다. 그리고는 놀람이 채 가시지 않은 표정으로 어색하게 웃으면서 재빨리 말을 이었다.

"그게 그러니까…… 석암 대인께서 저까지 의심을 하시는 것 같아 좀 씁쓸하네요. 방금 말씀하신 부분들을 저는 하나도 모르고 있었거든요."

유용이 웃음 띤 얼굴로 말했다.

"무슨 당치도 않은 소리를 하오? 그대를 수행하는 무리들은 모두 이번원理藩院에서 임시로 데려온 자들이오. 국태의 친아우가 이번원에 있소! 자칫 이번원을 통해 국태에게 기밀이 새어나갈세라 조심했을 뿐이지 그런 건 아니었소. 우리가 하는 일은 기밀이 생명인데, 그게 탄로가 나면 대나무 바구니에 물을 담듯 모든 것이 헛수고가 돼버리지 않겠소? 폐하께서는 이 사람이 올린 문후 상주문에 '화신을 정면에 내세우고 경은 뒤에서 작전지시만 하라'라는 주비를 달아 보내셨소. 그러니 상세한 상황을 내가 어떻게 그대에게 털어놓겠소!"

화신은 유용의 말이 아무래도 억지스럽다는 느낌을 지울 수가 없었다. 그러나 미리 상주문을 자신에게 보여주지 않은 걸 문제 삼고 싶어도 자신 역시 건륭에게 올리는 상주문을 그에게 보여준 적이 없었기에 뭐라고 트집을 잡을 수도 없었다. 더구나 북경을 떠나오면서 화신은 유용에게 자기가 먼저 그런 제안을 하기도 했다.

"큰일이 있을 때에만 공동명의로 주장을 올리고 자질구레한 일은 기밀유지 차원에서 각자 주장을 올리는 게 좋겠습니다."

화신으로서는 완전히 돌을 들어 자기 발등을 찧은 격이 되고 말았다! 물론 자신의 잘못이었다. 하지만 속으로는 유용의 교활한 이중성에 대한 분노가 들끓었다. 괘씸하기 짝이 없었다. 그러나 건륭까지 거론된 마당에 세상없는 울분이라도 웃으면서 삼키는 수밖에 없었다. 그가 곧 짐짓 대수롭지 않은 척 웃는 얼굴로 말했다.

"그렇다고 원망 같은 걸 하는 건 아닙니다. 단지 좀 놀랐을 뿐이죠. 북경을 떠날 때부터 석암 대인의 뜻에 전적으로 따르겠노라고 하지 않았습니까? 저는 어디까지나 대인의 말을 모는 졸개일 뿐입니다!"

화신은 속에도 없는 말을 하면서 자신의 놀란 가슴을 진정시켰다. 그가 국태에게서 검은 돈을 받은 것은 사실이었다. 그러나 누가 뭐래도 국태 쪽에 그 어떤 증거도 남겨놓지 않았다. 그러니 유사시 국태와 반목하는 경우가 생기더라도 두려울 것은 없었다. 도울 수 있으면 다행이고, 그렇지 못하더라도 그건 국태의 팔자이자 그 자신이 감수해야 할 몫이었다. 화신은 그렇게 국태와 자신은 아무 상관이 없다는 생각을 자기암시처럼 하고 또 했다!

확실히 그렇게 생각을 정리하고 나자 훨씬 마음이 편해졌다. 화신이 홀가분한 듯 다시 입을 열었다.

"왕 사부님으로부터 마마께서 염지鹽地를 다스리고자 한다는 얘기를 들었습니다. 덕주에서 서남쪽으로 한단邯鄲 일대에 이르기까지 수천 리 구간이 온통 염지입니다. 북으로 천진 서쪽도 마찬가지온데 염분만 빼내면 모두 경작이 가능한 토지입니다. 마마께서 염지를 다스리는데 뜻을 두셨다면 내친김에 염지 전체로 확산시키는 것이 바람직할 것 같습니다. 호부와 조운총독아문에 협조공문을 발송해 전문가의 실사를 통해 점진적으로 착수하면 큰 어려움이 없을 것으로 생각합니다. 오랫동안 방치해둔 불모지를 옥토로 변신시키는 것은 곧 사직의 대사요, 만년의 업적일 것입니다!"

화신은 마치 당장이라도 눈앞에 벼가 파랗게 자란 논을 볼 수 있을 것처럼 말했다. 손짓까지 하면서 떠드는 모습에 잔뜩 신이나 있었다.

"상상만 해도 가슴이 벅차오르지 않습니까? 천리 염지가 기름진 논이나 밭으로 변모한다면 직예와 산동은 오래도록 식량을 지원 받던 역사에 종지부를 찍게 될 뿐만 아니라 오히려 북경에 보탬을 줄 것입니다. 이는 실로 공덕이 무량한 일이 아닐 수 없습니다. 어젯밤에도 이 생각을 하니 너무 흥분되고 조바심이 나서 도무지 잠을 이룰 수 없었습니다!"

화신의 말에 왕이열과 전풍 두 선비 역시 덩달아 가슴이 두근거렸다. 그러나 유용은 가타부타 말이 없었다. 말로는 하늘의 별을 열 번도 따온다고 할 수 있듯이 앉아서 이러쿵저러쿵 논해봤자 그림의 떡이나 다름없다고 생각했던 것이다.

"그런 생각을 했다는 것만으로도 그대는 공덕이 무량한 이번 일과 인연이 있다고 하겠네."

옹염의 말이었다. 옹염 역시 처음에는 화신과 비슷한 생각을 하지 않은 것이 아니었다. 그래서 스스로 적잖이 감동을 느꼈다. 그러나 왕이열과 상의해본 결과 답이 나오지 않았다. 손바닥만 한 황화진의 염지를 다스리는 데만 수없이 많은 인력과 재력이 소요된다는 결론이 나왔던 것이다. 그러니 화신의 말대로 천리 염지를 다스린다는 것은 실로 얼토당토않은 생각이 아닐 수 없었다.

옹염은 깊이 생각하지 않고도 화신의 말이 자신의 호감을 사기 위해 책임감 없이 떠드는 것이라는 걸 알아차렸다. 순간 그의 뇌리에 '속빈 강정'이라는 말이 빠르게 뇌리를 스쳤다. 그가 담담한 표정으로 말했다.

"그대의 생각을 글로 써서 올리게. 이 일은 그대에게 전권을 줘서 추진하도록 폐하께 주청을 올릴 테니!"

화신은 또다시 가슴이 철렁했다.

'오늘은 어쩌다 이렇게 하는 말마다 꼬이지? 저게 벌써 내 속을 훤히 꿰뚫어 본 걸까? 지금까지 승승장구한 것으로 보면 이변이 없는 한 무난히 군기대신에 입직할 수 있을 텐데, 그런 나를 흙탕물로 내몰려 하다니! 사람은 하루에도 삼혼삼미三昏三迷(세 번 흐리멍덩해지고 미혹된다는 의미)한다더니, 내가 그 짝이 난 걸까?'

화신은 급기야 더 이상 머리를 굴리기를 포기하고 솔직히 털어놓았다.

"그건 근보靳輔(강희제 때의 치수 전문가)의 박력과 진황陳潢의 재주 없이는 불가능한 일입니다. 소인은 말만 번드르르했지 정작 팔을 걷어붙이라면 자신이 없습니다."

화신의 말에 좌중의 분위기는 이내 싸늘하게 굳어버렸다. 그 어색한 분위기를 분명하게 느낀 왕이열이 입을 열었다.

"아무래도 마마께서 말씀하신 대로 황화진 일대부터 착수하는 게 바람직할 것 같습니다. 일단 가시적인 성과를 보여줘야 조정과 백성들이 모두 적극적으로 호응할 게 아닙니까. 그 후에 점진적으로 실행해나가는 것이 옳다고 생각합니다."

"나는 곧 덕주로 갔다가 다시 연주부兗州府에 들를까 하오."

옹염은 더 이상 논의해봤자 별 뾰족한 성과가 없을 것 같아 말머리를 돌렸다.

"그곳은 성인이신 공자의 고향인데 어째서 해마다 지주와 소작농 사이에 분쟁이 끊이지 않는지 모르겠소. 나의 흠차행원은 덕주에 그대로 두고 있을 테니 여러분은 각자의 일에 매진하도록 하오. 나는 간여를 하지 않을 테니 유사시에만 발문해 알리도록 하시오."

옹염이 잠시 멈췄다가 다시 말을 이었다.

"비적들이 출몰하고 굶주린 백성들이 도처에 널려 있는 건 가무승평歌舞昇平에 어울리지 않는 살벌한 풍경이오! 문묘와 학궁을 손보는 데는 나도 찬성이오. 허나 소릉왕릉을 재건축하고 화원이니 정자, 회관 심지어 기원妓院까지 수십 개나 세운다는 건 좀 이해하기 힘든 부분이오! 농부 한 사람이 경작을 하지 않으면 천하에 배곯는 자가 생기고, 부녀자 한 사람이 베를 짜지 않으면 필히 헐벗는 자가 생긴다고 했소. 쓸데없이 수많은 인력을 혹사시키지 말고 백해무익한 공정들은 그만 중단시키는 게 좋겠소. 석암!"

언성은 높지 않았으나 뜻은 분명하고 단호했다. 유용과 화신, 전풍은 옹염의 말이 끝나기 무섭게 일어나려고 했다. 그러나 옹염이 마지막에 유용을 부르는 말에 그럴 수는 없었다. 결국 엉거주춤 일어나다가 다시 제자리에 앉았다.

유용이 그 말을 받았다.

"이번에 토목공사를 대대적으로 벌이는 것은 신이 화신, 전풍 등과 상의하여 결정한 것이었습니다. 마마께서 부당하다고 생각하시면 저는 마마의 지시에 따르겠습니다. 다만 이미 시작한 공정은 그대로 계속 추진하는 것이 어떻겠습니까? 원자재도 전부 마련됐고 건물도 중간쯤 일어섰습니다. 그런데 갑자기 공정을 멈추면 득보다 실이 더 클 것 같습니다. 낭비는 두 말 할 것 없고 일부 탐관오리들의 탐심을 부추기지 않을까 염려됩니다. 잠시 명확한 명령은 내리지 않고 다른 방책을 강구해보는 것이 어떨까 합니다. 저희들의 체면이 손상을 입는 건 작은 일이지만 조정이 갈대처럼 줏대 없이 흔들린다는 소리를 듣게 해서는 아니 될 것입니다."

"여러분의 체면이 도마 위에 오르는 것도 작은 일은 아니지."

옹염이 유용의 말을 이해한다는 듯 고개를 끄덕였다. 이어 덧붙였다.

"그럼 공사를 중단하라는 명령은 당분간 내리지 말고 인부들의 공전工錢을 반으로 깎는다든가 원자재의 품질을 문제 삼아 걸고 넘어간다든가 하면서 시일을 끌어보시오. 그럼 공정이 저절로 멈추지 않겠소?"

세 신하는 어린 황자의 '고단수'에 다시 한 번 혀를 내둘렀다. 이쯤에서 화신은 또 유용에 대해 고까운 생각이 들지 않을 수 없었다. 대형 토목공사는 여럿이 함께 상의해 결정한 것인데 이 상황에서 유용이 혼자만 슬쩍 책임을 피하려 든다는 생각이 들었던 것이다. 그러나 그는 그런 내색을 하지는 않았다. 그저 아부만 계속 떨었다.

"마마, 그 방법이 참으로 적절할 것 같습니다. 그러지 않아도 소인은 공정 개시에 앞서 석암 공에게 이는 조정의 중농억상重農抑商의 정책에 어긋나는 게 아니냐는 우려를 표했었습니다. 마마께서 그리 말씀하시니 저는 전적으로 공감하고 찬성합니다. 공정 규모가 커질수록 인부들도 많이 필요하고, 그리 되면 저절로 사달이 생길 우려가 커집니다. 또 장정들이 돈벌이를 하기 위해 전부 향리를 떠나오면 농사는 누가 짓겠습니까?"

옹염이 그제야 미소를 지으면서 고개를 끄덕였다. 그러자 옆에 있던 전풍도 입을 열었다.

"나무만 보고 숲을 보지 못하는 어리석음을 범해서는 안 됩니다. 공자께서는 사농공상士農工商이라고 해서 상인을 끝자리에 놓기는 했으나 상인을 폄하하는 말씀은 하지 않으셨습니다. 상인들은 의義를 이利를 취하는 근본으로 삼기 때문입니다. 화 대인이 애당초 토목공사를 대대적으로 일으키자고 하셨을 때 저는 쌍수를 들어 찬성했습니다. 제 마음은 화 대인이 생각을 바꾼 지금도 변함이 없습니다. 마마께서는 토목공사로 인해 농지農地가 황폐화되고 수많은 재력과 인력이 소모되면서 호화스러운 퇴폐풍조가 야기될까 봐 염려하셨습니다. 당연히 마마의 깊은 뜻을 모르는 것은 아닙니다. 그래도 저는 마마의 염려가 일종의 기우라고 생각합니다!"

전풍의 말에 좌중의 다른 네 명은 놀라움을 금치 못했다. 우선 옹염이 유용의 자존심을 살려주면서 적당히 국면을 돌려세우기로 하지 않았는가. 게다가 화신이 내리막길에서 수레를 밀어주듯 거들어주면서 얘기가 거의 마무리돼 가는 상황이었다. 그런데 전풍이 난데없이 다 된 밥에 재를 뿌리다니? 유용과 화신은 입을 반쯤 벌린 채할 말을 잃었다. 차를 따르던 혜아 역시 찻물이 넘치는 줄도 모르고 멍하니 서 있었다.

"아니!"

옹염도 흠칫 놀랐다. 황자로 태어난 이후로 가끔 건륭의 정훈庭訓을 들은 적은 있어도 누구든 면전에 대놓고 자기의 의견을 반박하기는 처음인 탓이었다. 옹염의 얼굴에서 미소가 빠른 속도로 사라졌다. 물론 그는 아직 외신을 꾸짖어본 경험이 없었다. 그러다보니 잠시 어떻게 말을 해야 할지 몰랐다. 그러나 상처 입은 자존심은 회복될 가망이 없었다. 그가 차갑게 내뱉었다.

"나무만 보고 숲을 보지 못한다? 무슨 뜻인지 소상하게 말해보시게!"

"마마, 소인의 외람된 말에 심기를 다치셨다면 죄송합니다!"

전풍이 공수拱手를 하면서 말을 이었다.

《관자》管子〈치미〉侈靡편에 이르기를 '넘치는 것을 빼앗아 부족함을 메우는 것이 백성들을 위하는 것이라면 바람직한 것이다'라고 했습니다. 덕주의 대형 토목공사는 조정의 예산이 필요 없이 사방의 행상行商과 대부호들이 출혈해 추진하기로 했습니다. 그리고 민공들은 전부 향리의 빈민貧民들입니다. 가진 자의 부를 털어 빈민들에게 일자리를 얻어주고 가족들을 봉양케 하는 것이니 일석이조가 아니겠습니까?"

"《관자》를 운운하고 나오는데, 그렇다면 공자의 가름침은 떠오르는 바가 없는가?'

"성현께서는 온溫, 양良, 공恭, 검儉, 양讓을 오덕五德이라고 했습니다. 또 '가난은 선비에게 떳떳한 일이요, 검소함은 인간의 본성이다'라고 하셨습니다."

전풍이 고개를 들어 옹염을 똑바로 바라보면서 조심스레 말을 이었다.

"근검은 일인一人, 일가一家의 미덕일 뿐만 아니라 국정대계에서도 마찬가지입니다. 그런 까닭으로 모든 일에 권의權宜와 변통變通이 필요하다고 생각합니다. 북송北宋 황우皇祐 이 년에 절강성 일대에 심상치 않은 기근이 들었죠. 그때 당시 항주杭州 지역을 다스린 범중엄範仲淹은 불사佛寺와 관사官舍를 대거 건축했다고 합니다. 덕분에 전대미문의 기근 속에서도 유독 항주에서만은 굶어죽은 사람이 하나도 없었다고 합니다. 당시 일부 어사들은 '기근을 아랑곳하지 않고 희유嬉遊에 빠져 상재해민傷財害民한다'면서 범중엄을 몰아세웠습니다. 그러나 범중엄은 '가진 자의 부를 털어 빈자에 혜택을 베푸는 것이 대체 뭐가 문제라는 말인가'라면서 당당했다고 합니다. 범중엄 공은 일대의 충량忠良이고 명신名臣입니다. 그분이 성현의 가르침을 몰라서 대형 토목공사를 했겠습니까?"

구체적인 사례까지 들어가면서 당당한 논리를 펴는 전풍의 말에 옹염은 마땅히 반박할 엄두를 못 냈다. 이를 눈치챈 유용이 나섰다.

"됐소! 마마의 말씀에 토를 달지 않는 게 좋겠소. 관중管仲도 성현은 아니오. 범중엄 역시 완벽한 사람은 못되지 않소? 더구나 그의 빈민 구휼의 방법은 남송南宋 때에 이르러서는 개나 소나 다 답습하는 제도가 되어 통치자들의 부화방탕을 부추겼소. 급기야 망국까지 초래했소. 성현께서 주창하시는 경권經權 중에서도 경經을 근본으로 하는 것이야말로 나라를 다스리는 정도가 아니겠소?"

이쯤에서 전풍은 적당히 물러났어야 했다. 그러나 그는 여전히 고집을 부리며 한 치의 양보도 없이 받아쳤다.

"관중은 성현께서 표창하신 인자仁者요, 범중엄은 천고千古 현신賢臣의 본보기입니다. 근검과 사치는 국정 운영에 적용할 때 어느 쪽이 바람직하다, 그렇지 않다 칼로 자르듯 논할 수 없습니다. 북송의 진종眞宗 연간에는 사치가 극성을 부렸어도 사해四海는 편안했죠. 그러나 신종神宗 때는 근검절약을 치국治國의 근본으로 삼았어도 되레 비적들이 들끓어 난국을 초래했습니다! 그래서《여씨춘추》呂氏春秋에서는 '선왕先王이라 해서 무조건 추종하지 말고 근검과 사치를 때와 장소에 따라 적당히 병용하라'고 가르침을 주고 있습니다. 한마디로 백성들을 항시 우선순위에 놓고 그들이 필요로 하는 것이라면 수긍하고 들어주는 것이 정도인 겁니다. 배부르고 등이 따스한 자는 반란을 하라고 등을 떠밀어도 뒷걸음치게 돼 있습니다."

옹염은 출신이 빈한한 모친 위가씨의 슬하에서 자라면서 오로지 '근검소박'만이 살길이라고 가르침을 받아왔다. 그래서 누군가 '근검소박'이 나쁘다고 말하면 자기도 모르게 기분이 상했다. 그러나 지금 상황에서는 더 이상 논쟁을 해봤자 소용이 없다고 생각했다. 또한 그로서는 전풍을 당해낼 자신도 없었다. 그가 잠시 생각하더니 천천히 입을 열었다.

"의견 차이는 여전하나 오늘은 이만 하는 것이 좋겠소. 여러분은 돌아가서 나름대로의 생각을 글로 적어 폐하께 상주하시오. 그럼 이만 물러들 가시오."

유용을 비롯한 화신과 전풍이 물러가자 옹염이 탁 소리 나게 찻잔을 내려놓으면서 말했다.

"언위이변言僞而辯……. 누군가의 사주를 받은 건 아닌지 뒷조사를 시키세요!"

'언위이변'言僞而辯이라는 것은 다른 것이 아니었다. 공자가 노魯나라의 대부大夫인 소정묘少正卯를 주살할 때 그에게 내린 죄명이었다. 당치도 않은 이론을 그럴싸하게 포장해 판단력을 흐리게 한다는 뜻이었다. 그런데, 옹염이 이런 말로 전풍을 표현하니 옆에 있던 왕이열은 흠칫 놀라지 않을 수 없었다.

왕이열은 급기야 화가 나서 잔뜩 부어 있는 옹염에게 다가가 부드러운 어조로 입을 열었다.

"그만 고정하십시오, 마마. 방금 저는 속으로 전풍과 화신을 비교해 봤습니다. 마마께서 보시기에는 어느 쪽이 더 나은 것 같으신지요?"

"그거야 당연히 화신이죠!"

"어떤 면을 말씀하시는 건지요?"

옹염은 말문이 막혔다. 잠시 생각해 봤으나 마땅히 '나은 점'이 떠오르지 않았다.

"제가 말씀드릴까요?"

왕이열이 웃으면서 덧붙였다.

"대형 토목공사는 그들 셋이 상의해 결정한 사안입니다. 유용은 달리 깊은 뜻이 있을 것 같고, 화신은 시무時務를 알고 있으나 전풍은 그렇지 못합니다."

"그게 무슨 뜻입니까?"

"전풍은 고집스러운 반면 화신은 절대 그렇지 않습니다. 화신은 전풍에 비해 백배 더 영리한 사람입니다. 믿어지지 않으신다면 마마께서 그들 셋을 다시 불러 그새 생각이 달라졌으니 제남에서도 덕주와 마찬가지로 대형 토목공사를 실시하라고 말씀해보세요. 그럼 화신은 당장 무릎을 치면서 찬성하고 나설 것입니다."

"음……."

"심역이험心逆而險(마음이 떼를 쓰고 음험함), 행벽이견行僻而堅(행동이 괴팍하고 고집스러움), 언위이변言僞而辯, 논추이박論醜而博(궤변으로 일관하고 박식함으로 호도함), 순비이택順非而澤(잘못을 합리화하고 비위를 윤색함)!"

왕이열이 옹염의 눈치를 살피면서 말을 이었다.

"공자가 소정묘에게 내린 다섯 가지 죄명이죠. 성현께서는 이 다섯 가지 중 해당사항이 하나만 있어도 군자의 주살을 면키 어렵다고 했습니다. 전풍이 그중 '언위이변'에 해당된다고 하시니 그는 죽음을 각오해야 할 것입니다."

"……"

옹염은 아무 말도 하지 않았다. 혜아가 빨랫감을 정리하는 모습을 그저 멍하니 바라보고만 있을 뿐이었다. 이미 그의 심경변화를 감지한 왕이열이 내친김에 다른 예를 하나 더 들었다.

"마마께서는 간과諫果를 씹어본 적이 있으십니까?"

왕이열이 덧붙였다.

"감람橄欖이라고도 하죠.《본초》本草에서는 이 과일을 '맛이 쓰고 떫어 오래 씹어야 비로소 단맛을 느낄 수 있다'라고 했습니다. 성조 때 곽수郭琇나 요제우姚帝虞 등 명신들은 천자 앞에서 용린龍鱗을 건드린 적이 여러 번 있었습니다. 그러나 성조께서는 노발대발하시면서도 그들의 품행을 문제 삼거나 죄를 물은 적이 없었습니다. 선제 역시 손가감孫嘉淦, 우명당尤明堂 등 직신直臣들이 '무례'를 범할 때마다 크게 노했어도 처벌할 때는 항시 '우레가 소리만 클 뿐 내리는 비의 양은 적다'는 격이었습니다. 무엇 때문인지 아십니까?"

왕이열이 곧바로 자문자답을 했다.

"고신孤臣은 흔치 않고 간신諫臣은 더욱 드물기 때문이죠! 저도 전풍과 이전에는 왕래한 적이 한 번도 없습니다. 이번에 서너 번 만났어도 잠깐 논의하고 금방 헤어진 정도입니다. 그의 논리가 정확한지 여부에 대해서는 잘 모르겠지만 아무튼 솔직하고 직언을 서슴지 않는 진정한 대장부임에는 틀림이 없는 것 같습니다. 마마, 요즘 세상에는 이런 사람이 거의 자취를 감추고 없습니다……."

옹염은 왕이열이 말하는 도중에 끼어들지 않았다. 대신 미간은 한껏 좁혀져 있었다. 이어 뾰로통한 채 창밖을 한참 동안 내다보더니 천천히 일어나 방안을 거닐기 시작했다. 그 사이 혜아는 옷가지들을 다 정리해서 보자기에 싸고 있었다. 옹염이 말없이 혜아에게 다가가더니 와룡대臥龍帶를 들고 들여다봤다. 이어 뭔가 생각하더니 다시 내려놓았다. 그리고는 혜아가 정리하고 있는 옷 중에서 자신이 즐겨 입는 담비가죽 외투를 빼냈다. 그런 다음 계단 입구에 서 있는 왕소오에게 건네주었다.

"이걸 전풍에게 상으로 내리고 오게. 아니, 선물로 주고 오게. 날이 추운데 입성이 좀 부실해 보였네."

분부를 마친 옹염이 돌아서면서 왕이열에게 말했다.

"사부님, 저의 생각이 짧았던 것 같습니다."

그로부터 닷새 후 옹염은 덕주德州에서 운하를 타고 연주부兗州府로 향했다. 도착한 즉시 공묘孔廟도 배알했다. 유용 일행의 경우는 능현陵縣, 임읍臨邑, 제양濟陽 등 육로를 거쳐 제남濟南으로 직행했다.

그 무렵 산동 순무 국태는 바짝 달아오른 철판 위의 개미처럼 안절부절못하고 있었다. 북경에 설치한 '연락소'가 하루아침에 흔적도 없이 자취를 감추는 바람에 놀라고 당황해 발만 동동 굴렀다. 북경 여기저기에 박아둔 연락책들에게 물어보고 사람을 풀어 형부, 대리시, 순천부와 내무부 등에 알아보니 대답은 한결같았다. "막료들이 돈을 가지고 도망쳤다"는 것이었다.

그깟 은자 몇 천 냥이 아까워서가 아니었다. 경관京官들과의 연락선 역할을 해온 그자들은 국태에 대해서라면 모르는 일이 없으니 만약의 경우 순천부에라도 잡혀 들어가는 날에는 엄청난 파장을 몰고 올 거라는 두려움이 앞섰던 것이다. 하지만 뾰족한 방법이 없었다. 급기야 그는 궁여지책으로 사흘이 멀다 하고 재해복구니, 춘경 준비니 하면서 일을 만들어 상주문을 올려보냈다. 자신에 대한 조정의 반응이 어떤지 탐색하기 위한 것이 목적이었다.

다행히 돌아오는 건륭의 어비를 보면 아직까지 별 이상은 없는 것도 같았다. 한번은 "호남의 볍씨가 산동의 수토水土에 맞지 않는 것 같다"라고 아뢰었더니 건륭은 "일에 있어서 크고 작음을 가리지 않는 순무의 참모습이 타인의 본보기가 되기에 손색이 없다"라면서 칭찬까지 해줬다. 그래서 뒤가 켕겨 잠자리에서 벌떡벌떡 일어나 앉다가도 건륭의 어비御批를 꺼내보면서 마음을 달래고는 했다.

그러던 차에 우민중이 군기대신으로 승진했다는 희소식이 날아들었다. 또 화신이 부흠차의 자격으로 산동성 시찰에 나섰다는 낭보도 들려왔다. 실제로 우민중이 군기대신이 되어 힘을 가지면 우역간은 염려할 필요가 없었다. 또 자신의 수십만 냥을 꿀꺽한 화신이 흠차로 온다니 두려울 것이 없었다. 그는 그제야 예전의 당당한 모습을 되찾았다.

그런데 정작 유용이 제남으로 출발했다는 소식을 접하고 나니 또다시 불안감이 엄습해왔다. 유용의 아버지인 유통훈은 정직하고 엄정한 명신으로 불린 사람이었다. 모두가 말만 들어도 얼굴색이 하얗게 변하는 경외의 대상이기도 했다. 부전자전이라고, 유용 역시 아버지의 성격을 쏙 빼닮았다. 물론 아직 명성은 아버지에 미치지 못했다. 그러나 '싹수'를 보면 나중에 아버지를 능가하면 했지 못할 것 같지 않은 사람이었다.

유용은 이번에 재해복구 현황을 파악하기 위해 시찰을 온다고 했다. 그러나 그의 진짜 속뜻이 무엇인지에 대해서는 아무도 알 수 없는 것이었다. 그랬으니 국태로서는 또다시 걱정이 되었다.

'혹시 유용이 공로를 세워 군기처로 입직하는 발판을 만들고자 나에게 칼끝을 겨누는 건 아닐까?'

그런 생각을 하면 할수록 고뇌는 더해만 갔다. 더욱 초조한 것은 화신이 은자를 받아 챙기고서도 아무런 연락을 취해오지 않는다는 사실이었다. 이 미꾸라지, 늑대, 여우같은 새끼는 도대체 무슨 꿍꿍이를 꾸미는 걸까?

휑뎅그렁한 순무아문의 공문결재처에서 국태는 뵐나 못해 쓰기까지 한 농차를 연거푸 몇 잔 들이켰다. 방안에는 매캐한 담배연기가 자옥해 숨쉬기조차 힘겨웠다. 생각에 생각을 거듭하는 국태의 눈빛은 급기야 고양이처럼 푸르스름한 빛을 발하기 시작했다. 그러나 여전히 뾰족한 수는 생각나지 않았다. 그가 가볍게 기침을 하면서 창밖을 향해 물었다.

"우역간은 도착했는가?"

"귀신이 따로 없네요. 지금 막 도착했습니다!"

밖에 있던 친병이 미처 뭐라고 대답하기도 전에 우역간이 발을 걷고 들어섰다. 가까운 사이라 격식 같은 것은 차릴 필요가 없었다. 우역간은 담배연기를 내보내기 위해 쪽창을 열어 막대기로 받쳐놓고 자리로 돌아와 앉았다. 이어 바로 입을 열었다.

"중승, 요즘 바깥은 난리도 아닙니다. 군정아문에서 총출동해서 제설 작업을 하고 있습니다. 채방彩坊을 만들고 향화香花에 예주醴酒까지 준비하면서 흠차 영접 준비로 시끌벅적합니다. 순무께서 불러온 희자戱子들이 저 앞에서 목청을 가다듬느라 꽥꽥거리는 소리가 오리새끼를 백 마리 풀어놓은 것보다 더 시끄러워요. 헌데 여기는 어찌이리 조용하죠? 연기까지 자욱하니 선경에 들어선 줄 착각할 뻔했습니다!"

얼굴이 희고 체구가 아담한 우역간은 생김새와 걸음걸이가 사촌인 우민중을 쏙 빼닮아 있었다. 공사가 다망해서인지 주색을 지나치게 탐해서인지 눈동자가 시커멓게 죽어 있었다. 그러나 무엇 때문에 기분이 좋은지 신나게 손짓발짓을 곁들이면서 말을 이었다.

"회경당懷慶堂의 연극은 재작년에 북경에서 기 중당하고 같이 보고는 이번이 처음입니다. 오면서 잠깐 들여다봤더니 연습이 한창인 것 같았습니다. 규천자叫天子(유명한 연극인)가 애들의 자세를 바로잡아 주느라 진땀을 빼고 있었습니다. 이번에 그가 유몽매柳夢梅 역, 순무께서 두려낭杜麗娘 역을 맡고 제가 고판鼓板(박자를 맞추기 위해 치는 나무

판)을 치면 얼마나 멋진 무대가 되겠습니까!"

"다 도망가겠어."

국태가 무뚝뚝하게 한마디 내뱉었다. 그리고는 긴 한숨을 내쉬면서 고개를 들었다. 그제야 우역간은 그의 눈빛이 대단히 우울해 보인다는 사실을 알았다. 삽시간에 얼굴의 웃음기가 사라진 우역간이 물었다.

"중승, 어째 심사가 무거워 보이십니다? 무슨 일이라도 있으신 겁니까?"

국태가 다시 곰방대에 불을 붙여 물고는 볼이 쑥 들어가도록 뻑뻑 빨아댔다. 그리고는 굴뚝처럼 연기를 뿜어내면서 말했다.

"꼭 무슨 일이 생겨야만 초조한 건 아니지 않은가. 흠차가 덕주에서 설을 쇠고 온다더니, 설날 전에 서둘러 오는 걸 보면 무슨 꿍꿍이가 있지 않을까?"

그제야 우역간은 국태가 우려하는 바가 무엇인지 알고 한 가닥의 미소를 흘렸다.

"나는 또 내정内廷에서 무슨 좋지 않은 소식이라도 들려온 줄 알았습니다! 사실 뒤집어 생각하면 아무것도 아닙니다. 어찌 됐건 그가 산동에 온 목적은 휼황恤荒이에요. 덕주에 눌러앉아 주지육림에 빠져 있으면 어사들에게 한 방 얻어맞을 거 아닙니까? 열다섯째마마가 오기 전에는 덕주에서 설을 쉰다더니, 열다섯째마마가 도착하고 나서 서둘러 내려오는 걸로 봐서는 마마에게 한바탕 혼이 난 게 틀림없습니다!"

국태가 잠시 멍한 표정을 짓더니 한숨을 내쉬었다.

"나도 그 생각을 안 해본 건 아니네. 헌데 유용이 워낙 호락호락한 상대가 아니지 않은가. 앞을 보라 해놓고 뒤통수를 치는 수가 있다고! 우 중당 쪽에서는 무슨 소식이 없었나?”

우역간이 즉각 대답했다.

“그 옹고집이 나에게 티끌만큼이라도 무슨 소식을 귀띔할 것 같습니까? 말이 안 통하는 인물이라니까요! 대학사大學士로 있을 때부터 우리가 무슨 청탁이라도 할세라 십리 밖에서부터 피해 다니고 사마광司馬光의 《거객방拒客榜》인지 뭔지를 읽어보라면서 얼마나 괴롭혔는데요! 친척들 중 누군가가 입에 거미줄을 치게 생겼어도 쌀 한 톨 안 주는 사람인 걸요!”

평소에 우민중에 대해 불평불만이 많았던 우역간은 국태의 질문이 떨어지기 무섭게 속사포를 쏘아댔다.

“아무튼 관직이 높아질수록 인간미는 점점 더 없어지는 것 같습니다. 손톱을 갈퀴처럼 세우고 누구든 할퀴지 못해 안달이라니까요!”

“그래도 같은 조부를 섬기는 형제간이 아닌가! 팔이 부러지면 힘줄로 이어진다는 친정親情인데······.”

국태가 길게 탄식을 토했다. 이어 다시 말을 이었다.

“손사의가 광주로 발령 난 다음 자네가 운남 순무 자리를 노렸는데, 우 중당이 밀어주지 않았다 해서 불만인 거지? 이보게, 아우! 팔푼이처럼 굴지 마! 자네는 우 중당의 말 한마디에 순무 자리가 달렸다고 생각하나 보지? 어리석은 친구야, 그 당시 그 양반은 군기대신도 아니었어. 설령 군기대신이라고 해도 위로는 군주가 있고, 아래에는 이부가 있네! 염려 마시게. 이번 고비만 무사히 넘기면 나는 관화官靴를 걸어놓고 향리로 돌아가 매화나 바라보면서 여생을 보낼 거네. 그때 천거하는 글을 기가 막히게 써줄 테니 순무 자리는 떼어 놓은 당상이라 생각하고 여유 있게 기다리게!”

우역간의 얼굴에 갑자기 화색이 돌았다. 한바탕 불평불만을 털어놓고 국태의 말까지 들으니 기분이 한결 좋아졌던 것이다. 그가 그 기분을 그대로 담은 어조로 입을 열었다.

"솔직히 그 형님이 군기처에 입직할 때부터 저는 승진의 꿈을 접었습니다. 그 형님이 앞으로 승승장구해 재상의 반열에 오르더라도 제가 박수를 치면서 반색할 이유는 하나도 없습니다. 유용이 산동으로 내려온 것도 미리 알려주지 않고 열다섯째마마가 뒤따라온 것에 대해서도 여태 함구하고 있는 자가 무슨 형제입니까! 내가 모른 척하고 문안인사를 올렸더니 그제야 답신을 보내 '흠차가 출두했으니 무슨 과오가 있으면 미리 유 대인께 사실대로 아뢰어 용서를 구하라'는 둥 미친 소리만 하더라고요."

턱을 고인 채 생각에 잠겨 있던 국태가 물었다.

"다른 얘기는 없었나? 심심한데 들어보기나 하지."

우역간이 바로 실소를 터트렸다.

"불필요한 말은 단 한마디도 안 하는 사람이라니까요! 지난번 편지에는 사적史籍을 읽어보라면서 잔소리를 하더라고요. 옛날 초楚나라의 재상이었던 손숙오孫叔敖 얘기를 하면서 그가 평생 동안 친군애민親君愛民하면서 종묘사직에 크게 기여했다는 따위의 허튼소리를 했어요. 뭐 그가 나중에 자신이 묻힐 무덤을 고르는데 옥토는 남에게 돌리고 자기는 가장 척박한 땅을 골라달라고 했답니다. 결국 나중에 전란이 일어나 옥토를 배분 받은 재상의 자손들은 큰 화를 당해 몰락했으나 유독 손씨 가문의 자손들만 화를 면할 수 있었다는 겁니다. 여기까지는 심상한 도리를 설명하는가 보다 싶었는데, 끝 부분에 뭔가 심상찮은 한마디를 덧붙이긴 했습니다. '오늘의 상국相國(새상)들은 이러한 심오한 도리를 깨닫는 자가 드물다'라고 하지를 않겠습니까? 자기 자신이 엄연한 '상국'인데 그러면 누구를 뜻하는 걸까요?"

국태는 순간 뇌리를 스치는 그 무엇인가를 깨달았다. 사실 전에 화신과 연락을 취하던 자가 돌아와 했던 말 중에 인상 깊은 내용이 있었다. 기윤이 양신陽信현에 사놓은 장원莊園에 대해 화신이 큰 관심을 보이더라는 내용이었다. 그렇다면 과연 화신과 우민중이 한 패거리가 돼 기윤을 쓰러뜨리려 하고 있다는 말인가? 아계阿桂는 북경에 없고 부항은 임종을 앞두고 있으니 남은 사람은 기윤뿐이었다. 그러니 두 군기대신이 손을 잡고 눈엣가시를 제거하려는 게 틀림없었다.

'아하, 바로 이거였구나! 그렇다면 옹염이 제남으로 가는 걸 서두르지 않고, 유용이 덕주에 엎드려 있었던 건 사태를 관망하기 위함이었구나. 나 국태가 아닌 건청문 서쪽의 몇 칸짜리 방 군기처에서 들려오는 소리에 귀를 기울이고 있었던 게로군!'

여기까지 생각이 미친 국태는 갑자기 흥분이 되는지 호흡마저 가빠지기 시작했다. 눈빛에도 어느새 정기가 돌았다. 그가 두 손을 합장하듯 맞붙이면서 말했다.

"좋았어! 우리가 여태 여산盧山(중국 강서江西성의 명산)의 진면목을 보지 못한 건 안개가 너무 짙었기 때문일세!"

"그게 무슨 말입니까?"

우역간이 궁금해 하면서 물었다. 방금 전까지 된 서리 맞은 가지처럼 풀이 죽어있던 국태가 갑자기 두 눈에 심지를 돋우면서 좋아하는 이유를 알 수 없었던 것이다.

"기윤이 우리 산동에 땅을 샀어."

국태가 웃음기를 감추지 않은 채 덧붙였다.

"양신현에도 있고 이진利津에도 있어! 내가 산 땅과 접하지 않았더라면 나도 몰랐겠지. 재물을 오물 보듯 한다던 기효람이 뒤로 빼놓은 게 꽤 많다고 하더군. 자네 형은 기효람을 빗대 한 말이었어, 하하하하!"

그제야 우역간은 말귀를 알아들었다. 순간 그가 두 손으로 무릎을 짚은 채 몸을 앞으로 숙이면서 말했다.

"양회兩淮 염정사鹽政司 노견증이 기윤의 사돈이잖습니까. 제 처남이 그러는데, 그가 염정사로 있는 동안 새로 생겨난 적자가 몇 만 냥은 족히 된다더군요. 그래서 호부에서 조사 중이랍니다. 또 예부에서 그러는데요, 기윤의 고향 집에서 기가紀家네와 다른 지주가 사소한 분쟁으로 몸싸움까지 벌어졌다고 합니다. 그런데 기가네가 권세를 업고 상대를 감옥에 처넣고 온갖 굴욕을 다 줬다지 뭡니까? 결국 울화통이 치민 상대방은 대들보에 목을 맸다더군요! 폐하께서 무마해주셨다고는 하는데, 미운 털이 박혀도 단단히 박혔을 겁니다. 그런 걸 보면 기효람도 정인군자는 못 되는 것 같습니다."

국태가 우역간의 말에 희색이 만면한 얼굴로 맞장구를 쳤다.

"그러게 털어서 먼지 안 나는 사람은 없다고 하잖아. 그런 자가 감히 나를 찌르겠다고? 웃기지 말라고 그래! 십팔행성十八行省의 충독과 순무들 중에서 나만큼 청렴한 관리도 없을 거야!"

아랫입술을 하얗게 깨물고 있던 국태가 소름끼치는 표정을 지으면서 다시 내뱉듯 말했다.

"우리도 한몫 거들까?"

국태가 뜻밖의 제안을 했다. 그는 기윤이 이미 건륭의 눈 밖에 난 게 사실이라고 확신했다. 동시에 기윤이 아계와 부항의 부재로 이미 양팔을 잃은 마당에 우민중, 화신, 이시요와 합세해 그를 구렁텅이로 밀어 넣으면 어떨까 하는 생각이 들었다. 사실 국태는 기윤에 대해 사적인 악감정은 없었다. 다만 기윤을 함정으로 밀어 넣어 군기처의 혼란을 야기한다면 어느 누구도 산동성 순무의 일 따위에는 관심을 두지 않을 것이라고 생각했던 것이다!

"그래도 우리가 앞장설 필요는 없습니다."

우역간이 눈에 힘을 주면서 덧붙였다.

"우리 형님도 지금은 나서려고 하지 않을 겁니다. 도찰원에 저의 몇몇 과거시험 동기가 있습니다. 대리시에도 순무 대인의 벗들이 적잖은 걸로 알고 있습니다. 하나둘씩 상주문을 올려 적당히 바람을 일으키는 게 좋겠습니다. 여기저기서 미풍이 불기 시작하면 돌풍으로 변하는 건 순식간이니까요."

국태는 그러나 연신 고개를 저었다.

"직접 기윤을 탄핵할 수는 없네. 기윤 본인이 직접 부패와 횡령에 관여했다는 확실한 증거가 아직 없지 않은가. 그 정도 고관高官이면 일가친척들이 더 설치고 다니는 줄을 폐하께서도 잘 아시네. 그래서 달리 처벌을 내리시지 않은 것 같네. 또 폐하께서는 천하제일의 재자라 해서 그의 재학을 대단히 아끼시네. 한마디로 기윤에 대한 성총이 자네 형님보다 훨씬 더 깊다고 볼 수 있네. 폐하께서 어떤 분이신가? 갑자기 떼 지어 기윤을 탄핵한다면 그 뒤에 감춰진 배경을 경계하지 않으실 리가 없어. 폐하께서 심기를 다치시는 날에는 우리는 뒷수습조차 어려워질 것이네! 우리가 기윤의 치부라고 생각하는 모든 것은 폐하께서도 다 알고 계실 걸세. 우리가 아무리 설쳐도 폐하께서 팔 벌려 보호해주시면 아무 의미가 없네. 조정의 문무백관이 일제히 들고일어나 봤자 소용이 없는 일이네!"

"그럼 어떡하죠?"

"노견……증!"

국태가 기윤의 사돈인 노견증의 이름을 부르면서 음험하게 웃었다. 이어 볼이 홀쭉해지도록 힘껏 곰방대를 빨아들였다. 그것은 그의 생각의 깊이를 대변하는 것 같았다. 그가 천천히 연기를 내뿜으며 말을 이었다.

"정면 돌파가 여의치 않으면 옆을 치는 거야. 노견증은 명실상부한 탐관오리야. 폐하께서도 기윤의 체면을 봐서 울며 겨자 먹기로 봐주시고 있지. 도찰원과 호부에서도 마찬가지네. 노견증에게 칼을 대는 것은 상대적으로 쉽고 또 위험부담도 적네. 입술이 없으면 잇몸이 시리기 마련이지!"

"역시 순무 대인이십니다! 오늘 저녁에 제가 바로 서찰을 띄우겠습니다!"

우역간이 무릎을 탁 쳤다. 국태도 고개를 끄덕였다.

"나도 등滕현의 지현知縣 계춘季春에게 서찰을 띄우겠네. 노견증이 그곳에도 엄청난 가산을 마련해놓은 걸로 알고 있거든. 그쪽으로 은닉한 재물이 없는지 알아보라고 해야지! 계춘은 우 중당의 문생門生이자 열다섯째마마의 포의노包衣奴이네. 자네의 직권을 이용해 계춘을 제녕濟寧 지부 자리에 데려다 앉히게. 그래야 노견증의 재산을 더욱 밀착 감시할 수 있을 것 아닌가. 자네나 나나 평소에 그와 왕래가 잦은 편이 아니었기에 이 일을 맡겨도 의심을 받지 않을 것이네."

우역간이 희색이 만면한 얼굴로 동의했다.

"실로 물샐틈없이 완벽한 계획입니다. 다만 제녕 지부의 자리는 순무 대인께서 이미 해국진解國珍에게 주시기로 약조하지 않았습니까? 그에게는 뭐라고 말하죠?"

국태가 그러자 껄껄 웃음을 터트렸다.

"더운 밥 먹고 별 걱정을 다 하네. 해국진에게는 더 좋은 사리를 주면 될 거 아닌가? 발 한번 구르면 기름이 뚝뚝 떨어진다는 성省 전체의 전량錢糧을 맡기도록 하게!"

우역간은 원래 양도糧道 자리에 자신의 처남을 앉히려고 했었다. 그러나 대의大義를 위해서는 더 이상 주저할 때가 아니었다. 급기야 호쾌하게 대답했다.

"그리하겠습니다!"

말을 마친 우역간이 바로 자리에서 일어났다. 그때 국태가 손을 들어 도로 앉으라는 시늉을 했다.

"잠깐만! 뭘 그리 서두르나? 여기서 저녁을 먹고 흠차를 영접한 후에 가서 일을 봐도 늦지 않네."

우역간은 하는 수 없이 다시 자리에 앉았다. 국태의 눈빛은 웬일인지 다시 어두워진 것 같았다. 역시 이어지는 그의 목소리에도 힘이 없었다.

"우공于公, 우리는 남을 구렁텅이에 밀어 넣을 계획을 짜면서 한껏 신이 나 있지만 정작 우리 자신은 그다지 당당하지 못하지 않은가. 누누이 말하지만 유용은 흑마黑馬이네. 절대 호락호락한 상대가 아니라는 말일세. 아비보다 더하면 더했지 결코 엉성하지 않아. 허황된 꿈을 좇지 않고 오직 백성들에게 점수를 따서 만민의 이름으로 공명을 취하려는 인물이네. 문장으로 기윤을 누르지 못하니 손에 굳은살이 박이도록 서예연습을 했다는 자가 아닌가. 지난번 산동에서는 사람을 너무 많이 죽여 그에 대한 백성들의 평이 반반씩이었네. 그러니 이번에는 신망을 만회하고자 배로 노력할 게 뻔하네. 이재민들에 대한 진휼賑恤에 진력하면서 다른 한편으로는 우리에게 칼끝을 겨눌 것이야. 나는 그자가 우리에게 번고藩庫를 열라고 할까봐 잠을 이룰 수가 없다네……."

"염려하지 마십시오. 미처 말씀을 올리지 못했지만 제남, 제녕 두 곳의 고은庫銀은 이미 다 메워 놓았습니다."

우역간이 확신에 찬 표정으로 대답했다. 그리고는 다시 입을 열었다.

"우리가 곰팡이 낀 식량을 재해지역에 보냈다는 이유로 두광내가 우리를 탄핵하지 않았습니까? 유용이 지금 와 보면 창고마다 언제든 지원 가능한 좋은 쌀이 쌓여 있는 걸 확인할 수 있을 겁니다! 전에 문제시됐던 곰팡이 낀 식량은 아랫것들이 창고바닥을 쓸어낸 식량을 잘못 보낸 걸로 우리가 먼저 죄를 청하고 나서면 큰일이야 있겠습니까?"

그러자 국태가 물었다.

"그건 그렇고 우리의 적자는 얼마쯤 되던가?"

"이백십칠만 냥 정도입니다. 그중 칠십만 냥은 건륭 삼십오 년 이전부터 내려온 빚인지라 우리가 신경 쓸 필요 없습니다."

"이백만 냥이 어느 집 개 이름도 아닌데, 도대체 무슨 수로 메웠다는 말인가?"

"빌렸습니다."

"빌렸다고? 누구한테?"

우역간이 어쩔 수 없다는 듯 두 손을 펴 보였다.

"금 똥을 싸고 은 오줌을 누는 재주가 없는 바에야 빌리지 않고 무슨 수가 있겠습니까? 산서, 섬서 쪽에서 온 상인들과 현지 부자들, 그리고 녹영병들의 군비를 이 푼 오 리의 이자를 주기로 하고 빌려왔습니다. 이자만 해도 한 달에 오만 냥입니다! 어떤 수단을 써서라도 유용을 빨리 쫓아내야 합니다. 그가 재해복구의 명목으로 식량을 달라고 하면 필요한 만큼 내줘서 심기를 다치지 않게 해야 합니다. 열 받아서 아예 이곳에 죽치고 있게 되면 우리는 이자에 눌려 숨도 못 쉴 것입니다!"

"이자가 얼마든 간에 일단 빌려다 놓았다니 다행이네!"

국태가 그제야 안도의 숨을 길게 내쉬었다. 그리고는 의자에 길게 누워 기지개를 켜면서 그간의 수심이 말끔히 사라진 표정으로 덧붙였다.

"그래, 미운 놈 떡 하나 더 주랬다고 이참에 유용을 확실하게 밀어주자고. 여기서 공로를 세워 북경에 돌아가 군기처에 입직하면 더 바빠질 테니 우리에게 신경 쓸 여유가 없겠지. 올해도 수확량은 괜찮을 것 같네. 추수철에 십성十成의 풍작을 거짓으로 흉작이라고 보고 올리고 구제양곡을 타내면 되네. 그 구제양곡을 팔아 얼마간의 적자는 막을 수 있을 테지. 그렇게 몇 년만 지나면 이백만 냥을 갚는 건 일도 아니야."

〈15권에 계속〉